U0934676

天狗文庫

司马辽太郎
1923—1996

毕业于大阪外国语学校，原名福田定一，笔名取自「远不及司马迁」之意，代表作包括《龙马奔走》《燃烧吧！剑》《新选组血风录》《国盗物语》《丰臣家的人们》《坂上之云》等。司马辽太郎曾以《枭之城》夺得第42届直木奖，此后更有多部作品获奖，是当今日本大众类文学巨匠，也是日本最受欢迎的国民级作家。

司马辽太郎作品集
SHIBA RYOTARO WORKS

新选组血风录

[日]司马辽太郎——著
张博——译

しばりょうたろう
SHIBA RYOTARO WORKS
新選組血風録

重庆出版集团 重庆出版社

版贸核渝字（2020）第054号

图书在版编目（CIP）数据

新选组血风录 /（日）司马辽太郎著；张博译 .—重庆：重庆出版社，2021.12
ISBN 978-7-229-15333-5

Ⅰ.①新… Ⅱ.①司… ②张… Ⅲ.①短篇小说—小说集—日本—现代
Ⅳ.① I313.45

中国版本图书馆 CIP 数据核字（2020）第 193597 号

新选组血风录
XINXUANZU XUE FENG LU
［日］司马辽太郎 著 张博 译

责任编辑：许宁 唐凌
装帧设计：谢颖设计工作室
责任校对：郑 葱

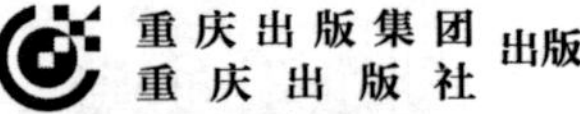

重庆市南岸区南滨路162号1幢 邮政编码：400061 http://www.cqph.com
重庆出版社艺术设计有限公司 制版
重庆豪森印务有限公司 印刷
重庆出版集团图书发行有限公司 发行
E-mail:fxchu@cqph.com 邮购电话：023-61520646
全国新华书店经销

开本：890mm×1230mm 1/32 印张：18.5 字数：330千
2021年12月第1版 2021年12月第1次印刷
ISBN：978-7-229-15333-5
定价：96.80元

如有印装问题，请向本集团图书发行有限公司调换：023-61520678

目录／*Contents*

油小路的死斗

一

出身于京都室町匠人之家的阿敬，在洛中九条一户村农家租了间独门独院的小屋，和一个有点怪癖的男人同居了。这个男人任职新选组诸士取调役[1]，名叫篠原泰之进，是一个操着江户方言、肤色白皙的壮汉。所谓“怪癖”是指此人如逢闲暇，必奔至井边用井水哗啦哗啦地盥洗耳朵眼儿。

有一次好心的医生告诫泰之进：“这种事以后还是别干了吧。要是耳朵里面因为进水发炎溃烂，命可就要没了。”

转天泰之进依然如故，阿敬追在后面，按住已被他拿在手里的吊桶，大喊：“别这么干啦！”她要把吊桶接过来，可泰之进却孩子气地一边说着“不要”一边把吊桶死死地抱在怀里。阿敬只好劝他说：“从今天开始就别再这么干了好么，对身体不好。你要是耳朵里痒痒的话，我每天给你掏耳朵怎么样？来，把吊桶给我吧。”

“傻瓜！”泰之进骂完又开始我行我素，“所谓的男人就是要保持从小养成的各种癖好，怀着童心地过一辈子。和你们女人可不一样。要是男人们改了癖好，那对女人来说这个男人和那个男人不就没有区别了嘛。”总之泰之进的理论是：有了癖好，男人才成为男人。

“可是，这可是要命的啊。”

“寿命也是运气的一种。我要是那种洗个耳朵就会死的倒霉鬼，早就在刀光剑影的修罗场上死掉啦。”于是，泰之进到底没听阿敬的劝告。

另外，虽然谈不上怪癖，这男人还有个让阿敬颇为困扰的嗜好——他爱吃猪肉。泰之进会时不时地拿回不知道从哪儿弄来的猪肉，命令一声“阿敬，快煮了来”。这种时候身为京都人的阿敬都会感到相当为难。

当时人们习惯食用的肉类仅有鱼肉和鸡肉，不怎么吃其他肉类，再说幕府的法规也禁止吃四足兽类的肉。虽说猪肉呀、鹿肉呀、用味噌腌渍的牛肉什么的在江户、大阪的野味店也有卖，不过都被称作“药膳”，非病人或装病之人不得其食。而且做这种“药膳”也有很多忌讳和讲究，比如要特地用纸糊上神龛，做了“药膳”的锅也要放在院子里让太阳晒上两天。

起先阿敬向男人讨饶，她双手合十地说：“只是这一件，您就饶了我吧。”爱吃猪肉的男人对她的哀求只报之一哂，

“别开玩笑，今时不同往日啦。京都人就是这么因循守旧才惹人讨厌。在江户连将军大人的继承人一桥卿（庆喜）都喜欢吃猪肉，这在町人中间也非常流行。吃猪肉可说是江户人的骄傲。”

于是，阿敬觉悟了：在泰之进面前自己是赢不了的——她的道理和这人是说不通的。和他在一起，与其说是情人间的相处，倒不如说像是阿敬单方面在养育一个调皮的小子。

他们两人这种关系开始的契机也无比奇妙。

阿敬结过婚，当初嫁入一户和娘家同行的人家，结果离了婚。孤身一人的她不愿意回娘家，就在祇园的饭馆当了个招待。当时泰之进的脸对阿敬来说也不过是“饭馆的常客”这么个印象罢了。可是男人倒像是注意了阿敬好久。

之所以有这样的推测乃是因为：有天晚上她和大概是刚从厕所回来的泰之进在阴暗的走廊里擦肩而过。突然之间，怒气冲冲的男人无声无息地一把搂住阿敬，使她动弹不得。泰之进在她耳边说：“俺是新选组的篠原泰之进。要不这么抱着，女人可是抓不住的呀。”这话倒像是在说怎么在森林里捉小鸟似的。

然而，到底是哪里，怎样地被控制住了尚且不知，阿敬就是想挣扎也无计可施。后来她曾就此事问过泰之进，原来男人当时是使出了拿手的良移心头流的柔道技巧。

“虽然看起来不像，我可是诚心实在的男人呐。来我的休息所工作吧。”

“……”

“就在九条村茂兵卫家。”

阿敬心不在焉地听着这些话，她更在意的是不知何时泰之进的手已经扯开她的衣襟伸了进去。

“不要吗?”

阿敬觉得说不要的话肯定会被杀掉，但她还是拼着命地点了点头。

“这是置装费。”泰之进把三枚金币塞进她怀里。

“对了，差点忘了。”泰之进这才突然有点不好意思地问，“你叫什么名字?”

“阿，阿敬。”

“是嘛。”

所谓“好上了”的契机就是这样。阿敬只记得自己瘫软在当场，目送着泰之进那厚实的肩膀消失在走廊尽头的阴影里。

新选组内部规定局长近藤勇以下到伍长一级的干部可以在屯营外居住。他们的住处称为“休息所”，而在休息所大部分的干部都雇女性佣人，也就是妾室。

后来提起那一夜的未尽之事，泰之进只是用道歉似的语气说：“其实我当时也是想找那个的。”

总而言之，在阿敬看来，尽管泰之进已经不年轻了，却是个天真无邪的男人。

当他第一次把女人搂在怀里的时候，只觉得阿敬的身子是那么娇小、肌肤是那么柔嫩，不禁反复感叹道：“啊，女人可真好。”男人还天真烂漫地嚷嚷着：“自我到了京都，早就想这么抱一回京都的女人喽。像这么和女人躺在一起，不由得就会留恋尘世不愿赴死了吧。”

因为听了这番话，当天夜里，阿敬就下定了决心：要把自己的一切都仔仔细细、亲亲热热地托付给这个男人。当然，闻到从他身体里散发出的血腥味，或是瞥见溅到衣服上的血迹，她也会心惊胆战，几乎连寒毛都要竖起来了。可是一旦看到他那张天真无邪的脸，就又会不自觉地忘记，自己的情郎其实是几乎每天都在京都街头杀人的新选组浪人团成员了。

然而，让她到底重新认识到了这一点——泰之进可不仅仅是个孩子气的男人，他还是被京都人称为“壬生浪”的亡命之徒，是庆应二年三月末的事情。并且，在这件事情之后，由于泰之进周遭发生了巨大的变故，最后甚至演变为将新选组一分为二的大骚动，所以连那天的日期阿敬都记得一清二楚，那是庆应二年三月三十日。

那天一早起来，泰之进像往常一样去新选组报到，她一直把他送到篱笆门前。男人身着黑泡泡纱的羽织，佩着黑腊鞘的长短刀，脚踩穗子洁白的草鞋，身姿风流，仪态潇洒。突然，他像是想起了什么，回头嘱咐阿敬道："明天晚上要炖猪肉。肉嘛，屯营的仆人和助会给你送来，只需准备葱和酒即可。要来的客人有四个，分别叫伊东甲子太郎、茨木司、富山弥兵卫、毛内有之助。"

伊东的头衔是新选组参谋，和副长土方岁三同级，在新选组内也是个举足轻重的人物。

"好！"阿敬顺从地点了点头，把男人送出了门。

当时正是赏樱花的好时节，天空的穹幕中云气浮动，东寺[2]的佛塔就像水墨画一样晕染了出来。

以下的事情都是后来才知道的。

那天下午，泰之进从屯所出来带着铃木三树三郎去清水寺赏花，回来的路上又顺道去了一间经常光顾的祇园茶屋[3]小坐。

庆应二年三月三十日傍晚——命运的引线无声无息地点燃了。

在京都那是个难得一见的傍晚：西方的天空垂着一轮鲜红的落日，河原各处都笼罩在晚霞余晖里。桥上熙熙攘攘的行人，脸也染上了夕阳的油彩。

泰之进和三树三郎此刻也正走在归家的途中。泰之进已经醉了，不过，同行的铃木三树三郎醉得更甚。铃木原本就是个贪杯的人，现在更是连走路都摇摇晃晃了。

三树三郎是新选组的伍长。虽说伍长不过是下级干部，但作为小团队的领导核心，每当冲锋陷阵，却也需要一流的武艺。故而自新选组结成以来，伍长的选拔均在近藤勇、土方岁三的监督下，严格按武艺的优劣评定。铃木是唯一打破这项惯例的人。他之所以能够不经武艺考查，直接跻身伍长之列，全赖其乃伊东甲子太郎胞弟的缘故。三树三郎虽然师从北辰一刀流，武艺却比新选组的一般队员还差。伊东也常为这个弟弟担心，因此他特地拜托在江户时就有交情的好友泰之进："请把三树当作自己的弟弟教导吧。"

现在，在离泰之进前面距离不过四间[4]的地方，这个铃木三树三郎正踉踉跄跄地走着呢。

正当两人踏上三条大桥的时候，迎面走来三个武士。看他们的打扮大约是西国[5]的脱藩浪人，兴许也是在哪里赏花归来，浑身散发着酒气，也已经喝得烂醉。三树三郎摇摇晃晃地走过去，突然朝左侧一歪，重重地撞上了其中一个大块头武士的肩膀。

“没礼貌的家伙!”这么嚷嚷起来的反倒是三树三郎，而且还亮出了家伙。

新选组在京都尽管专务打架厮杀，但现在这种行径，委实不合情理，所以桥上的行人都一齐停住了脚步，想要看个究竟。

有了观众，三树三郎更加来劲，只听他嘴里一边发出“哇呀呀，哇呀呀呀”的怪叫，一边脚底使劲，猫下了腰——这姿势怎么看也不是个高手。

反观他的三个对手，则个个都像是使刀的行家。他们默默地拔出刀鞘里的家伙。泰之进这时才发觉事态不妙，可等他踩着桥板，咚咚咚地跑将过去，敌人已摆出举刀过顶的架势，眼看就要招呼到三树三郎的脸上。原本，泰之进是打算为两方说和的，但眼前的情况已不容他如此打算了。

泰之进立即跳入战圈，先把眼看就要落在三树三郎头上的刀尖一挡，又把脚上的草鞋一甩，道:“鄙人乃新选组篠原泰之进，愿作足下的对手。”

听见新选组的名号，对方马上变了脸色。大概是觉得惹上扎手的角色了吧，他们不自觉地向后退了两三步。

篠原本就是同门之中的佼佼者，他原属千叶门下，那里与其说是传授使人强身健体的武艺，毋宁说是更重视战场上的实战技巧。因此他清楚，倘若真刀真枪地干起来，务须趁敌人畏缩的瞬间，全力发动攻击，如此定能取胜。

首先对上的，是三人之中块头最大的男人。泰之进拔刀的同时，那男人正打算绕到背后去袭击他。泰之进却满不在乎地上前一步，猛地朝对手举高刀身。对手下意识去看头上的刀，结果就露出了破绽。说时迟那时快，泰之进以迅雷不及掩耳的疾速，砍进了男人右侧的前臂，“分出胜负了吧。”他说。

“还早呢。”对方仍不死心。

魁梧的男人尽管右腕负伤，却并不严重，只是流下几滴血，溅落在桥板上罢了。这时他转而以左手执刀，继续战斗。泰之进因此又得以展示另一项绝技：他在对手的伤口上补上一刀，这刀下去，精确地斩断了敌人的筋骨。紧接着，他反手将刀尖轻轻一转，对手的右腕便如活物般地跳上半空，又如离弦之箭一般飞了出来，落在看客中间。

“快跑!”不知是谁带头喊了这么一句，转眼之间三人已经逃了个无影无踪。敌人逃后，醉后的倦怠感才向泰之进袭来。

“铃木，走吧。”

“嗯!”三树三郎使劲点了点头。

泰之进冷眼看着铃木：厮杀引起的亢奋好像还在他身上

持续着，伊东的这个弟弟一边挥舞着拳头一边继续往前走。

二人又走了几丁[6]路，来到誓愿寺附近，泰之进发觉右边的大腿湿了。“小便失禁了吧。”他暗忖。之所以如此推测，是因为与人性命相搏的时候，有时的确会粪尿失禁。不过，当他把裙裤掀起来一看，才发现哪里是尿——分明是血，而且已经把整条小腿都染得通红了。

“糟糕了啊。”

泰之进试着用手指探查伤口，终于发现在裙裤腰带上方某处，一按就“哧”地陷了下去——这是个深有一寸的伤口。战斗时精神高度集中，所以当时并没觉得疼，自然不会察觉。

“喂！”泰之进把嘴一咧，对三树三郎说，“看来今天就是我的死期。”

三树三郎脸色苍白地看了看泰之进的后背：“不像是致命伤啊。”

“我说的可是肚子。”

“不对，伤口在后背上呢。”

“跟你说这些，简直是浪费时间！”泰之进不愿再和这个蠢货纠缠，叫了一顶驾笼[7]回到九条村的家里，然后又找了外科大夫。

“这是怎么弄的？”阿敬问他。

“在祇园的石头台阶上摔了一跤。”泰之进故意用滑稽的姿势，模仿摔倒的样子给阿敬看，逗得她咯咯直笑。

尽管阿敬准备好了热水和绷带，可医生一进泰之进的房间，他就不许阿敬再进来了。好不容易等大夫回去，阿敬拉开泰之进房间的隔扇——眼前的景象却让她大吃一惊——男人盘腿坐定，腰抵着壁龛的柱子，他刚拔出短刀，正要往自己的肚皮上刺呢。尽管阿敬看过几次歌舞伎表演中的切腹，但目睹有人真在自己肚子上下刀还是第一次。

“让你看到啦？”泰之进露出些许不好意思的神色来。

阿敬一言不发，她像冲锋陷阵的武士似的，朝泰之进冲了过去。可就算阿敬使出了浑身解数，泰之进还是轻而易举地把她给撂倒了。

“你在那边闭上眼睛安静会儿，这事儿等下就完了。”

“什么事？”

“这个。”泰之进指了指自己的肚子。

“您这是为什么要切腹啊？”

“是没有法子的事。”

新选组有着令人闻风丧胆的严酷队规。

作为史上最强的杀人团体，新选组可谓名声大噪。能在入队选拔中脱颖而出的剑客，自然也是武艺超群。要让他们心甘情愿地聚集在新选组的“诚”字旗下，就需要秋风扫落叶般的，毫不容情的纪律。

而且，近藤和土方深知人性的弱点。所以他们意图恢复战国时代那种弱肉强食的武士道来约束队员——在当下的武家社会中这种武士道早已湮没无迹，那是只存在于传说中的无情铁律。总之，这种律例的核心就是，无论是谁，但凡显示出哪怕一丝一毫的恋生怯死的迹象，就会遭到毫不姑息的砍头、暗杀，或是切腹之刑。所以自新选组成立以来，光是判处死罪者就不下二十人。

举例来说，武家自古以来的惯习是：大将战死，其士兵就可以撤退。新选组的规定却是：组头[8]倘若战死，组众也应一同奋战至死——骇人听闻到了这种地步。而且，在激战之中，假如战友身亡，则禁止其他人将遗体带回后方。所谓："危如虎口之险境，非组头之亡者不得为其收尸。"总之，这些规定无论哪一条都绝不逊于战国武士的遗风。

除此之外，还有更残酷的队规：因私进行决斗，未使对方毙命而己身负伤者，乃贪生惧死之辈，理应切腹谢罪。据说制定这项规定是为了让队员意识到，除了将对手杀死根本没有活路。一旦有了这种意识，队员为了生存下去就只能变得愈来愈彪悍残忍。就是知道这个规矩，泰之进在发现自己受伤时才吓了一跳——敌人已经逃了，他的伤又是后伤[9]——让新选组的人知道了的话，自己根本没有活路。

“所以只能切腹了。何况，我在队中的任务是监督纪律，只有在此地漂漂亮亮地切开肚子才是武士所为。”这番话与其说是在向阿敬解释自杀的原因，倒不如说是在说服自己。

阿敬柔顺地点了点头表示理解，可心里却是另一番计较。她此刻的盘算，将来会成为新选组最大内讧事件的导火索。不过这已是后话了。况且她就是再神机妙算，此时此刻也绝想不到后来因自己的决定所引起的纷乱。

“总之，请您一定要心无挂碍地切腹。”

“不用你说我也正打算这么干。”

“可是，迄今为止，您从未对阿敬我说过您的身世。一旦您离世，我连您的遗发都不清楚要送到哪里。您夫人此刻身在何处呢?”

“老婆？根本没有。”泰之进咬牙切齿地扔下这句，就开始把自己进入新选组的经历，简要地告诉了阿敬。

泰之进出身久留米藩[10]江户定府[11]的足轻[12]之家。他父亲早年失明，所以不能像别的武士一样从事副业维持生计。泰之进的少年时代，过的是几乎天天以粥充饥的赤贫生活。到他哥哥成年，开始做起了绘制纸牌的副业后，家里才多少宽裕了一点。托哥哥的福，弟弟泰之进才能在神田玉池的玄武馆学习剑术，一直到取得大目录[13]资格。又因与他同藩的武士中有人拥有良移心头流柔术的印可[14]，泰之进就向他请教柔术，最后甚至青出于蓝。

可是一个足轻家的次男，武艺就算如何纯熟，最终也难以出人头地。泰之进的一生注定是靠已经继承家业的哥哥来养活。这样的他，无论到什么时候都没能力娶妻生子。因此，泰之进早早就下定了决心要脱藩。

这时在泰之进的人生中，出现了一个名叫伊东甲子太郎的人。他是泰之进的同门前辈，常陆志津久藩[15]的脱藩浪人，在深川佐贺町经营一家小道场。此人文武兼备，又颇有辩才。他不但与江户府内的攘夷论者交往频繁，在志士中间也小有名气。伊东自号蛟龙，所谓“金鳞岂是池中物，一遇风雨便化龙”，他在这自号之中大概是寄托了这样的野心吧。为了伺机乘着风雨化身为九天巨龙，伊东一边在深川佐贺町经营道场，一边招揽志同道合之士，培植势力。泰之进也时不时地来道场做客，当起伊东攘夷论讲座的听众来了。

元治元年六月五日这天，新选组局长带领着全部队员，奇袭了在京都三条小桥馆池田屋总兵卫处聚会的诸藩浪人，结果连江户都为之震动。此事件之后，幕府方面对新选组大加赞赏，决定继续扩大新选组的规模。为了增募队员，上至局长近藤，下至新选组一般队员都来了江户。自然这消息也传进了泰之进的耳朵。

这一天，泰之进再次来到伊东的道场。伊东说了一声

"我有件事想特别听听您的意见"，就把他让进了里屋。伊东虽说是道场之主，年纪却刚过三十，而泰之进则比伊东大五岁，所以伊东待泰之进总是很客气。

"我是粗人，您要说深奥的话，我可是听不懂的。"泰之进率先声明。

"哪里，我只是想征求您的意见，借以确定自己的心意——请看这个。"

伊东递给泰之进一封信。寄信人是新选组局长近藤勇，送信的使者据说是伊东和泰之进的同门，现任新选组副长助勤的藤堂平助。而信的内容则是劝说伊东加入新选组。

"我看看是什么。"

伊东是出了名的美男子，一双明眸更是令见者难忘。就是这双眼睛此刻正微微翻起眼珠望着泰之进，这副神态在后者眼里显得有点轻佻。

"伊东不该是勤王论者吗？"泰之进心中泛起一丝鄙夷，脸上却未露分毫，只一笑就把信扔回给伊东，"这玩意对我来说太难懂了。不就是殉守死节，或者屈身去做佐幕派的爪牙么？这种决定是不容他人置喙的。作为男人，应该抱着宁死不悔的决心，自己下判断。"

当时流行的是攘夷论，所以泰之进也姑且算是站在攘夷一边。不过，若真论起思想问题，却是个无可无不可的人。

他既非顽固的佐幕派，也非激进的尊王论者，对他来说与其奢谈什么思想，不如想想作为男人该怎么堂堂正正地度过一生。他就是这么个人。也正因如此，此刻他才能看穿伊东的真心。

“这个人可不咋地道。”他想。

伊东看了看泰之进的表情，苦笑了下：“您太直来直去了，这才不能参议所谓的国事。”

和篠原不同，伊东是个惯于在精神层面上进行思考的人。何况他本来就有一种容易对政治产生过度热情的倾向。在这种野心和气质之上形成的人格，也就不可能如泰之进一般单纯。

“说句老实话，我加入新选组是想借其力量为尊皇攘夷大业竭尽所能。”

“这样，你不就成清川八郎了嘛。”

这个清川八郎，在去年，也就是文久三年的四月十三日就已经过世了。他死在了“见回组”[16]佐佐木只三郎等人策划的暗杀之下。纵观他的一生，倒可称得上复杂诡异。他原本的主张是在京都确立新政权，然后施行攘夷政策；可落实到具体的行动，却是向幕府建议设置新征组（新选组的前身），镇压从诸藩流入京都的脱藩浪人。此组织甫一确立，他又准备悄悄地将其出卖给其他势力——使这个浪人集团充当京都革新派公卿的爪牙。

“伊东您可不能成为清川之流啊。想要以小伎俩窃取天下，这是不可能成功的。”泰之进想要点醒与清川一样同为才子的伊东。

“不，我与清川可不是一路人。我是打算一边忠实地履行在新选组的职责，一边耐心地劝说近藤、土方两人改变想法，共襄尊皇大业。”

“您要有这个自信的话，加入新选组也无妨嘛。”

“可是这个任务需要像您这样的高人相助。说句心里话，您要是不加入新选组，这次的事情我就决定放弃了。”

“哎呀，瞧您这话说的。”

“在这风起云涌之时，我可不能忍受只是在江户城郊开一间小道场。话虽这么说，以一介浪人之姿投身于天下大事到底势单力薄。不得已，我只好先寄身新选组再图谋大事。篠原先生，您看我这想法怎么样？”

“我啊……”其实他早已在心中做了决定：反正就这么在江户蛰居下去也没有什么出路。况且，自己明明已经修炼了一身剑法、柔术，却不能像个武士一样快意恩仇地生活，这是泰之进最不能忍受的。

“我和你一起去京都吧。不过你刚才说的那些计划不符合我的性格，恕不奉陪。在下去京都仅仅是为了领一份俸禄。”

“的确是篠原先生的作风。”伊东拍着手，显得非常高兴。

伊东很快就召集来了不少志同道合者，他们这个应该称为“新选组伊东派”的小团体，是值得在新选组的历史上大书特书的重要存在。不过他们从江户出发准备前往新选组所在的京都时，已经是元治元年的晚秋了。同行者以伊东、篠原为首，以下还有伊东的弟弟铃木三树三郎、加纳道之助、中西升、佐野七五三之介、服部武雄、内海二郎，统共八人。他们个个皆是武艺超群的剑客，然而其中的大半都在随后的短短数年间惨死异乡了。

到京都后伊东并没有立即去新选组的壬生大本营报到，而是和同行众人一起投宿在市内的一间旅馆。然后，伊东自己一个人去见了近藤和土方，两方就八人的待遇问题进行了谈判。不知道是否是这次谈判奏了效，在近藤勇从江户新招募的四十余名队员中，只有伊东派的八人得到了特别重用。“伊东派”的成员甚至超越了那些老资格的队员：伊东甲子太郎得到了与副长土方岁三比肩的“参谋”一职，另外又兼任队内的“文学师范头[17]”；篠原泰之进被任命为“诸士取调役监察”，兼队内的“柔道师范头”；铃木、加纳、中西都得到了伍长的官职，作为一般队员入新选组的只有佐野七五三之介、服部武雄、内海二郎三人而已。

从蛤御门之变[18]以后，篠原泰之进开始在各处工作，在队内也打响了自己的名声。尤其是庆应元年七月，他奉命搜查潜伏在大和奈良的不轨浪人，漂亮地完成了任务。

这事后来被称为“奈良事件”。原本搜查队的成员包括了伊东甲子太郎为首的五人，不过，在夜里只有泰之进和一个叫久米部正亲的普通队员两个人出来巡逻。他们叫同行的一个中间[19]提着印有“新选组”字样的灯笼，正准备再去一趟市区的旅馆。

走了没多久，三人到了游女町。刚靠近十字路口，辻行灯[20]突然灭了。事后才知道有五个手持尖刀的浪人在辻行灯附近埋伏已久，灯火熄灭正是他们一起发动袭击的暗号。

没等泰之进察觉事有蹊跷，就觉得有个巨大的人影正朝自己冲过来。他下意识地认定会被砍到，身体也不由得绷紧。但是，所谓的武艺，就是不假思索地对攻击做出反应。泰之进也是，他简直是在不知不觉中闪开了攻击，等回过神来，敌人已被他凌厉的柔术摔到排水沟边去了。

“来者何人?”泰之进边问，边脱掉身上所穿的纱质夏羽织[21]。

不过，敌人并不止一个。转眼之间，久米部正亲就被不肯报上姓名的三人围在当中陷入了苦战。与篠原对敌的人，看起来像个头目：瘦高个儿，穿着件和服，却只用带子束腰，下身也不穿裙裤。此人双手举刀过顶，上下挥舞，脚下也一点一点儿地朝他逼近。

“来者速速报上名号！我等乃领京都守护职会津中将大人麾下新选组是也。”泰之进知道十有八九这么一说敌人就会逃跑，但这次情况却不同，对方依旧步步进逼。

“只要说出藩和名字就饶了你们。”直到这时泰之进的刀仍没有出鞘的意思。他和其他的队员不同，从不滥杀无辜，这一点虽有鼓吹勤王的伊东甲子太郎的影响，更主要的还是他本人性格所致——这男人本来就生性温和。

敌人一言不发，突然往上一蹿，“呀——！”的一声呐喊，顺势砍过来一刀。泰之进巧妙地闪避，同时抓住敌人的右手腕，麻利地折断了其小指。紧接着瘦高男人被他的一个跳腰[22]，头朝下摔在了地上。篠原将他掉在地上的长刀踢开，随后又把男人的短刀也拔了出来，扔向远处。趁泰之进扔刀的工夫，瘦高个儿手脚并用，恨不能快点逃走。

“哪里逃！”泰之进捡起敌人的长短两柄刀，三步并作两步赶了上去，“这东西忘了吧，给我接着！”说着，把刀扔了过去。然后他又转身去帮助后面的久米部。不过，围着久米部的三个人见机不妙，早就仓皇而逃了。

这事让泰之进在新选组内名声大噪，唯独副长土方岁三面无喜色，他对泰之进说："作为监察，您这次的作为可不能称之为队员的榜样。您要是打算炫耀这种空手入白刃的表演，就令人为难了。为什么不干脆杀了他们？"

"是让我切腹么？"这是泰之进对动辄就令队员切腹的近藤和土方的讽刺，另一方面他也相信土方不能判自己死罪——毕竟他的武艺在组内评价很高。

"篠原君，我这可不是在说笑话。"

"哪里哪里，副长的话可是可怕到让我考虑是否就这么切腹的程度了，自然不是玩笑。"

"好了，关于切腹的事，就交给你自己把握了。"这意思就是从今以后倘若再有过错，就二罪并罚。

"交给我自己了吗？"

"不错，以后再有失误，就请您自行解决吧。"

"不敢当啊。那把切腹之刑权交给我的又是哪一位呢？"

"你就当是近藤局长交给你的就可以。近藤局长对你这次的作为也颇为不悦。"

——就是因为有以上的事情，这次三条大桥事件发生后，泰之进就已经做好准备，心知是难逃一死了。

"我已经完全明白了。"阿敬点了点头，"可是既然决定好要切腹，也就不急于一时，为了和这个尘世告别，总要喝点酒才好。舒缓自在地去到那个世界岂不更好？”

“酒？这是个好主意，确实要喝。”泰之进答应了。一旦要喝，这个本来就嗜酒的男人肯定不会浅酌几杯就罢休。兼之，阿敬又准备了大酱、干鱼等佐酒小菜，泰之进兴致勃勃地对阿敬说：“今天可是老子的守灵夜[23]啊，阿敬也喝一杯唱支歌助兴吧。”

酒才喝了一半，刚包扎好的伤口就在酒精的刺激下裂开，绷带也都教鲜血浸透了。但是，泰之进依旧杯不离手，直到拂晓才因醉意和伤痛晕了过去。

待他醒过来，早已是夕阳西下。庭院中有十棵左右的老松树，其间又有几株新植的樱树，樱花在稚嫩的枝条上悄然绽放。落日的余晖从松枝的缝隙里一条一条地流泻下来，夕阳笼罩中的樱花也纷纷不绝地飘落而下。这简直是只有在极乐世界才会出现的美景。

“阿敬——！”叫了一声后，泰之进就坐在廊下发起了愣。他思忖道：“人呀，可真是善变。昨天还下定了决心要立即切腹的，可一夜过去，过了这兴奋劲儿再看，昨天的自己和今日的自己简直不是同一个人。”等阿敬来了，他就说：“如此看来，我又回到这个世界了。”

阿敬以手掩口呵呵地笑着，泪水却已湿了眼眶：“反正人终归是要去往极乐净土的，目前暂时就别切腹了吧。”她对自己那已经得逞的计谋一字未提。随后女人轻轻一笑，这笑容的背后虽像是还隐藏着什么，但在泰之进的眼中，阿敬的微笑却和庭前飘落的樱花花瓣一样美丽动人。

男人这时突然想起来了什么：“忘记猪肉了！今天晚上伊东他们要来喝猪肉汤。新选组那边，就说为了击退那些乡下佬，我得了感冒了。好啦，既然活了过来，赶紧去洗洗耳朵去。”

“还要洗您的耳朵吗？”

“别这么斤斤计较的，真死了的话还能洗耳朵吗？”泰之进说完就跑到井边痛痛快快地洗起了耳朵，一边洗一边下定了决心——自己身上的伤一定不能叫组里知道。

说起来可真是奇妙，泰之进对新选组生出明确的反抗之心，这根苗竟是从决定隐瞒负伤所起的。

到目前为止，泰之进听伊东甲子太郎站在尊王论的立场对新选组进行批评时，心情都不怎么愉快。他觉得既然加入了新选组，就该痛痛快快地服从新选组的决策，唯有这样才是大丈夫所为。可是现在，他的心境改变了，至于为什么会改变，连他自己也说不清楚。像泰之进这种秉性正直的男人，为了要隐瞒负伤而耍各种阴谋诡计的话，一定会产生巨大的心理压力。这种压力，随后化为某种愤慨——他心想：“我为什么非要受这份罪呢？”最后再为这份愤慨找一个出气筒的话，那除新选组主流派之外就不作他想。

所谓“新选组主流派”是指过去曾在近藤经营的道场里当食客的人，具体讲就是土方岁三、冲田总司等人。原本，泰之进加入新选组时就不大喜欢土方岁三。虽然不少组员都厌恶土方阴险的个性，但是这些人一般又都仰慕近藤的为人，新选组的团结因此才得以维持。遗憾的是泰之进不知何故，打从一开始看近藤也不怎么顺眼。

目光锐利的伊东甲子太郎在这天，也就是来喝猪肉汤的这个夜里，察觉到了泰之进心境的变化。“看来最近足下终于了解我的苦心了。”虽然洞察了这种变化，他却并不知道泰之进后背上的伤痕。一是后者早就向铃木三树三郎下了严格的缄口令，二是即便伊东知道了负伤之事，也绝对想不到泰之进作为新选组一员，其忠诚心发生动摇的源头竟然在此。

其实，经过了这些日子后，参谋伊东甲子太郎在新选组内已经有了相当的威望。原本近藤只要一听到组员有不轨的行为，立即就下命令“杀了”，这句话简直成了他的口头禅。近藤、土方施行的这种恐怖统治，自新选组成立以来，一直像乌云一样笼罩在组内诸国浪人头上。可是，伊东加入新选组后，只要近藤一下令杀人，他就从旁“算啦算啦”地和稀泥。这么一来，不少人都在伊东的介入下捡回一条命。为此确有不少人敬慕伊东。其实，做这样的事情，一方面是伊东性格使然，另外还有一点是他有意识地在向队员施恩，以便笼络人心，培植自己的势力。

土方岁三一开始就预想到了伊东会有这样的表现。而且，庆应二年以后，伊东的言行变得更加露骨：以游说为名，递交了出差申请，随后把公务放在一边，到广岛、名古屋、九州等地四处旅行，肆无忌惮地与各地的勤王派名人聚会。关键是有传言说他在广岛与长州派的人物关系匪浅，在京都又偷偷和今出川萨摩藩官邸的联系人中村半次郎（日后的桐野利秋）频繁接洽。不久，这些传言都被一一证实了。

因此土方警告近藤：“那家伙要变成清川了。早晚会在组内拉帮结派，竖起叛旗。”近藤也早就发觉：伊东这个人，无论俊美的容貌、白皙的皮肤还是明亮的眼睛都像极了清川。“先充分地调查，然后在风声走漏前，神不知鬼不觉地杀了他。”

“听到您这么说，我真松了口气。我和伊东职位一样，难免担心您认为我是出于嫉妒诬告他，所以一直非常担心您会怎么答复。”

“你我之间，不用这么客气。”近藤说罢露出了只有土方才有幸一窥的神情。

然而，近藤对他的戒备，伊东方面也有所察觉。伊东没有麻痹大意的道理。在近藤的心腹中，藤堂平助与他关系最厚，伊东已对他坦言自己也在留意近藤等人的动向。倘若近藤决计要铲除自己，伊东就打算先发制人。话虽如此，伊东并没有因此离开新选组，大概是为了等一个合适的时机吧。

据说，让伊东下定决心脱离新选组的契机，乃是从江户以来就与他一同行动的盟友泰之进。直到他也赞成离开新选组，伊东才最终作出了决定。不过想来也是，秀才气质的伊东，肯定需要如篠原这样豪放磊落的人来帮他确定新的行动方向。

庆应二年二月二十五日。

在这之前的几天，泰之进明显地察觉到伊东在思考着、计划着什么，因此以款待几人喝猪肉汤为名把伊东请来自己九条村的住所。推杯换盏之间，他突然问道：“足下现在正考虑什么呢?”

伊东微微露出些狼狈之色。其实他在萨摩藩的中村半次郎保举下，正悄悄推动“御陵卫士”队的建立。这是个勤王色彩颇为浓厚的浪人组织。当然，表面上的发起者并非萨摩藩，而是个不会给人什么政治联想的老僧——五条大桥边戒觉院的长老湛然，他是挂名的负责人；内幕情况则是，事情已经进展到相当的程度了——连“御陵卫士”的费用都决定好由萨摩藩京都官邸的账房筹备。但是，虽说前途总算是有了着落，伊东却苦于不知该如何在钢铁一般森严的局中法度下安全退出新选组。

无奈之下，伊东只好把事情的来龙去脉讲给泰之进听。听罢，泰之进一笑道：“我想应该这么办，土方大概已知道了点什么，那个男人的眼光一向锐利，就算一时被蒙蔽，被戳穿也只是时间问题。所以还不如先发制人，把这些事情向近藤、土方挑明，堂堂正正地退出新选组。您看怎么样?”

“原来如此，这就是所谓的无策之策吧。”

“什么无策之策我可不晓得，只是想与其讲究手段、追求小节，还不如把事情摊开来谈，到时反而令对手难于招架。”

“我明白了。可是，篠原君，怎么样？您也加入我们如何?”

“行，我干。”泰之进毫不犹豫地答应了。据说，伊东一听此言，旋即面露喜色，乐而忘箸。

“感激不尽。探知尊意，方能一决已心。蒙足下大恩，吾亦能参与回天之大业了。”

“哪里哪里，没您说得这么严重。”泰之进像是被人胳肢了似的，脸上露出笑容。

等伊东告辞后，泰之进立即大声喊："阿敬、阿敬，如此看来我很快就能大晴天在人眼前一丝不挂啦。"这才是他的心里话。从某种意义上，可以说伊东退出新选组是泰之进后背的伤口引起的。

㈣

这时，正好流传着一种说法：自局长起新选组全员都要提拔为幕臣[24]。事实和传言一样，几个月后，即庆应三年六月，正式的聘用文书就颁布了。伊东就打算以此为借口脱离新选组。他和篠原泰之进一起去近藤位于七条醒井的妾宅，拜见了近藤和土方。伊东先把御陵卫士的事轻描淡写地说了说，随后便开始了口若悬河的辩解。

"我们不愿意成为幕臣，一旦成了幕臣就会被这个身份束缚住。所以，我们才打算另组浪士队。但是，这无论如何都不是脱队，而是要从新选组分离出来，您不妨就当作是新选组的发展壮大。虽说这个新队与萨长[25]关系匪浅，但不过是为了刺探机密，以资新选组总队而已。"不用说这些都是伊东的诡辩。近藤像是已经知道了似的，出乎意料地平静，甚至还安抚着脸色大变激烈反驳伊东的土方。泰之进目睹此景，对近藤冷哼一声，转过了身子。

“足下呢，有什么见解？”

“在下，说句老实话，只是厌倦了刀尖舔血的日子，如此而已。”

“我明白啦。会妥善地送走各位的。”不知近藤是否已有了对策，总之他非常痛快地表示了认可。

从新选组退出的御陵卫士共十五人，在庆应三年三月十日，以传奏[26]命令的形式被令移防，转移到五条大桥东端的长元寺。这一年的六月八日，又迁至高台寺月真院，最后这里成为了御陵卫士的大本营。营外挂上了“禁里御陵卫士屯所”的门牌，伊东又特地获得朝廷允许，在大门两边拉上染着菊桐纹样的帐幕。

伊东是个有经营长才的人，经他四方奔走，筹措到许多经费。根据他自己的手记，当时御陵卫士们的花销，仅饭费一项，一天就是八百文。当时走一次“东海道五十三次”[27]，路上都住最豪华的旅馆每日也不过二百文。因此饭费八百文，不可不谓奢侈。

到此为止新选组对伊东一派，都采取冷眼旁观的态度，平静到令人毛骨悚然的地步。

“篠原君，近藤好像对我的行动非常谅解的样子。”伊东对此倒是得意扬扬。常以才子自居的他，对自己言谈的说服力很有自信，但是，这反而证明了伊东的浅薄。

“佐野君来了也这么说：最近近藤的心情不错，好像还对组员说过去月真院做客也成之类的话。”这里的佐野就是佐野七五三之介，伊东为了以防万一在离开新选组的时候把心腹佐野、茨木司、中村五郎、富永十郎四人留在了组里。他们是伊东的内应，负责通知他新选组的动向。

“咳，谁知道呢。”泰之进对伊东所说的话抱有怀疑。以前搞组内清洗的时候，他就对新选组的惯用伎俩了如指掌了——他们用的都是武士想也想不到的阴招。按篠原自己的想法，原因在于近藤、土方的身世，他们二人皆非真正的武士出身，而是武州[28]乡下的农民之子。

正如他所推测的，这时的近藤、土方已经展开了一系列周详的布局。“总之，我们的目的是歼灭所有敌人。不过在白天大举闯入敌营，斩杀对手，这多少有点困难。不如悄悄地一网打尽。土方君，能听听你的想法么？”

“第一步，除掉他们的内应。如果在组内杀了他们难免走漏风声，反倒打草惊蛇。要是让月真院的家伙们警惕起来，以后的事就不好办了。所以，下手的话就要选其他的地方。”

“就按照你的想法放手去干，我等着看你的手段了。”

于是，不久之后的某日，土方岁三把佐野七五三之介等四人叫来，对他们说：“组内有一笔钱等着急用，已经差使者去黑谷的会津藩官邸说明了此事，所以你们几个只要去收钱再带回来即可。数目是两千两。”这一手要得非常高明。新选组的经费都由会津藩官邸资助，所以去那里取钱是经常有的事。

“土方大人也一起去吗?”

“嗯，我也一起去。”这样就更没有可疑了。

伊东派的四个卧底到了黑谷的会津藩官邸，拿到了钱。他们并没立即离开，因为官邸的人为了慰劳他们已经端出了酒菜。卧底们一旦拿起杯子，就不知不觉从红日西沉喝到月上中天。

“别客气，尽管喝。”会津方面的接待人员很有技巧地不断劝酒，结果四人都喝到酩酊大醉。惨剧就在这时发生了。

也在此时，身在东山高台寺月真院饮酒的篠原泰之进感觉耳朵深处响起了好像人临死前呻吟一般的不可思议的声音。

“我好像听到了奇怪的呻吟声。”

“这是你的错觉吧。”伊东并不以为然。

另一方面，在黑谷的会津藩官邸，佐野等四人正在屋里喝酒，从屋外悄悄潜入了十个新选组队员。他们全副武装，个个手持长矛。负责指挥的人是大石锹次郎，他还有个诨名叫“刽子手锹次郎”。这男人无论武艺还是为人都非善类，他嗜杀成性，并且以此为乐。正因如此，近藤每逢对组员处以私刑，都派此人负责。

这时会津松本家的家臣来叫土方：“请您到隔壁来一下好么?”

“知道了。”土方爽快地站起来，到隔壁的休息室去了。土方的离席就是十人组成的长矛阵闯入的信号，还没等喝酒的四人受惊站起身来，只听几声惨叫，就被扎了个透心凉。

为了确认是否死透，大石锹次郎一干人又用长矛托往已经断了气的尸体上反复地扎刺。后来连土方都看不下去了，大喊“住手”，大石这才无奈地转而用脚踢着早已入了鬼籍的佐野七五三之介的脸——大石有施虐的嗜好——现在也唯有这样方能一解他羞辱遗体的渴望了。

这时发生了件不可思议的事。据说，在大石踢到佐野遗体的瞬间，佐野竟然摇摇晃晃地站了起来。只见他拔出短刀，缓慢地砍下，将大石从脸到脚划出一道浅浅的伤痕，这才扑通一声倒下，又变回了死人。这大概是佐野在被踢的瞬间苏醒过来，使足浑身力量向大石表达自己的痛恨吧。

以下就是题外话了。新选组大败之后，大石锹次郎前往驻扎在武州板桥的官军本营，当然他这时已经是农民打扮了。大石化名“锹吉”，一到官军本营就向人问：“加纳道之助大人在么？”

加纳道之助和伊东、篠原一起当过御陵卫士，后来他加入萨摩军，成了一名官军士官。加纳出来一看，发现这个农民竟然是当年的刽子手锹次郎，大吃了一惊。不过让他惊讶的还在后头，锹次郎提出自己也要加入官军的行列，请加纳为他引荐。

“大石君，你还是个人吗？”加纳饱含恨意地说，“黑谷的会津藩官邸，佐野死不瞑目，莫非你已经忘记了？你要是想说忘了的话，我这就叫你想起来！”

拷问之后，锹次郎就被斩首了。

言归正传，会津藩官邸之变，即便在新选组内也是以非常秘密的形式进行的，所以身在东山月真院的伊东、篠原根本无从得知。又过了几天，到了庆应三年十一月中旬，新选组局长近藤勇给伊东甲子太郎发来了封邀请函。

“久不闻君之诤言，如饥似渴。故请尊驾屈尊陋室，乞闻高论。”这信是近藤的仆人治助送来的。甲子太郎看罢来信，便对使者说一定应邀赴宴。

“还是不去为好吧。”事后，泰之进出言阻止他。

可伊东本人却坚信：打老早以前，近藤就非常佩服他的学识见解。

“不会有诈的，近藤说的应该是实话。”

“伊东您好像认为近藤是个正人君子。近藤出身农户，不像武士，没有与生俱来的正直秉性，这一点请您可别忘了。”

“正因为他出身平民百姓，才更想听听天下大事，增长自己的见识吧。”

“那么，谁当您的护卫与您同去呢？”

“我一个人就行。我可是伊东甲子太郎呐。”

才子伊东的另一个身份是千叶门下闻名的剑客，他对自己的武艺也有相当的自信——这一点与其说是荣耀，倒不如说是他的悲哀。

近藤招待伊东的地方是位于七条醒井兴正寺的妾宅。虽说只是个妾宅，却毫不逊于大藩家老[29]的别墅。妾的名字是孝子。近藤有好几个妾室，其中一个是大阪新町青楼出身的深雪太夫[30]，容姿为诸妾之首。但是深雪太夫没过多久便病死了，近藤领回她的妹妹令其住在这间别邸。孝子的来历就是这样。她也是大阪新町青楼出身，因此酒宴间的周旋之术，可称精湛。在孝子劝说下，伊东着实痛饮下不少。

伊东辞别出门已是亥时（晚上十点）。一见他走远，近藤立刻叫来了土方，问：“都准备好了么？”土方默默地点了点头。

为了消除醉意，伊东没有叫驾笼，只用左手提着有菊桐纹样的灯笼，右手耷拉在身旁，缓缓地走着。那是个滴水成冰的寒夜，天上挂着十六日的圆月，月光之下，伊东可以清楚地看见东山的轮廓。

渡过木津屋桥往东走的时候，伊东小声哼哼起了谣曲“竹生岛”。过桥之后，右侧是一片草地，最近因为有过一次火灾，所以到处都支着修缮房屋的脚手架。伊东此刻醉意还很浓。

突然之间，他被脚手架绊了一下，就在这个瞬间，从架子的缝隙中刺出一支三间长的长矛。伊东口中的谣曲戛然而止，灯笼也掉到地上烧了起来。长矛“哧”的一声从伊东的右肩穿透至咽喉，他整个人就像是被架着吊起来一样，一动不动地站着。被刺中的那一刻，伊东的酒大概就醒了吧。只见他沉着地转了转眼珠，数清了敌人的数目，然后又缓缓地去摸刀柄。

这时，还是那个大石锹次郎，朝他靠了过来，准备给伊东最后一击。不料，旁边有人叫住了他，这是以前当过伊东的马夫后来晋升为一般组员的胜藏，“大石君，这件事情就请让我来吧。”胜藏这么说完就挥刀砍向旧主伊东的脖子，力量之大甚至可以听到刀砍到骨头上的声音。可是，伊东还是没有倒下。被砍的刹那，伊东的身体虽然不能动弹，右手中的白刃却是一闪，漂亮地使出了大概是北辰一刀流的招式。只听得胜藏“哇”地大叫一声，脸就被劈成了两半。与此同时，伊东也终于面无表情地倒了下去。据说最后他嘟囔了一句什么，不过等大石锹次郎靠近去听时，伊东就断了气。所以究竟他的遗言为何，最后竟无人知晓。

最后登场的是这一暗杀的策划者土方，他用手戳了戳大石的后背，声调毫无起伏：“死了吗？”

“是的。”

“可以了。用这个当诱饵放到七条油小路的十字路口去。”

为了以防万一，大石又在伊东的左腿上补了一刀，不过显然是多此一举。他把这位才子后脖颈的头发一抓，按照土方的交代将尸体扔在了油小路的十字路口。

深夜寒气逼人，伊东穿着的仙台平裙裤和血冻在了一起，硬邦邦的如同木板。在油小路的十字路口平躺着的他，单薄得几乎令人难以置信，而在伊东的头上，一轮十六日的圆月，清辉如故。

这时候，从十字路口的各处出现了新选组组员的身影，据说当时动员的人数超过了四十。他们的出动并非只是为了暗杀一个伊东，而是要参加下一场即将发生的厮杀。池田屋事变之后，新选组如此大规模地出动，这还是第一次。队员人人都披上锁子甲了，有的人还戴着钵金[31]。

新选组的队员在各组长的指挥下，迅速地向四周散开。为了伏击为伊东收尸的御陵卫士，他们或躲在附近人家的檐下，或藏身在门厅或是二楼。战斗的阵列都已经布置妥当了。

这之后不过半刻[32]左右的工夫，町所的差役走过来，发现了尸体。这差役一搞清楚死者是伊东甲子太郎，立即就去通知了东山月真院的御陵卫士本营。这天包括泰之进在内，只有七人值班，而率先问“如何是好”的人则是伊东的亲弟弟铃木三树三郎。

“对方并非不认识的人，我们竭尽诚意向对方解释清楚，乞求谅解如何？”

“铃木君，没用的。除了杀过去以外，别无他法。”说这话的是服部武雄。听说，他是媲美新选组内冲田总司的北辰一刀流高手。

“可是，咱们的人只有七个。”

“七个人已经足够。我们这趟去与其说是为了抢回伊东大人的遗体，倒不如说是为了把我们的性命交到那里去。不战到七人皆毙，决不罢休。”服部说完立即跑到里屋把盔甲箱担了出来。

“这是干什么？”靠着屋柱的泰之进这时才出声。

“为战斗做准备。”

“别干了。听町所的衙役说敌人有四五十人呢。七个人对这些敌人，怎么想都是有去无回。穿着盔甲去赴必死的战斗，路上被人看到，日后就会被当作笑柄。反正都是一死，倒不如什么都不穿，看起来倒威风。”

“那就这样。”大家都解下了刀鞘上的条带，用它把碍事的羽织袖绑了起来——这就是大战前唯一的装备了。他们叫的驾笼不一会儿也来了，这是为了带回伊东的遗体而准备的。大伙一起走下了高台寺前的台阶，是时月光如水，就连九尺以外的敌人的脸孔也能看得清清楚楚。

“今天就要做个了断啦。”加纳道之助这么说，他的声音因为寒冷和紧张听上去颤颤巍巍。

泰之进默默地，踩着在月光下映着几个人身影的小路，一边走一边想：“伊东这个人呀，就是死了也得给我找这么多麻烦，真是想都想不到的事情。”走着走着他又回想起伊东当初神采飞扬、口若悬河的样子，忽然又觉得可笑。

不一会儿，到了那个出事的十字路口，果然见到甲子太郎被弃尸于此。“抬进驾笼里去。”泰之进命令道。

泰之进话音未落，就从四面八方传来许多人的脚步声。

“扔下尸体，拔刀！”一边说，泰之进一边麻利地从左往后给了一刀，冲来的敌人立即受伤仆倒。

泰之进知道他们被包围了。服部武雄、毛内有之助防守正面，篠原泰之进、富山弥兵卫于东；铃木三树三郎、加纳道之助、藤堂平助在西，勉强支撑。可是，不过转眼之间，他们就被切断分割在乱军之中，只得独自迎战了。

藤堂平助腹背受敌，全身重伤十余处。后来，他脚一滑，踩进了东侧的排水沟，仰面摔倒，群敌趁机把他砍成了碎块。

然后要讲的是服部武雄的奋战。他的战斗堪称幕末刀剑决斗中，最为英勇悲壮的一幕。从始至终，他背靠民家的门柱，舞动着一把三尺五寸长的名刀，腰上系着一只骑马用的灯笼，滴溜溜地照着脚下——在他拼命地砍杀下，倒在他脚下的敌人一个接着一个。可是最终因堆积的尸体委实太多，服部武雄又负了伤，动作就渐渐不那么自如了。他刚想换个地方继续战斗，原田左之助就趁这个机会用长矛捅死了他。服部武雄死后，遭暴尸五天，无人敢来收殓。这场厮杀后的翌日，小山正式因为要去西周在千本路所开的学塾，打这里经过，他的笔记现存至今。据他所说当时服部武雄全身负伤二十多处，但至死神色不变。

毛内有之助是津轻弘前的脱藩浪人，他在新选组里就有“毛内百事通”的外号，是个身兼各种武艺的能人。这天在乱战之中，他把刀给折断了，再要去伸手拔短刀的时候，前臂遭敌人砍断，他只得赤手空拳地迎战敌人。这些不过是发生在眨眼的事情，其实没等看清敌人的面容，他就被刺死了。

昭和初年，东京日日新闻报社要连载一篇名为《戊辰物语》的小说，为此进行采访的时候，也访问了位于油小路十字路口一角的某间麻绳店。据说在发生决斗事件的当晚，住在这儿的一户人家关上窗户，躲在二楼偷窥过街上的打斗。那时所见的情形，作为人们茶余饭后的谈资流传了下来。据他们说，转天早晨出门一看，不知为什么，人的手指七零八落掉了一地。

篠原泰之进没有死。他和加纳、铃木、富山等杀出一条血路，一路往西跑，投在萨摩藩的官邸，后来在官军东征时在军中效力。

庆应四年，近藤勇在诸方遭遇惨败，化名“大久保大和”骑马去了下总流山的官军本营。刚刚才抓了大石锹次郎的加纳道之助，立刻就认出了近藤，顺道把他也捆了个结结实实。

总之，油小路上的那场战斗虽然是以新选组一方的胜利告终，但不过一年的时间，胜负之势便彻底逆转了。

泰之进在明治维新后一度就任弹正台的少巡察，不过不久就辞官隐居了。加纳道之助也得到了北海道开拓使的官职，他非常长寿，据说一直活到明治四十一二年。而泰之进最后死于中耳炎，洗耳朵的癖好到底要了这个男人的命，不过他总算是寿终正寝，这一点倒是确凿无疑的。

注释：

【1】新选组内的监察人员。除特别说明之外，注释均为译者所注。

【2】教王护国寺的通称，在京都市内南区，是真言宗东寺派的总本山。

【3】日本的“茶屋”其实更类似于中国的酒馆，出售酒水和菜肴，也有陪酒的风尘女子。

【4】日本的长度单位，一间相当于其国的六尺，约合1.818米。

【5】关西以西的诸藩国。多指九州，也包含中国、四国地区。

【6】日本的距离单位，也写作町，1丁（町）相当于60间，约合109米。

【7】二人抬的轿子。

【8】江户幕府、藩军队建制中，一组之长。

【9】后背面所受之伤，因多为逃跑时所负，因此在武士看来是一种耻辱。

【10】今福冈县西南地区。

【11】江户时代，旗本、御家人以及大名之下臣，因职务之需长年定居江户，他们的居所被称为定府。

【12】最下级的武士。

【13】武艺修业完毕，成绩优秀者。

【14】武道中，证明有开门授徒资格的证明书。

【15】今茨城县。

【16】与新选组一样，京都的佐幕浪人集团，其背后支持者也是会津藩。

【17】新选组内部负责某项队员教育的教员长，就称为某某师范头。

【18】幕末长州藩发起的尊王攘夷武装动乱。亦称“禁门之变”，“元治甲子之变”。发生于1864年（元治一年），这一年公武合体派的会议解体。在长州藩很多人要求率兵进军京都，出现了稳健派的久坂玄瑞和激进派的高杉晋作的对立。6月池田屋事件的消息传来，激进派在藩内取得了领导权。国司信浓、福原越后、益田弹正三家老率先遣队向京都进军，7月19日松平容保领导的会津藩兵与萨摩、桑名诸藩联合，对抗长州先遣军。长州军败走皇宫的蛤御门，长州武士多数战死，久坂玄瑞、真木和泉自杀。

【19】江户时代服务于武家的人员的一种，一般从事杂役，因地位处于足轻与小者之间故称。

【20】江户时代路口上的街灯，实际上是一种改良的油灯。

【21】江户时代男子正式礼服最外面所穿的，形状类似坎肩的服装。

【22】柔道中腰技的一种，利用腰劲将敌人掀倒在地。

【23】日本习俗，逝者亡故的当夜进行彻夜守灵，亲戚朋友聚在一起追思、祈祷，最后喝酒。

【24】将军直属的臣下。

【25】萨摩、长州两藩，即勤王倒幕派的主力。

【26】平安末期以后公家的官职名。负责将亲王家、摄关家、武家、寺社的奏请传达给天皇或上皇。

【27】德川幕府时代，从江户日本桥向西经过诸藩国到京都的干线道路，幕府在沿途各谱代大名领地设立驿站，共计五十三驿，故名。

【28】即武藏国，今东京都、神奈川县川崎市一带地区。

【29】一藩之中，藩主以下家臣中地位最高者。

【30】太夫为艺妓的最高等级。以下还有：天神、鹿恋、新造、秃等。

【31】金属制作的额带，战斗时绑在前额保护头部，是一种简易的头盔。

【32】一刻约合30分钟。

暗杀芹泽鸭

一

故事刚开始的时候，土方岁三才二十八岁。当时他的身份也不过是武州多摩郡石田村一户农家的三儿子。

文久二年的年底，他们志同道合的一伙人——同门的冲田总司、山南敬助、井上源三郎，还有来自其他门派的友人永仓新八、藤堂平助、原田左之助，跟随近藤勇一起加入了幕府组织的浪人团。后者之所以成为这个小团体的头目，是因为他是天然理心流第三代掌门近藤周助的养子和继承人，而周助则是土方、冲田等人的师父。

转过年来的二月四日，浪人团的成员们才首次齐聚一堂。聚会的地点选在江户小石川传通院内的处静院，也是在这里土方邂逅了那个男人，后来与他的种种纠葛都是从这一天开始的。

直接由幕府征募来的浪士共有二百三十四人。在幕府与浪人们中间奔走斡旋的人物叫清川八郎，在他的建议下这个队伍暂定名为浪人队，不过没过多久就又改称为新征组。

新征组公开的使命是护卫目前驻跸于京都的幕府将军。不过也有传言说，他们真正的任务是镇压目下正横行于此的尊攘派浪人。而且据说幕府已经出了赏格，根据功勋的高低，其中的佼佼者甚至可以一跃获得旗本的身份。因此一时之间，从声名显赫的剑客、慷慨不羁的豪侠，到素行不良的赌徒，乃至赌场、妓院雇佣的打手都前来应募，甚至有些来头可疑的人也混迹其中。

集会当天天气非常冷，方丈堂的会场又是间一百叠[1]的大房间，其情状可想而知。与会的幕府官员只有两人，一个是浪人奉行鹈殿鸠翁，另一个是浪人取缔役山冈铁太郎。会议的主持人是山冈的好友清川，为大家斟酒、活跃气氛则是清川的两个心腹：彦根浪人石坂周造和艺州浪人池田德太郎。

最开始先是鹈殿的讲话，讲话结束后在场所有人都得到了数额相同的安家费。然后开始吃午饭，最后则是酒宴。开始喝酒之前，清川八郎走到末席："那么，就请各位敞开胸怀，一醉方休吧。"说完之后，他又回到上座去了。这时石坂、池田也从座位上下来，开始挨桌敬酒，他们和每个人都说同样的话："在座诸位，很多人都还是初次见面，不若趁此良机，畅所欲言吧！"

对这样的建议，浪人们都沉默以对。又不是小孩子，即便是听了训词，拿到了钱，又大白天地就被招待在一起喝酒，可是还不至于因此就立即与来历不明的邻席之人称兄道弟，打成一片。于是，那些人队前就认识，脾气相投的故知旧友们渐渐地扎堆聚在一起，玩笑畅谈了起来。新征组内的派系，可以说从成立的第一天就出现了。

不一会儿，近藤站起身："到那里去吧。"说着用手指了指房间东面一个略显昏暗的角落，于是同行的其他七个人都走了过去。其实今天他们几乎都没怎么饮酒，而且这个小集团的头目近藤本来就是个少言寡语的人，所以谈话并不热烈。他们并不是出名的剑士，在江户可说是无名之辈，也就不会有慕名向他们搭讪的人。当时在他们周围饮酒的众人中，有谁会想到呢？——就是这占据了房间东面一隅，毫不起眼的八人，在将来竟会成为新选组的核心干部。

和他们形成鲜明对比的是另外一撮，五六个人聚在一起，端着酒菜坐在宽廊边，旁若无人地谈笑风生。他们之中为首的是个眼若铜铃的壮汉。这男人虽开怀大笑，笑声却并不寻常，像是劈开东西时发出的尖利噪音，与其说是笑声，毋宁说是恫吓更加恰当。再往他脸上看，此人尽管咧着嘴角，眼中却毫无笑意。他那大大的眼珠儿，如同是附着在脸上的另一个活物，哪怕男人兴致勃勃地推杯换盏，这眼珠儿也不停地转来转去，警惕着四周的动静。

此人绝非凡品。

禁不住好奇心的驱使，土方悄悄地问身旁的冲田总司："那个人是谁?"

这总司不但有天然理心流免许皆传的资格，而且年龄虽说比大伙小，武艺却在近藤、土方之上。还有一点更令人觉得不可思议：无论何时，他总是一副天真烂漫的少年神情。

"是呀，这人是谁啊，真是个奇怪的家伙。"眼下也是同样，他笑嘻嘻地继续道："我猜一定是水户藩的。"

"你怎么知道?"

"那个人的水户口音很明显嘛，而且他们声音大得唾沫都快喷到这里来了。"

土方想了想，又向坐在另一边的近藤问了同样的问题。后者也觉得"水户"的答案有理，不过近藤给出的答案更为具体："那个人大概是芹泽鸭。"

"那个人吗?"土方又重新打量起那男人。

假如眼前这人就是芹泽的话，那可是天下闻名的剑客。芹泽的剑法属于神道无念流，当年他们一干水户藩攘夷派浪士，聚集在常州的潮来馆，自称"天狗党"，以疯狂残忍的杀人手段而声名鹊起。芹泽鸭作为"天狗党"中为数不多的生还者之一，据说依旧恶习不改，杀人如同儿戏。

“那就是芹泽喽?”

“恐怕是的，不过，土方君，”近藤拉了拉他的袖子，“还是不看他为妙。”

土方无言地点点头，将头转了过来。对面的原田左之助突然插了句：“这烤鱼做得可真香。”原田是从伊予松山脱藩来的，那儿是以鱼肉鲜美而闻名天下的地方，大概他是因烤鱼勾起了乡愁。

新征组的组员一共二百三十四人，从板桥宿出发，向京都行进。到文久三年二月八日，已经是他们启程后的第四天了。

新征组下设七个小队，每个队伍的队长被称为“伍长”，能成为伍长的人，必是蒙山冈和清川青眼有加。他们大多名声赫赫、武艺超群。例如一小队队长就是江户远近驰名的浪人，名叫根岸友山。其实，也只有这样武艺高超的剑客，才能控制住手下闲散惯了的浪人。然而，也有例外。山本仙之助本来是甲州一带赌徒无赖们的首领，大伙给他取了个诨号，叫“佑天仙之助”。也不知道是看中了他身上的什么才能，清川竟让此人当了五队的队长。

芹泽鸭被授予的官职是“取缔付笔头役”[2]，这职位与各队长同级，故而可以免于他们的辖制，根据情况甚至可以反过来控制、指挥对方。以芹泽的性格来说，这是相当令他心满意足的位置了。

混混出身的人都能当上队长，可是近藤一派八人却遭到了异常的冷遇。要论武艺，近藤以下，土方、永仓、冲田、藤堂、山南、井上，个个都是不输给组内其他人的高手。可是，这种实力还不为人知。这不得不说是寂寂无闻者的悲哀。他们八人一起被安排在六队队长村上俊五郎的麾下，排着队沿木曾街道，默默地走向京都。当初道场虽小，近藤也是一馆之主，现在却成了普通队员，他心中大概觉得非常屈辱吧。到京都以后，他就和新征组分道扬镳，所以说这时所受的冷遇的影响，大概不可小觑。

幕府方面派遣鹈殿鸠翁、山冈铁太郎带领队伍进京。托二人的福，昨天还不过是流浪汉、无赖团体的新征组，一路上却获得了直参[3]才有的待遇。

他们的队伍里每到一处，本阵[4]、旅笼的主人总是亲自诚惶诚恐地出来迎接。

他们每到一处，旅馆门上都会贴上奉书纸[5]，写道：

鹈殿鸠翁大人御宿

山冈铁太郎大人御宿

新征组御宿阵

见到这种排场，有的队员兴奋得好像小孩子。这样的人基本是乡士[6]、足轻、农民或町人。正经武士家庭出身的人，很少有这么大惊小怪的。

按照惯例，当大名、旗本出行，仪仗走在驿路上的时候，会有一名家臣预先把主人和家臣团的住处按照他们各自的身份安排妥当。干这种工作的人被称为“宿割”。这次新征组上京，路上也安排了这样的人先行一步。在前几天里，各组的一般队员轮流充任“宿割”。他们从板桥驿出发，经过了蕨、浦和、大宫、上尾、桶川、鸿巢、熊谷、深谷，这天晚上应该在本庄过夜，结果正巧赶上近藤负责“宿割”。

岁三担心他没有处理这种杂务的经验，恐怕办不好，就对近藤说：“不能让您来干这种卑贱的差事。请您称病，让别人替您吧。”

“没关系。”

“那请允许我和您同去吧。”

“这种工作要带上助手，不太好看。”近藤显得有点不高兴，“这种工作是谁都要做的，我也应该试着做。再说也不是我一个人单独负责，还有其他人帮忙，不会干不好的。”

“到底行不行啊。”土方还是放心不下。后来正如他担心的那样，近藤的工作到底还是出了纰漏。

提前赶到驿站的近藤，按大家的身份和官职顺序，逐一安排一行人的住处。首先是幕府官员鹈殿和山冈，他们自然是住在本阵。居中负责协调联络的清川则安排在高级旅馆；七个分队的队长分别安排在各队泊宿的旅笼里的上房。最后他又订好了剩下的一般队员的房间，自以为万事大吉。可是，等大队一行人马赶到，大家各安其位，却独独缺了那个难缠的芹泽鸭的下榻之处。

“这事情可怪了！真奇怪！”芹泽一面用刻着“尽忠报国”四字的大铁扇敲着自己的脸，一面走进近藤的屋里说道：“我的房间在哪里?”近藤听罢，脸上一下褪了血色。

“没有我的房间吗?”

“不，马上给您安排。”

近藤战战兢兢与同伴商量办法，得出的结论是无论如何先去道歉。他从屋里一出来，就四处寻找芹泽，孰料后者正盘腿坐在大路中间，抽着旱烟，不知道心中作何盘算。近藤无法，只得走上前去，在他身边坐下。

“这次的事情，真是非常抱歉，都是我粗心大意才铸成了大错。”说着，他跪在地上，双手触地，行了个大礼——对这个男人来说，这是无法容忍的屈辱。“请您大人有大量，原谅我吧。”

芹泽依旧侧着身子，也不作回答。让近藤在路口跪了半天，他才开口道：“没什么，您千万别为我这样的人费心。对在下这条丧家之犬来说，这条大路就挺符合在下的身份。不过夜晚寒气袭人，请准许在下点起一堆篝火。鄙人的篝火也许会弄得很大，为免各位受惊，所以先把话说在前面。”

说罢，他立即叫来了自己的党羽：新见锦、野口建司、平山五郎和平间重助。他们拆掉了附近的一间小屋，以拆下的木板作柴，在路中间点起了巨大的篝火。不久，天已经黑尽，篝火映红了天空，火星木屑纷纷落在邻屋的屋顶上。附近村里的人还以为这里着火了，都跑来看热闹。

从带队的鹈殿、山冈，到整个队里的队员，都担心万一发生意外来不及反应，所以大家都衣不解带地干躺了一宿。近藤更是难堪极了。半夜，藤堂平助提着刀，一边大叫：“我去砍了那家伙！”一边杀气腾腾地冲向门口，可是半路就被近藤制止了。两人就这样反复折腾了好几次。

冲田跑到了二楼，饶有兴致地从窗户眺望那束巨大的火柱。土方则一声不吭地盯着天花板——这天夜里只有他，从始至终没说过一句话。

二月二十三日，一行人终于踏上了京都的土地。但因京都中心没有适合的房屋，所以全体队员都住到了京都郊外的壬生村，在那里租了几间乡士的房屋作为宿舍。而办公地点则设在新德寺。

不过，他们在京都仅仅停留了二十天，事情就起了变化。表面上的理由是因为发生了“生麦事件”[7]，继续让浪人团留在京都可能发生意想不到的事情。其实这中间另有内情：清川正暗地里和公卿款曲襟抱，企图将新征组转卖给对方。鹈殿等知悉此事，就准备再率众返回江户。然后不愿离开者出现了，嚷嚷着要“贯彻初衷”。不肯回乡的就是以近藤为首的八人。不过奇怪的是，芹泽竟然也响应了这个口号，宣布：“老子也要留下。”

于是，两派人马合起来一共十三人。他们仿佛命中注定一般的派阀斗争，就此拉开了序幕。

两派人还住原来新征组给他们安排的宿舍，即八木源之丞的空房里。不过今时今日的他们已经失去了幕府的认可和当局的庇护，成了无业者的集团，失去生活来源，不得不忍受贫困的痛苦。

三月十三日，京都正值绿肥红瘦的暮春时节。这天，近藤勇一伙人给京都守护职[8]松平容保递上了一封联署的请愿书。意想不到当天就得到了回音，特许他们挂靠在会津中将（容保）麾下继续为幕府效力。这样一来，无论是大义名分，还是经费用度，一下子都有了保障。

因此可以说新选组就是在这一天诞生的。

生计问题一旦解决，他们就马上着手四处招募同志，充实新血。结果到了初夏时节，这支新生的组织就有了一百多人的规模。

在编制上，局长是队伍的最高领导。新选组成立之初，局长共有三个人，首席为芹泽、次席是近藤，末席则为芹泽的心腹新见锦。显而易见，在最高领导权上芹泽一派处于优势。

可是从中级干部开始就是另一番情况了。局长以下又设有副长，分别是山南和土方。在实战中领导队伍的“副长助勤”共计十四人，其中的冲田、永仓、原田、藤堂、井上都是和近藤一同自江户来的心腹。加上经土方周旋招募来的大阪浪人山崎蒸、松原忠司和谷三十郎，还有明石浪人斋藤一。由此看来，在从江户出发时还籍籍无名的近藤一党，现在的势力却能与芹泽派平分秋色了。

芹泽派的人，在副长助勤一职上只占四个。芹泽为人粗鲁豪迈，性格大而化之，而且缺乏政治敏感，在组里扶植势力拉拢人心这种细致的工作，他根本不屑去做。然而土方和山南却是这方面的高手。尤其前者一直在队员中间暗地活动，以近藤的名义拉拢人心；又时不时地讲一些近藤的逸事，诱导队员对他产生仰慕之情。

有次，土方又以“我说呀，近藤兄……”这种聊天似的口吻，巧妙地向近藤献策。

顺便说一句，如果没有第三人在场，岁三就会毫不拘束地使用这种伙伴间用的亲热口气和近藤搭讪，这次就是这样。近藤也同样，两人独处的时候，他就“阿岁、阿岁”地叫着土方的小名，和在江户时一样亲热地待他。

这两个人都出身于多摩的农家，近藤的家在武州多摩郡上石原，离家不远有个供平民习武强身的道场，流派是天然理心流，道场的主人叫近藤周助。近藤被过继给他作养子，从十八九到二十出头，他走遍了八王子一带，挨家挨户地劝说下乡的年轻人进道场学习剑术。

因缘际会，同在多摩郡，日野村有个乡士叫佐藤彦五郎，他不但是天然理心流的赞助者，还是土方的姐夫。便是此人，将以后要成为新选组局长和副长的两人联系在了一起。

话说这二人初次见面也是在这个佐藤的家里。当时近藤二十二岁，土方也不过二十一岁。屈指算来，从那时起两人已一起度过了十个春秋。他们携手共度的这段青春岁月，让彼此间产生了一种他人无法介入的亲密情谊。

“我想，新选组总有一天会掌握在你的手里。”

其实，就连为了达到这个目的需要先做好哪些事情，土方都一一考虑好了。而他这话甫一出口，听者就立即露出一副心里有数的样子，嘴角也挂上了浅浅的笑意，看来他对这话很是赞赏。

见此情形，岁三接着说道：“我这么想可不是为了一己私欲，而是为了成就一番大事，也可以说是为了这天下。新选组目前正处于万丈狂澜的中心，情势要求我们须将新选组确立在和诸藩、公家平等的位置上。要达到这个目的，让芹泽、新见这种匪类领导组织，是万万不可的。”

近藤慎重地答道：“此计甚妙，但不可操之过急。”

“我也知道，可是近藤兄，”后者继续劝说，“我以前就曾说过，您在组中什么都别说，只管笑容可掬地坐着。这才是您目下的要务。唯有如此，方能令众人自然而然地对您产生仰慕、爱戴之心。”

“我明白了。”

土方觉得近藤具备成为一军统领的素质。而居于幕后，辅佐他成就霸业，对于岁三来讲，也别有一番难以言喻的乐趣。

况且促使他进行这个计划的还有别的原因。

首先是他对芹泽这个人本身的憎恶。更重要的是，就像坚信近藤的将才一样，他对自己运营组织的才能充满信心。而这一点恐怕才是驱使他孜孜不倦地筹谋策划的根苗。

早在多摩郡时，二人就是这么分工的：土方走访三多摩的四乡八镇，招募喜好剑术的年轻人，进道场研习。近藤则负责在道场坐镇。本来天然理心流只是默默无闻的乡下剑术，但在多摩一带却极负盛名，这些都是岁三一手建立的。

现在他又以同样的热情，把心血投入到比以前的道场更为复杂、坚固的作品中去了。这就是新选组。甚至可以说土方正准备把自己的一切都献给它。

然而，妨碍他完成这件艺术品的只有一个人——局长芹泽鸭。不过，要除掉他却并非易事。芹泽只要喝了酒，就像发狂了一样，令旁人无法近身。加上他那一身神道无念流的武艺，还有让人胆寒的膂力，都让土方不敢贸然行动。

岁三从副长助勤平间重助那儿打听到很多关于芹泽在常州潮来馆的掌故，这个平间乃是从水户就一直跟随芹泽的门人。

说是掌故，其实全都是骇人的故事。比如，有次他寻了个破坏队规的由头，拉出三个年轻队员，让他们在法场上站成一排。他自己呢，一边在嘴里诡异地吆喝着，一边迅速朝牺牲品跑了过去，他停下脚步的瞬间，只见三个血淋淋的人头滚落在地上。结果因为擅用私刑，芹泽被关进了队内的监牢。

“让汝等见识一下，我的一片丹心!”放出这样的豪言壮语后，缧绁之中的芹泽绝食数日，又咬破小指，在张纸条上用血作诗：“霜雪洗出凌寒色，零落成尘土犹香。”把它贴在牢门上。大伙看了都很惊讶，原来这个杀人屠夫还颇有文采。

芹泽的故乡是常州芹泽村，他是乡士的儿子。据说本名叫木村继次。“芹泽鸭”这个名号，是他脱藩后闯荡江湖时自取的。至于因何要取“鸭”这么奇怪的名字，那就不得而知了。不过取这种一个汉字的单名的确在当时所谓的志士中很是流行。

随着新选组日益壮大，芹泽的言行也变得更为暴虐。有一回，他带着队员们去岛原的角屋登楼痛饮。酒兴正酣之时，他不知是看见了什么碍眼的东西，勃然变色，怒吼：“快给我叫老板来!”他当时早已烂醉，那副歇斯底里的样子，简直与地痞无赖无异。

碰巧土方也在场，一见情势不妙，马上悄悄跟身边的队员耳语了几句，让他下楼，叫老板角屋德右卫门赶快逃走。然后又仔细嘱咐好女招待，让她敷衍芹泽说：“德右卫门不巧出门了。”

“出门？到底去哪儿了？”

“并不清楚。”

芹泽听罢嗤笑了一声："土方君，你什么时候都这么机敏过人啊。"

土方装作听不懂的样子，若无其事地问："您这是什么意思？"

"别多心，我这是在称赞你。聪明如土方君，肯定知道德右卫门的去向喽。请你带我去找他好吗？"

"实在不凑巧，在下也不知道他去了哪里。"

"和我说话不用这么客气。"

即便烂醉如泥也依然心细如发，这让土方感觉有点意外。不，这正是芹泽的可怕之处啊。瞬间岁三的心里像结了冰似的，从里往外泛出一股凉气，他思量道："可畏啊，这男人就算酒醉如斯，感官和动作也不会迟钝，这下可棘手了。"

这时芹泽故意坏心眼地建议："土方君，你与我一同冲进那厮的房间看看怎么样？新选组局长芹泽鸭、副长土方讨伐角屋德右卫门！"

结果一进德右卫门的房间，就发现这个不走运的酒店老板并未走远。

"他的坐垫还是温的！"醉酒的男人高声嚷嚷着，"这家伙有眼线在席上，风闻不妙就从后门溜了。"说罢凶狠地瞪了土方一眼："现在这儿就是座没有主人的空城，反正留着也没用，不如趁现在就把它拆了吧。”

言罢他突然“呀”的一吼，灯笼架应声而断。芹泽的动作真是快如闪电，结果没等大伙反应过来，他就又转移了目标。顷刻之间屋内器物均被他用铁扇毁坏殆尽。

从土方的脊背上，窜上来一股凉气，他觉得自己的寒毛都竖了起来。这个芹泽就像发狂了一样，像猛兽般嚎叫着，从一个房间冲进另一个房间，所经之处犹如台风过境，什么家具、器物均叫他砸得稀烂。

只有岁三回到座位上，默默地饮酒，忍受着这噪音。别说是劝止芹泽了，此刻他甚至想怂恿他把事情弄得更大、更不可收拾。

端起一杯冷酒，土方在心中默祷：“发狂吧，发狂吧！”而后又喃喃自语道，“不必多久，你这个狂人定会众叛亲离，自取灭亡。近藤也盼着这一天呢。”

——突然他被酒呛着，剧烈地咳嗽起来。

京都市民畏新选组如畏脱笼的猛虎，讽刺的是在新选组内部，大家都恐惧着芹泽，他简直是养在家里的一匹豺狼。

不过近藤对此一向默然以待，从不对芹泽提出一句批评。倒不是他对芹泽格外客气，而是就算他想说说芹泽，也无从谈起。因为但凡是关于芹泽的行动，组里就没人敢告诉近藤。理论上队里的大小事情都要经芹泽、近藤、新见三个人商量之后，达成了统一意见才能实行。可实际上芹泽有事只和新见锦商量，带着他这个心腹独断专行。

新选组成立五个月后，八月三十日这天，芹泽又犯下了一项骇人听闻的恶行。

这天近藤正站在游廊里，只见对面的庭院中，芹泽正大声喊着号子，指挥队员们把大炮从仓库里拖出来。他不敢断喝一声“你们这是在干什么”，担心因此发生内部冲突，只好装作没看见，一转身回到自己的房间，悄悄地叫来了土方。

近藤低声问自己的军师：“院子里的动静知道了?”

“知道了。”

说罢土方换上了一副愁容：“您准备怎么做？那门大炮是特地从会津中将大人那儿借来的，本是为了有朝一日攘夷大令一出，就用它攻击洋人。按道理，使用它需要三位局长的一致同意，还要经过会津中将的批准才行。”

“你跟我说有什么用!”不过他还是让冲田总司出去打探了一下。

冲田回来说，芹泽一伙人拉着这大炮往朝葭屋町下一条的大和屋去了，目的是找店主庄兵卫勒索钱财。

土方吃了一惊：“大和屋，不就是预告文上的那个?”

“对，好像就是那个预告里的大和屋。”冲田和平时一样，不知有什么高兴的事情，笑眯眯地说。

“大和屋事件”的起因是：不久之前，京都内发生了一连串与尊攘志士有关，不可思议的暗杀事件。后来调查得知，暗杀的首谋是藤本铁石和吉村寅太郎，他们都是天诛组[9]成员。为了筹划在大和地方起事的经费，假借诛伐奸商的名义，堂而皇之地闯进佛光寺高仓的油商八幡屋卯兵卫处，不但将仓库里金银洗劫一空，还把主人卯兵卫拖到千本西野砍了头。不只如此，又把他的首级挂在三条大桥旁边，一旁又立了一块木牌，木牌上除了写有卯兵卫的名字、年龄和“罪行”外，又预告说：“此外，还有大和屋庄兵卫等其他两三名豪商，近日也将同样枭首。”

近藤一党虽然为寻找凶嫌忙得焦头烂额，一时间却并没什么头绪。因此眼下最心惊胆战的人莫过于被点了名的庄兵卫。病急乱投医的他，一方面通过守护公用人[10]向新选组寻求保护。另一方面，又在醍醐家的朝臣的周旋下，以向醍醐家、朝廷还有藤本铁石等人提供巨额现金为条件，希望留自己一条性命。不过，这些事好像都教芹泽知道了。

“原来是这个缘故。”土方倒是头一次听说。

冲田像个聒噪的孩子似的，用一种稚气未脱的口吻表达了自己的看法：“我觉得是大和屋做得不对，芹泽先生发火也是理所当然。他们一边寻求我们保护，另一边又悄悄地给那些四处流浪的奸人盗寇送钱。以我之见，是这些人忒不地道了，真是可恶的家伙！”

“小子——”岁三带着一点宠溺对他说，“你的意见大家都知道，这次大和屋理亏在先。但是芹泽他们用大炮是准备干什么？现在情况怎么样了？这才是我让你去打探的事。”

“嗯！”冲田点了点头。

“这不是秃子头上的虱子——明摆着嘛。芹泽先生用大炮去吓唬他们。据说还在门口喊：也给我们点辛苦钱，就是这样。”

“冲田君，你精神还正常么？”土方对仍旧一脸笑容的总司表示怀疑。

后者却满不在乎地回答：“我这叫每临大事有定气。首先，我承认芹泽先生的行为不妥。要这样的手段，他和那些不法之徒又有什么区别？我们新选组自己去抢劫勒索，这不是骇人听闻么？可是，我也欣赏芹泽先生这种豪气——不是鬼鬼祟祟，偷偷摸摸，而是在光天白日，堂堂正正地用大炮去恐吓对方……”

“够了！下去吧。”土方挥了挥手。

“近藤兄，就趁现在！”土方向近藤做了个抹脖子的动作。他认为芹泽已经给他们提供了可以公然将他及一党在院子里处决的名分。第一，芹泽未经许可擅自使用大炮。第二，局中法度规定“不可私自筹措资金”，违反者自行切腹或是斩首。就算是局长，也不能免于处罚吧。

“不过，”近藤移开了目光，“有谁能制服芹泽及其一党呢？”

“冲田应该没问题吧。我也决心与他一决生死了。至于新见，靠原田那柄宝藏院流的长枪就可以对付。平山、平间有藤堂和永仓就绰绰有余了。”

“我懂了。我倒不是说你赢不了他们，可这不是打仗杀敌。战场厮杀赌上性命是应该的。目下则是处刑罪犯，为处刑受伤送命就不值得了。所以，还是……”近藤想了想，做了决定，“此事还需等待时机啊，阿岁。”

花开两朵各表一枝，再说芹泽这厢。

这天，在他的命令下，其一党蜂拥着大炮，从壬生村屯所咕噜咕噜地拖到了葭屋町的下一条。炮口正对大和屋。在大炮旁边，他们又点起了一堆篝火。不光是大和屋的伙计，就连近邻的居民也都走出家门，潮水一样围拢过来，一起看热闹。

新选组的队士们把十几个铁弹扔进火堆中，他们这是在制造烧弹，一会儿好用大炮发射出去。芹泽趁队员们做准备的工夫，一边用铁扇啪啪地敲着自己的脖子，一边大步流星地走进大和屋。“主人家在吗？”说着一屁股坐在玄关入口的地板上。

“希望你们给我个痛快的回答。庄兵卫他明明拜托了我们新选组保护他，结果却把辛苦钱给了那群杀人越货的盗贼。怎么想这也不像是人干的事情。庄兵卫最近恐怕是变成了狐狸，要不就是变成狗了。”

听了这番话，从掌柜到伙计，全趴在泥地上四肢着地，行起了大礼。他们个个吓得体若筛糠，别说是回答，连大气都不敢出。

“还好我这次特地发个慈悲，让庄兵卫变回一个人，你们就拿一万两吧，赶紧的！”

“容……容我向您禀告一句。”

“什么？”

“不巧，主人他出门了，今日不在家。”

芹泽脸色一变。此人的毛病，就是病态地厌恶别人撒谎。

“噢，出门了吗？”

撂下这么一句，芹泽就出了门来，站到大路当中。

“看他下面怎么办吧。”大伙这么想着，都屏住呼吸静待命令。刚咽下嘴里唾沫的工夫，芹泽就已经走进了油漆匠藤兵卫家里，从他家二楼上的窗户爬了出来，在屋顶上舒服地一坐。于是这片屋顶成了芹泽的“指挥部”，他“啪”的一声打开铁扇，低头向下问："准备好了吗？"

这斯本来就是个爱出风头的家伙。他看着下面，等着来看热闹的人们都兴奋起来，这才模仿古时发炮的号令，大声喊道："准备，发——射。"

只闻得炮口轰隆一响，炮弹立即咣地打进了大和屋仓库那厚厚的墙壁，不过火却没着起来。

"再来！再来！"

结果又打了两三发烧弹，可是被击中的仓库就是不起火。倒是打偏了的炮弹因为击中了木板搭的杂物间，一下子引燃了房子，先是冒出白烟，片刻之间又钻出了烈焰。

"就这样，再发、再发！"

终于，通知火警的小吊钟，铛铛铛铛地响了起来。听到警铃，不但京都所司代[11]的差役跑了来，消防队也出动了。他们将大和屋团团围住，然而一听说闹事的是新选组，个个都吓得畏首不前。更何况新选组的队员个个尖刀出鞘，对他们吼道："我们是秉公办事的，眼下正在惩治奸商，熄灭此火的人，视同背叛将军大人，一律斩首伺候！"

炮击持续了几个小时，待大和屋的仓库化作一片瓦砾之后，芹泽一党才意犹未尽地拉着大炮回了壬生村。

他们既回了屯营，谈的也无外乎是这件事情。然而和往常一样，没有一个人敢来把这些告诉近藤和土方两个。不，有一个人是例外，那就是总司。

入夜之后，他来到岁三的房间，开了个玩笑："土方先生，您看上去心情很不好啊。"

"我呀……"冲田笑容可掬地咬住嘴唇，不往下说了。

土方看穿了他的心思，苦笑道："你是想说喜欢看着火吧。"

"是呀，我一直想看那个来着。而且，这次可是大炮点起来的火。这种大炮火灾，就算在以火灾闻名的江户，也难得一见呀。"

这个年轻人出身于奥州白河藩江户定府的武士之家。在近藤的道场里，只有他才称得上是"万里挑一的天才"。不过大概因他是在江户市内长大的关系，有着像町人一样无话不说的开朗性格。

"不过，芹泽先生也真是个怪人。白天行事那么暴戾，晚上睡觉时，却还说梦话呢。"

"梦话？他讲了什么？"

"那是上个月十四日，我和芹泽先生一行人去大阪。我们不是从伏见寺田屋的码头坐十三石船去的吗？我那天夜里怎么都睡不着，可一边的芹泽先生，毫不夸张地说，真是一沾枕头就睡着了，后来竟还嘟嘟囔囔地说起了梦话。我虽不想听，可他的声音那么大，一会儿什么干松鱼、一会儿是金平糖，说的全是吃的。这时船经过淀川，我想叫他起来看碾米的水车，于是使劲戳他，喊先生、先生，可他就是不醒，只好死心作罢。看着他的睡脸——那张脸可真叫天真无邪，就像个孩子一样。我那时候打心里觉得，搞不好他是我认识的人中，最善良的一个呐。”

“冲田君。”土方一脸正色地问，“真是这样吗？确实是芹泽他只要睡着，就算戳他，他也不会醒么？”

“没错！”冲田点了点头，突然反应过来，“好像这不是什么好事吧。”说罢，他像说漏嘴的孩子，慌慌张张地出了房间。

“原来那个男人还有这么个弱点。”岁三思忖良久，想出了个计划，可是又立即自我否决了，“这可不成！”他心想。

其实在七月十四日这天，他们原是受了京都守护松平容保的特命赴大阪巡查。同行者除了冲田以外，还有近藤、土方、山南、永仓等一共十五人。结果，芹泽却寻衅滋事，酿出了一场祸事。

新选组任务本是镇压打着尊王攘夷旗号，四处为非作歹的浪人。到了芹泽这里就颠倒了过来，他所到之处无不鱼肉乡里，反而让新选组成了制造社会不安的罪魁祸首。

这天，他们一行人沿淀川而下，投宿在大阪天满[12]八轩家的船宿[13]。主人家的名字是京屋忠兵卫。到了十五日，老板忠兵卫建议说："夏天来大阪，最好是乘一乘画舫。"于是当天下午，大伙从在堂岛川上租了艘纳凉用的画舫，又叫上几名艺妓，痛快淋漓地饮酒取乐。

不知不觉日暮西沉，转眼已届黄昏。芹泽说："在河上已经待腻了。去北阳的新地再饮一场吧。喂，船老板！"

"在呐，您！"

"开船！"

他们在中之岛对岸的锅岛浜上了岸。芹泽此刻醉得路都走不稳了。他身后跟着近藤，近藤的右边是土方，左边是冲田。队伍再往后是芹泽派系的野口健司、平山五郎。

当他们来到老松町的窄道时，麻烦来了。

迎面走来一个大阪的相扑力士，也已经相当醉了。而芹泽正步履蹒跚，嘴里哼着刚才船上艺妓教给他的小调，迎了上去。这条道非常窄，一定要有一个人侧身让开才行。这个力士大概是个诙谐的人，走到芹泽跟前像小孩要恶作剧似的，平伸开两条胳膊，笑着说："就不叫你过去。"

芹泽不理他这一套，脚步也并没见缓，反而迎了上去。眼看两个人就要撞上了，只听"啊"的一声惨叫，鲜血四溅。力士连胳膊都没来得及合拢，就挨了一刀，刀口从他的右肩一直切到小腹。相扑手肥硕的身子狠狠地栽在地上，连路面都为之一震。可芹泽连头都没回，径直走了。

岁三驻足在尸体旁，仔细看去。死去的力士圆滚滚的肩头，白色的脂肪像成熟后裂开的豆荚似的豁着，看刀口之深，应该是连肋骨都被砍断了几根，巨大的创伤从肩头一直延伸到肚脐附近——只不过用一刀，这可真是出类拔萃的武艺。

不过真正的祸事还在后头。

新选组一行人撇下死尸，来到了北阳新地最有名的“住吉屋”酒店。然而不到半刻的工夫，外面突然人声喧哗了起来。

刚才还像什么事都没发生过一样，恣意忘情于酒色之间的芹泽，突然站起身来，一下拔出了长刀：“近藤君，助兴的人到了。”

“……”土方也一言不发地站起身来，手扶栏杆从二楼往下看，四五十个壮汉，头上绑着额带，和服的下摆掀起缠在腰里，杀气腾腾地拿着八角棒、四角木料，挤在狭窄的街上。这时领头的人大声喊道：“给我们滚出来！我们给朋友报仇来了！大阪三乡的相扑力士，可不怕你们新选组！”

近藤这时才站起身来，吩咐道：“土方君，你来部署吧。”

“要开战？”

“到了这个份上，不容不战了。”

说罢近藤脱掉夏天穿的纱羽织，又用酒润了润爱刀的目钉[14]。据说他的佩刀是一把二尺三寸五的“虎彻”。土方的则是二尺八寸长的“和泉守兼定”，短刀是一尺九寸五的“堀川国广”。不过土方此刻满脑子想的不是如何对敌，而是：自己到底能不能像芹泽一样，漂亮地把眼前的这肉块切开。

他将各助勤和普通队员安排好，而后领着大伙从楼上下来，可刚走到楼梯的一半，他突然纵身一跃，轻轻地落在玄关前的地上——真是个身手敏捷的男人。还没等双脚沾上地，刀就已经拔了出来。

“吾乃新选组的副长土方岁三，若是不惜性命，就请上来吧。”他本来背靠着屋檐下的一棵柳树，这时忽觉脑后生风，一回头，只见一根木梁正向他砸来。岁三的刀如同旋风一般，反手一挥正砍中敌人的前胸。力士“哇”地嚎叫了一声便仆倒在地。观其伤口，虽然白花花的油脂层被切开，翻了出来，但骨头并没断。

“不行！我比芹泽差得远。”对这个结果土方很不满意，“下一刀一定要砍断骨头才行。”

正在这时，从他左手边又冲出一个力士，拿着八角棒向他挥来。可是，这人好像是中途丧失了勇气，突然哭嚎着要转身逃走。岁三刀尖往前一探，赶上前一步，使劲全力在他背后斜砍了一刀。

“这次应该行了。”土方暗想。相扑手的身子像被刀锋吸住了一样，往上弹了一下，然后又重重地摔在了地上。土方站在尸骸旁，斜眼冷冷地看过去。对方已经断气了。可是，和芹泽刚才那一刀还是不一样。芹泽的刀子下去就像是用厚刃的柴刀劈开干枯的柴枝。而他还达不到那种程度。

然而已经没时间让土方懊恼了。不待他回神，就又有一个人从他身后袭来。土方跳过尸体，转身迎敌。他先用刀剑挑开砸过来的木棍，然后沉下了腰，蓄积力量。最后，由上至下狠狠地劈了一刀。这一刀一气呵成，岁三只觉得刀锋切进皮肉，斩断了筋骨——这滋味委实奇妙。

和泉守兼定锋利非常，相扑手连哼都没哼一声，脑袋就被劈成两半，他重重地倒向背后的墙，又顺着墙溜到地上，仰面朝天地断了气。

“这才赶上芹泽刚才的那一刀。”土方心想。不过芹泽刚才是举刀便砍，自己却有时间摆好架势，所以“还是不如他”，岁三最后下了这样的判断。

刀上缠的防滑用的棉布条已经被血水浸透，变得滑溜溜了。况且刀刃上裹了一层人的油脂，不如适才那般好使了。所以虽然土方又前后左右地随手砍了几个人，结果都不是什么致命伤。

这次私斗，不过十五分钟就结束了。原因是力士一方的前辈出了面，他先大骂了自己人："你们这些糊涂蛋，对武士大人干了什么！"然后立刻就跪在芹泽面前赔礼道歉。令人意外的是，看到对方这样的态度，"这样啊。"芹泽这么含糊地回答了一句后竟不再追究了。

他收刀入鞘，开口询问："土方君，我们这边有没有受伤的人？"

"没有。"

"那好，我们继续喝酒吧。"

不过相扑力士这方死伤却惨重之极。当场身亡者五人，送医不治者又五人。十五六个重伤，轻伤者二十几人。反观新选组，除了平山五郎胸口受了一点伤之外，大家都毫发无损。这次大阪北阳新地斗殴，令新选组威名远扬，天下好事之徒莫不为之战栗。但是对于芹泽个人来说，这正是他不幸的开始。

不久，大阪西町奉行所[15]的与力[16]内山彦次郎，将斗殴事件的始末写成报告，通过大阪城代[17]交给了新选组的保护者京都守护松平容保。这件事彻底破坏了芹泽在容保心中的形象，据说后者曾悄悄把近藤、土方叫到二条城，命令他们除掉芹泽。不过，对此事近藤显得有些犹豫。与其说他恨身为局长的芹泽生事，倒不如说更恨提交了这份报告的大阪与力内山彦次郎。

此人才应该杀掉！

对近藤来说，新选组是在国家存亡之际挺身而出的义士组织，不顾国家存亡的大义，抓住新选组一点小节上的不当就拼命中伤，这不正是俗吏所为？所以近藤觉得首先要诛杀这个俗吏以确立新选组的权威才行。

于是，又过了十个月，即元治元年五月十二日的傍晚，内山彦次郎于大阪天满桥桥头，因弹劾新选组之故，被刺客给暗杀了。

㊃

与这次大阪斗殴的时间相去不远，新选组内也发生了一件“阿梅事件”，始作俑者不是别人，还是局长芹泽。而把这件事情告诉给土方的正是冲田总司。

这天总司来找他玩，两人不知不觉就聊起了天。本来冲田是个绝口不提女人呀、恋爱呀这类事的青年，这次却一反常态地问：“土方先生，您见过了么？”

“什么啊？”

“您真是两耳不闻窗外事啊。永仓兄他们都说，那种尤物在江户是见所未见的。那个女人一来队里，大家就都兴奋起来了。不过，我可不喜欢那种女人。”

“什么啊，你是说女人的事么。”

“真是的，您以为我在说马[18]吗？”

据冲田讲，最近几乎每天都有一个女人到屯所来找芹泽。女人名字叫阿梅，是位于京都四条堀川的一家和服店老板的小妾。那个老板叫菱屋太兵卫。太兵卫的正妻已经去世，所以阿梅就相当于他年轻的妻子。

“芹泽倒是艳福不浅。”

“呀，难办了。土方先生您这么聪明的人，这次可想错了。”

“这话怎么说？”

“我不是说男女之间恋爱的事情。风流韵事对芹泽先生来说是家常便饭，没有什么值得大惊小怪的。可这个女人不一样，她是来讨债的。芹泽一看到阿梅来了，就脸色发青地东躲西逃，这不是很可笑么？”

“什么啊，无聊！”

可冲田还是详细地讲起了这事情的经过：芹泽是个爱在穿衣打扮上花心思的人，他在菱屋太兵卫的店里定做了和服，但是从头至尾一文钱都没付过。太兵卫可发愁了。他派了掌柜来，三番几次地委婉地向芹泽要钱。但后者就是不予理睬。有一次话说得露骨了一点，芹泽直接把刀拔出来，架在掌柜的脖子上问："我说了就一定会付钱的。你们当我芹泽鸭是小偷吗?"吓得掌柜立即跑回了店里。

"可是，老板菱屋太兵卫也是个有智谋的。"冲田笑着道。太兵卫又生一计：如果对手是弱质女流，芹泽也不会来硬的了吧。于是催讨欠款的工作就交给了阿梅。结果真被他料中，恶人芹泽这下也没了对策。只要一听到阿梅来了，他就吩咐手下："不在，不在，就说我不在。"说完立刻躲了出去。

可是你有张良计，我有过墙梯。这样三番五次之后，阿梅听说局长不在，就回答说："那就请让我在这里等候局长大人归来吧。"说完就走进一间空着的佣人房，一直等到傍晚才走。局长正为这件事情头疼呢。

"是不是挺有趣的？果真是一物降一物，这世间也有芹泽先生的天敌啊。"

"有什么有趣的？真无聊。"

转过天，土方一早照例和队员们在道场做剑术练习，完毕以后为洗去汗水，他脱下防具，穿着练功服往井边走去。一个队士赶紧跑到前头，摇起吊桶，为他打好水。正当土方用水哗哗洗脸的时候，忽然感觉背后过来一个人。

"是谁?"他低着头，对着洗脸的木盆发问。意外的是背后并未传来回答。土方下意识地觉得那人正在向自己行礼。

没有法子，他抬起还是湿漉漉的脸，一看——岁三惊呆了。他心想：“竟然有这么美的女子。”

“奴家是菱屋的阿梅。”

“……”

她的肌肤像牛奶一样洁白，饱满的耳垂是诱人的粉色。阿梅眯起了眼睛：“请恕奴家唐突，您可就是那位土方先生？”

“正是在下。有何贵干？”

“芹泽先生常来光顾小店。如果还能蒙土方先生大驾光临，那小店就更蓬荜生辉了。”

“到时候，我会去叨扰的。”

“可是，芹泽先生他……”看来这才是阿梅的目的。按她的想法，像土方这样的高级干部是不会轻易扯谎的。“芹泽先生他不在吗？”阿梅终于问出了口。

土方感觉到一丝失落：“说起来，下午就没见到他。”

一说完，他就像逃跑似的，飞快地躲进自己房间，刚一坐下就立即唤过侍从来泡茶。这时他还是觉得心脏怦怦直跳，这样激动的自己真太狼狈，太丢人了。“我真像个傻瓜！”为了平复情绪，土方开始擦拭佩刀，然后再上打粉。

土方用力擦了好长时间，然后就一直呆呆地盯着眼前光闪闪的刀锋，满脑子都是刚才阿梅的一举一动。

“我这是怎么啦？我这是怎么啦！”

为了驱散脑中女子的幻影，他立刻提起刀回了道场。接下来的几天，他天天和队员练剑，大家都在私下里悄悄议论：不知何故这两天副长练功练得异常勤奋。

可是事情并没有就这么结束，几天后冲田又送来了新的消息。结果一听完，土方脸就变得铁青，这让后者倍感吃惊。

“您怎么啦？”

“没，没什么。”

“您脸色很难看，是不是吃了什么不干净的东西啊？”

冲田显然并没有想得太深。

“刚才你跟我说的话，别到处乱传！”

“土方先生！”冲田扑哧一下笑了出来，“您真会开玩笑，这件事情在队伍里快成旧闻了！”

“是吗！？”

土方显得十分尴尬，话也说得没了条理。

“当然都知道了，包括久助。”

这久助是近藤的马夫。

冲田说，有天阿梅又来讨债了，芹泽这次可没那么老实。他一把将阿梅拖进寝室，掐着她的脖子，意欲轻薄。阿梅连叫都没叫一声，她像是很怕别人知道这件事似的。

“太惨了。”来讨债，结果连贞操都赔上了，这事真是又滑稽，又叫人扼腕叹息。

而土方则是妒火中烧，他这次是下了狠心非要除掉芹泽。

可让人吃惊的是，阿梅从此之后，每到傍晚，都会浓妆艳抹，梳着时下流行的“松叶返”到屯所来。据说她一到屯所，就直奔芹泽的卧房，两个人“旦为朝云，暮为行雨”，直到天亮才回家。土方听到这件事，心里想：“阿梅被羞辱后，反而当了仇人的情妇，女人啊，真是搞不懂。”

芹泽干的事不久也传入了近藤的耳中，这天晚上他把土方岁三叫到自己房间，先是闲聊了一番，突然说：“芹泽真是前世积德啊。”

土方听了自是一头雾水：“您在说什么？”

“把长头发的讨债鬼变成自己的情妇，甚至连借的钱都不用还了，便宜都让芹泽占了。可是那个赔了夫人又折兵的菱屋太兵卫也太不要脸了！”

“您也知道了这件事？”

“可惜了那个阿梅，是个远近闻名的美人。”近藤略略显出一丝妒忌。

土方点点头，回答道：“菱屋也是个乌龟，叫阿梅来讨债，那不是羊入虎口，一去不回的事么。”

“我想说说这只饿虎。”近藤顿了一顿说，“看来不彻底解决是不行了。”

“时机成熟了吗？”

“我看差不多了。”

“要悄悄地干，等办完了，再把这些丑事在队员之间散布，待芹泽的名声扫地，我们再干掉他就是理所应当。队里也不会搞得人心惶惶。”

“什么时候？”

“九月十八日，怎么样？”

“我看行。”

土方是近藤的心腹，不用细说就已清楚了近藤的想法。九月十八日队伍里的全体干部准备在岛原角屋喝花酒，这个安排早已传达下去。近藤就是准备在这天夜里，趁着大家都喝得烂醉的时候动手吧。

“所有的行事都要保密，不能向任何人泄风声。最后要伪装成长州人干的，下手的人以你为首，加上冲田、原田、井上。”

所有参与行动的人都是江户时期以来近藤的心腹。

“土方君，这可不能失手。你要趁着白天，好好在芹泽的卧室、走廊、雪隐（厕所）多走上几遍，记住地形。要闭着眼睛也能走一遍。最好把卧室和隔壁房间相隔距离，用脚步量一量。”

“遵命。”

“那么土方君，局里金库中还剩多少钱？”近藤这个问题让他有点摸不着头脑，不过土方每天都会听取会计岸岛由太郎的报告，所以大致情况还是有数。他一说出现金的数目，近藤就放下了心：“噢，还有这么多，那就好好用上一票。”

“什么？您要用来做什么？”

“葬礼。把队里经费的一半全都花在葬礼上，好歹也是新选组局长的死，葬礼的级别千万不能出一点纰漏！”

他竟然连这些地方都想过了，土方对近藤计划的精密感慨不已。

而被委以重任的冲田则还是那么不可思议，虽然嘴里总是说：“芹泽真可怜！”但对暗杀计划准备得最热心的也就是他。其实他原本就是个工作狂，现在更是专心致志。冲田时不时到芹泽的屋里串门，从房门到屏风到第一间房间用脚量了几次。各个房间的关系，寝室天花板的高低，走廊的长短，房檐的样式，甚至连芹泽的卧房里的行灯（方形纸罩做灯）摆在哪里都调查清楚了。

“没问题啦，现在我闭着眼睛都能走一圈！”

冲田对即将来到的工作显得跃跃欲试，但是还要时不时说：“芹泽真可怜！”对这个纯洁天真的年轻人来说，眼前的事情让他倍感矛盾。

然而有一次他甚至说出了这样的话："土方先生你真坏！是不是准备冲进去砍第一刀啊！我不答应！负责打探地形的我出力最大，你要把这个（任务）让给我！"

土方深知这个年轻人的秉性，干脆顺水推舟道："就照你说的做。"

"但是我担心一件事，阿梅，那天晚上要是阿梅在房间里怎么办？"

"杀了。"土方斩钉截铁地说。

"非杀不可，这女人的生死全凭天命。运气好的话，阿梅那天就不会来。但是如果她在的话，那就是目击暗杀现场唯一的证人了，所以对不住，只能杀了她！"

"真可怜。"

冲田的泪水在眼眶里打转，神情显得异常痛苦，土方无法理解他这是出于怎样的心态。

终于，那天来了。

在天黑以前，新选组就把角屋整个给包了下来，戌刻（晚上八点）拍子木（关门的暗号）响起来之前，副长助勤尾形俊太郎舞剑舞到一半，就倒地打起了呼噜。大家都喝得有些高了，连平素道貌岸然的近藤都喝醉了（虽然大概是装醉）。

傍晚时分下起了小雨，到了夜里雨势渐渐变大，打在周围的灌木上，沙沙作响，紧接着又刮起了狂风。

“芹泽先生，您要回营房吗?”

近藤异常诚恳地问道。芹泽已经喝得连北都找不着了，但还是说：“我要回去。”他扶着心腹平山五郎的肩膀站了起来：“阿梅在家里等我呢。”

土方心里咯噔一下，但还是若无其事地说：“平间、平山你们照顾芹泽先生回去。”

芹泽前脚刚出门，近藤就跟了出去，风雨交加之下他连伞都撑不住了。

“正是月黑风高夜。”

“新见那次也是这样。”

近藤毫无表情地说道，指的是新见锦，这个芹泽从水户带出来的心腹，现在已经不在人世了。

九月初，新见到经常去的祇园的“山之尾”喝花酒，正喝得开心时，近藤带着土方一帮人闯了进来，大声数落着他干下的坏事，硬逼着新见切腹自杀了。于是芹泽身边从江户带出来的老部下，只剩下平间重助、平山五郎、野口健司三个人而已。

近藤一行人回到前川庄司宿舍时，已经是晚上九点了。

芹泽的宿舍在八木源之承的家里，和近藤的宿舍只隔着一条窄窄的小路，这两处房子合在一块就是新选组驻屯地。

只见暴雨倾盆，小路寂静。

冲田在八木家佣人的房间里一直盘桓到天黑，跑回来时已经浑身湿透了。

“芹泽先生回来之后，还是大喊拿酒来、拿酒来。不过现在已经彻底安静了，我看是时候了。”

“平间重助、平山五郎、野口健司呢?”

“平山带了岛原桔梗屋的吉荣睡在芹泽隔壁房间，平间睡在大门进去靠右的房间里，和轮违屋的系里在一处。”

十点过后，雨终于停了。从窗口可以看到天上飘过的白云，以及高挂在天边的明月。

“土方兄，走。”

大伙把羽织都脱了，身上扎上襟带，把碍事的袖口绑好。他们光着脚，悄悄从前川家的后门走了出来，快速穿过中间的小路。一伙人推开八木家虚掩的大门，踢倒屏风，急风暴雨般冲入黑漆漆的房间里。

冲田一马当先冲入芹泽的房间时，西侧的窗口泄入了一丝月光，借着这一点点亮光，冲田一眼就看清了敌人的所在——芹泽赤条条躺在床上。

大概云雨一散就睡着了，这家伙连兜裆布都没系。阿梅也睡得很熟，虽然穿着襦袢，可她白白的脚连同赤裸的下身全都露了出来。

冲田手中刀光一闪，杀戮正式开始。

芹泽先是右肩挨了一刀。

“啊！”

他立刻清醒了，挣扎着去抓摆在床上的刀，却扑了个空。他放弃了反击的念头，连滚带爬来到隔壁房间。这时从后面赶上的原田左之助兜头就是一刀，但是刀被门梁给挡住了，芹泽总算逃过了这一劫，跑到了走廊里。不幸的是走廊里横着一张书案。

他被书案一绊，身体失去了平衡。芹泽急忙用手支撑住身体，就在这个当口，土方一刀捅了过来。和泉守兼定缓慢地，冰冷地刺进了他的胸口。

这时阿梅早就咽了气，她连哼都没哼一声，就被人当作飞蛾一般碾死了。可是要说是谁下的杀手，就不知道了。应该不是土方，或许是冲田？

平山五郎被原田一刀砍掉了脑袋，非常奇怪的是，陪寝的桔梗屋吉荣不知道哪里去了，她算是个聪明的女人。

平间的卧榻上也空无一人了，是不是听见响动溜掉了？大家虽然把各个房间走了个遍，可依旧没找到人。这个男人大概觉察了刺客的身份，反正从这天开始，平间就从新选组消失了。到了明治时代，旧新选组队员纷纷开始出头，发表各自回忆感言的时候，身为芹泽派最后一人的他也没有再出现在人们的视线中。

翌日清晨，近藤来检查了尸体，然后给京都守护打了个报告——“病没”。

葬礼在事件发生后的第三天举行，这天是文久三年九月二十日。葬礼的排场异常盛大，除了京都守护派人来祭奠，诸藩的京都留守役也遣人参加了仪式，水户藩还找来了芹泽鸭的亲哥哥木村某某，一块来参加葬礼。

近藤当时的表演异常出色，简直可称得上他的巅峰之作。他先是充满感情地朗读了长长的祭文，一边读一边还擦着不断涌出的泪水。事实上，近藤的泪水是激动与喜悦之泪，当祭文读完时，新选组这个组织就彻底落在他的手里。而这天的到来，距新选组成立，不过半年。

葬礼的指挥者土方突然在参加者中发现了一张陌生的面孔，那是张属于四十岁男人的懦弱的泛着青色的脸孔。冲田告诉他那是阿梅的丈夫菱屋太兵卫，年轻人的表情异常严肃："那个男人是来拉生意的。"

土方一开始没理解冲田在说什么，问了几句才知道，菱屋想成为新选组的御用和服商，所以特地拿着香典来祭拜，借着这个机会套近乎。

“噢，他是为了生意啊？”

“就是啊。”

冲田罕见地没露出一丝笑容。

（原来世界上还有这么不知死活的人啊！）

土方突然想：参加葬礼的菱屋太兵卫也好，指挥葬礼的自己也好、局长近藤也好、冲田也好，在不知死活这一点上都是一样的。

（阿梅也一样，人、所有的人——都是不清楚自己的斤两啊！）

虽然已过了仲秋，但是葬礼这天的天气直到傍晚都闷热无比。

注释：

【1】当时榻榻米的大小根据地域不同，标准也有所差异。在京都，一叠大致是191cm×95.5cm，即约1.8平方米左右。

【2】取缔役是负责监察的职务，笔头即其中的首席者之意。大致相当于今日的监察总长。

【3】江户时代直接服务于将军的武士，如旗本、御家人。与陪臣相对。

【4】江户时代，驿路上的旅馆，根据所接待客人的身份不同也有所不同。本阵是招待来往大名、幕府官员、朝廷特

使等官方认可的旅社。因私出行的武士或是庶民，则需住在旅笼。

【5】最高级的书写用纸。

【6】在乡武士。江户时代，天下太平，有些武士从城下町移居乡下从事农业生产但依然享受一定的武士待遇。藩国不同，对于乡士的待遇、称呼也多少有所变化。

【7】1862年，萨摩藩主岛津久光从江户回藩路上，途经横滨的生麦村，有一英国人没有避让他的仪仗，而是骑马从一行人前经过，结果被久光愤怒的家臣杀死。这次事件直接引起了后来的萨英战争。

【8】幕府派驻京都的最高军事、行政长官。

【9】幕末吉村寅太郎、松元奎石纠合土佐、鸟取、久留米、熊本的脱藩武士，组成的尊王攘夷激进派组织。1863年（文久三年）他们拥立前侍从、公卿中山忠光在大和五条举兵，杀害五条的幕府官员，进攻大和高取城。同年8月18日政变，长州的尊王攘夷势力遭受重大打击，政治局势发生了巨变，天诛组也在诸藩的围攻下兵败灭亡。

【10】公用人即江户时代负责大小名家主家财务工作的人。当时京都守护职是会津藩主，因此守护公用人是指会津藩在京都的财务人员。

【11】江户时代，幕府设置于京都的机构。管理在京都

的朝廷与公家相关的事务，也负责监督京都、伏见、奈良一带的奉行所，掌管近畿地区的诉讼和寺社事务等。

【12】大阪府大阪市北区的地名。这个街区被旧淀川和天满堀川二河环绕，又坐落有一处天满宫，故名。

【13】水道上可泊船的旅店。

【14】将刀固定在柄上的零件。

【15】江户幕府在各町维持治安的机构。

【16】奉行所的副长官，仅次于町奉行，俸禄30石。

【17】大阪城的最高行政官员。

【18】日语中“女人”与“马”发音相近，故而冲田有此一说。

长州的奸细

㊀

最近，京都人家流行起去参拜位于琵琶湖中竹生岛的神社。据说如果把竹生岛的辩才天女请到家里，不但能碰上好亲事，还能让商户财源广进。

在京都浪人深町新作这儿，能不能财源广进说不好，但他的确是因为参拜辩才天女，才有幸与蛸药师上麸屋町开小吃店的阿园相识。因此他时不时会开玩笑说："冥冥之中，这都是辩才天女的安排。"

从长浜乘船不过四里就到了琵琶湖中央的竹生岛，长浜上船的一干乘客中，香客只有新作和阿园俩。这船上的两个年轻人，自然而然地就熟络了起来。待渡船靠岸，他们并肩走在松影婆娑的甬道上时，无论谁看着都会觉得那是一对儿亲密的兄妹。

新作并不是辩才天女的信徒。他姐夫是泉涌寺的家臣吉田扫部，他来竹生岛是为了代姐夫还愿。阿园则不同，她真心实意地相信辩才天女。为此她还在家里模仿着琵琶湖掘了一个小池塘，池塘中央摆上石头象征竹生岛，而后又在石头上安置了一个涂着朱漆的神龛。她这次来竹生岛就是为了请一道神符，好回家贴在那神龛里。故而比起新作，阿园更强烈地坚信他们两个人的姻缘，是辩才天女的安排。

阿园父母早亡。姐姐小膳离了婚回到娘家，和妹妹一起支撑起这爿小小的家族店铺。不过小膳性格内向，店里的事都靠阿园和佣人松吉料理。结果阿园的婚姻，不知不觉地就给耽误了。

二人投宿了客栈。虽说房间里铺了两床褥子，他们却默契地睡到了一张上。

“可以吗?”

“什么?”枕边灯笼里的烛火已经熄灭了。

“抱你行吗?”

“妾身能和您邂逅乃是辩才天女的指引，所以您做什么都没关系。”这句话之后，她由一个姑娘变成了女人。此刻他们谁都不知道，竹生岛夜里，在旅店的卧房内发生的事，将会彻底改变他们今后的命运。

归途也是从长浜开始，沿着湖东岸的街市走，朝着京都南下。阿园走得很慢，一天不过五里。他们经过彦根、老苏，待到旅途最后的一夜，两人已经在草津的客栈里开始谈婚论嫁了。

“我姐姐小膳要我招个倒插门的夫婿来继承家业，把店铺经营下去。虽是家小店，可倾注了几代人的心血，我也不忍心就这么放弃。”这就是阿园提出的结婚条件。

京都姑娘外表看起来老实温顺，可是一旦牵涉到生计问题，她们可就半点也不含糊了。

新作听罢，道：“你要我作町人吗?”

“不愿意吗?”

“倒不是不愿意。”

“不是不愿意，那是什么?”阿园不死心地寻根究底。

新作不是自己脱藩成为浪人的，而是从父亲一代开始就是浪人。他父亲与左卫门原本在长州藩的家老益田手下做事，虽说是陪臣，却也是堂堂五十石俸禄的身份。但他因不合时宜，丢了差事。流落到京都柳马场的寺庙里租了间房子落脚，不久娶了京都的女人，生下了新作。

而今，新作的双亲都已亡故。至于家世出身，是父亲临死之时才对他讲明的：“我们家原籍乃是长州。代代使用的姓氏为‘岸’。现在虽说是家老益田家的陪臣，原本却是毛利家的武士。为了以防万一，我把这些告诉你。不过你只要记住自己的身份是京都浪人就行了。你父亲是长州藩的出身，姓岸的事一定不要告诉别人。”

至于为什么一定要隐瞒这些，与左卫门没有说理由。不过，他给新作留下了一大笔和他的浪人身份不相衬的遗产。两件事合在一起，新作猜想父亲的长州时代，大概利用职权贪污过一笔钱吧。最后与左卫门给新作留下“做个好武士”的遗言，闭上了眼睛。

新作丧父之后，就靠姐夫泉涌寺住持的家臣吉田扫部家的供养。但他本来就是个上进的人，十二岁时自己要求去学习剑法。他每天早上从今熊野的住处出发，赶一里路到柳马场绫小路下属于一刀流剑派的道场修行。无论刮风下雨，每日不懈。十七岁就取得了“目录”的资格，过了二十岁，他的武艺更加精湛，凭他的身手在道场里已鲜有对手。同门之间都这么说：恐怕到冬天就会颁给他“免许皆传”[1]的资格。

“如果最后当个不能佩刀的町人，那我这么多年的努力又是为了什么啊?”这么想着，新作觉得自己简直太可怜了。

他不想去当个小吃店老板，可也舍不得阿园。而且一想到这是辩才女神赐下的姻缘，就更觉得难以割舍。

在草津客栈，新作说：“只有继承店铺这一点，请让我考虑考虑。”

“您现在是说让我当浪人的妻子吗?”阿园的意思是不愿意。在京都町人眼里，武士都不值得敬重，何况是无主的浪人，他们都被看做贱民。

“果然，妾身与您无缘呐。”阿园咬着被边儿，无声地哭了。

“有了主君的话，是不是就行了？”

新作没有接这个话茬，因为他很清楚，当下这种时候，就是再有本事的浪人，想要在大名手下谋一份差事都是很难的。如果成为大名的仕官、足轻、公卿、寺社长老的家臣，领到的那点俸禄就很难养活一家老小。

“有薪俸的话，当武士也行？”现在新作总算知道阿园想要的是什么了，不过到底能不能得到足够养家糊口的俸禄，他一点把握都没有。

后来，新作时不时去阿园家做客，有时两个人也在“出逢茶屋”约会。但只要一提婚事，就怎么都谈不拢，每次都是以阿园的眼泪收场。无论新作怎么解释，她依旧固执地认为只有不放弃店铺自己才会幸福。

后来大约是阿园的姐姐小膳实在看不下去了。一天，借口有事把新作找来，问他：“官人愿意不愿意为长州藩效力呢？”

“长州藩？”

“家父曾经为京都长州藩邸服务过。现在对方应该还记得我家的事情。假若诚心诚意去请求他们，应该不会坐视不理的。”

“啊！”新作暗忖，“要是长州可就不妙了。”虽然想到父亲的遗训，可是现在他又说不出“我的事，就不劳您费心了”这样的话。

“那就请您多多费心了。”他只能答复这么一句。

“您心里已经有谱了吧？哪怕只领到三十石、五十石的俸禄，我也会说服妹妹，关掉店铺与您完婚。”

从那以后过了不到一个月，重阳节后的第二天，阿园店里的帮工松吉到柳马场道场找到新作：“偏劳您，请马上到木屋町三条上的料亭‘丹虎’去一趟。”除此之外他什么都没说，大概也是一无所知吧。

“要是阿园的话，选这个地方就有点奇怪了。”新作在心中揣摩。

他还不知道，“丹虎”的主人是四国屋十兵卫，那里是以武市半平太[2]为首，一干土州[3]倒幕志士秘密集会的地方。

新作一进店门，主人十兵卫就把他带进了一间包厢，新作在屋里等了大概有半刻钟。这间屋子有三叠大小，按茶室的风格装修。屋内的装饰柱是南天柱，地板用的楠木，处处都显得古意盎然。不一会儿，传来了潺潺的水声，原来房间东窗下便是鸭川。

新作想拉开窗户看看河水，这时走进来一位身材高大的武士："那窗户还是不开为好。"说着，他一边正襟危坐，一边自我介绍："鄙人是长州藩的吉田稔磨[4]，您就是深町新作吧？"

"是的，我是深町新作，现居今熊野。"

"久闻大名。说实话，受小膳请托的不是我，而是藩内的另一位。在下不过从中协调，传达两方的意思。虽这么说，其实以在下这样的身份，是不配做这种事的。"

但是，他却在藩内有相当大的实权。安政六年在江户被处死刑的吉田松荫[5]，就是他的哥哥。稔磨很早就投身"尊王攘夷"运动，一度还曾脱藩潜入江户。在江户时，他借旗本[6]妻木田宫助手的身份，刺探幕府的情报。不久之后，长州藩被剥夺了"禁阙守护"的职位，他也因此回到长州藩，恢复了身份。当然，在和新作的酒席上这些话他一个字也没有透露。

桌子上已摆好了酒菜，吉田又说："新作君不善饮酒吧。"他好像知道不少情报："不过，为了以后更加亲近，让我们干了这杯。"

“好。”

两人没说几句话，新作就吓白了脸——这个吉田对自己的家世知道得一清二楚，显然他下了很大的工夫进行调查。

“听说您是个君子，我们很中意您。最难得的是您武艺超群。因鄙藩乃攘夷先锋之故，招募了一支新式军队，就连神官、农民、町人都可以加入成为藩兵。我是求贤若渴啊。更何况您父亲姓‘岸’，也曾是鄙藩的武士吧。”

“他连这些也知道!”新作心中暗暗吃惊，不觉抬头望了望吉田，可是这男人平静的脸上看不出什么端倪。

吉田继续像讲故事似的介绍着：“您家的亲戚不少还在鄙藩。‘岸’这一门武士，本来是毛利家的陪臣，令本家之中高级武士也很多。要论起来，我母亲的娘家和您的家族也有亲缘关系。”

“……”

新作倒吸了一口冷气——连他自己不知道的事吉田却很清楚，而且两人之间竟还有亲戚关系。不过长州是个小藩，说不定他倒并没有扯谎。

吉田这时突然话锋一转：“你愿意为天下大业而死吗?”他的眼神突然变得十分锐利。

“愿意!”这回答不是扯谎，而是发自真心的。

当时“尊王攘夷”的主张并不稀罕，甚至可说是武士们的“常识”。就连驻扎在京都壬生村的新选组，表面上打出的旗号也是“尊王攘夷”。只不过他们和脱藩的浪人不同，新选组的任务是惩治出没于京都守护[7]职管辖范围内，倾向倒幕或是行为不法的浪人。

一被问到：“你愿意死吗？”新作只觉得胸中涌起一股壮志豪情，接着便兴奋得浑身发抖。大概“死亡”这个词，对他这个年纪的青年，有着某种特殊的诱惑力。

说到年龄，从新作的眼光看来，吉田稔磨也就比自己大一岁——最多不过三岁，两个人年纪相仿。因此他面对吉田有种微妙的竞争心理，“怎么能输给他？”新作暗想，也就是这一瞬间，他成为了长州攘夷志士的一员。

“那么……”吉田话到嘴边又停住了，他警惕地听了听周围的动静，确定没人，才悄悄地说，“我们希望你能加入新选组。同样都是为天皇效力，请别在意岗位。”

“呃？”新作惊得嘴都合不上了，他沉默了半天才道，“我不明白。”

“是要你去做细作。”吉田回答。

“奸细？”

“正是如此。”

听他的意思，长州藩曾安排过两三个人混进新选组，可全都露馅丢了性命。他们要么是有长州口音，要么是暴露了和长州之间的关系。

“可是您却是再合适不过的人选了。”

看起来他和新作见面的目的就在这里。吉田他们之所以选中新作：第一，他是土生土长的京都浪人；第二，他以前和尊攘浪士没有过任何瓜葛；第三，他的刀法出众；第四，他祖籍是长州。

“这事能答应么?”要是说不答应的话，吉田恐怕也不会轻易放过他。不过此刻在新作的脑海中浮现的却不是这样的顾虑。被稔磨这样的志士看中，委以重任，在新町这个年轻人胸中激荡的此刻唯有感激之情。

“我干!”

“太好了！没有比这更让人高兴的了。下个月新选组要招募新队士，您的话一定能够入选。一旦入队就要遵守队规，作个好队士。说不定你我还会有正面交锋的那么一天，到时候请不要有顾虑，万不可手软。”

之后，吉田又向他简单介绍了长州安插在京都的“谍报网”。新作不得不记住大量的暗号——看来这个工作比他想象的要复杂得多。

“你时不时地把新选组的情报报告给零食店的小膳，假如事出紧急，就去找壬生村蔬菜店的万助，把信交给他。”

“小膳，就是阿园的姐姐?”

“她是个了不起的女人。虽然看上去沉默寡言，呆头呆脑，却帮了我们不少忙。不过只有一点，你和长州藩的关系，一定不要告诉她妹妹。”

“我明白了。”

“差点忘了。”

“啊？”

“新选组里还有一个我们的人，他已经潜伏了很久，可是，名字却不能告诉你。”

他不说出名字的原因是担心当他们其中一人暴露的时候，会供出其他同伙。

新作如愿加入了新选组。结果最先对这个京都浪人生疑的竟然是冲田总司。

入队考试的时候，如果应招者的特长是剑术的话，惯例是让他与冲田总司用竹刀比武，裁判则是近藤勇和土方岁三。

轮到深町的时候，他与冲田之间虽说距离六尺之远，但很快就分出了胜负。眨眼之间，他就被击中了面罩，护胸、护手上也挨了几下。

“到此为止！”土方举起手，让新作退回了休息室。

然后岁三征求起近藤的意见：“这人能用吗？”

“是个使长刀的好手，虽然出招轻得有点奇怪，而且输给了冲田。可是目录的水平还是有的，我看就录取他吧。”

当天新作就成了新选组的一名实习队士，他被安排在第十队原田左之助的手下。也在那天晚上，冲田敲开了土方的房门。

“世上什么样奇怪的人都有哇。一般人哪怕没有实力，也要装出很强的样子卖力攻击才对。这才是人之常情不是嘛？可我头一次碰见相反的事情，明明身手了得却故意装作武艺低劣的样子，他心里到底是怎么打算的呢？”

“你在说谁啊？”

“名字嘛，忘记了。”

“瞧你这话讲得，没头没尾。”

“土方先生，就是今天和我比武的人哟。”

“深町新作君吗？”

“对，对，就是深町君。我和他交手，他击中我的面罩和护手两次，可土方先生都没有认可。”

“他打得过于轻了，不能算数。虽然下刀速度很快，到底修行不够，攻击没有力量。”

“打击太轻可不是他的毛病，大概是故意为之。看他腰上的力道，那虎虎生风的刀速，怎么会出招力量不够呢？应该说被他那么一下子击中甲胄，会肋骨裂开背过气去才对。那武艺何止目录，简直是免许皆传的功夫。”

“那就是急于求胜，结果方寸大乱了吧。”土方看上去一副没有心情和总司讨论这事的样子。可是冲田前脚刚走出房间，后脚土方就叫来了队里负责纪律整肃和监察工作的山崎蒸。

“这个男人，”说着岁三把写着新作名字的履历递给了山崎，“请你稍微调查一下。”

“有什么可疑的地方吗？”

“找出它就是你的工作了。”

按照土方的吩咐，山崎调兵遣将，没几天就把新作的底细搞清了。可是并没发现任何可疑的地方。

“土方先生，像是没什么可担心的。”

“他与长州、萨摩、土州没有瓜葛？”

“没有。”

“有没有女人？”

“有，蛸药师上麸屋町零食铺的阿园，和他有婚约。到目前为止，一直时不时地幽会。”

“为什么不成婚？”

“阿园是个精打细算的女人，她原计划让新作放下武器，同她一道继承那家小零食店。结果现在他加入了新选组，阿园就更看不上他了，据说最近新作去找她，她都避而不见。”

“就这些?”

“是的。”

新作每天都集中精力处理队务，哪里知道在队内的干部中间为了他的事经过了这么场风波。正如冲田所猜测的，当初他在比赛的时候，是故意放水。这白刃相交的修罗场，他还是尽可能地希望自己不必涉足其间。加入了新选组，假如在执行任务期间遇到萨摩，或是土佐的对手，那都还好办。如果要他和长州藩的人动手，万一心有不忍，难免手下留情。他考虑假若组里知道了自己真正的实力，届时难免不心生疑虑，因此倒不如一开始就装作武艺马虎，到时候就算故意放走了敌人，别人也只会以为他技不如人罢了。

新作所属的是原田左之助任队长的第十队，和冲田的第一队一样，是最活跃的队伍之一，队员们几乎天天都三三两两地到市内去巡逻、杀人。

新作第一次杀人是在文久三年（1863）十二月。

在这不久前，发生了对他来说非常不幸的历史转折。八月十八日，原本由长州主导的“攘夷亲征”朝议的决定，在这一天突然发生了一百八十度的转变。长州藩担负的“禁阙守护”职位被解除，自然也被其他诸藩所孤立，当夜藩兵保护着长州派的七位公卿一起从京都撤离。

这件事对新作来说，就好像一个间谍和自己的祖国失去了联系。他甚至想过离开新选组逃回长州，但小吃店的小膳阻止了他。不过这倒不是小膳自己的主意，应该是还潜伏在京都的长州浪人让她捎给新作的命令。

“倒不如说现在比以前更需要细作大人了，请您一定忍耐下去。”

据小膳说，长州藩在政治斗争中落败被迫回到领国以后，与京都的联络就中断了，因此这时候更需要这边的消息。在这些消息中，又以从掌握实权的公卿和幕府方面得到的情报最为重要。而幕府的情报方面，京都守护职下辖的新选组内部的传闻，准确率又惊人的高。

“先生说请您事无巨细，什么都告诉我。”

“这是吉田先生的话吗？”

“是桂先生。”

“小五郎[8]？”

“是的。”

“咦，真令人吃惊，他也知道我的名字吗？”

“是，他对您的事情知道得很清楚。”

“总算没白干。”新作思忖，“只要努力干下去，一定会被提拔为一名堂堂的武士吧。”

这期间土方接到密报，说有批浪人在千本释迦堂附近的梅松寺里频频秘集，他命令第十队出动围剿，新作自然也在其中。

不过，原田第十队刚集结完毕准备出门的时候，突然从门边窜出一个人来插进了队伍。

“我也要去。”这么说的不是别人，正是冲田总司。说完他又“嘎吱嘎吱”地嚼起了嘴里叼着的一根草梗儿——这是他的癖好。

见到冲田，原田的脸色很不好看。

“你去会碍事的。”

“为什么?”冲田笑嘻嘻地问。

“我可不是想抢他人的功劳，只是单纯地跟去看热闹。”

这天是文久三年十二月三日。

原田的队伍到“千本通”之后，就分成了三组。一组三人，其中两组分别埋伏在梅松寺僧房的前门、后门。原田自己则带着新作和另外两个队员，一齐进了院子。

“新选组在此，奉命检查!”原田腋下夹着长枪，“啪”的一声，穿着鞋迈进了门槛。

对手也立即有了反应。只见纸隔扇一下子倒了下来，四个浪人持刀而立，个个怒目圆瞪，皮肤像死人一样泛着青色。不过，他们其中一人的喃喃自语倒颇耐人寻味，他说:

“切，看来刚才的消息是真的。”

新作吃了一惊，“什么？”他在心里暗想，“看来就在刚才，在他们闯进这里之前，有人向浪人们泄露了新选组突袭的消息。”谁泄露的？这答案很明显，队伍里应该还有一个长州的奸细，肯定是他。

但此刻不容他多想，站在他面前的队长原田已经率先用手中的长枪刺穿了冲过来的浪士的胸膛。在他旁边，阿部十郎握着惯用的短刀，向敌人逼近。他先灵活地挡开了对方的攻击，然后将短刀高举过顶，用力往下一挥，几乎把敌人的头一切两半。

剩下两个人，扭头就往后门逃去。

“深町君，你发什么呆？”异常沉着的声音从新作身后传来，他一回头，只见冲田在昏暗的院子里嚼着草梗。

“你要不快追，埋伏在后门的人可就辛苦啦。”

“……”

新作闻言赶往后门，一出门就感觉夕阳刺目。只见北野天神森林的对面，全被染成了一片茜红。

一个浪人往大路上跑去，原田和另一个队员已经追了上去。

“深町君，在院子里！”他背后又响起了冲田的声音。

新作踹开柴门，环视庭院，果然看到三个队员正围着一个大个子的敌人。这以一敌三的男人从脸到右肩都浸满了鲜血，像是不大容易束手就擒的样子。可是一见冲田和深町走了过来，他便知道自己今天是定死无疑了。

有了这个觉悟，男人大吼一声："走狗，拿命来！"砍倒面前的对手，直奔冲田而来。

"深町君，把他让给你了。"

新作听罢，猫下了身子，无意识地往旁边一偏，刀锋就从他头顶掠过。等他再站起身来，敌人连胸骨都被砍断，仆倒在他脚下。

"杀人了！"这么一想，新作的汗一下子冒了出来。"冲田呢？"他猛一回头，只看见冲田消瘦的背影，逐渐消失在柴门后面。

新作低头望着敌人的尸首，只觉得那死相委实凄惨，而且说不定这也是个长州人呐。

㊃

没过几天，新选组内里进行了一次大的人事变动，新作转到了冲田任队长的第一小队。不过，他的顶头上司并非冲田，而是冲田之下的伍长松永主膳。松永本来隶属第三队，是个甲州浪人，所习剑术属于镜心明智流。在新选组这个杀手云集的地方，他居然得了个“刽子手主膳”的诨号。

主膳擅长居合[9]，又有一种独特的步法。他可以边走边斩杀敌人，脚下毫不停歇。新作听说，在新选组里，能躲过主膳攻击的人，全加上恐怕也不超过五个。

主膳眼窝很深，嘴唇极薄，眉毛稀疏得几乎没有——这副尊容简直是嗜血如命的杀人狂形象。他好像就是为了成为新选组的一员而生的男人，能在京都市井中尽情屠杀尊攘浪人还嫌不够，一碰到队里执行死刑的时候，他就会跟副组长土方要求：“刽子手的活儿请交给我。”即便冷酷如土方，似乎也不大喜欢这个主膳，所以对于他的请求两次里总要拒绝一次，拒绝的时候就说：“前几天已经麻烦过你一次了，这次就换别人吧。”

有一次，队里有个长州的奸细暴露了身份，当即被拉到院子里就地处决。这种人自然不会被命切腹，而是直接砍头。刽子手是主膳。一刀下去，他却稀罕地失了手，刀砍在死刑犯的后脑勺上，那人立即蜷起身子，大声惨叫。只见主膳镇定地用水洗了洗刀，解释说：“对付细作只给一刀的话，那太便宜他了。”第二刀才砍下了那人的首级。

就是这个主膳，不知何故对新作显得特别亲切，他说：“冲田先生拜托我要特别关照你。”

新作心里不痛快，但也无法可想。可最让他吃惊的是，有谣传说主膳少年时代曾在竹生岛的寺庙里当过侍童。

自从去竹生岛巡礼之后，新作就变得特别迷信起来。不过这也难怪，他自从参拜过辩才天女，人生就发生了巨变。他与阿园邂逅，两人定下了婚约。又通过阿园的姐姐小膳，竟和长州藩有了联系。因为这联系，他最后做了之前想都不曾想过的事情——加入了新选组，真正的身份还是当个奸细。究竟这三福神之一的辩才天女赐予的因缘，是否能给他带来幸福呢？新作越来越怀疑。要问起理由，首先是这缘分一波三折，最后竟然叫他屈身在一个竹生岛寺院前侍童的手下。何况这个男人还是连近藤、土方都觉得棘手的杀人狂呢。

“不是好兆头！”他有种不祥的预感。新作渐渐觉得辩才天女给他带来的不是福气，而是某种天罚。大概他和阿园在神域竹生岛的旅馆结下露水姻缘的事情，触怒了天神吧。

有一次，新作试着问主膳竹生岛的事情，对方倒是爽快地点了点头：“是啊，我在那里当过侍童。”不过他立即反过来诘问新作，“那又怎样？”总之，他好像很不愿意让人知道自己以前的经历。

又过了几天，新作的姐姐托人捎来了口信：给他做了羽织，让他回家来拿。他请假回到今熊野，正好姐夫吉田扫部亦在家中。新作突然想起来，眼前这个四十多岁的男人以前曾在泉涌寺当过坊官[10]，对各个寺庙的情况都很熟悉，于是问道：“姐夫，您知道以前在竹生岛有个叫松永主膳的侍童吗？”

“不知道哇。”

新作暗忖：也是，不怪他不知道，本来寺里的侍童身份就如一般人家的佣人，即便面对面碰上也不会问对方的姓名。

不过吉田大概是为了给他解闷，又谈了许多竹生岛的掌故。原来竹生岛上的信仰乃是神佛习合[11]，神域里既有佛教的僧侣又有神道教的神官。僧人们在宝严寺供奉辩才天女，而神官们则在都久夫须麻明神社里供奉同样的神明，只是称呼变成了“久志宇贺主命”。

“那个叫松永的人我猜是宝严寺的侍童。神官那边的人，大抵都姓荒木田。”

“荒木田？”新作吃了一惊。

据说荒木田氏祖上是天儿屋根命，在《新撰姓氏录》中归在“神别”一类。这一族的直系子孙代代都是伊势大神宫的神官，旁系后人也大多从事神职，特别是竹生岛的都久夫须麻明神社家尤以这一门之人居多。

“我们队里有个叫荒木田左马亮的队员。”

“说话有近江口音？”

“是呀。”

“对啦，那就是竹生岛人。”

这么说起来他应该和松永是同乡才对，不过奇怪的是这两个人在新选组里却关系疏远，新作从来没有看见他们说过话。那么小的一个岛，方圆不过二十一丁，两个人一块长大，关系不是亲热，就是交恶，装作不熟识的话，肯定有鬼。

这天新作还托姐姐去找阿园，说是想在今熊野的姐夫家和她见一面，大家坐在一起好好谈谈。等了好久，阿园总算来了。她梳着时下流行的小姓高髻，发簪上有朵天鹅绒制的棣棠花。

“怎么这么慢?”

新作一看到阿园就觉得嗓子发干，欲火仿佛蒸干了他体内的水分，但在姐姐和姐夫面前，他却连阿园的肩膀也不敢碰。于是他把阿园带进了自己的房间，刚一拉上障子门，回身就想把未婚妻推倒。

“不行!”

“为什么?”

“头发会弄乱的。”阿园说了句扫兴的话。新作转而去解自己裙裤上的带子，阿园连忙按住了他的手：“不行！在这里的话您家里人会发觉的。”

“不碍事的。姐姐早就察觉出你我的关系，咱们和夫妻没什么两样。”

“在这之前，请先听我说。来，请先坐下。”

“又是小吃店的事？”

“嗯。”

“我都听腻了。”

“阿园我也说腻了。我们两个人都不知道前途在哪里，最后会有什么结果，一见面就是做这种事情，我已经厌烦了。”

“这不就是所谓的恋爱吗？”

“讨厌，您也为我想想，如果这场恋爱没有个幸福的结局可怎么是好？”

“不通情理的是你。所谓恋情就是男女两人抛弃一切共沐爱河，这爱没有过去也没有将来，因此才纯粹，不是吗？”

“真是！”阿园换上了一副嘲笑的面孔，“一加入壬生狼，眼前的世界都变得广阔了吧。您倒是说得轻巧，这种恋爱怕只能糊弄青楼妓子，而我们町人家的姑娘严于自律，不会沉湎在虚无的恋爱里头。”

“你到底是京都的女人啊！”

“您是什么意思？”

“听人说京都的女人即便喜欢你也不会迷恋你，我现在知道这话的意思了。阿园你喜欢我，但是又瞻前顾后，不能不顾一切地爱上我这个人。”

“离开新选组，跟我一块去开小吃店，我就会对您百依百顺。要是您一直做浪人，那将来生了孩子可怎么办？让他当壬生狼的孩子吗？那孩子该多可怜啊。”

“……”

在京都，町人虽然表面上畏惧新选组，骨子里却还是瞧不起他们。千年之中，京都经历了多少朝代更替，大概是经验教会了这些百姓，权势是最虚无的东西。何况是每天炫耀武力，妄图以恐怖控制京城的新选组，庶民们视他们更是如同豺狼虎豹。

新作这时真想告诉阿园：“我可不是新选组，而是长州的浪人。”可是话到嘴边，他又想起了吉田稔磨的嘱咐，终于什么也没说。而且就算告诉了阿园，她也不会觉得二者之间有何区别吧。

这时日头还很高。

阿园说归说，一旦新作搂住了她的腰身，她也就瘫软了下来。纸扇映着的影子是高野榎婆娑的枝叶——阿园此刻并非是因为情爱委身于新作，大概只是习惯了与他同床共枕罢了。

阿园闭起眼睛，跟随着新作的律动时起时伏。这时透过纸扇投射进来的阳光一下子消失了，她睁开了眼，仰望着恋人说："您……最近，脸上的表情变了。"

"……"

在这种时候还有心情闲聊的女人，新作真是无法理解。

"变成怎样的表情啦？"

"杀过人的表情。"

新作心想："这个女人，也不过就如此了。"他顿觉兴趣全失，身体也冷了下来。他离开了阿园的身子，抓起扔在榻榻米上的裙裤，急着往里伸脚。

阿园也扫兴地起身，合上凌乱的衣裾。在她要去整衣领时，手突然停了下来，自言自语地说："辩才天女您是打算赐我幸福么？"

新作只有沉默以对。他和阿园最后竟然同时怀疑起这一点，这个念头让他觉得又可笑，又没出息，但隐约又有点凄凉。他寻思："男女之间的感情，终归是要变味的。"

新作逐渐习惯了这种刀口舔血的生活。一旦开了杀戒，后面就容易多了。最开始他没什么信心，毕竟与人白刃相交，以命相搏这样的事情他并没有什么经验，他所知的无非是道场里用竹刀习来的剑道。然而，自从新作用真剑杀死第一个敌人之后，他的剑术就进入了一个新的境界。这么说并非指他使刀的手法进步了，而是说手染鲜血的同时新作自身也发生了变化。

在道场竹刀决斗时，对手之间的过招千变万化；可到了真刀真枪的战斗中，只消漂亮的一击就能让敌人毙命。而且，每次对战的人都不一样，靠一个绝招斩杀百人也是可能的。几场战斗下来，他知道战斗不需要小花招。对敌时候只要豁出性命冲向敌人，迅速出刀即可。把敌人当作广场上用来试刀的死囚的尸体——应该带着这种藐视之心发动攻击。这种冷酷无情与大胆冒进也是战斗教会他的。阿园说他的表情变了，这大概是真的。

在屯营的道场，每天队员都会练习剑术。这天，新作正和一个同僚练习切返[12]，伍长松永主膳用竹刀敲了敲他的背。

“喂，咱们比试比试。”

新作只得戴上面罩，摆好架势。和这个“刽子手”对阵，新作还是第一次。同往常一样，他持刀于自己头的左上方，深呼一口气。然后，只听新作大喝一声：“呀！”这是对对手的一种威吓。他是打算先挡住对方的攻击，然后伺机出其不意地向前跃进，袭击对手的面部。无论是击中，是被挡回来，还是随机应变地使用其他招数，总之最后他都打算靠面击一决胜负。新作身材高大，面击对他有利，而且如果从实际战斗的角度考虑，他也打算将面击当作克敌制胜的绝招，现在尽可能地想在道场练习纯熟。

主膳则是持刀在胸前。他有个毛病——起势的时候双肩过于僵硬。新作暗忖：就是这样的姿势，竟然还能获得目录的资格。

可是，一旦比武开始却是主膳攻势凌厉。新作全然不在乎胜负，只是拼命地攻击对方的面部，可眨眼工夫，就让主膳击中胸甲三次、护手两次。

新作连忙说：“我输了。”

“早着呐！”

从主膳面罩的缝隙里，可以窥见他那锐利的目光。两个人又继续了小半刻，新作两次击中主膳的天灵盖，将对手打得头晕目眩。他自己的右肋也肿了起来，护手上都是划痕，里面的手腕都麻木了。

后来主膳问：“小子，你为啥光冲着我的面罩来啊？”

“比赛虽说是输了，但在实战中这种战术更有效。”

“剑术不行就是不行，可没有但是。”

“剑招自然是有千变万化，我倒更愿意磨炼一门绝技。在下不是一流的剑客，对我来说也只能如此啦。松永兄不也吃了两三次我这一招的苦头吗？”

“你这小子，说什么呢！”主膳带着一脸不甘心的神情，转身走了。

第二天，发生了件稀奇事。新作从市内巡逻回来，看见作为宿舍的壬生村前川庄司宅，从内庭门下脱鞋的地方开始，一直到庭院中央都铺了一层沙子。一定是出了流血事件，为了清洁血污才有人撒上了新沙吧。话虽如此，这流血量倒也颇为可观了。这时新作想起大门口也撒过了沙，回去查看果然如此，是血迹，不过看来和中庭的并不是一个人的。

新作向留守的同僚打听后才知道，门边的血迹是一般队士楠小十郎的，为整肃纪律，他死在了原田左之助的刀下，和他一块被斩首的还有御仓伊势武，只不过他的行刑人是斋藤一。

“那，中庭的血迹又是谁的？”

“荒木田左马亮君。”

“……”

据目击现场的队士说，当时荒木田搬出张马扎，坐在内院让剃头匠给他剃“月代”。大伙从来没见他心情这么好过，嘴里还哼哼着小曲。这时队内的元老永仓新八走了过来与他搭讪。

“今天晚上莫非是要去岛原?”

像是被荒木田的哼哼引起了兴趣，永仓也跟着哼起同样的小调。

“看起来我的拍子不太对啊。”说着新八在荒木田身后悄悄拔出了匕首。

“永仓先生，应该是这样啦。”荒木田又示范了起来。永仓趁他不备，绕过剃头匠的右手，一刀刺进荒木田的后背。后者疼得一下子跳了起来，插着刀就往外跑。永仓紧跟其后，一刀横切在他的腰上。荒木田弓着背，还是拼命地往前爬。永仓绕到右边，待到他爬到第四步，才一刀砍下其首级。奇妙的是从脖子的切口里一点血也没有流出来，大概被腰斩后往前爬的时候荒木田就已经断气了吧。

“为什么要杀他?”理由却无人知道。

到了傍晚，副长土方正式出来说明，大家才知道了他们的罪状。荒木田、楠和御仓，据说都是长州藩的奸细。新作暗忖：“怪了，人数不对啊。吉田稔磨不是说除我之外细作只有一个吗？这么说，被杀的人中，起码有两个是被冤枉的。倘若如此，谁又是我新作的同道呢？荒木田吗？倒有点像。”

这之后，新作和小膳见了面。他忽然想到这个女人可能知道另一个人是谁。于是试探道：“有一个奸细已经暴露，被处死了。”

“啊？”

小膳此刻的惊讶分明就是她知道另一个人是谁的证据。就凭这一点，新作就明白了她在长州的奸细中地位应该不低。

“这是什么时候的事？”

“五天前。”

“噢。”小膳紧绷的脸色一下子放松下来，看来新选组是杀错了人。恐怕那另外的一个人，在昨天或者今天，和小膳见过面，又或是小膳知道那个人和长州方面有过接触。总之，另外那个人看起来还活着。

“到底是谁？”

“总有一天你会知道的，现在还不是时候。”

“那么，对方知道我的身份吗？”

“那就不知道了，那个人很老练。话说回来，为什么阿园躲开你跑到里屋不出来了？你们两个怎么了？”

“这个啊……”新作考虑了一下，“我要找时间好好和她谈一谈，只要我还在壬生狼里，她就不会接纳我。竹生岛的辩才天女这次结的好似不是什么良缘呐。”

“您这么讲，倒像是说我把你们俩给拆散了似的。依我看辩才天女不是要让你和阿园结缘，倒像是牵线让你认识我才对。”

小膳这个内向的女人，难得无声地笑了。她咧开嘴，那张皱皱的脸上露出一排牙齿，却让新作发现了一种异样的美。

六

元治元年六月，这个月打头一天起就异常闷热，好容易挨到六月四日，更是京都前所未有的酷热。

新作这天早晨就被土方叫了来。他一进屋，发现不知何故，冲田也在等他。土方笑容可掬地坐在屋里——这个异常的情况反而让心虚的新作松了口气。

“有件事情要借你一臂之力。”土方这话说得奇怪，“今早十点前后，你到河原町四条东角的书店井筒屋借个马扎，坐在店里注意看外面的情况。”

“看什么呢?”

“你面前一定会有个男人走过。东面那条小路中间有个在诸藩之中招揽生意的古董店，店主的名字叫喜右卫门，从你面前经过的那个男人，大概是刚从那家店里走出来。你也认识他，是我们新选组的一员。他要回屯营，肯定要经过你埋伏的井筒屋，你一见到就要立刻把他杀了。请你把这当作局长直接向你下的命令。另外，作为见证人冲田也和你一起去。就干这件事，没问题吧？”

于是新作和冲田出了屯营，顺着四条大街走到东洞院，这天京都市内比平时热闹得多。留意一看，原来明天是京都祇园祭前夜的小祭——“宵山”，人们正做着明天庆典的准备。

“快看这个，快看！”冲田显得兴致勃勃。

两人走过了一町又是一町，总司时不时地把脑袋伸进还在糊制中的花车里东张西望。花车的种类很多，有像长矛一般插入云霄的高台，也有弄成几层做出山丘的形状。他一会儿看看左边，一会儿瞅瞅右边，雀跃得像个小孩子，高兴得两眼放光。

不一会儿两人就按土方的交代找到了书店井筒屋，原来在它的北面正好是土佐藩的藩邸。书店里光线昏暗，倒是监视路上来往行人的好地方。老板借给他们两张马扎后大概是怕受池鱼之殃，扭头就带着家人躲到别处去了。

“冲田先生，是谁要从这里经过啊？”

“你还不知道？”冲田说着拿出扇子扇了扇，“长州的奸细。”

“原来如此。”新作点了点头，他想自己此刻脸上一定毫无血色。

“所谓的奸细，是上级上头还有上级。这条小巷子里的古董店老板喜右卫门就是京都里长州奸细们的总头目。当然喽，开古董铺是他的幌子。此人的真名叫古高俊太郎，原来是慈性法亲王处的家臣。他在尊攘派浪人当中名气很大。自从长州藩的势力被赶出京都大阪一带后，他就为长州搜集情报，再传递回母藩。”

新作心里想：“古高俊太郎?”他从未听说过这个人，搞不好蛸药师小吃店的小膳就是他的手下，而小膳的下线才是新作。新作常自诩是长州的细作，可连新选组的冲田总司都知道的人物，他却闻所未闻，这到底是怎么回事?

“我呀，真是像虫子一样无足轻重。”他在心中发出了这样的感慨。

倘若新作算尊攘志士的话，也不过是和小膳这个女人单线联系，势单力孤的志士罢了。不，要说认识的其他同志，当初在木屋町料亭“丹虎”有一面之缘的吉田稔磨也算是一个。吉田当时保证说总有一天他能在长州当上真正的武士，现在想来究竟可不可信也还是未定之数。

“古高俊太郎我都不认识。”——无疑这对新作是个巨大的打击。更让他郁闷的是，不久以后就会出现在这河原町大街的人，虽说与新作同为细作，却与古高有直接联系。这可不是件愉快的事——他感觉自己被排除在外了。

“拿我当傻瓜吗？”新作愤愤不平地想，心中不由升起了一团怒火。一扭头，发现冲田正用他那双细长而温柔的眼睛盯着自己。

“不过……”冲田说着移开了目光，“这真是有意思呐。其实直到昨天夜里很晚的时候我们才知道，大伙找了那么久的古高俊太郎就是商人喜右卫门。当然，能知道这些多亏了山崎君等人。结果今天早上，我们把这个消息悄悄地泄露给组里几个干部知道了——当然是用非常自然，不会引人怀疑的方法。不出所料，有人立即偷偷地溜出了屯营，我们的人现在正跟踪那男人呢，两人相隔也不过一丁步[13]的距离。”

“您说的男人是谁？”

“你的伙伴哟。”

“啊？”

“不，应该说是你直属的伍长更合适。”

这时云翳一扫而空，阳光洒满了街市。新作猛地站起身，马扎也踢倒了。冲田则往后一退，目送新作跑出了店外。

松永主膳吃了一惊，不自觉地停住了脚步。他一转左脚跟，回眼一看，认出来者是新作，立刻就握住了刀柄。

“怎么啦？”

“那里站着监督的是冲田先生，现依据新选组的规定将汝处死。”

“执行的人就你一个吗?”

主膳全明白了——这是不弄脏自己的手，让奸细之间自相残杀的伎俩。

“我跟你干一场吧，也许你是我杀的最后一个人。”说罢，他把草鞋一踢，持刀在胸口下方。在他僵硬的右肩后面，为祇园祭准备的花车威风凛凛地直指向六月的晴空。

新作也脱了草鞋，“刷”地亮出了佩刀，和往常一样那刀尖缓缓抬起，直至头顶的左前方。

两个人刚刚摆好架势，主膳背后的民众就“哗”的一声作鸟兽散。乍看之下，很容易以为这是因为两人争斗的场面过于恐怖，但他们俩很快就发现自己弄错了——刹那之间，大批新选组队员从小路里涌了出来。他们之中有原田左之助、斋藤一、永仓新八，甚至近藤勇也亲自到了现场。

新作认出了他们，心想：他们大概是来抓古高俊太郎的吧，同时也为了封锁主膳的退路。

“深町!”主膳的语气里含着从未有过的亲热，“我们都逃不掉了，你看不到你的身后呐，那里来了三队人马。”

“你的身后也……”

“什么?”

“有人切断了后路啊。”

新作话音未落，主膳突然疾风般地冲了过来。他双手持刀直指新作的咽喉，而新作还是照例挥刀朝他的天灵盖砍去。主膳的刀就快触到了新作手臂，可新作的刀更快，只见他的刀锋在阳光下陡地一转，主膳的右半身从腋下到肚子立刻划开了一个巨大的口子。主膳踉踉跄跄地向前走了几步，扑通一声倒在了井筒屋的屋檐下面。

不过取胜的新作大概也没有机会看到主膳咽气。在他砍中主膳的瞬间，自己也仰面跌倒了。长州奸细深町新作，平躺着望着空中浮动的夏云，还有花车上高高耸起的舞台，突然，这些景物迅速地旋转起来……终于，归于一片漆黑。

而站在新作尸体旁的冲田仔细地擦着刀上的血迹，时不时地抬起头来看看花车。

后来检查两人尸体的人从主膳怀里掏出了一封古高写给长州久坂玄瑞的介绍信；而新作身上什么有价值的东西都没有，只找到一个从竹生岛请来的辩才天女加持的护身符。

转天又从古高宅中搜出尊攘浪人的效忠书。就是这一点小小的火花，引发了后来震动全国的“池田屋事变”。当然，这一事件就要留待下章再说了。

注释：

【1】武道、茶道的师父授予弟子的资格证明书叫作“免

许”。“免许”一般分为几等：初传（切纸）、中传（目录）、奥传（极意、免许）、皆传（印可）等等。“皆传”是最高等级，意谓师父已经完全将本门的奥义传授给此人了。一般只有获得免许皆传的人才能独立门户，教学授业。

【2】又名武市瑞山（1829~1865），幕末土佐志士。土佐勤王党的首领。1862年（文久二年）4月暗杀了与他意见不合的参政吉田东洋，使藩论一致倒向尊王攘夷。翌年土佐藩内的尊王攘夷派遭到镇压，武市下狱，1865年闰5月被令切腹自尽。

【3】即土佐的倒幕志士。其中著名者，包括武市半平太（瑞山）、坂本龙马、中冈慎太郎等人。1861年武市半平太组织勤王党，龙马不久亦加入其中。不过1862年3月龙马脱藩，投于幕臣胜海舟门下学习近代航海术。后因恩师胜海舟、友人大久保忠宽在幕府政府内的失势，龙马不得不开始依靠萨摩藩实现其理想。1865年开始他四处奔走促成萨土同盟，1867年6月22日，土佐藩的后藤象二郎、福冈孝弟、坂本龙马、中冈慎太郎与萨摩藩的小松带刀、西乡隆盛、大久保利通会面，缔结了以公武合体为目的的同盟。

土佐勤王党的其余人，自暗杀了藩内的稳健派首领吉田东洋后，士气大振，频繁在京都活动，以天诛的名义暗杀政敌。文久三年八月十八日政变后长州藩势力被驱逐出了京都，一时之间勤王党的活动大受影响。这时土佐藩内主张公武合体的稳健派再度占据上风，他们以追究吉田之死的名义，逮捕勤王党的骨干。土佐勤王党的成员大半死于这次镇压。

【4】原文为“吉田稔麿”，“麿”以前也写作“麻吕”，比如安倍仲麻吕，后来通翻译为磨，如二战时日本首相近衛文麿，也译为“近卫文磨”。

【5】吉田松荫（1830~1859），幕末志士，长州藩士。名矩方，字义卿，通称寅次郎。别号二十一回猛士。通兵法又师从佐久间象山学习洋学，因此注目海外，想从下田偷渡出国，事泄被投入狱。出狱后开设松下村塾讲学，高杉晋作、久坂玄瑞、伊藤博文都来听过他的讲义。为避免“安政大狱”，他想先发制人，暗杀幕府老中间部诠胜。失败后入狱，1859年遭斩首。

【6】指江户幕府时期石高未满1万石，但在将军出场的仪式上出现的家臣，他们为德川家的直属家臣，也拥有自己的军队。虽然旗本是江户时代其中一个有名的制度，但是在日本战国时代，部分大名有使用旗本或与旗本相似的制度。

【7】江户时代，幕府的官职名。驻守京都，护卫朝廷，维持京都近畿地区的治安。1862年（文久二年）创设，1867年（庆应三年）废止。

【8】桂小五郎（1833~1877）即木户孝允。长州藩士，初名桂小五郎，后改名木户贯治、木户准一郎等。号松菊。他是吉田松荫的学生，幕末致力于萨长同盟的巩固。明治时期推行版籍奉还，废藩置县等政策，反对征韩论、征台论。和大久保利通、西乡隆盛并称为明治维新三杰。

【9】日本剑术的一种。在拔刀的同时展开攻击。也称为拔刀术。

【10】在皇室寺院任职的在家僧侣。虽然剃度，穿着僧衣，但也允许带刀、食肉、娶妻。

【11】平安时期，日本佛教与土著神道教融合，发展出一种思想倾向，即神道教所崇信的神明是佛教中诸佛、菩萨、金刚等在日本的化身。

【12】剑道练习的基本动作之一。先攻击对手的正面，然后是左右两面，如此反复循环。

【13】日本的面积单位。一丁（町）步相当于十反，约合99公亩。

池田屋异闻

㊀

故事开始的时候，“山崎蒸”这个响亮的名字还没诞生，大伙都叫他“针灸店的又助”。又助几乎不回高丽桥的居所，天天都泡在剑术道场里。

当时的大阪，从上町向西爬上斜坡，那里肩并肩开着好几家教授剑术的道场，这些道场的弟子大多来自御城代屋敷的家臣和两町奉行所的与力、同心家，当然也有町人家的子弟前来学习。

坐落于谷町的镜心明智流剑术道场在这些道场中是规模最大的。不过说来也奇怪，据说这间道场里武艺出众者皆是町人出身。而在这些人当中又助又是其中的佼佼者。

这个年轻人最有名的掌故还是他的“又助摔”。

此人比试时总是先击中敌人的面罩，然后是胸甲、护臂，不把敌人逼得摔在地上就决不停止攻击。不，即使对方狼狈地倒在地上，他也不罢手。每到这时他就会扯开喉咙，用几乎让地板发颤的音量吆喝："再来！再来！"嘴里嚷嚷，手上也不闲着，还拿着竹刀继续拼命攻击。对手如果想用手格开挥过来的竹刀，又助就会"啪"的一声打在那只手臂上，这时就算戴着护具，也要冒手腕骨折的风险。

剑术练习的时候，双方身上穿着防具，手中握着竹刀，可以说仅仅算是一种模拟战斗。但是同样的练习只要是又助来做，就变得杀气腾腾，连竹刀也会成为杀人利器。

比赛的时候，明明裁判已经举手宣布了"到此为止"，他却还要伺机往对手身上再打上两三下。与其说是无视比赛规则，倒不如讲在比武的时候，他心中就涌出一股誓把对手置于死地的杀意。因此从第三者的角度观看比赛，不仅不会觉得他斗志昂扬，反而会感到一股阴森的鬼气。

"又助的剑，有技术却没有修养。"这是他师父平井德次郎的评价。

倘若在战国或是江户初期，像又助这样疯狂的人是有机会成为剑客的。可到了江户中期，剑术已经脱离实用，开始极端地追求其精神内涵。因此他这种做法，在当时人看来是离经叛道的。

而且因为在少年时代学习过力真流的棒术，又助常常使出摔跤时才会用到的脚下功夫，如"步足"、"开足"等奇怪的步法。在剑道中，比如镜心明智流的步法，虽然身体可以前进或后退，但双脚的前后顺序是不允许改变的。恐怕就是为了这些原因，尽管他的实力早就超过了代理师父的水平，平井德次郎却只认可他门人的资格，并不授予他“免许皆传”的证书。

同门的师兄弟也都不喜欢他。又助是土生土长的大阪町人，洁白的皮肤，鲜红的唇，高挺的鼻梁，可脸上却从来没露出过笑容。他家住船场[1]高丽桥，父亲是以针灸见长的医生，本名叫林屋五郎左卫门，还有个更广为人知的绰号“赤壁”。因为病人中富商很多，所以他的家境也着实不错。又助是家中的次子，父亲打算给他买一个下级武士的身份，因此从小就叫他修习武艺。

父亲五郎左卫门总挂在嘴上的话就是：“我们的家世可是非常坎坷啊。”

“到你曾祖父那一代为止，咱们家还都是武士的身份，而且还不是一般的武士。”

听到这里，又助就问起曾祖父的名字，侍奉过哪位大名。父亲却缄口不言了，他好像非常害怕别人知道他们这家人的来历似的。

又助有一次试着猜：“您父亲难道是犯了谋反大罪吗？”

五郎左卫门马上变了脸色，骂道：“傻瓜，逆臣的子孙能像现在这样当针灸师傅吗？无论怎么着，你的祖先都是堂堂正正的。”真是这样的话只要讲清祖上是什么样的人就可以消除疑虑了，不过五郎左卫门又不往下说了。

又助在平井德次郎的道场取得目录资格的时候，师傅德次郎对他说：“证书上只写个‘又助’可不好看。”又助一想果然如此，为了符合目录证书的格式，他总要有个某家的某某人这样类似武士的名字。

当时，市民、农民们除了一些特殊的情况，是不允许拥有姓氏的。给町人看病的医生田中玄庵，歌舞伎演员市川团十郎这样，“田中”呀“市川”呀与其说是姓氏，不如讲是他们买卖的招牌。在正式的户口上，这些人依旧没有自己的姓氏。因此像又助这种情况，就可以像町人出身的医生、小说家、演员、诗人、私塾先生等人一样，给自己加一个户口上没有的，不需官方承认的姓氏。

“那您说我应该取什么姓才好？”

“即便是町人也有所谓的‘隐姓’。假如先祖是武士，子孙虽已成为町人却还暗地里保留着家传的姓氏。你先问你父亲试试。”

又助把师父的意思告诉了五郎左卫门。

他却说：“隐姓我可不能说。不过战国时代，我家祖先源自山城国的山崎村。你就以祖籍为姓吧，至于名字，咱们家属于嵯峨源氏，应该取一个字的名字才是。”

这么着又助的名字变成了山崎蒸，他把这新名字告诉了师父。

后者听罢，露出了一种山崎看不明白的神色："不是奥野吗？"

"我的姓吗？"

"不喜欢的话也不要紧。我只是想令尊大概会中意这个姓氏才对。"师父似乎知道些什么。不光是师父，说不定这道场里不少人也知道他那个令人厌恶的姓氏，正因如此，自己才受到排挤的吧。

山崎邂逅他宿命的敌人——播州乡士大高忠兵卫，正是取得目录资格后不久的事情。

这天暑气甚重。黄昏时分，山崎在难波桥下雇了一条船，往土佐堀川纳凉。他叫船老大在船头下了网，打起些小鱼来一边烤一边饮酒。因没有招艺妓的钱，所以他只是自斟自饮，要醉还有些早。

船行至阿波蜂须贺藩的仓库后面，只听见空中飘来阵阵弦歌。原来对面船上坐着五个武士，五个艺妓。听武士的口音，估摸来自长州。他们一个个都喝得忘乎所以，唯有为首的那人，正襟危坐，面带笑容。看见这个面皮白净，满脸横肉的男人露出像庙里佛爷一般的微笑。恐怕是命中注定的恶缘吧，山崎只觉得那笑容异常碍眼。

他心里自问：“那是个什么东西呢？”想着就回头对船老大说：“好了，咱们回去吧。”

不幸的是，当船老板摇橹准备掉头时，船头不小心撞上了对面船的船腹。“啊”一声叫出来的是本来在船上手舞足蹈的一个干瘦武士，他在受惊之余赶紧用手去抓船舷，结果船身大大地往他抓的那边倾斜了过去。这人气得不住地叫：“喂！町人，滚过来！磕头谢罪！”

自然，此刻山崎的确是一身町人打扮。听到对方嚷嚷，为了避免多生事端，他立即转过身去，掏出手帕，包住脸颊，在下颌处打了个结。这时太阳已经落下，河水变得一色漆黑。

山崎向船老板使了个“他们喝醉啦”的眼色，然后低声吩咐道：“没关系，走吧。”

可是那只长州船的船老板，因为有武士给他壮胆，就半开玩笑地摇着船撵上了山崎的小船。一个武士上前一把抓住山崎的船舷，大喊：“你给我过来！”

“……”

山崎充耳不闻，背对着气势汹汹的长州武士，利索地用筷子翻着烤架上的鱼。

“你不长耳朵吗？”

那个看上去像是主客的，肥头大耳的男人，用扇子制止了武士。

“算了算了，原谅他吧，天这么黑看不清也正常。对方只是町人而已，你就别计较了。”

“正因为是町人，才更不能原谅。”

“算了，算了。”

山崎想：“真讨厌！”虽然听起来这人是在为自己开脱，可对山崎来说，劝架的内容反而更令他反感。

后来才知道这人名叫大高忠兵卫。人与人之间的因缘实在是非常奇妙，他们两个第一次见面，就注定无法善了。

这时候本来抓着山崎船舷的武士，开始用力摇了起来：“再不过来，就弄翻了它！”

山崎不慌不忙地用筷子夹起一块烧得通红的木炭，随手就往背后一甩，分毫不差落到了武士的眼上。只听“啊”一声惨叫，武士抓着船舷的手立即松开了。

船是获得了自由，可是山崎心中的怒气却仍未消散。船在蜂须贺浜靠岸，山崎拿了根竹竿，在石堤上一撑就轻巧地跃上了岸。甫一站稳，他就愤愤地朝长州船喊话：“要干仗，老子在这里等你！”

所幸夜色昏暗，看不清他头巾下的面容。那条船上的人大概也只是打算吓唬吓唬山崎吧，船缓缓靠岸之后，从船上跳下来一个武士，手里拿着明晃晃的长刀。他的脚尖刚沾到岸边的石阶，山崎手中的竹竿就横着朝他的面门扫了过来。中了！这一下打断了武士的鼻梁，让他一头栽进了河里。山崎的棍法并不是白学的。

男人落水的同时，他又将手中这一十三尺长的竹竿在空中一翻，顶住了武士的背部，把刚刚要浮出水面的人按进了水里，还不解气似的连续戳了好几下，就是不肯叫男人出水换气。也不知道他在这竿子上使了什么巧劲儿，长州人像是被吸在了竿底，只能痛苦地在水下翻腾。不一会儿四肢就耷拉下来，身体缓缓地浮上河面。

“死人啦——！”

当船上的人反应过来，慌作一团的时候，山崎已经悄悄地沿着蜂须贺藩藩邸白色围墙边的小路逃走了。

其实那人并没有死，不过是侧腹受了点伤罢了。但是山崎的执拗由此可见一斑，竟为了这么点小事歇斯底里结果差点酿出人命官司。

翌日，山崎吓得心脏差点停止跳动——昨天劝架的那个武士大高忠兵卫竟然来了道场。

“知道是我干的了！”这是山崎的第一反应，不过事情却并非如此，大高看样子只是道场主人平井德次郎请来的客人。

这大高看来是个非同一般的人物，连德次郎待他也殷勤备至，简直到了卑躬屈膝的地步。德次郎集合了门人介绍说：“这位大人是著名的具足师。”

具足师即制作甲胄的匠人。据他说这个具足师是应大阪城城代松平伯耆守的邀请，特意从播州到大阪，现在是城代府的贵客。他一面为伯耆守设计甲胄，一面也在诸藩国位于大阪的藩邸进进出出，被各藩奉为上宾。昨天那些长州藩士，大概也是设宴招待他的吧。

德次郎恭敬的态度一部分就源于大阪城代对大高的另眼相看吧。不过，好像又不仅仅为此。这人的身份，十有八九是个乡士吧？再加上具足师的身份。可就算有制造甲胄的手艺，也不值得众人如此推崇才是。

紧接着平井道出了他来这道场的目的：“大高兄的剑道与我同属一派，他是播州河北源藏先生的高足。大高兄在大阪期间，为了不荒废武艺，会时不时地莅临道场指导大家的练习。今后，尔等应该把大高兄看作师父同样，向其多多请教。”

这期间忠兵卫一直正襟危坐，咧着嘴满面笑容。等师父说完，他傲慢地向大家点了点头，算是打过招呼了。

“这东西到底什么来头?”山崎心中犯了疑惑。

从此开始，大高每天都来。他倒真像德次郎介绍的那样，武艺相当不错。道场里除了主人外还有两个有免许皆传资格的元老，大高的武艺和他们不相上下，不，甚至是略胜一筹。这激起了山崎的好胜心，“不知道和我比起来，孰高孰劣。”他暗暗地摩拳擦掌。看大高的剑术练习是他每日必做的功课。

不过，奇怪的是师父平井从来不安排他和大高交手。平井对他说:“你可千万不要和大高兄交手。”问起缘故，德次郎勉强地笑了笑，像是安慰他似的回答:“理由你自己应该知道。”

“难道是师父知道了那次的事?”瞬间他脑海里闪过这个念头。但仔细回想师父的口气，山崎又觉得不像。“总之，大高是个讨厌的家伙。”他在心里做了结论。

不过，当山崎知道大高是个登徒子之后，这股厌恶之情彻底爆发出来。可是客观地说，所谓的“登徒子”也不过是他主观的判断，是否符合事实也就不得而知了。

事情的经过是这样的。道场的后面建着酿酒作坊的好几个大酒窖，酒窖之间是条寸步难容的窄道。因为在这条没有什么用的巷子里来来往往的只有野狗，也被叫做“狗道”。这天，大高的身影却出现在这个昏暗的巷子里。他不是一个人，旁边还站着师父的女儿小春，两个人正说着什么悄悄话。自然，这两个人也可能不是特地选个僻静的地方私会，只是单纯在路上碰到，寒暄两句而已。

不过，小春的态度很不寻常，面对忠兵卫的她几乎可以说是在搔首弄姿了。

忘记说了，其实山崎心中对小春也有一份爱慕之情。可是小春从不在父亲的弟子面前露出一丝笑容，对町人山崎更是异常冷淡。倘若在哪里碰上了山崎，即便对方朝她打招呼，小春也经常装作没看见。

因此，看见两个人在巷子里密会，胸口都要贴在一起了，山崎就故意快步走了过去。小春一见来了人，立即狼狈地扭头跑出了巷子，剩下的大高却一副沉着的表情，满不在乎地朝山崎笑了笑。

“是你啊。”话语中半点没有想辩解的意思。不是他心中有了什么对策，就是天生性格使然，秘事被撞破了也能坦然以对。

一肚子火气的山崎自然说不出“打扰您了”这类卑屈的寒暄。想来真不愧是后来当上了新选组副长助勤的男人，他忍住怒火默默地行了一礼就走了过去。

然而忠兵卫可没放过他：“请留步!”

“有何贵干?”山崎回头对上了大高的笑脸。

“我听说你是这道场里武艺最好的，在下能否向你讨教几招？”

“对不起，我还很不纯熟。”

“您过谦了，看您的眼睛精光毕露，脚下也很有章法，一定身手不凡。作个町人，真是可惜了您的才能啊！”他边说边朝山崎走了过来，越过他的肩膀，又走了五六步，突然又道：“您知道吗？那个人死了。”

“这个男人认出我了！”山崎心下一惊，手无寸铁的他立刻伸手去夺大高身上的短刀，可反被对方制住了。

“对你可真不能掉以轻心呐。要比试的话，这个狗道可不成，咱们到道场去。”

山崎盯着大高的脸嘲讽道：“原来如此。您说在狗道比武是不成的，那密会的话是不是也应该去出逢茶屋呢？”

“什么时候请你告诉我茶屋的地址吧。”忠兵卫依旧语气沉着。

不知道什么缘故，大高看着他的眼中始终隐含着一种轻蔑的色彩。山崎则只能用不逊的态度作为回应。口拙的他想不出能用来反驳的话，只是暗自下了决心：“总有一天，杀了这个混蛋。”

然而他最担心的还是那个死了的男人，他的亲属要来找自己报仇可如何是好。万幸的是，死者的亲属到底也没有来。要么是大高没有告诉长州藩邸的人：杀人者乃平山道场的山崎。要么是死者的家属怕俸禄被收回——毛利三十六万石大名之家的武士，竟然被町人的一根竹竿打下水溺毙，并且凶手还没能当场擒获，又在其他武士的眼皮底下逃之夭夭。这种耻辱可不是简单处罚就能了事的。

然而，说要和他比试一番的大高，虽然这之后接连三天来道场，却对之前的事情绝口不提。恐怕是平山用什么话制止了大高吧。

“师父到底怀着的是怎样的顾虑呢？”山崎还没有想明白这些事情，大高就突然消失得无影无踪了。听同门说，他给大阪城代制作设计盔甲的工作完成之后就往京都去了。

在这之后山崎才终于知道了大高的出身来历。其实说起来，知道大高身份的同时也打开了通往山崎自己身世的大门。

后面发生的事更是出人意料。

文久三年的晚秋，山崎即将成为新选组的一员，为了告诉家里这个消息，他特地回了趋高丽桥的老家。

父亲五郎左卫门突然问起他来：“你的道场里，是不是来了位有名的具足师？”

山崎回答：“不，已经不在了。他已经去京都了。”

“这样啊，已经不在大阪了啊。”父亲像是松了口气，然而还是有些不放心，“那个人是播州人氏？”

“对的。”

“是个什么样的人？”

山崎仔细把他和大高的因缘讲了一遍，父亲的面色渐渐难看起来。

“这个人就是赤穗四十七名刺客中大高源吾忠雄的子孙。”父亲咬牙切齿地说道。

这话说起来就长了。那还是一百六十年前的元禄十五年，赤穗浪士袭击了吉良的府邸，杀了他给主公报了仇[2]。这次复仇行动的首谋乃是大石内藏助。他留下的次子吉千代，以及其他赤穗浪人的遗孤，共十九人。这些人后来不是遭到流放就是交给亲族予以软禁，直到六年后的宝永六年正月，才全部获得赦免。

在这之后，义士的遗子和亲属获得了来自各方特别的优待。诸藩国大名，也都乐意把他们招募到自己麾下。

然而义士之一的大高源吾却没留下儿子，他的亲戚中有一户乡士住在播州揖保郡，所以就在他家中挑选了一人作大高源吾的死后养子，继承他的香火。这便是忠兵卫的家世了。

因为是出了义士的家族，在播州一带自然颇富声望。就连以揖保郡林田为领地，所领只有一万石的小大名建部家，也从这个家族请了一名武士（这人就是以后将会说到的林田藩藩士大高又次郎重秋）。

因此忠兵卫逢人便炫耀道："吾乃赤穗义士大高源吾之曾孙是也。"在乡士、具足师之上，还有这个标签，这才让他在诸藩武士中受到特别的敬重。甚至大名们也都像接待贵宾一样将他请来，以便在酒席宴前听他讲讲祖先的故事。

"那小子这么趾高气扬，原来是这个原因啊！"

赤穗义士的后人——对于武士阶级来说，没有比这个更荣耀的家族了。

大高源吾本人行事，据说也是颇豪放爽快，在评书《义士铭铭传》中是很受人喜爱的人物。因此社会上的人都把忠兵卫当作大高源吾本人一样优待，连忠兵卫自己大概也觉得这是理所当然的吧。

"可恶的东西！"正因为知道了这些，山崎才更不能容忍对方的傲慢。

这一年的岁末，山崎蒸正式加入了新选组。

回顾起文久三年这一年来，三月新选组成立，九月局长芹泽鸭被近藤一党暗杀。后来随着近藤掌握了组内的领导权，队伍也壮大了。近藤派手下人到京都、大阪地区的剑术道场里，四处搜罗人才，邀人入伙。

负责招募队员的人自然也到过山崎所在的道场。“能成为武士”——新选组的这个宣传对山崎而言很有吸引力，他立即下了应募的决心。他换上了武士的装束，发式也按武门的传统重新理过，就这样去了京都壬生村的新选组屯营，拜访了近藤勇和土方岁三，向他们出示了目录证明，也当场与人对战展现了自己的实力。看罢近藤高兴得握着山崎的手说：“山崎君，为了国家，一起好好干吧。”

又过了几天，到了元治元年的正月，山崎又回了趟大阪的老家。他抽出一天去道场问候师父，不巧当时师父并不在家。

师父的女儿对他依旧一脸冷淡：“您要等会儿吗？”

“请让我等师父回来吧。这次错过了，下次想要重逢也不知道何年何月了。”

既这么说，小春只得让他进了屋，不过并没领他进客厅，而是让他坐在道场冰冷的地板上。

山崎心想：“我今时的身份可不同往日了啊。”虽然心头冒火，可他还是不得不坐在那里，冰凉凉的地板冻得他牙齿都在打战。

大高到底和他有缘，其时正是他坐在里屋的客厅里呢。

忠兵卫误解了山崎的来意，于是警告小春：“他是来做探子的！”

其实数月之前，两人的立场都发生了重大变化。山崎虽然还是新人，却也算是保幕派新选组的一员。另一边，此刻山崎还不知道的是，忠兵卫和他的堂兄林田藩藩士大高又次郎重秋，很早以前就和长州主张倒幕的尊攘人士有联系。他借着具足师身份的掩护受到各藩的款待，暗地里却说服诸藩当权者也和长州一起，实践反幕府的尊王攘夷。

去年八月份的时候，情势出现了重大变化。一直以来主导京都政局的长州激进攘夷派在八月十八日的政变中败北，被逐出了京都。长州军簇拥着亲长州的七位公卿，一起撤回了母藩。

这之后，长州藩与幕府公开决裂，被称作“朝敌”。他们在京都、江户、大阪的藩邸遭没收，潜伏在京都、大阪的长州人成为新选组、见回组重点镇压的对象。新选组和见回组对待他们一向是格杀勿论。就连长州在京都的总联络人桂小五郎此时也只能打扮成乞丐，四处躲藏。

大高也属于长州浪人团，自然也在被追捕之列。最近他刚从京都脱身，好容易藏在了这谷町道场里。偏巧山崎这时来拜访，无怪乎会被他当作探子。

山崎这厢却是毫不知情。他坐了片刻，只觉得地面寒气袭人，不得不换为站姿，心中不住地抱怨："为什么不让我进客厅。"

满腔的怒气再加上受了凉，忽然就有些腹疼难忍。山崎知道后院有个露天厕所，客厅那边也有两个。不过当时剑术道场的惯例是，客厅里的厕所是给客人使用的，道场的门人无权进去。可是山崎心想："我现在身份已大不同以往了。我是会津中将大人麾下的一名浪士，理应使用上厕。"

山崎一脚踏进了通往客厅的游廊，发出咯吱咯吱的响动，这声音自然惊动了客室里的忠兵卫。他对小春说："你看没错吧，他是来当密探的。"

"那你快点逃走吧。"

"没用的。他孤身前来只是为了探探虚实，屋外肯定早已有了埋伏。逃不掉的话，倒不如杀了这小子，用他的血来祭尊攘大军的军旗。"

乍一看沉稳刚毅的大高在经过了这几个月疲于奔命的生活之后，已经成了惊弓之鸟。原本按他的性格，倒不是那种成天把"杀了"、"砍了"挂在嘴边的人。

看到山崎进了厕所，大高立即蹑手蹑脚地沿着走廊蹭了过来，他守在厕所的出口，蹲下身子单膝着地，手里紧紧握着刀柄，准备在山崎出来的时候将其一刀毙命。

"咦?"山崎吃了一惊。原来大高一时大意，在拔刀的时候，发出了不小的声音。为了不打草惊蛇，山崎继续弄出水声，一边拔出短刀，一边用右脚猛地踢开厕门。

“啊!”忠兵卫狂叫着砍了过来，因为早有防备，山崎身子一闪，只擦破了右胸口上的一点皮。血染红了他雪白的衣襟。

“妈的！忠兵卫!”

山崎一下子蹿出了厕所，这时他手里的家伙已经换成了长刀。

“忠兵卫，你到底想干什么?”

“别装傻，走狗!”

忠兵卫两眼斜吊着，透出凶光。平时那个处变不惊，悠然自得的大高，和现在这个近乎疯狂的男人，简直判若两人。

“看招!”

忠兵卫提刀挥砍直下，山崎下意识地用手里的家伙格挡，顿时火星四溅，铁屑乱飞。用真剑和人一决生死，对山崎来说还是首次。

忠兵卫见一击不中，只得重新摆回进攻的架势，定了定神。

山崎也双手持剑在胸下，剑尖微微上挑。

“忠兵卫，你到底是什么意思?”

“你不知道吗？山崎，不，应该叫你奥野将监的子孙吧。有什么样的祖先，就有什么样的子孙，血缘这东西真是神奇。不晓大义，却想伤害我这种忧国赤诚之士吗？果然是你这种出身的人会做的事！”

山崎听了却丈二和尚摸不着头脑，心里琢磨：“他是认错人了吧。什么奥野将监，跟我一点关系都没有啊。”

这时忠兵卫的刀尖晃得如同鹡鸰的尾巴，这正是一刀流的招数。山崎想先发制人，正准备往前一步的时候，右手边的障子门突然打开了，一个桐木炭盆猝不及防地朝着他面门飞了过来。

扔火盆的正是师父的女儿小春。山崎赶紧往后一躲，大高这时候趁机跳了过来。山崎见状不妙，立即从廊上跳下院子，飞也似的逃出了道场。

从他背后追来的只有小春的骂声：“这个走狗——”

“为什么我要受那女人和忠兵卫这般对待啊。”山崎这么想着，眼里不断涌出委屈的热泪。

㊃

山崎蒸进入新选组后，没过几个月就晋升为副长助勤（中队长）。此外他还兼任监督、侦察的工作，新选组中提升这么快的人是很少有的。

至于山崎受到优遇的理由，在昭和三年的时候子母泽宽曾向已是老人的八木为三郎了解当时的情况，并且记录了下来："山崎和林都是大阪出身，尤其是山崎对大阪的商业布局十分清楚，在豪商中也交友广阔。"

按今天的话讲，山崎熟知大阪商界的情报。当新选组缺乏资金的时候，就由山崎带着干部往大阪筹款。

"他们一去，也不知道能筹回多少钱来。不过倒经常听见他和我父亲说'这次，又要我到大阪去赚一票啦'，一般队员则都说'山崎助勤是大阪财神爷的儿子，搞钱的手段真有一套'。他能超越一般的队员，身居高位就是因为他有介绍豪商给新选组高层认识的门路。那时山崎不过三十二三岁，身材魁梧，皮肤黑黑的，倒不是那种口若悬河，妙语连珠式的人物。"

山崎身上没有一点才子气质。

新选组内文采风流的人物，几乎都被近藤、土方杀了，山南敬助、伊东甲子太郎就是例子。近藤自己是农民出身，因此也更欣赏那种浑身乡土气的率直青年，对于城市中才子型的武士，与其说不喜欢，更准确地讲应该是惧怕。

山崎虽然是土生土长的大阪町人，却稀奇地保留着一股纯朴气息。所以近藤总是"山崎君，山崎君"的，对他格外关怀照顾。山崎从没有想过自己这样阴郁的性格也会有人喜欢，感动之余自然就决心用自己的性命来报答这份知遇之恩。

山崎时常往返于京都与大阪之间，目的自然是为了募集献金。

说山崎本人在大阪的富商中吃得开，还不如讲大家都是看他本家的面子。“赤壁”针灸师傅的病人从大阪的豪商到他们的家人、掌柜都有。正因他是“赤壁”的公子，才能轻而易举进出鸿池、天王寺屋、饭野这些豪门。

可是他父亲去世的时候，山崎却碰巧在京都，哥哥继承了“五郎左卫门”这个名号继续经营针灸店。这天，山崎趁回大阪的机会问哥哥：“咱家的病人中有个叫奥野将监的人吗?”

哥哥一听脸色立即变得铁青：“这话可不能乱说，你是从哪儿听来的。”

于是，他把大高忠兵卫的事情说了一遍，随后五郎左卫门好像是豁出去似的道：“我来告诉你是怎么回事。”

原来奥野将监不是这个时代的人。一百多年前，奥野将监是播州赤穗藩的番头[3]，俸禄一千石。和大石内藏助、大野九郎兵卫一样是浅野家的重臣。主君被判切腹，也没有留下继承人，藩国的家系就此断绝了。奥野起先和内藏助等人共同进退，积极参与到为死去主君复仇的行动中。不过半路他却突然变节，失去了踪影。在他逃走之前，一同谋事的横川勘平曾想挽留他，奥野却说出了心里话：“不管别人怎么骂我，说不懂恩义禽兽不如，但是我到底不想就这么死了啊。”

“这位就是我俩的曾祖父。”哥哥对山崎说。

奥野带着他的家人流浪四方，晚年改了名字，定居大阪当了个针灸师父，这就是“赤壁”的由来。赤穗藩的土地被幕府没收后，除了参加复仇行动的四十七义士外，其余三百余名藩士都忍受着来自社会各方的白眼，了却残生。大家要是知道了你本是赤穗出身，立刻就指责说：“忘了主君的恩情，罔顾武士的大义，拒不参加复仇义举，简直禽兽不如。”据说所到之处，附近的商户连米、大酱都不卖给他们。

他们不被其他藩国所容，没有重新出仕的机会。为了活命，只好改名换姓，隐瞒自己的籍贯，在他乡流浪。因为害怕旁人的冷眼，就是对自己的子孙也决不泄露这些身世。

“虽然如此，”哥哥对山崎说，“去世的父亲大人，在临终之前，还是跟我说了这个秘密。他告诉了我将监大人的故事，又反复叮嘱不可向第三人透露此事，就是又助你也不行。不过，父亲大人一直以为他隐藏得很好，但好像还是被世人察觉了。举例来说，在我小时候就已经有人和我说过这些事情。你去的那个道场，师父平井德次郎对咱家的底细也知道得一清二楚。”

“原来是这样。”

听完哥哥的说明，山崎终于明白了师父的用心，还有那些令人疑惑的言行。不让他和大高忠兵卫比武，是怕他们两个借着比武了结私仇，万一变成了生死决斗就麻烦了。给他取姓名时问他是否有隐姓，肯定也是因为知道了他的家世。不过师父是那种坦坦荡荡、公平待人的君子，对山崎很是照顾。但师父的女儿小春却不是这样。她对山崎近些年来的冷淡和轻侮这下都得到了解释，正月里往他脸上扔的火盆，也是源于这女人愚蠢的正义感吧。

山崎脸色苍白地点点头说：“我知道了。”然而，即便知道了，也无力改变。

“那，我以后该怎么办？”

“保守这个秘密！这个世道，是只要一说是大高源吾的曾孙，忠兵卫就会受到攘夷浪士青眼相加的世道。可是反过来，万一你被新选组的人知道是奥野将监的子孙，就只会招来无益的侮辱。千万别说出啊！”

“我绝对不会说的。”他下定了决心：非但不会说，我还要变得更加勇猛才行。不，光是勇猛还不够。今后无论发生什么事情，我绝不能背叛新选组！因为唯有这么做，才是对世人无故加诸自己身上的冷眼的，最酣畅淋漓的报复。

他在心里暗暗地起誓："让大伙都看看，我山崎蒸也是个出色的男子汉。"

自此之后，山崎只是一味地在京都杀人。

虽说新选组的工作本来就是杀人，但是谁都没有山崎这么卖力。他不仅斩杀那些流窜到京都的倒幕浪人，作为队内的警察和密探，山崎的手还染上了自己同僚的鲜血。一旦发现违反队规，或者企图挑战近藤领导地位的人，他立即就将其揭发、正法。

然而他在新选组中最大的功绩，还是后来被称为"池田屋之变"的事件。这事发生在元治元年六月（公元1864年），不过却不是突然发生的，早在一个月前，京城里就开始流传种种危险的谣言，说是长州藩的浪人要挟持天子到萩、或是山口，建起临时行宫，打算挟天子以令诸侯一举实现尊王攘夷。为此很多长州或亲长州的浪人，都乔装打扮，潜入了京城。

担任京都守护职的松平容保感到不能掉以轻心，立刻叫来了近藤和土方下达命令道："你们去调查一番。"近藤和土方很清楚，这对新选组无疑是天赐良机，他俩正可趁此机会扬名立万。回去之后，他们立刻命负责侦察的队员全部换装，乔装成平民的模样走街串巷，暗中访查长州浪士的蛛丝马迹。

山崎伪装成药贩子。这一招相当高明。起初，他投宿在大阪天满的船宿，这期间购买了大量的药品，和船宿的主人家也熟稔了。然后，山崎托他写封介绍信给位于京都三条小桥一家叫“池田屋”的旅店老板。他在信中特意关照说：“这是非常重要的客人，请多多照顾。”这样池田屋方面就很放心地给山崎留了房间。

山崎盯上这家池田屋是有原因的：经所司代[4]的衙役调查，发现最近这家旅馆有许多浪人打扮的人出入。山崎自从住进池田屋，天天出门四处推销从大阪运来的药品，再购入京都的原材料。因此旅馆的人对他愈加放心，栖身在此的尊攘志士也终于对他放松了警惕。

“喂！卖药的，你赚大钱了吧?”甚至有人和他开起这样的玩笑。

山崎呢，本就是大阪町人出身，应付这种事情易如反掌：“可没有什么赚头呐。京都的买卖人锱铢必较。江户呀、大阪呀一天就能谈成的买卖，在京都就要花上十天。生意谈不拢，房钱却一天比一天多，真受不了！”这样又有谁会想到这个小商贩，居然是新选组的干部呢。

实际上，他每天都悄悄地将进出旅馆浪人的人数、言行、籍贯等记录在小纸片上，瞅准时机扔到窗外。在他窗台下面总躺着个乞丐，这人就是所代司的差役渡边幸右卫门。渡边一捡到纸片，立即奔向三条大桥。桥下等着他的是新选组负责侦察的组员川崎胜司，他化装成个女乞丐以掩人耳目，白天躺在三条大桥桥下，天一黑就跑回壬生村的屯营——这就是情报网的构成。

到了六月的某天，山崎正从开了一条缝的障子门后窥视，发现有个白白胖胖的男人走了过来。“那是大高忠兵卫！”愤怒、仇恨，这些字眼都不足以形容，一股异常强烈的感情涌了上来，山崎只觉浑身不住地颤抖。

“啊！那是大高忠兵卫！”

这天，他悄悄地跟在大高的身后监视其行动。大高的藏身之所原来在四条小桥西头北街上，他在那里租了间小屋。到了夜里大高就从后门出来，顺着小路往北到西木屋町，再往西拐进个巷子，巷子中间挂着个写着“枡屋”的灯笼，灯笼下面就是古董店的入口了。大高警觉地看了看周围，然后轻轻地叩了叩门，不一会儿门“吱呀呀”地开了，大高立即钻了进去。

山崎暗想：“这里面定有古怪。”

第二天他又去咨询了当地的町年寄[5]，那家店果然十分可疑。枡屋的主人叫喜右卫门，和诸藩的藩邸都有贸易往来，但是去年家主病死了，又没其他亲戚，所以应该是绝户了。但是今年，来了个自称是“喜右卫门的亲戚”的人。他住进这家店，继续做起了古董买卖。最奇怪的是这个人的脸，怎么看怎么像是住在土界町丸太的古高俊太郎，而他是毗沙门堂家的家臣。

“这里就是巢穴吗?”山崎立刻回到壬生村的屯营，将这一情况告诉了近藤。这一天正是六月四日。

傍晚时分，近藤亲自带领二十几名队员奇袭了枡屋，捉住了古高。他们从屋里搜出了大量的武器弹药，还有攘夷志士之间的往来书函。这还不算，拷问了古高之后，一个更惊人的阴谋浮出了水面：倒幕浪人们决定在六月二十日前半夜，趁着大风在御所周围放火。然后找机会斩杀京都守护会津中将，用他的头祭奠军神，再簇拥着天子转道长州。这帮人在起事之前，准备于六月五日在三条小桥的池田屋进行最后一次集会。

近藤听到这个消息非常开心：“山崎君，你干得真不错!在我们发起进攻之前，你还要在池田屋观察一下情况的发展。”

山崎很快回到了旅馆，这时他的药箱里装的已经不是丸散膏丹了，而是锋利的大小刀，厚重的铠甲，他决定在大队人马来时，合兵一处，大杀一场。

“我一定要把忠兵卫给砍了!”山崎现在满脑子想的都是这个。

这真是无巧不成书，近藤交给山崎的任务正和一百多年前元禄时代那次复仇行动中，忠兵卫的先祖大高源吾的任务一样。

当初大石内藏助命令大高源吾伪装成吴服店的店员，隐姓埋名，千方百计寻找机会接近主君的仇人。终于在元禄十五年十二月十四日，大高掌握了仇人的行踪，确定吉良在某个时刻必定于家里睡大觉。就是因为这个情报，大石内藏助确定了最终复仇的时间。

现在山崎正在做着大高忠兵卫的曾祖一样的工作，唯一的区别就是大高源吾伪装成卖吴服的，而山崎则打扮成卖药的。

元治元年六月五日，山崎在池田屋的卧房内等待太阳下山。这天正好是京都有名的祇园祭，天一黑在四条大街周边摆满了花灯，到处响着热闹的祇园囃子（日本音乐名称）。随着这热闹的音乐，天还没黑，浪人打扮的各色人等就陆陆续续走进了池田屋。

山崎掐指一算一共有二十多人，以他看来所有的人都长得面目狰狞，一眼就知道是长州派的激进攘夷武士。

大高忠兵卫是最后一个进来的，一进门他就挥手招来旅馆老板池田务兵卫，低声嘱咐道："关门——"

"终于来啦！"

山崎显得异常亢奋。

大高的脚步声直接上了二楼，然后消失在走廊的尽头。照此看来刚才那二十几个人都集中到了二楼。

天气非常闷热，可住在楼下的山崎还是把窗户关得严严实实，又上了木板，让屋里变得密不透风。他屏气凝神，豆大的汗珠不断滚过，濡湿了衣衫。

就在这时——

近藤带领队员集中到离池田屋不远的町会所，等待会津藩的藩兵到来。但是直到各条大街上的花灯熄灭，喧闹着的祇园囃子静下来，还是连藩兵的影子都没看见。

一定要等增援的原因倒不是近藤勇气不足，实在是他手头的兵力太少。不知为什么，最近新选组的病人特别多，今天晚上能够出动的兵力只有三十人不到。如今这三十人分成两队，土方领着二十个人在木屋町三条四国屋一带大肆搜查。现在算上近藤自己，能调动的人手满打满算也只有十个。

"十个人，成吗？要是真算起来，恐怕连十个人也没有。

前门、后门警戒就要五个人，冲进去五个人，五个人，成吗？”

近藤独自烦恼，可最后还是找心腹冲田说出了自己的忧虑。他大概想通过与冲田谈话整理一下自己纷乱的思绪。

“我也不知道哎！”冲田咧嘴大笑，他笑得那么灿烂，露出一口整齐的白牙。

“不过我在想啊，四十六名赤穗浪人实行复仇计划的时候，对手不过才一个人，可是我们现在总共只有五个人……”

“……”

近藤一声不响，看来是生气了。

到了亥刻（晚上十点），会津藩兵还是没来。照事前的协商，会津藩要调来一千五百名士兵，加上当地的衙门，一桥、彦根、加贺诸藩的藩兵，应该有超过三千人包围池田屋。可是现在，一个人影也没见着。

“不等他们了，机不可失！”

近藤毅然决定开始行动，后世如果有人质疑这新选组的头领是否真有万夫不当之勇，那么他目前的行动就是最好的证据。

“诸君，我们几个人就够了！”

“好的。”冲田微微点了点头，脸上带着孩子一般天真的微笑，其他人也差不多，比起那种视死如归的亢奋，冲田身上更多的是沉着冷静。

一行人在深夜的道路上狂奔着。

当他们赶到池田屋门前，近藤立即命令原田左之助、谷三十郎把住门口。

“跟我杀进去的有——”近藤朝冲田总司、藤堂平助、永仓新八、近藤周平点头示意，再加上他自己一共五个人。除了近藤的养子周平之外，其他人都是队里数一数二的剑客，他们的衣服都是横染的浅黄色底子，臂上套着袖标，外罩特制的羽织，个个都显得杀气腾腾。

来到池田屋时，近藤先走到山崎紧闭的窗前，低声问了几句。

已经等得焦躁不堪的山崎立刻打开了大门，招呼大家进来。他向局长汇报说：“凶徒共二十余人，全都集中在二楼。”

“您辛苦了，老板呐？”

近藤看了看周围，突然大喝一声：“吾等乃会津中将麾下新选组是也。现有上命在身，多有得罪啦！”话音未落，他就跳上玄关，一个箭步蹿上楼梯，直奔二楼。这时他亮出了刀——那正是著名的二尺三寸五分的虎彻。

刚到二楼他就和毫无防备的土佐脱藩浪人北添佶磨打了

照面。近藤毫不客气地一刀砍了上去。

“哇！”

一声惨叫之后，重物摔在地上的声音让在房间里围坐一团，酒兴正浓的浪人们吓了一跳，在场所有人都像被电击了似的立即站起身来。

“诸君，好像是壬生那帮人！”

长州的吉田稔磨异常平静地拔出了腰刀，只见他不慌不忙地躲开了藤堂平助的攻势，反手就是一刀。

藤堂仰面朝天倒了下去，不过他还活着——多亏头上系了钵铁[6]。吉田赶上去想再补上一下，后面的永仓冲上来，照着吉田的后背就捅了上去。这时从永仓身后又出现了肥后浪人宫部鼎藏，手起刀落。所幸永仓衣内披着铠甲，并没伤到皮肉。

清剿反幕浪人的行动变成了一场乱斗。

浪人们一看来者不善，纷纷拼着性命从二楼杀下一楼，准备逃出池田屋。可他们怎会想到，山崎正在楼下等着他们呢。头一个连滚带爬下来的是宫部鼎藏，一见山崎，顺手就拔出胁差朝他扔去。然而飞出去的胁差并没有投中目标，反而是山崎的长刀捅进了他的肚子。刀柄没入小腹，刀尖从后背冒出。山崎一用力，宫部往前踉跄了几步，一头栽倒在地。

接着飞下来的是长州杉山松助的尸体。

再往后从楼梯滚下来的不是别人，正是山崎念念不忘的仇敌——大高忠兵卫。

“大高忠兵卫!”

大高滚到山崎的脚边，顺势爬了起来，轻蔑地说道：“噢，我道是谁，原来是奥野将监的曾孙啊!”

仇人见面分外眼红，山崎一言不发地冲了上去。大高一刀砍向他的手臂，山崎用刀挡开，往后一蹦。

“不是冤家不聚头啊！忠兵卫!”

“我们俩的缘分还要从赤穗算起啊!”

“我就是胆小如鼠的奥野将监的曾孙，今天我就要把你这个厚颜无耻的义士子孙送进地狱。你也别再吃老本了，今天就要送你回老家!”

“狗嘴里吐不出象牙!”

山崎听到这里，只觉血脉贲张，眼前一片漆黑。他不顾一切地冲了上去，此后他的记忆只剩下了零星的碎片。他砍过鸭居（房门的横梁），劈过楼梯，捅上了房柱。等他清醒过来，忠兵卫早消失得无影无踪了。

“那小子溜啦?”

他沿路追进了庭院，这时楼梯后面的灯笼房旁闪过一个人影。

“臭小子！”

大高朝着山崎的背部砍来。虽然因为披着盔甲的缘故，并没有受伤，但这一击足以使山崎整个胃里翻江倒海。

山崎勉强挡开了头上的攻势，可到底露出了破绽，肩头被大高砍中一刀，虽没有出血，肩胛骨却几乎断了。

“不好！”

山崎蜷起身体想要逃走，但大高怎会放过他！利刃横着劈过来。山崎被刀尖扫到，但在护甲的保护下，并没失去战斗力。他拼命往前爬，希望能躲开大高，可敌人还是抢先一步迈到了他的面前。

“还想逃啊！狗畜生！”

山崎心下发觉不妙的同时，暴怒却已让他手中的刀产生了奇迹。

只见他一个鲤鱼打挺跃了起来，口中“哇”的一声大吼，刀就抡向了大高的脖颈。大高的头朝右一偏，不过这并不是他自己转的头，而是山崎的一刀所致。这时他的头和脖颈只剩下连着的一层皮了。大高已经断了气，山崎却还是不肯就此罢手，他发了疯似的，朝敌人的尸首乱砍一气，那架势不像在杀人倒像是在剁肉！

山崎发泄了一通，又仰头朝着天上叫道：“将监爷爷，您好好看看！”

山崎为什么这么叫？身为笔者的我也着实不懂。虽说不明白，暂且也记录下来以飨诸位看官。

注释：

【1】大阪市中央区。过去是堀川、长堀川、大川等河道围绕的一块长方形的地区，其中布满了商户和银楼，是大阪的繁华地区。

【2】此事被称为忠臣藏事件，又名赤穗四十七士复仇事件。1701年（元禄十四年）3月14日，播磨赤穗城主浅野内匠头长矩在江户城本丸松之廊砍伤了高家肝煎（旗本）吉良上野介义央，随即被命切腹，浅野家也从此断绝。坊内传闻这场冲突起因是担任礼仪指导的吉良，未能履行职责，令负责招待朝廷使者的长矩受辱。浅野家的家臣深信这个理由，决心履行主角未竟之志，杀死吉良。浅野家的家老大石内藏助良雄本希望由长矩之弟大学继承家业，复兴赤穗浅野家，但不被幕府允许。于是他集合希望为主君报仇的旧臣于1702年12月14日闯入吉良宅邸手刃仇人，将首级献于主君墓前。幕府以“行为不法”判他们全部切腹。赤穗浪士们死后得到社会舆论的广泛同情，被称作“义人”，因为他们为了主家的名誉牺牲自己的性命，全了人臣之“义”。赤穗事件之后切腹而死的浪人们和主君一起葬于江户芝高轮的泉

岳寺。

【3】江户时代一藩的武士们分属小姓组、大番众、番众、书院番众等多干队，这一队的首脑被称为“番头”。

【4】江户时代，幕府设置于京都的机构。管理在京都的朝廷与公家相关的事务，也负责监督京都、伏见、奈良一带的奉行所，掌管近畿地区的诉讼和寺社事务等。

【5】江户时代，重要城市中基层行政机构的负责人。他们接受町奉行的指令，负责捉拿罪犯，收缴税金等工作。

【6】也称钵金，为一片镶在头带正中，保护前额的金属。

鸭川钱取桥

㊀

狛野千藏叫人给杀了。千藏擅使一手心形刀流刀法，是出羽国庄内藩的脱藩浪士，在池田屋事件之后加入的新选组，现为五队的一名普通队员。

案发现场在京都清水产宁坂，第一发现者是在辻番[1]当差的差役，时间为酉时下刻（晚上七时）。

那天晚上十分寒冷，太阳刚落下去不久，桥板上的水汽就结成了一层薄霜。尸体流出的血水把周围的霜溶化了，沿着桥板往桥下淌。

里长接到辻番人的通报也大吃一惊。他立即报告了町奉行所，奉行所不敢怠慢，马上差人去不动堂村的新选组屯营报丧，待新选组接到消息，已经是发现尸体半小时后的事了。

“狛野死了？”山崎也觉得惊愕。

肩负监察的山崎蒸，这天正好是他的“月番”。这个

“月番”也叫浪人取调役。编制在冲田、永仓等指挥的实战部队之外，只对近藤、土方两人负责。“月番”内一共有六位干部，他们负责队内外的谍报工作，整饬组内的纪律。自然，新选组的成员都畏他们如狼虎，好比战前的特高，是挥之不去的恐怖阴云。“月番”的六人被分为三组，每个月都有两个人在屯营里昼夜值班，正好这天晚上轮到山崎，所以狛野被杀一事就叫他来负责了。

“是那个狛野？”他不敢相信似的嘀咕。

狛野这个人，可不是轻易就能被杀死的。他虽然是刚入队的新人，武艺却是新选组内的佼佼者。一想到这里，他立刻向狛野的顶头上司——五队队长武田观柳斋的房间奔去。一进门就看见武田已经穿好了队服正准备出门，看来他已经听到消息了。

“武田先生。”

“嗯？”

武田回头发现是山崎，脸马上沉了下来，两人的关系向来不怎么样。

“我想问问狛野千藏的事。”

“嗯。”

“狛野千藏外出的时候，有没有向你这个队长请示过啊？”

“啥都没有。”

武田原本就是个傲慢难缠的角色，现在又急着出门，不耐烦地扔下了这么一句出云方言。

“这么说来，他就是未经许可，私自外出的喽？”

“俺不知道。”

“不是说一声不知道，事情就能了结的！”

“你小子说什么？”武田居高临下地责问道。本来这人的性格便是如此：一有风吹草动便如临大敌，虚张声势。不过，他今天的神色透着几分古怪，但具体是哪里一下子又说不出来。

“说不知道可就难办了。我只好报告说是你武田先生御下无能了。队规里最基本的一条不就是禁止队员单独行动吗？”

“山崎君！”武田气得面目狰狞，“这事儿管得了吗？队士们晚上出门寻欢作乐，我也要一个个地跟在他们的屁股后面不成？”

“但是……”山崎沉默了，他心里清楚武田说的也在情理之中。“但是，武田兄，这是狡辩。新选组的干部不应该这样为自己找借口。”

山崎非常讨厌武田，一见他的脸就觉得讨厌。这份反感不是现在才有的，应该说从认识武田这个人，对他的印象就不好。

文久三年的初夏，武田和山崎同时加入了新选组。那时候，新选组正式归入京都守护职会津中将松平容保的麾下不久，为了充实队伍，开始公开招募成员。虽说是公开招募，实际上的情况却只是向京都、大阪两地的剑术道场发放檄文，吸引武馆的门人报名，再从中挑选武艺高强者罢了。这批加入的新队士共七十一人，当然也有一些不太合乎要求的，不合格者后来都被“筛检”出来，剔除出了队伍。而这所谓的“剔除”，不外乎是勒令切腹，或者斩首、暗杀。

不过这些和山崎他们无关，山崎与武田都是同期中的佼佼者。

山崎的掌故，正如前文中提到的：此人来自大阪的剑术道场，除了剑道外，也擅长棒术。在大阪的富商中熟人很多，因此筹募军费时，新选组就要借助他的人脉。因为上述原因，山崎入队不久就被提拔为副长助勤。

武田观柳斋的故乡是出云国松江藩，家中世代担任藩内的医官。他除了武艺不俗以外，还学过长沼流军学。在这个充斥刀客棍夫的新选组里，武田的兵法韬略使他鹤立鸡群。据说甚至近藤和土方都对武田的军事造诣相当钦佩。

山崎当上副长助勤的时候，武田也脱颖而出，升上了这个官阶。池田屋事变之后，队内进行了改组，武田当了第五队的队长。文久三年夏天公募进来的队员中可以说只有山崎和武田是地位爬升最快的。

武田年长山崎几岁，更重要的是入队之后他得到了近藤的“宠爱”（当然这是武田自称），因此难免恃宠而骄，为人行事都很是张狂。所以不光是他在仕途上的竞争对手山崎，所有同期队员都觉得他是个“讨厌的家伙”。

说起具体的事例，就要从大家刚入队不久的某天讲起。那天，武田突然趾高气扬地走进众人的宿舍，大喊一声：“诸君！”很多人都被他吓了一跳。

“就在刚才，鄙人接到近藤、土方两位先生的特别委托，以后要教授大家长沼流的兵法。”

大家听他这么说，都在心里寻思：本来是地位一样的新人中间，难道要诞生一个权力者吗？

“大家都听清楚了吧！”

从这天开始，武田就带着另外七十名队员，日日在壬生寺前的空地，按照据说是信玄兵法一脉的长沼流军学进行操练。

有一次，他还特地请近藤和土方坐在壬生寺正殿的屋檐下观看他们操练。在两人看来，无怪武田敢夸那样的海口，他操练起来的确有模有样。而且明明是地位平等的新队员，武田也丝毫不假以辞色。

近藤对此很是赞赏："真有两下子。"武田观柳斋日后地位的擢升，就是在这一刻决定的。

而且，武田讨好近藤的方法也委实巧妙。首先，他找来河原町三条的器具屋老板加纳太兵卫，交给他一些设计图，上面画着长沼流专属的军用团扇、麾令旗等样式。他关照老板按图加工，然后把成品放进桐木盒中，献给了近藤。

在送这些东西的时候，他特地解释说："您是新选组的局长，也就是一军的主帅，如果没有一样信物显示您的权威，那可不行。所以，请您务必收下。"

"这样啊。"近藤不疑有他，显得非常高兴。

武田的手段可不止这些，团扇和麾令旗除了用来讨好近藤，他还想到了其他的妙用。没过几天，武田又进言道："今后要按兵法操练，团扇和令旗自然少不了，当我作为您的代理人指挥部队时，能否向您借用此物？"近藤自然没有反对的理由。观柳斋充分地利用起这些道具的权威，在其他队员面前狐假虎威，颐指气使。

他的理由听起来倒也冠冕堂皇——这不是在下的命令，而是局长近藤先生的意思。这样大家也只得听从武田的号令了。

其实长沼流军学教授的内容十分荒唐可笑。无非是检验首级的仪式呀、战场上自报姓名的说法呀、大将坐骑旁立什么标志呀、插军旗的竹竿如何选择呀等等华而不实的东西。新选组众人不由得暗想:“新选组最终的目的是攘夷，可靠这种玩意儿，就能把美国的黑船[2]赶回去吗?”

因此虽然武田不久之后当了兵学师范，他的“天下”却没维持多久。幕府接受了法国公使的建议，幕府所属的军队全部统一实行法式军事操练，因此新选组内的长沼流兵法训练也废止了。

所有的队员都幸灾乐祸地等着看武田的笑话，但是武田地位却并未因此动摇。他还是五队的队长，是新选组的干部。而且他找到了新的方法，巧妙地向近藤继续献媚——打同僚的小报告(尽管没有证据)。所以暗地里，大家依旧很戒备武田其人。

好了，言归正传。话说武田带着手下的队员出了营门，去往案发现场。他们前脚出发，后脚山崎就被土方叫进了自己的房间。

“听说狛野死了?”土方一边问，一边麻利地翻了翻烤架上的米饼，“你怎么想?”

“你是问我的想法吗?”

“你不想去案发地看看吗?”

“……”山崎不知道土方指的是什么，町奉行所的尸检报告已经送来，作为组内监察人员的他实在没有必要再去现场了。

“致命的是迎面一刀?”

“我也是这么听说的。”

“对手的身手不凡啊!”

土方用筷子夹起了米饼，突然说：“你还不出手?”

山崎以为土方是邀请自己吃米饼，就把手伸了过去。

土方脸上不见一丝笑容：“米饼是我自己要吃的，‘出手’是指的这件凶案，你去调查看看吧。”

“那我马上去产宁坂。”

“好，骑马的话，就能赶在武田他们之前了吧。对这件案子，请你稍微多费些力气。”

山崎到马厩挑了匹栗毛快马，让马夫装上马鞍，绝尘而去。在漫天星光底下，道路倒并不是十分昏暗。

从东大路往清水方向走五丁，再往东就是东山的山路，这就是产宁坂。产宁坂一带分布着不少寺庙、公卿的别墅，高级餐厅。也有人管此处叫三年坂。

山崎骑马来到凶案现场，守在尸体旁的町奉行所的同心提着灯笼，迎上来：“您是哪位大人?”

“在下新选组的山崎蒸。”

说着山崎跳下马，走到尸体旁边。一个同心殷勤地凑过来为他提灯照亮，另一个则牵过了马的缰绳。因为害怕新选组里的浪人，这二人的身体都有些微微发抖，显得颇为可怜。

山崎问了几个要紧的问题后，又仔细查看了伤口。这伤口砍得又深又狠，刀是从死者头顶砍下来的，然后向右，将狛野的脸一分为二，最后停在了他的右颊。出生入死已是家常便饭的山崎却还是头一次见到这么出色的刀法。反观狛野，他的手握住了刀柄，刀镡离鞘约莫五寸。大概是没等拔出刀来，就已先毙命了吧。

“衙役！”山崎吩咐道，“请你把这附近的高级餐厅、寺院好好清查一遍，看看今天有没有武士在这附近聚会。还有，附近的民家也要逐一排查，找一找有没有人家住着年轻漂亮的女孩，狛野是不是经常来和她幽会。只是……这个调查请你不要对奉行所的同僚泄露。”

“啊？”新选组对于自己内部的事情，采取的是一种极端的保密主义，这一点同心们也都清楚，“我明白了。”

“还有……”山崎已经把缰绳拿在手里了，“一会儿我们组里还会派些人来，他们是来运回尸体的。我说的话也请你不要告诉他们。虽然说过了，不过再重复一遍，我是新选组的监察山崎蒸。”

第二天，山崎就找来了住在誓愿寺后面——梳头店“床与”的老板，询问他事件发生的当晚有没有人进出过萨摩藩邸。

“进出藩邸？您是不是问萨摩藩主大人的家臣中是不是有人进出过藩邸的御门？”

“是的。”

“这个嘛……”老板其实是想说不知道。

“床与”梳头店就在萨摩藩邸附近，所以新选组每月都会给店主人一点钱，叫他留心萨摩藩邸的情况。不过，萨摩藩和其他藩不一样，到他这里来整理发髻、剃月代的中间、小者[3]们，对于藩邸里的情况都是只字不提。

“总之，今晚之前你去调查一下。”

接着，他又找来了河原町四条年糕店的老板治兵卫。治兵卫也是新选组的探子。说起来倒有些惹人同情，他可不是自愿选择这条危险的道路的，帮助新选组只是因为治兵卫本人是东本愿寺的虔诚信徒。

在当时西本愿寺倾向勤王，东本愿寺却暗地里佐幕。如果要回答为何会出现这种怪现象，那恐怕就会脱离故事的主线了。所以尽管理由很有趣，这里也只好暂且按下不表。

治兵卫的主顾之一是萨摩藩邸的御用商人萨摩屋善左卫门，因此新选组很早就盯上了他。山崎通过东本愿寺的一个寺武士，说服治兵卫当了自己的密探。今天山崎给他分派了和梳头店主人一样的任务。

傍晚时分，那个保护凶杀现场的衙役，悄悄地来到新选组的屯营向山崎复命。他带来了两个消息：第一，案发那天晚上，产宁坂周围所有的高级餐厅都没有武士聚会。

“是这样啊。”山崎心里有点失望。

这衙役大概看出山崎心头不快，讨好似的说：“我听说了个传闻。高台寺出租长屋的房东叫嘉右卫门，他的这一座长屋，隔开住着五家。最北边那一家，是一对母女相依为命。”

“姑娘叫什么名字？”

“阿花。邻居们传说她最近有了情人，对方是个武士。”

“这个有意思。”

“问了问那情人的品貌，倒像是贵组的狛野大人。”

山崎听说后立刻去了阿花的家。据刚才同心所讲，阿花的母亲是一介弱质女流，靠着替房东嘉右卫门收取房租度日。阿花三十岁，结过婚，不知道什么缘故现在又回了娘家。

他拉开格子门，迈进玄关的时候，阿花正好抱着个火盆从二楼下来。

“初次见面，我是新选组的山崎蒸。您的情况，我曾从死去的狛野那里听说过。他承蒙您多方照顾，作为他的同僚我要向您致谢。”

阿花抱着那个火盆，茫然失措地站在原地。她人长得娇小玲珑，皮肤白皙，单眼皮，嘴唇丰满。这样脸形的女人在京都也不少，但阿花绝对称得上是个美人。

“请……请您进屋来，不能让客人待在玄关呐。”

阿花总算回过神来，放下火盆，请山崎进了屋里。

“那我就不客气啦。”

山崎背靠里屋的房柱坐下，阿花毕恭毕敬退到外间，在两屋之间打开的纸扇前行了大礼。然后低着头，用软绵绵的京都方言向山崎致意。她只是个平凡的町人家的闺女，但跪坐在那里的时候，从腰到膝盖的线条却非常性感。

第一个问题：她是怎么和狛野相识的。

“喏，在那上面。”阿花稍微用手指了指，“那是家叫曙亭的茶屋，对，就是在墙四周都种了五叶松的那家。”

曙亭生意很好，阿花经常在生意忙不过来的时候前去帮忙。后来不知道怎么的就认识了狛野。

“狛野经常去那个饭店吗?”

“不常去，第一次是和上司，大概叫武田观柳斋的人一起来的。后来就是他一个人了。”

一个人来的目的那自然是因为阿花，当然，阿花也不讨厌狛野。所以狛野才有机会把阿花骗到一间屋里，当她一进屋，就被紧紧抱住，按倒在地板上……

想象着那一室的春色，山崎不觉脸红了起来。这个男人尽管已经二十八岁了，但听见男女间的香艳故事，还是会耳赤面红。

“话说回来，”山崎合起了手中的铁扇，“你刚才提到了武田观柳斋，他也是饭馆的常客？”

“不，只见过一次。”

“那他就是生客喽？”

京都的高级餐厅一般不接待自己找上门来的客人，这种风俗到今日依然如故。现在祇园一带的餐厅，如果不是熟人介绍，或是老客人引见，生客多半不得其门而入。

“奇怪了啊。”

“武田先生也是同其他客人一起来的。”

“谁啊？”

山崎知道，带武田来的男人应该就是解开这暗杀谜团的关键人物。

“也是我们新选组的人吗？”

“这个可不知道。看起来是个仪表堂堂的武士大人。”

阿花虽说见过这男人一两次，但她不过是个负责上菜的招待，男人的姓名、所属的藩都一概不知。

“那人长的什么样子？”

阿花说那人胡子刮得很干净，脸色白里透红，眼睛、鼻子棱角分明，仪表堂堂。

“口音是哪里的?”

“这个。”阿花想了想，“是萨摩口音。”

真相和山崎预想的一样。

那道致命的伤痕，绝对是萨摩人留下的。萨摩藩的主流剑术叫“示源流”，只有这种刀法才能留下那样巨大的伤口——可说是凄惨至极。

修炼示源流的剑道，平时不戴面罩，不穿防具，就靠长四尺上下的一根木棒。入门的时候，只是一味用木棒拼命劈砍横躺着的柴捆。进阶之后，就要在地上立上许多木桩，一边高声吆喝，一边穿行其间，边跑边猛击木桩来训练步伐。待步伐纯熟了，才能拿起长短刀正式学习刀法。

所谓的“剑法古流”示源流，对幕末流行的北辰一刀流、神道无念流、镜心明智流推崇的精妙招数不屑一顾，他们修炼的只有速度这一点而已。

无论刀锋是要攻击他们的脸，还是前胸都无甚差别，只要在敌人的兵刃伤害自己之前率先砍倒对手就万事大吉了——示源流的全部精髓都建立在这种单纯、朴素的理论之上。然而这种毫无技巧一门心思的猛攻，反而形成了它特有的威力，许多剑客都成了这“第一刀”下的亡魂，尸体也化作辨不出本来面貌的肉块。

因此新选组的近藤和土方特地研究了这种剑法。“应对的方法只有一个。”他们告诉手下的队员，“只有第一刀最有威力，所以无论如何一定要躲开这第一刀。往后用任何流派的招数都能对付，第一刀之后再取对方性命。”

事件发生之后第三天，山崎来到了副长土方的房间。土方照样在房间里烤着米饼。

“土方先生。”

“……”

土方没有抬头，对着火盆专心致志地吹着炭火。与其说他喜欢吃米饼，不如说他更喜欢巧妙地控制火候，把米饼烤得尽善尽美的这个过程。

山崎并不介意，自顾自地把调查的结果说了一遍。

“萨摩？”土方终于抬起了头，“果然是这样啊。”

土方听说了狛野的伤口之后，也揣测犯人应该来自萨摩。

“要不要来一块？”说着土方用筷子夹了块米饼给山崎。山崎感到莫名其妙，心想：今天这是怎么了？

“那我就不客气了。”

山崎把米饼托在手掌上，自觉在副长面前一个人吃饼太过失礼，因此踌躇了起来。

“吃吧。我刚刚烤好的，可费了一番工夫呢。”

“那么……”

山崎把饼放在膝盖上，两手一掰，热气冒了出来，袅袅升起，消失在鼻尖前。

“犯人就是武田。”

“啊？”

“实际动手的也许是萨摩人，不过背后指使的人肯定是武田。”

饶是山崎这样沉着的人，也被这结论吓得脸色发白。倒不是出于友情替武田担心。山崎知道土方的思维、行动有时有着超越常人的敏捷，说出这番话的土方是不是掌握了什么他不知道的事情？山崎担心的是自己作为监察，职务上有所疏失。

“但……但是，您已经有了证据了吗？”

“证据吗？”

土方沉吟了片刻。“没有，不过，武田的人品本身就是最好的证据。”

山崎暗忖：原来这个人也知道了吗？

在新选组的第一局长还是芹泽鸭，近藤不过是无足轻重的第二局长的时代，武田就对近藤、土方两人异常亲热，简直像只喵喵叫着、蹭人腿撒娇的小猫。理所当然地，山崎当时也不落人后，积极地争取近藤两人的信任。这是因为明眼人一看便知：芹泽派没有前途，新选组早晚会被近藤一党控制。

虽然目的是相同的，但山崎总自我辩解：我和武田的做法可不一样。山崎从来不阿谀取宠，非公事绝不去近藤、土方的房间和他们谈笑，不是职责所在，从不打其他同僚的小报告。山崎只是尽忠职守，他的想法是以这兢兢业业勤奋工作的姿态来博取两人的好感和信任，获得提拔。实际上新选组里也确实没有比他更勤奋的官僚型人才了。

武田观柳斋就是另外一副德性了。他有两副面孔：对近藤，他简直极尽逢迎拍马之能，哪怕是舔近藤的脚心也甘之如饴。但是对自己的同僚、下属就再也没有比武田更刻薄寡恩的人了。

队员经常私下议论："近藤大人、土方大人那么厉害的人，都没有察觉出武田的阴险吗?"

听到这样的议论，山崎当时就在心里想："人在甜言蜜语面前总会丧失判断力。两个人恐怕对武田都很满意吧。"然而，先不说近藤，起码土方并非如此。

"山崎君。"土方目光锐利地打量着他，笑了笑，"你脸上写着‘原来您知道啊’。我可是把队里的边边角角，一草一木都调查得非常清楚呢。”

“让您见笑了。”山崎礼貌性地也笑了笑。

“总之你再给我仔细调查一下。”

“您说调查吗?”

土方有些不怀好意地说：“说到调查，也有很多种方法，你先给我说说你的方针。”

“先派几个探子……”

“你说的是手段，我问的是处理事件的方针，不确定方针，调查就没有个方向。”

“也就是说……”话到嘴边，山崎又打住了，因为某个原因，他不再往下给土方说明。

其实，按他的腹稿，武田是身在曹营心在汉，虽然目前寄身于新选组，却准备着改弦易张，投靠到萨摩阵营。而所谓的调查，不过是将这个腹稿斟酌、润色——这就是山崎的方针。

说起来这也不算是莫须有，观柳斋这个人绝对做得出这样的事情。最近幕府征讨长州的战争连连失利，三百年德川幕府的权威跌落谷底。另一面，萨摩藩自藩政改革之后气象一新，大有取德川幕府而代之的势头。目下，武田肯定正在寻找机会转换山头。

“山崎君，武田和萨摩藩邸有勾结。”

“什么？”

山崎装作大吃一惊的样子。他也有他奉迎上级的手段——不刻意藏拙，甚至特意露出那么点愚笨来。这也是一种自保的方法，只有这样才能在新选组里长久地生存下去。而且当上级是土方这样的聪明人时，傻乎乎的举动反而会引起他的好感。

“这只是我的臆测，但是对于监察来说，怀疑、臆测都是必需的品质。你照这个方向去查，说不定还会有意外的发现呐，山崎君。”

“啊？”

“这可是我自己的心得。”土方的视线又回到了火盆上，米饼已经烤得膨胀起来。

就是这天下午，竟然有个女人来不动堂村的屯营找山崎。山崎疏于酒色，所以叫女人找上门这还是头一次。于是就有人开玩笑地说：“哦呀，天要下红雨啦。”

山崎快步走出营门，只见站在高台寺的牌坊下的却是阿花。

“不，您不用麻烦，在这里说就可以。”

再怎么也不能和女人在门口站着谈话啊，山崎就带着她走进了屯营。不动堂村屯营的大门很是气派，两边都有宽敞的门房。门房里虽没有铺设地板，炭火却生得很旺，山崎就把阿花引进了那里。

这个京都姑娘，和上次一样，先是一丝不苟地向山崎致意，从上次承蒙照顾到问候他的身体云云。等这番冗长的寒暄结束，她突然低头道起歉来：“我真是太对不住您了。”

“怎么了？”

“上次说第一次带武田先生来曙亭的人，是位萨摩口音的武士，那是我搞错了。”

“……”

“我啊……”

然后她用她那甜软的京都方言，滔滔不绝地解释起来。原来，阿花在曙亭帮忙的时间并不长，店里的情况不算了解，而且大部分时间是在厨房里打杂，所以没记住几个常客。

“怎么？”山崎烦躁起来。

“那位长相俊美的萨摩武士大人，当时是在别的房间。我后来向店里的同事打听，武田老爷在加入新选组之前就是我们这儿的常客。”

山崎在心里想："这可没想到。"虽然他怀疑眼前的女人是受了武田的胁迫，今天特地来说这番话为他开脱。不过仔细看着阿花战战兢兢的表情，倒不像是会要这种诡计的人。

"这次没错了吧？"

"是的，另外……"阿花忐忑不安地续道，"那位萨摩口音的武士老爷，是萨摩藩邸里的中村半次郎（此人就是后来的桐野利秋，官至陆军少将。西南战争中，任西乡方面的总指挥官，后战死）。"

这倒是他没有想到的，不过要是中村的话，倒是杀得了狛野。不，倒不如说在萨摩藩中能使出那么漂亮一招的，除了中村不会有别人——他在京都倒幕志士中有个诨号叫"人斩半次郎"。

而且，中村不只是擅长杀人的剑客，他也是仅次于西乡[4]、大久保[5]、小松[6]等人，萨摩藩邸内有名的少壮派政治家。他和各藩脱藩浪人都有交往，常常帮助那些倒幕志士躲过新选组、见回组的追杀，甚至让他们藏匿在萨摩藩邸内。

关于这个男人还有一个传闻。去年岁末，来自各藩的脱藩浪人聚集在东山妙法寺，密谋策划袭击新选组的屯营。听说在幕后指挥的就是半兵卫。可惜事机不密，这个计划传进了西乡隆盛的耳朵，西乡呵斥了中村一顿，计划也就不了了之。因为按当时的情势，萨摩藩还不能一下子与会津对立，两藩尚有磋商、协调的余地。

反过来讲新选组也是一样，他们轻易不会做出刺激萨摩藩的行动。新选组面前的敌人只有长州、土佐的浪人。对于萨摩，京都守护职会津松平家的家臣特意来传达过上方的意思："哪怕路上有人要求决斗，只要对方报上姓名是某某萨摩藩士，新选组队员一概不许出刀。"就连德川幕府，在对待诸藩中军事力量最强的萨摩藩时也格外小心，唯恐他们会加入倒幕阵营。

得益于这个背景，萨摩藩以京都藩邸为根据地，四处联络浪人中的倒幕干将，不露声色地成了倒幕势力的总盟主。最近这个苗头愈发明显了。山崎因此想：要是眼下中村有什么破坏新选组的计划，西乡也不会再阻止他。甚至可以说而今的西乡反而会命令中村去实施一些逐步削弱甚至击溃新选组的阴谋。

"我再和你确认一遍。"他对阿花说，"武田和中村半次郎，果真从来没有一起去过曙亭，对吗?"

"是。"

"你肯定吗?"

"绝对没错。"武田从此摆脱了和萨摩藩勾结的嫌疑。山崎却犯了愁：土方坚信武田和萨摩有所勾结，那么阿花说的这些可怎么向他报告呢？阿花离开以后，誓愿寺后街梳头店“床与”的老板走了进来。

他带来的消息同样令人失望：“那天晚上出入藩邸的人还没搞清。”

不过他又补充说，那天黄昏前他老婆从东山的马道上回家，在祇园石阶下和中村半次郎擦肩而过。

“擦肩而过？那中村后来去了哪里？”

“嗯……中村大人往安井天神的方向去了。”

“是么？”

“对。”

“按你这么说的，从方向上看，他的目的地说不定是清水产宁坂喽？”

“从方向上看，是这样没错。”

“这样啊。”

中村就是杀狛野的凶手，这几乎可以确定了。可是，事实上山崎根本不关心到底是萨摩藩的谁在那天杀了狛野。他唯一关心的是，从哪里才能搞到新选组五队队长武田观柳斋勾结萨摩藩的证据。

“证据。”他在心中默默念叨着这两个字。

证据一点都没有，但是山崎确信土方交给他的任务就是找到这个。

㊃

日月如梭。狛野在壬生村的坟墓，从临时的木牌已变成了石头的灵塔，但是杀人事件的主谋、发生经过依旧扑朔迷离。

这段时间山崎一直埋头于其他的工作，虽然没有把追讨凶嫌的事抛诸脑后，但眼前的繁忙还是让他暂时放下了此事。

——历史的车轮正在加速前进。

正月，京都守护职松平容保接到消息，萨长两藩已经缔结秘密同盟。六月，幕府对长州的亲征以失败告终，德川家的威信急速坠落。趁此良机，以萨长土三藩为首，诸藩派出的使者频繁在京都秘密集会。文久三年八月十八日政变后一时沉寂的京都政界再度活跃起来，萨长土三藩俨然成为幕府之外的另一个幕府。甚至京都的町人之间都在传说：这个天下早晚是尊攘派的天下。

土方预料，在这个风雨飘摇的时刻，一定会有人对新选组的佐幕路线心生动摇，并且这些人一定都有相当的学问。正因为见多识广，对时代的风向就会格外敏感，起码土方是坚信这一点。新选组内的学识派十有八九已经察觉到了，新选组的地基建立在沙土之上，而这脚下的细沙也在迅速地流走。

当然这些最多不过是土方的猜测，他手里并没有任何证据证明这个观点。虽然多少有点武断，但土方相信人就是“证据”——所谓的叛徒，他们天生就是叛徒，向自己人挥刀是他们的天性。不可思议的是，这些背叛者果然有一个共同之处：他们都受过良好的教育。

新选组内符合上述条件的人其实只有两个：

参谋　伊东甲子太郎

五队队长　武田观柳斋

眼下从这两个人身上还没找到通敌的证据，但是土方相信他们早晚会投入敌人的怀抱——因为他们都属于才子一型的人物。新选组的副长心想：“应该早点除掉他们两个。”虽这么说，事情却有些棘手——局长近藤对这两个人信任有加，而这信任的出处，恰恰是因为他们的博学广闻。

比如去年，幕府向长州派出了询问使，正使是永井主水正，副使是户川半三郎。他们在广岛会见了长州的代表。当时松平容保命令近藤伺机调查长州的情况，于是近藤就作为正使永井主水正的家臣，同去了广岛。陪同近藤的新选组成员只有两个，他们就是伊东和武田。近藤选择他们的目的正是想借二人的学识协助侦查。

因此土方的清洗工作并不好做，大概需要使用一点技巧才行。

于是八月的某一天，山崎结束了在大阪的侦查工作，好不容易回到京都的屯营。结果刚进自己的屋门，土方立即派人来叫他。

见他来了，新选组副长立刻笑眯眯地问：“山崎君，你是不是忘记了什么事情？”

“啊？”

“倒也难怪，作为监察，好像你们最近的任务太多了。就是去年年底，清水产宁坂的事。”

“您是指狛野的事吗？”

“不，是武田观柳斋的事。”去年事发之后，山崎已经报告过了，武田和这件事无关，与萨摩藩之间也没有一丝联系。不过这些都被土方巧妙地略过了。

“但是……”山崎一边说，一边仔细地观察对方的神色。他想搞明白，土方真正想要的是什么。

“对了，那个时候你对我说过武田是清白的，我也打算不再追究。可是，最近，有人告诉了我一个相反的消息。告密的人姑且不提，你看这事如何是好？”

“……”

“那人还说，武田最近频繁出入萨摩藩邸，把新选组的机密卖给了敌人。我相信这是无中生有，但既然知道了，我也不能完全坐视不理。为了还武田君一个清白，我要你好好调查一下，逐一询问他队内的成员，搞清楚观柳斋的行踪。”

“是。”

山崎还是愁眉不展——他依然没有弄清上司真正的意图。

土方补充道：“要是让监察你直接去问那些人，他们就是有什么也不好说出口吧。”这话倒是常情。

“你请藻谷君去问吧。”这个藻谷就是因州藩士藻谷连，他是武田的部下，稍微会使点长枪。“这件事让他干正好。”

“藻谷？”山崎心想：点了他的名可委实奇怪。那个男人除了吟诗之外其他方面都乏善可陈。而且，他并不是土方的心腹，两人甚至都没有说过话。

“但是呐，山崎君你千万不能让藻谷知道这些情报是我告诉你的。”

“我明白了。”

山崎一回到房里，马上把藻谷唤了过来。这人长得很清瘦，五官倒也算整齐。乍一看，让人觉得有些能耐，实际上却是个十足的庸才。无能也还罢了，却偏爱讲一些大话，结果队里的人都很瞧不起他。

“藻谷君，其实啊……”山崎刚开口，就发现藻谷脸变得煞白，他紧咬着嘴唇，浑身瑟瑟发抖。

“是哪儿不舒服吗？”

“没，没什么。”那眼神像受惊的小动物，倒有点可爱。

一个在一般队士中都饱受欺凌，几乎一无是处的男人，突然之间被掌握生杀大权的监察山崎叫到房间单独谈话——也难怪他现在这么狼狈。虽然平日里嘴上说得天花乱坠，内里却百分之百是个胆小鬼。想到这里，机敏的山崎马上明白了土方的用意。于是，他换了一副笑脸，继续说：“有件事需要麻烦你。”

他向藻谷说了说关于武田的传闻：“你要在暗中留心他的一举一动。”

“您说的……难道……”

“要是不知道他的行踪，去问别人也行。总之就是这么回事。”山崎一说完，那可怜的人撒腿就跑了个没影儿。

没过两三天，新选组内就出现了“观柳斋和萨摩藩有勾结”这样的传言。甚至还有人信誓旦旦地说亲眼目睹他从河原町的萨摩藩藩邸出来。

山崎诧异于这效果来得过于迅速，“可真让人吃惊。”他寻思。

藻谷是个胆小怕事的人，山崎所讲的秘密，对他而言太过沉重了。他像是要转移这种压力似的，一刻不停地传播着这个消息。而且，另外还有一个原因：喜欢夸夸其谈的家伙，既然掌握机密，就忍不住向别人炫耀。

“这世界上，任何人都有用得上的地方啊。”土方就是看透了这一点，才点了藻谷的名吧，对此山崎很是佩服。

不过，哪怕武田那样的人，在队里也有知交。这人把谣言告诉给了武田，后者自然惊愕莫名。

㊄

武田在萨摩并没有认识的人，传言自然是子虚乌有，但他却不能放下心来。因为他一直都想和萨摩接上头。

新选组的参谋伊东甲子太郎，据说以前还在做隐士时，曾云游日本各处，与萨摩的西乡隆盛有过一面之缘。而且伊东也很熟悉那边的情况，所以最近武田突然对甲子太郎态度亲热了起来。他的盘算是：要是通过伊东能结识一两个萨摩藩士就好了。

所以说，虽说是谣言，其内容却准确地预言了武田的动向，这个巧合让他吃惊不小。在这个冲击下他虽然也一时不知所措，可从头到尾都没有为自己辩白。倒不是因他习惯隐忍，而是大伙都清楚：一旦传出某人是叛徒的谣言，无论事实真相如何，等待他的就只有死亡。这种例子已经数不胜数，武田本身也当过刽子手，手上沾了自己人的鲜血。

“这可如何是好？”问题不是为自己没做过的事情辩解，而是往后自己要怎么办。

武田立即行动了起来。

他的住处在堀川，是一间从袜子店老板那里租的独院小屋。这天傍晚，他回家匆匆吃了点茶泡饭，一等天黑就出门往东直奔而去。他要拜访的人，叫萨摩屋善左卫门，他的店铺在河原町四条，是萨摩藩邸的御用进货商。

“主人家在吗？”

他拿出的名帖上写着：云州松平家之浪人。而且一进门就解下佩刀，一长一短两件家伙都放在了院子的一角。平时趾高气扬的他对前来应门的伙计，深深地低下了头：“在下有事相求，特地上门拜访。”

善左卫门简单地接待了武田。前者行事倒颇稳重沉着，就连武田表白自己刚才用的是化名，真实身份乃新选组五队队长武田观柳斋时，他也没有表现出丝毫惊讶的样子。

“您来此有何贵干呢？”

“我自知唐突，不过……”说着他从怀里掏出了一封信，“请您一定把这个交给萨摩藩的中村半次郎大人。信中没有半点牵涉公务，全都是我的私事。事出紧急，还请保密。”

武田不厌其烦地反复嘱咐，听他那声音好像马上就要大哭出来似的。善左卫门有些可怜他："我明白了，这就去转交您的书信。那么回音呢，您看是同样回信一封呢，还是……"

"不，我就在这里。如果您允许的话，我在这里等您回来。"

"那，事不宜迟。"说着善左卫门爽快地出了门，不一会儿，他又回了来。

"中村大人烦劳您到萨摩藩邸去一趟，在下来给您带路。"

"好！"武田答应一声，站起身来。在他腰里只插了把短刀。藩邸就在善左卫门店铺的对面，俩人走到道路当中，他突然问："中村半次郎大人是怎么样的一个人？"

"是位性格爽直的大人，藩邸里上上下下的人都仰慕他。"善左卫门微笑着回答道。

一进藩邸的小门，武田前后就跟上了两个年轻武士，把他引入房间。没一会儿中村半次郎就来了，寒暄之后中村半次郎问："您的长刀呢？"

"这个啊，怎么说也是和您第一次见面，所以我把刀留在对面的萨摩屋了。"

"哈哈，您真是太客气了。"

半次郎对此觉得有点惊愕——这人还真是无耻。武田不带长刀显然是为使对方放心，表明自己的诚意。但是身为武士，放下武器，走进敌人的藩邸，这实在与投降无异。而在那信里的内容，则更为露骨。

“拙者素日尊王之志甚笃，渐为同袍所难。今欲与贵藩共谋大事，后必克忠克勉，以效犬马。然，如事有所泄，则乞贵邸一隅，以避刀斧。”——言辞虽庄重，却是封不折不扣的降书。

“你的意思我已经明白了。”中村亲热地用萨摩方言回答，但明白了以后要怎么做，他没做任何保证。

接下来就是聊天了。中村很是正大光明，没有就新选组的情况向武田发问。而后者呢，却揣测对方心意，简直像竹筒倒豆子一般，主动把队里大大小小的事都说了一遍。

他每说一件，中村不是“啊”地表现得吃了一惊，就是“原来如此”一边这么咕哝着，一边若有所思地点点头。

中村起身送客时对武田说：“有空请常来走走，下次您来时，就不是今天这样闲谈了。还有更重要的国事，我想听听您的高见。”

“好，到那个时候……”

“对了，”中村笑了笑，“关于您的佩刀，下次来不用有今天这样的顾虑。我们藩也并不惧怕您这样的武人。”这是对武田极大的嘲讽，但他本人却没有自觉。换了别人肯定会无地自容。但武田反而得意洋洋地回了堀川的房舍。

第二天，山崎收到一份关于武田观柳斋造访萨摩屋左卫门的报告，其详细程度，简直就像是亲眼目睹了当时情形一样。

送来这个消息的就是那东本愿寺的信徒，年糕店的治兵卫。昨天治兵卫的老婆正好在萨摩屋预订年糕。所以根本不用特地打听，她就把武田的一举一动记在了心里。山崎一刻都没耽误，立即去向土方汇报这件事情。只是早已深谙其中三昧的他，诸如“武田进了圈套”这类的话只字不提。对土方，只消一句：“的确是真的。”

对方缓缓地点了点头：“果然如此。”脸上的表情没有丝毫变化。

这时山崎不禁感叹：眼前这人如果生在战国时代，肯定会征战四方，成为一国一城之主吧。

从那以后没过多久。

庆应二年九月二十八日黄昏，地点在新选组的屯营，近藤忽然叫武田来自己的房间一趟。观柳斋一进门，就发现副长土方、参谋伊东甲子太郎都在。余者还有一队队长冲田总司、八队队长藤堂平助、十队队长原田左之助，加上队里的剑术教头斋藤一。酒席已经开始了。

近藤一把抓住刚入席的武田的手：“今晚，您可是主客。”说着就被一把按在了主座上，旁边的人马上给他斟了一大杯酒。

“据传闻说，不久之后您就要离开不动堂村，往萨摩藩邸另谋高就了？”

武田吓得一时语塞，却见近藤那张刚毅严肃的脸上，突然堆满了笑容：“这是好事，真要恭喜您了。”

武田这时才醒悟过来，正待辩白，近藤却不为所动地打断他：“这不是挺好的嘛。您心中大概早就有改换门庭的想法了吧。没关系，让我们像男子汉大丈夫一样告别，来，别不好意思，先干了这一杯酒！”

终于，武田绝望了。自他入队以来，这男人就一直提拔他，让他平步青云，身居高位。可是眼下，连他都不听自己的解释了。

“这样啊……”有了心理准备，他也就冷静了下来。后来武田所表现出的凛然态度让他简直变了一个人。

只见他大咧咧地盘腿坐着，无论是谁敬的酒，都接过来一口干尽。他刚觉得有了些醉意，近藤就将斋藤一招呼了过来。

“斋藤君，”他说，“武田君喝醉了，就由你送他到萨摩藩邸去吧。”斋藤是队伍里首屈一指的剑客。

“不，不用了。”武田正想挥手拒绝，斋藤却已先他一步走了出去。

等二人走出屯营大门，已经是月上东山了。

新选组雇来的仆人从门房出来，提着灯笼要为他们照路，斋藤说：“用不着。”然后冲武田微微一笑。

后者面色丝毫不变：“是啊，不用了。”说完，径自往前走去。

武田沿着下京的街道默默地往东走，月亮也越升越高。终于，二人来到河原町，从这里再往北一拐，就是萨摩藩邸。

然而，武田依旧往东走，一直来到钱取桥。鸭川清澈的河水从桥下涓涓淌过。这座桥是私设的，桥上并没有栏杆，过了桥对面就是竹田了。这时斋藤终于沉不住气了。

“武田君，你到底要去哪里啊？”

“回故乡出云去。”

“这么回事啊。”斋藤一边说，一边伸手去摸刀柄。

“武田君，你准备好了吗？”

“早就准备好啦。”

武田一转身，拔刀斩向斋藤的面门，但敌人的刀来得更快。斋藤拔刀的瞬间，只见刀光一闪，武田的身体被砍成两截。可怜他的上身竟飞出数间之远。

武田观柳斋，当场毙命。

注释：

【1】江户时代，在武士住宅区的十字路口设立的岗哨。

【2】江户以来从欧美来日的大型帆船，因其船体大都涂着黑漆，为与中国来的“唐船”区别，也被日本人称为“黑船”。这里美国的黑船特指佩里来航事件。1853年，美国东印度舰队司令佩里将军率四艘军舰驶入江户湾口以武力威胁敲开了自1636年以来锁国的日本。当时正值将军家庆病逝，江户幕府无法抵御美国的威胁，又恐接受佩里的国书后会受到全国的抨击，因此幕府老中阿部正弘借口要得到孝明天皇的批准方可接受条约，并约定佩里明年春天答复。然而自镰仓幕府以来，天皇就已不具政治权力。此次为了消减地方军阀（即各藩大名）反对声音而企图以天皇的名义缔约，激起了社会各界对江户幕府的反感。朝廷公卿、西南强藩大名，纷纷举起“尊王攘夷”大旗，跃上政治舞台。1854年春，佩里带领七艘军舰再次来到日本。幕府在强大的压力下，终于与美国签订了《日美和亲条约》(神奈川条约)。自此以后，西方列强如英国、荷兰、俄国，纷纷效仿美国，来日与日本

签订了一系列所谓利于通商的亲善条约。日本被迫结束锁国时代，幕府统治逐渐瓦解，为日后的明治维新埋下伏笔。

【3】中间、小者都是武士的仆从。中间以上是足轻，以下是小者，因为地位居中，故名。

【4】西乡隆盛（1827~1877），维新三杰之一，幕末维新期政治家，萨摩藩士。统称吉之助，号南洲。作为萨摩藩的领导人之一倒幕成功，实现了江户城的无血开城。在明治政府任职参议、陆军大将。由于在“征韩论”中失败，下野返乡，设校办学。1877年被私校学员拥立举兵，挑起了西南战争。战争失败后在城山自杀。

【5】大久保利通（1830~1878），维新三杰之一，幕末维新期政治家，萨摩藩士。旧名一藏，号甲东。和西乡一起领导萨摩藩倒幕成功，在维新后的新政府中担任要职。担任岩仓使节团的副使，征韩论政变后担任内务卿，是掌握政府大权的真正实权者。西南战争后大久保遭岛田一郎等人的暗杀身亡。

【6】小松带刀（1835~1870），幕末维新期政治家，萨摩藩士。名清廉，幼名尚五郎。1866年和西乡隆盛一起与木户孝允会面，结成萨长同盟。1867年向末代将军庆喜进言，促成了大政奉还。明治维新之后被赐千石赏典禄，先后担任参与、外国官副知事的官职，1870年7月20日于大阪病逝。

虎彻

一

江户芝下爱宕的日荫町，直到二战结束后都还叫这个名字。这条大街面北朝南，两边密密麻麻开着不少武器店。

文久三年正月的一天，坐落于日荫町的刀具店相模屋里，来了一位不速之客。这人一身武士打扮，三十岁上下，头发没有剃月代，而是梳成一股系在脑后，将发髻倒竖在头顶。穿得倒也讲究：和服前胸和袖子上是圆形黑底上两道白横杠的家纹，外罩着纯黑纺绸的羽织，下穿仙台平的裙裤。然而这位客人并未带着随从，形容举止也透出一股粗野，应该不是名门出身。

“里面请，里面请。”

即便如此店主伊助还是弯着腰，非常殷勤地把武士迎了进来。这客人刚一进门，店主立即平伏身子行起了大礼，像是被对方的威仪所折服一般。

“不知您大驾光临有何贵事。如有吩咐，小人愿效犬马。”

“你这店里有虎彻没有?”武士问。

这可把伊助难住了。说实话，没有。可“没有”这话是不能从买卖人嘴里说出来的。

“您来得不凑巧，虎彻目下并没放在店内。小人立即去仓库取来，给你过目。不过您需要的是什么样的虎彻呢?”

“什么样的都没关系，只要是虎彻就行。”

这武士虽说大小都没关系，可同样是虎彻，作者早期和晚期作品价格就有天壤之别，贵的话一口就要几百两不止。

伊助准备再掂掂来人的“斤两”。

“请恕我无礼了，您准备在虎彻上花费几何?”

“二十两。”

伊助心想:“这是个土包子!”以现在的行情，二十两根本买不到虎彻。不过，伊助还是郑重地低下头，深施一礼道:“没有问题，小人已经明白了。敢问府上哪里?小人好将刀送过去。”

“小石川柳町坂上，叫试卫馆的道场，敝姓近藤。”

“原来是近藤老爷，失敬失敬。”

伊助爽快地答应了。他做梦也不会想到，几个月之后，眼前的武士会去往京都，而一个令京中人士闻风丧胆的杀手集团也即将成形——魁首不是别人，正是这个近藤勇。如果他知道这些肯定不会这么轻易地允诺吧，可是伊助又不是神仙，此刻的他只觉得来客是个好糊弄的乡巴佬。

“事情十万火急。”

“我明白了。”

伊助马上和自己的同行联系，让他们留意虎彻的消息，但回音却令人失望。首先，购买刀剑的人十有八九都想要口虎彻，所以赝品的数量大得惊人。同行中甚至有这样的说法：“看起来像虎彻，一定是赝品。”其次，二十两的预算也不现实。

有同业的人，听完他的要求后，不无嘲讽地道：“二十两的虎彻？门儿都没有。我说，仿得不错的赝品都差不多要二十两。”

“我当然知道啦。”伊助做这一行已经有些年头，行内的门道他都清楚得很。

虎彻最初是人名，他是江户初期著名的刀匠，正式的称呼是“长曾祢古铁入道兴里”（最初号是“古铁”，晚年改“虎铁”）。此人祖籍近江长曾祢村，出生在越前，年轻时主要制作盔甲，俗名兴里，出家之后自号古铁，有时也写作“虎彻”[1]。

“大阪之阵”后，天下进入了德川幕府统治下的承平时代，盔甲的需求量一落千丈。古铁这才下定决心到江户去，转行锻造刀剑。这时他已经五十岁了，这个年纪才转业，而且最终成为屈指一数的刀匠，这大概只能用“奇迹”来形容。能创造奇迹的原因，估计是因为古铁本人乃是个具备无限可能性的奇才吧。古铁活了七十多岁，直到临终都坚持炼制刀剑，作品虽说不多，却进入了前人未及的境界。正因为如此，虽然虎彻的外形多少有些怪异。但是它的锐利，却是平安、镰仓时代的古刀都难以比拟的。

“石灯笼切”是虎彻当中的名品。相传这柄尺刀是古铁晚年应一位“久贝因幡守（忠左卫门）”的高级旗本要求制作的。可是，当古铁将此刀献给因幡守时，后者却显得不太高兴。

因幡守心里暗想：“这就是那有名的虎彻吗？”

当一种新艺术流派出现的时候，常常会遭到固有审美观的抵制。古铁眼前遇到的也是这种情况。初见虎彻，它那凶悍的外表的确不够讨喜，但是所佩带的时间越长就越能感觉到那种沉稳的气质，反倒让人觉得真正的长刀就该是这样，从而渐渐喜爱上它。

遗憾的是，因幡守并没有这种眼光。

古铁见此立即站起身来道：“您不中意么？”说罢他抓起刀，跳进院子，利索地劈断了庭中松树的一根松枝。那松枝足有人的大腿般粗细，古铁竟然像切萝卜一样，只一闪，就把它砍落到地上。这还不算，古铁转身又是一挥，刀砍向树下石灯笼的顶子，顿时火星四溅。刀口没入石中数寸，拔出来再看，刀刃完好如初。

因幡守惊得目瞪口呆，缓了好半天，才向古铁道了歉，收下此刀。这把刀就是“石灯笼切”。有了这件事，世人对虎彻的评价也越来越高——虎彻乃削铁如泥的宝刀。有了这个印象，江户的武士便对虎彻趋之若鹜了。（据东京国立博物馆的佐藤寒山博士说，有次他去调查山口县的虎彻，没想到仅一县登记在册的就有二百余口。以他看来，其中真品不过十二三把。从这个比率来看，当时流通在市面上的赝品虎彻一定数不胜数。）

伊助想：“找个便宜的早期作品或者遭遇过火灾的报废刀就好。”可是他找了很长时间，托了好多熟人询问，别说是日荫町了，就是整个江户也没有二十两的虎彻。

另一方面，作为买主的近藤勇，最近生活也发生了重大变化。

他原来是乡村道场主的养子。因最近幕府正在筹备一个官办的浪人团，即新征组，为了招揽成员，这才向江户的道场四处散播檄文。近藤和道场的食客门人土方岁三、冲田总司、井上源三郎、永仓新八、原田左之助、山南敬助、藤堂平助等，一道去了江户的牛込二合半坂应募。他们先拜访了幕府讲武所教头松平上总介忠敏，确定了新征组准成员的身份，连上京用的路费都领到手了。近藤准备到京都去大展一番身手，因此打算花光这笔钱去买一把长期以来朝思暮想的宝刀。

这时山南敬助向他建议："论起宝刀来，首先当属虎彻。"

山南是个博闻强记的人，据他说曾经有位大名找来刽子手山田朝右门为他试验虎彻的锋利。

山田依言开始了试刀：他先在地上埋了数根竹竿，然后将囚犯的尸体在竹竿上固定好。第一刀自肩往下，接下来腋窝上方，第三刀在腋窝，然后是乳头上方、乳头下方、第八根肋骨、腰，按这个顺序依次砍下去。

据说，虎彻就像是吸附在皮肉上一样，异常的锋利。握着刀，削肉断骨游刃有余，水浇在上面也不留一点痕迹。

"世上竟有如此的利刃？"

近藤对虎彻的执著就是从这一刻开始的。

"山南君，你亲眼见过虎彻没有？"

"惭愧，惭愧，像我这样卑微的人，只闻其名，还没见过实物。如果您购得此刀，请一定要让我饱饱眼福。"

正月出了十五，相模屋的伊助终于来到了柳町的试卫馆。

"你给我取来了？"

"正是如此。"说着，伊助打开了包袱皮儿，取出一个木制刀盒，再打开刀盒，里面果然放着一把还未加柄的长刀。

"虽然没有刀铭，但绝对是长曾祢古铁入道兴里的作品没错。"

"哟。"

近藤一把将刀从伊助手里夺了过来握在手里，长是二尺三寸五分，这长短对中等身材的近藤来说正合适。反[2]的弯曲弧度并不是很大，但刀身厚实，刃纹是平缓的波浪状的花纹。乍一见只觉得朴拙刚直，但又隐隐含着一股要将人敲骨取髓般的杀气。这种用刚健的外表努力隐藏自己杀手本性的印象，倒是和近藤的性格非常吻合。

"不错，正合我意。"近藤收起了刀，爽快地付给了伊助二十两。顺便又要求伊助准备配套的装饰品。

"刀柄和装饰都要铁的，锷请装上武藏锷[3]。"

"请您放心。"

没过多久，伊助就按要求把刀装饰好，再次送到了近藤的道场，后者对朴直的装饰也很满意。于是近藤就把这刀插在腰上，和同志们从江户出发往京都去了。

这一天是文久三年二月八日。

㈡

新选组是得到幕府认可，又不属于旧有官制的团体（从法律上来说它是京都守护职松平容保麾下的浪人团）。这个组织正式登上历史的舞台，是在文久三年三月。

成立之初，领导队伍的局长有三个人：芹泽鸭、新见锦（这两个，一个遭近藤一派暗杀身亡，一个借故被令切腹），最后才是近藤勇。

草创时期新选组的成员很少，近藤的地位也无足轻重，所以经常可以见到他亲自带着队员在市内巡逻。

某一天近藤和山南敬助、冲田总司，还有近藤的仆从忠助（忠助后来当了马夫，作为局长的仆人参与新选组的行动，一直非常活跃。近藤在流山被擒后，他又追随土方去了函馆五稜郭）等人一道在京都街道巡视。

夕阳西斜，他们几人在祇园町的会所小憩，向町役人做了例行询查之后，一行人从河原町御池的长州藩邸前经过，后来又沿着河原町的大路，一直走到土州藩邸的门前。这时天已全黑了。

“忠助，点灯吧。”

“是！”忠助蹲下身子，从怀里掏出火折子，可打了好几下都没点着。

“不行吗?”

冲田总司从旁解围:“京都连火石都是慢性子啊。”他笑嘻嘻地往周围看了看,“好啦好啦,我到那边的寿司店借个火去。”

土州藩邸的斜对面正好有家寿司店。店门口的蒸笼虽已撤了炭火,但是门口的灯笼却还亮着,应该还没关门。其实从门口的灯笼里引火就行了,但冲田却是个礼仪周全的人,为了向老板打声招呼,他拉开寿司店的玻璃格子门,刚一踏进玄关,就发现玄关也铺上了地板,榻榻米上坐满了武士。这些人都用戒备的目光打量着冲田。

门外的蒸笼明明熄了火,但看武士们的样子,倒像正等着寿司上桌一般。“有古怪!”冲田心想,“莫非是在密会?”

他数了数,一共有五个人。虽说对面就是土州藩邸,但这些家伙并不是土佐人。土佐人的月代剃得窄,刀又较其他诸藩要长,因此一眼就能辨认出来。近来据说有三百余的脱藩浪人,从全国各地涌入京城。幕府官方称他们为“浮浪人”。看这几个人的穿着打扮,行为举止,应该就是那一类人。

“有什么事吗?”说这话的人,伸手把长刀放在了身侧,神色十分傲慢。此人高颧骨,吊眼角,嘴唇干得都起了皮。

“哎呀，打扰了各位的雅兴，对不起。我是来向老板借个火点灯笼照路的。”

“这样的话，手上怎么没有灯笼。”

“灯笼放在门外了，不用费什么事，给我一根引火的柴枝就好啦。”

“你是哪个藩的?”又有一人开口问道。

“真是不得了啊。”冲田笑了，“在京都进个寿司店都要报出自己的出身来历吗?”

“因为有可疑之处。”

“真是拿你们没办法。”冲田从寿司店老板那接过散发着一股硫黄味的柴枝，一边用袖子笼着火苗，一边自报家门，“鄙人是冲田总司，新选组副长助勤。”

店里的空气在那一瞬间凝固了。不过浪人们很快就从震惊中回过神来，纷纷把手按在刀柄上。他们信心满满地准备动手，大概是算准了“对方不过是一个人”吧。

“等一下，”冲田不慌不忙地说，“要动手到外面去，别给老板添麻烦。我既然报上了自己的名字，就一定会奉陪到底。”

“不!”出来劝解的是一个年纪稍长的武士，他用眼神止住其他人后，朝冲田略施一礼，“是我们失礼了，请您原谅。”

“是吗。”冲田面向敌人，把手绕到身后拉开了店门，“好吧，既然已经消除了误会。估计以后还有相见的机会，到那时我再正式和各位致意。”

他退出了寿司店，回到漆黑的大街上，近藤一行正等着他。冲田点上表面印着一个“诚”字的灯笼，交给忠助，然后就把刚才寿司店里的一幕告诉了近藤。

“怎么想都觉得可疑，请各位先到前面的番所等一会儿，我留下来看看情况。”

“好。”

于是近藤等人先一步往锦小路番所去了。在那旁边就是萨摩藩邸，可以说是京都浪人的巢穴。近来接连不断借“天诛”之名进行的刺杀活动，就是他们所为，搞得整个京城人心惶惶。

没过一会儿，冲田就跑了回来。

“好像都逃跑了。”

近藤脸上写着“笨蛋”两个字，其实真正让他恼火的是，本以为今天能杀个痛快的愿望落了空。

因为来京都时日尚浅，他的“虎彻”还没真正斩杀过敌人。

之后一行人继续巡夜，到了蛸药师，家家户户都已经熄了灯。沿着蛸药师东西向的街道走了一趟，最后几人进了尾州藩邸歇脚。藩邸的人把他们请入接待大名家臣用的客房，又端出了酒菜。对尾州藩的官员来说，虽然近藤几人不算贵客，但也不想给自己找麻烦，所以出来接待的是个老于世故的人物，叫做松井助五郎。松井一向负责招待各方来使，已经有些年纪了。碰巧这位老武士对鉴定刀剑颇有心得，因此酒席上的话题自然而然地就转向了这头。

只听他说："最近京都有个奇怪的传闻：萨摩、土佐、长州三藩之中，攘夷激进派的浪人，争相佩带'村正'。"

"这样么？有什么特别的含义吗？"

"'村正'自古就传说对德川家不利，因此江户建立幕府以来，'村正'被视作妖刀[4]。不顾这个忌讳，反而购买、佩带'村正'的浪人们据说最近增加了不少。如果这是事实的话，那这三藩的人大概不过嘴上说是尊王攘夷，内心真正想的还是推翻幕府。"

"原来如此。"近藤对村正什么的可不感兴趣，他拿出了自己的刀交给老人。

"这是虎彻，请您为我鉴定一下。"

"请容我一观……"老人小心地握住刀柄，拔了出来，然后立刻又归入鞘中。

"让我大饱眼福了。"这句话说完，近藤就等着老人接下来的评论，不过对方却立即转移了话题，对近藤的这把"虎彻”不置一词。

想要问“这刀到底怎么样?”近藤又觉得羞于启齿。他本来就是个腼腆的人，虽然可以兴致勃勃地听别人谈天说地，自己却很少发表什么议论。此刻他腹中虽有万语千言，也只能一声不吭地装糊涂。所以他此时暗恨松井老人不逊的态度——既然看了自己的佩刀，至少应该说一两句夸奖的话吧。

新选组众人出了尾州藩邸，这时，整个京城的人都已入眠，整座城市鸦雀无声。月亮升了起来，四个人迎着月光往前走着。这正是十五的圆月，高高地挂在东山上。京都的春天，湿润多雨，就连月亮也笼在一层薄云里朦胧了颜色。

“忠助，熄掉灯笼。”近藤吩咐道。确实，比起月光，灯笼那点亮实在太微不足道了。

他们走到乌丸路，突然四周响起了一片犬吠，冲田抖了抖肩膀，“奇怪啊。”

“什么奇怪?”

“狗的声音有点奇怪哟。有一条狗正拼命地狂吠，和其他那些跟着叫起来的狗不一样。”

旁边的山南开口了:“冲田君，猫三狗四，现在正是狗发情的季节。”博学多闻的他，一如既往地作了常识性的解释。

奇怪的是，一向待人和气的冲田却正颜厉色地反驳："山南先生，容我多说一句，我非常喜欢狗，提起关于狗的事，恐怕我比先生懂得多。"其实，他真正想说的是："不干你的事，不要插嘴。"

总司很讨厌山南这一点——自以为是，好为人师，无论什么总是要发表一番自己的见解。向近藤极力推荐虎彻的事也是，明明他连虎彻什么样都没见过，却大发了一番议论，说什么只有虎彻才是宝刀利刃。首先，连冲田这样的年轻人都知道，靠近藤那二十两的准备金，根本买不到"虎彻"。

"谁家的狗呢？"近藤说。

"循着声音过去看看就知道了。"总司说着站在乌丸路上听了一会儿，然后开始往南走。穿过锦小路，来到四条大街，在十字路口停下了脚步。东角是艺州藩的藩邸，不像有什么异动。西角的是一户民居，走过去往西一拐，靠南有一座四面都是高土墙的豪宅——这是大阪富商鸿池家的京都别墅（后来的鸿池银行支行）。住在这一带的人，没有不知道这所豪宅的。

"是鸿池家的狗在叫。"冲田作了结论。

"是吗？"近藤立即让山南埋伏在房子西角，冲田埋伏在东角，然后他带着忠助边敲正门边大声喊道："吾等乃会津中将大人麾下，新选组是也，因有公务在身，特来叨扰，请开门！开门！”他连喊了两遍，房子里一点动静都没有。喊到第三遍，变故骤生。

只见高高的院墙上嗖地蹿上来两道人影，不一会儿又变成了五个。先前的两个从墙上一下跳在大街上。

“什么人？”

近藤沉下腰，手按在刀柄上。那两个人见到他亦是大吃一惊，齐齐停下了脚步。他们其中一个打扮得像个武士，另外一个看起来是他的仆从。

“捣乱的话，别怪我不客气。我们是征收攘夷献金的人，此事已了，现在准备离开了。”

——这种事当时在京都、大阪一带是常有的。浪人们打着征用攘夷用资金的幌子，夜里闯富商的屋舍，洗劫一空之后，再大摇大摆地离开。这种人根本不是“攘夷”，而是“行盗”，结果京阪地区的庶民深受其害。

“我知道了。”近藤低声道，“吾等乃新选组，奉命巡逻当中。因事有可疑，尔等携赃物一起，随我回屯营问话。”

对方自然不会同意。只见为首的男人，拔出了大刀。紧接着，剩下的四人也刷地亮出了家伙。说时迟那时快，有一人高举着长刀，如疾风一般向近藤砍了过来。后者右脚使劲，右肩往下一沉，一把握住刀柄。就在对手的刀就要招呼到他身上的刹那，近藤往右一闪，从敌人背后将其砍成了两半。立毙一人。

还不等敌人反应过来，近藤又快步逼近那个为首的武士，眼看两人间的距离不过三尺，他把刀转至单手，猛地袭击敌人的右侧。就在那人低头躲避的时候，厄运降临了，近藤的刀身一转，从上往下正劈在他的天灵盖上。简直就像切豆腐一样，敌人的头一分为二。

“好快，不愧是虎彻……”近藤暗忖。他一刀砍下去时，几乎感觉不到任何阻力。而且挥动起来竟比竹刀更加轻盈灵活，瞬间的爆发力则可以媲美战国时代的名刀“胴田贯”。

其实，在相信自己的“虎彻”可以削金断铁的瞬间，近藤也发挥出前所未有的潜能。他的动作之迅疾，好似电光火石；步法之飘逸，仿若微风拂柳。只要他所经过之处，必定血花四溅，残肢遍野。

这时敌人中的一个正打算逃跑，被从东角冲过来的冲田一刀砍倒。另有一人被近藤砍伤，也正准备逃走，结果正叫山南撞上。屋角放着几个存积雨水用的木桶，他就一个个地朝山南扔去。山南用刀扫开三只，终于追上那人，从敌人背后斜砍一刀。再毙一人。

事后，山南的刀变了形，连鞘都插不回去了。

这次“鸿池门前事件”是新选组第一次在京都杀人，也是近藤和“虎彻”的首战。并且，日本的第一富豪鸿池为新选组提供资金，也是源于这个契机。关于他们后来的交往，则留待下节再叙。

㊂

新选组成立没过多久，斋藤一就从江户上京，加入了队伍。他是局长近藤勇的老相识，从很早以前就经常出入近藤在江户的道场，要么指导训练，要么作为别派的高手和近藤等天然理心流的门人切磋武艺。近藤待他就如待冲田一样，当做同门师弟一般爱护。

斋藤的剑法之精妙，甚至可说是骇人听闻。他的父亲是播州明石松平家的浪人，他因此也自称明石浪人。（斋藤入队不久便崭露头角，池田屋事件后，他担任新选组三支队队长，几乎参加了新选组大大小小的所有战斗。近藤死后，斋藤跟随土方转战北海道各地。直到幕府军败局已定，五稜郭陷落在即时，他才在土方的劝说下，逃出了函馆。维新后斋藤改名为山口五郎，在位于御茶水的东京高等师范学校当了名剑道指导教师。那之后他又活了很长的一段时间，可说是新选组干部中罕见的长寿者。）

斋藤年纪虽然不大，却对鉴赏刀剑眼光独到。他一有空就会到古董店里淘宝，所以组中队员常央告他说："斋藤先生，下一次也帮我找找吧。”争先恐后地托他为自己淘把名刀。

鸿池别墅门前事件的第二天，近藤把斋藤叫来自己的房间，这天他心情格外好。

“武士最重要的就是刀啦。不光是能否发挥出实力的问题，搞不好还会关系到生死。”近藤说着，就把那口“虎彻”拿出来给斋藤看。

打横还坐着个磨刀匠，大概是近藤磨好了刀，一时兴起，才想起要叫斋藤来看看“虎彻”。

“哦，这就是队里很出名的那把虎彻吗？”

“嗯。”近藤微微笑了笑，“拿在手上看看吧。”

“那我就不客气了。”

斋藤膝行过去，毕恭毕敬地接了刀，然后往后退了四叠榻榻米的距离，这才从怀里取出一张怀纸咬在嘴里，然后噌地拔出了刀。刀身直到刀尖，均匀地涂着一层油脂，好像是被云雾笼罩着一样。

“真是好东西啊。”这夸奖是发自真心的。斋藤拿起它挥了几下，十分称手，使起来得心应手。

“怎么样？”

“完美无缺的宝刀。”

“果然刀还是要虎彻最好。”

“可是呐，”斋藤脸上露出了一丝恶作剧的笑容，“这可不是虎彻啊。”

“什么？”近藤突然瞪大眼睛，目露凶光，“你再说一遍。”

“您要我说几遍都可以。以我的看法，这把刀并不是虎彻，只是类似虎彻又不完全一样的东西。即便不是内行，稍微对虎彻的特征有所了解的人也能看出来，您看……”斋藤用手指着刀上的暗纹，继续道，“这里应该有一颗一颗像是数珠似的花纹才对。这叫数珠刃，是虎彻刀的一项特征，不过早期作品就没有那么明显了。”

“我懂了，那这就是古铁的早期作品。”近藤沉着脸断言道。其实无论是数珠刃也好，还是古铁早期作品与晚年作品的区别也好，他都是第一次听说。

“不是，也不是早期作品。完全不一样。”

“你说是什么呢？”

“依我看，刀打造的时间比虎彻晚得多，大概是源清磨吧。”

“是吗？”近藤想，就算是清磨，也是把名刀了。而且他的刀存世量不多，更是珍品。源清磨是幕末首屈一指的铸刀名匠，也就是几年前，嘉永末年才去世的。此人性格古怪，行事也离经叛道，因受尊王思想的影响，传说他从来不为幕臣打造兵刃。有一段时间他隐居于长州（不过那时长州藩还没有尊王攘夷的思想传播），因此眼下在京城肆意横行的尊攘浪人很多都爱用他制作的刀。反过来说，以“保护将军上京”为名目组织起来的新选组的局长，佩刀却是源清磨的话，则是相当不妥。

“相模屋伊助，你这混蛋竟敢骗我。”近藤虽在心里痛骂伊助，表面上却并不同意斋藤的看法，“不过，这还是虎彻。”他坚持说。

“喂，磨刀的，你看呢？”

“您说得对。”磨刀匠被近藤凶光毕露的眼睛死死盯着，所以除了附和他的意见之外别无他法。

“斋藤君也请你记住。现在队里面都知道我手中的刀是大名鼎鼎的虎彻，恐怕过不了多久，连京都的小孩都会听说这个消息。这刀也许不是虎彻，但它却一定要是虎彻不可。为什么呢？我是肩负维护京都治安重任之人，我的刀就是新选组的标志！刀的铭文如何，制作者为谁都不重要，重要的是用它的人。”

近藤稀罕地发表了这么一番长长的议论。这时，他眼前突然浮现出那天在尾州藩接待室里见到的，松井老人的那张瘦长的脸。“那家伙不是真正的武士。”他心想，“空有鉴别的本事却不知为己所用。”

“我明白了。”斋藤毫不犹豫地答应了。

这天下午，京都的鸿池别墅派了代理人来，说了很多感谢的话，又邀请组中干部去别墅赴宴。

“令主人出席吗？”

“我已经差信使向主人善右卫门禀告了此事。主人听后也大吃一惊，说要亲自拜见各位大人，以报大恩。”

“是这么回事啊。”

据说这个大阪的鸿池善右卫门，即便是接待诸藩掌管财务的官员，也不过是让掌柜代劳，很少亲自抛头露面。倒是西国的大名在江户的参勤交替完毕之后，回藩路上要特地绕点路，到大阪北船场的鸿池本宅登门拜访。善右卫门虽然是个商人，却有凌驾于一藩一城之主之上的权势。这个善右卫门现在专程上京来向近藤致谢，反而应该是后者受宠若惊。

当天，近藤带着土方岁三、山南敬助、冲田总司、山崎蒸和另外几名普通队员，来到了位于乌丸四条西街南侧的鸿池别墅。善右卫门之所以没有把谢恩宴安排在某个高级餐馆里，也是考虑到目下京都复杂的政治形势，不想请客一事让外人知晓的缘故。

酒席上宾主尽欢。

“下次请您让我在大阪再招待您。”

因为善右卫门说了这句客套话，之后没过多久，近藤常借故到大阪公干，一行人当晚宿在新町的振舞茶屋，第二天就前往鸿池本宅。

主人鸿池于是对近藤道：“今日先生亲屈大驾，辱临敝里，在下无以为报，正巧家里藏有些许刀剑，如有一二或可入目者，还请惠纳为幸。”大概对于善右卫门来说，不过是以给喜欢的相扑选手送宝刀一样的心情招待近藤他们。但近藤却对这样的馈赠异常兴奋。

仆人从仓库里把刀一把一把地拿出来，近藤也一把一把地看过去，但结果好像都不怎么满意。终于他看到一个木匣的标签上清楚地写着——“长曾祢古铁入道兴里作”。

“这是虎彻吧。”

言罢，他拔刀细看，这刀长二尺三寸余，正如斋藤所介绍的，刃上确实在海浪一样的刃纹之中夹杂着玉数珠一样的烧痕。这可是一个意外之喜。

“那我就要这个了。”

“好，请您不要客气。”馈赠者没露出一丝吝惜不舍的表情。

新选组就此和鸿池善右卫门结下了交情。后来，善右卫门又多次捐献资金给近藤个人及新选组。从鸿池的立场来说，京阪的尊攘浪人日益猖狂，幕府的代官、奉行所等治安机构均束手无策，所以倒不如利用新选组的武力保护自家的财产。

以下是点题外话。据说有一次鸿池甚至拜托近藤与土方："鄙店几乎日日都有尊攘浪人上门勒索钱财，我实在是不胜其扰。如果不是很麻烦，您二位推荐一个武艺高强又兼通算学的人才，代我处理此事。"（因为近藤推荐的人后来发生了一些状况，结果这件事还是不了了之了。）

证明近藤和鸿池关系亲密的还有一个故事。

就在大政奉还之前，土佐藩的重臣后藤象二郎去拜访近藤，两个人单独会谈了一段时间。也不知道后藤讲了什么溢美之词，总之令近藤十分得意，自然而然地对象二郎也产生好感，于是对他说："在我看来，后藤先生，您有操纵天下财富的大才。如果您有兴趣往这方面发展，在下也认识两三个大阪富商，请一定让我介绍给您认识。"

后藤没想到从新选组局长的口里能听到这番话，心里惊讶得不得了。

近藤从此就佩带着这把鸿池虎彻在市内巡逻。但真正使用这刀，却要等到这年的夏天了。

那段时间，近藤已适应了京都生活，时常在茶屋酒肆消磨时光。祇园石阶下，有一家叫“山绢”的店，那段时间他是店里的常客。自然，去喝酒的时候他不穿队服也不带随从，所以店里的人谁也想不到这个男人就是新选组的局长。

喝完酒，他叫了顶驾笼，准备回屯营。半路经过鸭川时，近藤察觉对岸桥头有人影晃动，待睁大眼睛仔细一看，人影却又消失了。为了以防万一，还坐在驾笼里的他，把刀微微拔出了鲤口。

当时的四条桥，不像三条、五条大桥一样气派，只是利用河心小岛，草草地搭了两节桥梁。驾笼刚走到一半，河心岛上高高的芦苇忽然分做两边。近藤见状立即朝驾笼的左面一滚，待他站起身时，鸿池虎彻已经出鞘，明晃晃地擎在手中了。

“我是壬生村新选组的近藤，你们别认错人了。”

“……”

借着星光数了数，敌人有十几个之多。刚才，一定也是他们躲在桥对面守株待兔。敌众我寡，近藤不敢恋战。他一边往前跑，一边对着守在桥头的刺客发起进攻，刀口直奔对方的肩膀而去。但是“砰”的一声，虎彻反被弹了回来，震得近藤虎口发麻。敌人也不示弱，挥刀回劈了过来。他连忙后退几步，站住脚跟，又一刀砍进刺客的另一侧肩膀。这一次敌人因为失去平衡摔倒了，但好像并没受伤，居然立即爬起身来，咚咚地，一溜烟逃跑了。

近藤少有地发起慌来——“这刀砍不动。”他脱掉羽织，刚准备逃离包围圈，敌人又从身后攻了过来。他只好将身体右侧靠在桥栏上，左手拼命地挡开刺客的杀招。

一柄短矛刺了过来，近藤本能地挥刀格挡，结果矛尖扎进他袖子，露出了手腕。说时迟那时快，近藤一把按住矛头，手中的刀猛地朝来人的右胸捅了过去。短矛掉在了地上，刺客也仰面朝天摔在了地上。可是待近藤低头去瞧，却不见敌人的尸首——这人也逃走了。

其实道理很简单。刺客们都是有备而来，他们戴着额铁，衣服内衬锁子甲，两腕也绑着护具，因此近藤才无法斩杀对手。不过此时的近藤已经杀得两眼通红，血气上涌，根本就没想起盔甲的事情。

“砍不动！”他心中充满了悔意，“我为什么不佩日荫町虎彻呢。”

日荫町虎彻一定杀得死敌人，鸿池虎彻却不行。以削铁如泥闻名天下的虎彻，不可能砍不动。如此说来日荫町虎彻是真货，鸿池虎彻是赝品。

近藤且战且退，终于来到了桥西，抬腿刚要迈步上岸——

“奸贼！”

岸上放着一条木船，刺客突然从船背后追了上来。这应该是最后一波袭击者了。

近藤稳住脚步，往周围一看，竟然连棵能作为掩护的树都没有。他只好就地双手举刀过顶，刀尖直直地插向夜空，这种从容不迫的气势，倒让追兵有些胆怯。趁敌人心生怯意的一瞬发动攻击，这便是天然心理流的诀窍。不过大概因为是夜里，视距有些偏差，没等他的刀砍到敌人身上，刀尖先碰上了船舷，竟嵌进去了三寸之深。

对近藤来说，还没有过这样的失误，但这时候也不容多想，他只好用右手摸出短刀，一边用左手把虎彻从木头里拔了出来。所幸的是，也许对手自觉不敌，竟不待近藤拔刀便已趁着夜色爬上堤岸，消失得无影无踪了。

近藤也上了岸，出现在眼前是一片先斗町的灯火。他总算放下了心。当回到町会所时，他又变回了那个泰山崩于前而色不变的近藤勇了。

“是我！”虽然没说名字，但是在京都连三岁的小孩都知道这个人是谁。

“你们派个人去趟壬生，把我的马牵来。”

据先斗町流传下来的故事讲，趁等差役从壬生屯营回来的这个当儿，近藤找会所要了个枕头，在里间小憩了一会儿。因为大家都怕这个新选组的局长，谁都不敢招惹他，陪在他身边的，只有那把脱了鞘的虎彻。等马牵来时，马夫一个劲儿在门口说“不好意思，回来迟了”，里屋的近藤这时才坐了起来，稀罕地和衙役们开起了玩笑。

“你们问这刀吗？”

“它被刀鞘嫌弃，连门都不让进了。这口笨刀！”

虎彻大概有些变形。不过，只要不是太劣质的刀，即便有些变形，放置一两天后基本都能恢复原状。其实当近藤策马回到壬生时，刀就已经在刀鞘里了。

第二天，近藤又把斋藤叫到自己的房间里。

“我真是不明白啊。”

“出了什么事吗？”

“你看看这把刀！是天下的大富豪鸿池送给我的，有正式的刀铭，但却是赝品！”

斋藤接过来仔细查看，怎么看都是正宗的“长曾祢古铁入道兴里”没错。

“真是把好刀，无可挑剔。正是虎彻无疑。”

“我就知道你是这么想。”近藤笑眯眯地继续道，“所以说你们这种专家都是靠不住的。你说是清磨的那把刀才是真正的虎彻。”

“是这样吗？”斋藤歪着脑袋想了想，因为他清楚近藤的固执，所以并不想与之争论，于是话锋一转，“最近先生对虎彻的鉴别倒是越来越有研究了。”

“不，只要一用就知道孰真孰假了。日荫町的虎彻砍骨头就像砍在豆腐上，锋利无比。这把鸿池虎彻就不行了。”

原来如此，他的鉴定方法倒是简单——不问制造者姓氏名谁，只要锋利就一定是虎彻。斋藤想：也真亏是近藤才能有这种想法。

如今京都的浪人们都知道近藤用的刀是虎彻。近藤对虎彻的喜爱，简直变成了一种迷信。所以假如这虎彻无法伤人，可就伤脑筋了。今天他这番话，与其说是为了说服斋藤，倒不如说是为了说服自己——最开始买的那把清磨才是虎彻。

“近藤先生，能不能再让我看看那把鸿池虎彻?”

“请。”

斋藤拿了把放大镜，又仔细检查了刀刃。不出意料地发现那刃上有一些细小的损伤，而且分布均匀，大小一致。

“看这痕迹，您大概是砍中一个穿着锁子甲的刺客了。如果因为这样就怪罪虎彻不锋利，它也太可怜了。”

近藤明显露出了不快的表情，眉毛也拧了起来，他沉默了好一会儿，才开口说：“敌人穿着铠甲我早就知道。我是说，如果是真虎彻，甲胄也一样能砍透才对。”

斋藤总算明白了：“看来再怎么说都是白费力气。”因为怕进一步激怒近藤，他也就不再开口。

后来因为刀要抽出时间送去保养，所以近藤一直交替使用鸿池虎彻和日荫虎彻。说来也怪，看来刀也有投缘不投缘一说，只要近藤带着鸿池虎彻出门，跟着他的队员总会出些事故。就是近藤，好像被这刀妨到似的，不是下痢就是头疼，好像是鸿池在折磨着自己的主人。

“土方君，鸿池虎彻果然是赝品。”

“您说得没错。”土方眼里闪过一丝嘲讽。

眼前这人的思维方式，土方从小就知道得一清二楚。要是一般人肯定会认为以锋利不锋利为标准鉴别真伪纯属无稽之谈，但要换成近藤事情就不一样了，“虎彻锋利”的信仰在他心中根深蒂固。因此虽然是清磨，也必须是虎彻；而真正的虎彻，也可以被当做赝品。

在观察天下局势的时候，他也是这种思考方法。对这个武州农民出身的人来说，“德川家”简直是神圣的代名词。不过，这倒不是因他缺乏见识，教养不够。其实近藤自小就喜欢读书，少年时代对赖山阳的《日本外史》更是爱不释手。他长期受到水户学说的浸淫，对时下风行的尊王攘夷论的来龙去脉亦非常清楚。

可是对于这个男人来说，“德川家”是虎彻之外的另一种信仰，只有德川家才是正统——他所有的价值判断就以此为基础。因此就像是硬把真虎彻说成假虎彻一样，对于胆敢否认德川将军权威的人他都要予以诛杀。

在这之后，近藤一党暗杀了第一局长芹泽鸭，继而掌握了新选组的大权。土方为了招募新队员又回到了江户。

土方还是住在旧日柳町的道场。有一天他派使者去了日荫町相模屋，对伊助说：“关于局长近藤勇的那把佩刀的事情请你来一趟。”这对后者来说不啻白日惊雷。

伊助暗想：“这可坏事了。”他原来并不清楚卖给近藤的那把刀的制作者是谁，因为看上去和虎彻差不多，所以想卖给不懂行的客人。可是万万想不到，这个被骗的男人，居然成了新选组的领袖。伊助运气真是太差了。

于是，他和老婆说明了原委，又把嫁出去的女儿都叫回身边，大家一起喝了饯别酒。他倒是个勇敢果断的人，酒席之后就去了柳町道场。土方很快接见了他。

“我是近藤大人的代理人土方岁三。你就是伊助？”岁三摆出一副家老的架势，居高临下地发问。伊助自然早就知道他的身份，新选组的赫赫威名就算在江户也人尽皆知。

“关于那把虎彻。”

他看着面前体若筛糠的刀具店老板，狡黠地一笑：“您可真会做生意啊！”

“托、托您的福，小人诚惶诚恐。”

“别多心，我是在夸奖您。您卖的那把虎彻，真是近来少有的利刃，近藤大人非常喜欢，我这次来江户，大人他特地嘱咐我要替他对您表示谢意。我已在别室略备水酒，请您一定赏光。”

“啊？”伊助吃了一惊，疑惑地抬头望去，正好看到土方恶作剧得逞似的微笑，他赶紧又把头低了下来。副长说着又取了五两金币，放在他面前。

“区区一点心意，请务必笑纳。”

“岂敢岂敢。”

在这以后，近藤手中虎彻的名声就传遍了江户大名、旗本的府邸，甚至将军所在的江户城中，也听说了此事。在江户轶闻逸事总是流传得很快，而且日荫町相模屋伊助为了招揽生意还特地广而告之，后来这也成了新选组的宣传之一。自然这些都在土方的计算之中，可以说就是为了这个效果，他才有那天的表演。

土方回到京都，注意到斋藤一腰间佩着一把他从未看见过的刀。

“斋藤，那是什么？”

“叫您看出来了吗？这就是虎彻。”

“嗯？”土方考虑了一下，然后命令道，“请您马上到在下的房间里来一趟。”

斋藤心中纳闷，以为自己做错了什么，结果甫一进门，土方就叫他把虎彻给自己看看。

“您请看。”

土方接过斋藤递来的刀，“嗖”地拔了出来，但立刻“哐”的一声又插了进去。

“这是怎么得来的?”

“在夜市上买的。”

原来大概二十天前，斋藤信步到四条大道的夜市闲逛，正巧发现御旅所前，有个刀摊，在一堆废铁中，他看上一把旧刀。虽然刀身遍布暗红色的铁锈，但是刀刃纹却很清楚——这把刀绝非凡品。

“多少钱?”斋藤问。

“五两。”摊主回答。斋藤还到三两，两人又争论半天，才终于谈妥。他立即回到屯营，找同僚借钱凑足了三两，这才回去买下了刀。

“真的是虎彻?”

“刚开始我也怀疑。”

斋藤本来想虽说都是虎彻，可搞不好不是古铁的作品，而是他的养子长曾祢虎彻兴正的手笔。为此他还特地到刀剑保养店请人鉴定了一下，果然毫无疑虑之处，这就是虎彻。

“要是这样，我有一个请求。请您为了新选组，答应我。”

“您说吧。”

“我们这只能近藤先生有虎彻，为了守护京都的新选组的威严，利剑虎彻只能有一柄。你也是这么想的吧？”

“您原来是这样的考虑啊。”

于是，近藤的刀箱里从此就又多了一把虎彻。按照土方的建议，这把刀和鸿池虎彻一起被锁进箱子，再不使用了。

元治元年六月五日夜里，长州、土州等藩二十余名尊攘浪士，在京都三条小桥西头的池田屋旅馆密谋劫持天皇，刺杀会津藩主松平容保。新选组得悉消息，近藤立即率领部下赶往急袭，他第一个冲进玄关，一口气上了二楼。

“怎么回事？”

说这话的是土佐藩的脱藩浪人——北添佶磨，他师从桃井春藏，习的是镜心明智流的刀法，在治学上也有相当的造诣。此人周游日本各地，与诸藩的志士都有交情，眼下是京都浮浪人之中的一名干将。虽然性烈如火，长相却温顺可爱，眼角唇边都还带着点少年的味道。

“我去看看。”说着北添出了房间。他往台阶下一瞅，结果正碰上从楼下跑上来的近藤。

“啊！”可怜北添刀还没拔出来一半，日荫町虎彻就在他头上一闪——颅骨分作两半。再看时，这个青年已经变得血肉模糊，躺在楼梯的中间了。

“什么都砍得动！”——凭着对手中虎彻的这种信念，近藤毫不迟疑地冲入里屋。他现在凭借的是对自己武器的自信。后来的战斗，他简直像是被刀灵附体，说不清是他用刀砍杀敌人，还是刀用他来刺穿对手。当时的战斗到底是如何惨烈，今时今日真是无法想象。

池田屋事件之后，近藤给江户的养父周斋写了一封信，以下是为拔萃：

（前略）冲锋陷阵之际，小儿以下冲田、永仓、藤堂、犬子周平（养子），共五人。然，贼党势大（二十数人）。战端一起，火光四溅，铁屑乱飞，一时有余。战后再观，永仓新八之刀折也；冲田总司之刀，帽子[5]亦折也；藤堂平助之刀尽毁；犬子周平之矛也断。唯有小儿，得佩虎彻，人刀无损是也。

注释：

【1】盖日语中读音相同。

【2】日本刀刀身的弯曲程度。

【3】传说是宫本武藏的设计，锷呈八角形，厚铜制成。

【4】村正是室町时代的刀工，制刀以锋利闻名。据说德川家康的祖父清康被阿部弥七郎正丰所杀时，阿部所用的正

是“村正”。家康的父亲广忠被岩松八弥斩杀时，也是死于“村正”。后来家康的嫡子信康被迫切腹，介错的刀亦是“村正”。就连家康本人也被“村正”的短刀所伤过。因此“村正”被德川家所忌，产生了妖刀的传说。谱代大名和德川家的家臣都禁用“村正”。

【5】刀尖的部分，被称为“帽子”。

前发[1]的总三郎

一

新选组屯营转至堀川时，举办过几次队员招募，每次都能引来二十来个来自全国各地的剑客。他们聚集在屯营新建的道场，就是为了成为新选组的一员。

然而在这个组织的草创时代，也就是文久三年的春天，近藤等人还因为队员短缺的问题去京都、大阪的道场大肆散发檄文、搜罗人才。那时即便身手平平也能入队。可是眼下要想进新选组，即便你是大流名派出身，又拥有“目录”资格，也不一定会被接纳。

接受剑术考试的人，首先要写清自己所习剑术的流派、师父的姓名、段数的高低（取得何种武道资格）提交上去，然后才能进入实战考察。入队志愿者之间的较量异常激烈、漫长，所以入选者不但要武艺高强，同时还得具备相当的体力。

实战考察第一轮就淘汰了十人。按照道场比武的惯例，淘汰者从负责考试的队员处得到一点象征性的旅费[2]，便被赶出了大门。

比武场的正面坐着的是局长近藤勇、副长土方岁三、参谋伊东甲子太郎；场中负责具体工作的则有冲田总司、斋藤一、池田小太郎、吉村贯一郎、谷三十郎、永仓新八——他们个个都是身经百战、杀人不眨眼的勇士。这些人轮流充当比武考试的裁判。

当时正值初夏，按照规定，复试者不得摘掉头上的面罩，所以这些人大都汗流浃背，浑身湿得就像刚从水里捞出来似的。他们中的大部分都热得透不过气来，上下耸动着肩膀，大口大口地喘气。

唯有一个人例外。他好像有什么秘诀似的，连一颗汗星儿也看不到，姿态依然闲适优雅。此人身量不高，面罩里面罕见地涂有青漆，胸甲也在漂亮的黑漆上描绘着“违柏”[3]家纹。剑道服和裙裤都是一色雪白，更衬得他体态苗条。这身优雅的装束一直贯彻到微小的细节——甚至连裙裤的褶皱也一丝不乱。虽然因为戴着护具，看不见容貌，可此人举手投足之间，就像缭绕着檀木的香气一般超凡脱俗。不仅如此，男人的武艺亦是鹤立鸡群——进入复试后他也能游刃有余地击中对手的要害，胜负一分立即罢手，自己则一剑也不曾被对手击中。

“那边的人是什么来头?”近藤向土方咨询。他正揣测这个流露出如此武家修养的人恐怕不是一般武士，搞不好是幕府旗本家的二公子以假名前来应募的。

“那个人么?”土方翻了翻记录簿，“是个町人”。

“嗯?”近藤的表情变得不快起来，“不会是间谍吧?”过去曾发生过类似的麻烦事：一些长州的赤贫浪人也夹在新应募者中企图鱼目混珠。

“关于这一点，他的来历倒很清楚。有师从押小路高仓西入心形流的浜野仙左卫门写来的介绍信为证。他是浜野先生门下获得免许皆传资格的弟子，此前一直在道场协助传授门人武艺。”

“出身呢?”

“浜野道场附近有个棉花批发商店，叫越后屋，按信上的说法，他是那家的三男。”

“越后屋的……”近藤自然知道越后屋，那可是京都中部数一数二的富豪之家。

“名字呢?”

“加纳总三郎。”土方回答。

町人一般不能冠姓，加纳的情况应该是所谓的“假姓”吧。不过，一旦入队，便会获得会津藩士的待遇（庆应三年以后是正式的幕府直参），在户籍上成为武士，堂堂正正地冠上姓氏。对于那些庶民出身的剑客来说，这便是新选组的魅力所在。

“介绍信中还附有他家的简单谱系。越后屋的远祖从美浓加纳乡兴起，战国时出过一位显耀的武士名叫加纳雅乐助，做过稻叶一铁的家臣，是远近驰名的勇士。后来他的子孙流散到越后，又辗转迁至京都。他们现在虽已是町人身份，但越后屋却暗地里用加纳这个姓氏，就是因为以上的因缘。”

“喂，快看！”近藤向道场中央扬了扬下巴。

加纳总三郎一路顺利晋级，正要进行最后的决战。他的对手是田代彪藏。根据土方记录簿上的记载，田代是久留米藩脱藩的浪士，剑法属于北辰一刀流，关于此人只知道他是队中监察篠原泰之进的故人。此人武艺亦是不俗，和加纳一样，带着未被对手击中一剑的战绩进入决赛。

田代做出双手举剑置头顶左上的姿势，而加纳则冷静地压低了剑身。空气瞬间凝滞。突然，田代彪藏以不负其名的迅疾步法，没等踢开的裙裤角落下，竹刀就砍向了加纳的面罩。不过加纳行动得更早，他先以竹刀内侧挡过敌人的迎面一击，旋即腰上使劲，趁田代瞬间身体失去平衡之机，“啪”地击中其右侧。“胴击！”裁判冲田总司大喊。

不过比赛尚未结束，马上进入了第二回合。田代彪藏向前突刺一剑，刺中加纳的前胸。几乎同一时间，加纳也砍中了田代的左脸。这样看来，两人应该是不分上下。然而，冲田却把加纳总三郎的手举了起来。

“土方君，你怎么看刚才的裁判？”

“应该是田代君赢了吧。因为冲田站在东边，大概看不到田代君的刺击比对手快。”

“算了，哪边取胜都无所谓。我看这两人都有资格作为新同志加入队伍。你怎么看？”

“嗯。加纳、田代——”

“够啦。”

很快，有人向二人传达了这个意思。随后他们被带到屯营的浴殿沐浴，洗去了汗水后才被引入近藤的房间。这房间也是新建不久，还可以闻到木头的清香；建造装潢之豪奢，远比一般大藩留守官员的办公室宽敞气派许多。加纳、田代大概是由此感受到了新选组的势力是如何如日中天，他俩刚进门离近藤还有一间[4]的距离，便平伏叩拜，结果让坐在近藤身边的土方不禁苦笑起来。

他温言道：“两位，局长与队中的诸君不是主从关系，彼此都是同志，请你们靠近一些。”

“是。”

加纳依言抬头，毫无畏惧地膝行过来。近藤和土方第一次见到加纳总三郎的脸都不禁屏住了呼吸：一个男人怎会有如此的美貌！加纳蓄着前发，单眼皮、细长的眼睛顾盼间极富情色味道。更遑论他肤色白皙，嘴唇的轮廓也很漂亮。

“加纳君多大年纪了？”

“已经十八岁了。”

“真年轻啊。”近藤眯起了眼睛。他在看队员时鲜少露出这种表情。虽说近藤没有众道[5]的癖好，但看着这般美貌的少年还是觉得赏心悦目。就是土方，也不自觉地心中一动。

“才十八岁就担任师父的助手，可真了不起啊。”

“在下还很不成器。”

“哪里哪里，看了刚才的比赛，真令人佩服。你的武艺相当不错。”说到这里，近藤才注意到自己还没搭理过加纳身边的田代彪藏呢。

“你是田代君吧？”

“是！”

与美少年加纳正好相反，田代和“漂亮”、“高雅”这类词完全沾不上边。他眼窝深陷，门牙却很突出，发黑的嘴唇好不容易才能将其包住。他的佩刀搁在右膝边，那是一把通体漆成黑色的直刀，刀身很宽，也不像太刀一样有着优美的弧度。总之，见到他就会油然生起一股不快。

“眼下情势越发严峻，为了保卫皇城，望两位抱定尽忠职守、死而后已的信念。”

“也请您多多指教。”说完，两人就退了下去。

然后近藤和土方商量起怎么安排这两个新人的问题。

“我想让加纳做我的侍从，你意下如何？”

“好的。”

这倒不是近藤见到加纳的美貌临时起意，而是新选组的惯例。为了让新人迅速熟悉队内情况，往往要让他们担任一段时间的局长随从。因此，土方没有异议的理由。

“那个田代就分到冲田君手下，在一番队见习吧。”

“就这么定了。”一想到刚才那个人要做自己的侍从，近藤的胸中就有些什么东西骚动了起来。

堀川屯营中间的庭院，铺着一层白色的沙砾。新选组公开处决违反“法度”的队士时，在这里铺上几块劣质草席就充做法场了。任务繁忙的时候，一个月就有四五个人在这里送掉性命。斩首的刽子手或是切腹的介错人[6]多从新队员中选拔，为的是训练他们的胆量。

加纳、田代入队的第二天，四番队的普通队员美浓国大垣藩脱藩浪人武藤诚十郎，假借募集军资的名义，从京都的市民家强借钱财，结果东窗事发。这天，他要在这院子里被斩首。

“就让加纳君来执刀吧。”近藤向监察篠原泰之进建议，后者点头同意了。

加纳总三郎领命走进院子。他用护额系住了前发，按照惯例，作为刽子手的他没穿裙裤，只穿了一件黑色纺绸的小袖[7]，腰间系着博多产的高级腰带，佩朱鞘的双刀，刀身很细，形状也优美。这简直是画中才有的美少年。

武士在实施斩刑时（一般市民则称之为死刑），首先让罪犯穿好正式礼服，再用绳索捆绑后，将绳头留得略长，两端叫两名队士从背后拉住了，以便防止罪人挣扎。现场负责监督行刑的是监察篠原泰之进。

加纳总三郎站到罪人的左侧，利索地拔出刀来，神态镇定自若。

土方因而在心中怀疑：“莫非他早就杀过人了？”

加纳将刀高高举起。

“得罪了！”

首级应声而落。加纳的刀法很巧妙，一滴血都没溅到自己身上。他用上等的怀纸[8]擦净了刀身，眼角泛起淡淡的微笑。

“简直是兰丸[9]再世，这孩子勇气可嘉。”对于这件事，后来近藤是如此评价的。不过，土方却觉得加纳的沉着冷静并非来自勇气、胆量。恰恰相反，那种冷静的杀戮是来源于少年心中更阴暗的角落才对。

——加纳在男女情事上还是个雏儿。

最近新选组中流传着这样的说法。证据是他从来不参与谈论关于异性的讨论，一旦同席人的言谈过于露骨，他脸上就会飞起红晕，显得非常局促。他那副羞涩的形容，比妙龄少女更具吸引力，更富情色的味道，反而令队士们蠢蠢欲动了。

果然好几个人都对他展开了追求。这些追求者中最不避人眼目的有两个，一个是五队队长出云国松江藩脱藩浪人武田观柳斋，另一个就是和他一起入队的田代彪藏。

田代彪藏现年三十岁，本是久留米藩的乡士，在他的故乡，当地人们对众道之风不以为忤，反而视其为理所应当。不过那里的武士一旦过了二十岁就会摆脱这种陋习，娶妻生子。田代一是没有妻子，二是入队以后一步都没踏入过游郭，所以许多人都认为他大概是更爱少年。

——加纳在有意回避田代。

谣传又增加了这样的内容。据说田代曾向加纳提出结为“契兄弟”，这在众道中，就是确立情人关系的意思。不过加纳拒绝了。他大概大吃了一惊吧，因为在京都民间众道风俗并不普遍。

——不过那个少年郎也很像是众道中人。

也有这么替田代讲话的人。这么评论的队员自己也曾有过众道的经验，所以根据加纳的举止神态下了判断。

加纳逐渐开始露骨地表现出他对田代的厌恶，例如在公共房间里大家说话的时候，只要田代一走进来，他就立刻中途退席。

——开始都会觉得生气的。老队士如此说。

——到了十八岁还不剃去前发，这不是摆明着在诱惑此道中人吗。可怜的反倒是田代君才是。

总之，什么样的看法都有。

田代彪藏身高五尺六寸，不善言辞，五官长得严肃、冷酷，因为门牙朝外豁着的缘故，一旦笑起来就会形成一副滑稽的面容。再加上他说起话来总带着明显的筑后口音，所以给人的印象只是一个粗鄙的乡下汉子罢了。

这天土方来到一番队的休息室门口，站在廊下往里张望。

“啊，这不是副长大人吗。”见到土方来了，坐着的队士们立即挺直了腰杆。

“您找哪位？”

“冲田君在吗?”

总司虽说年轻，却是一队的队长，一手掌管新选组最精锐、称得上是近藤禁卫军的第一队。然而他却总不肯老老实实地待在屯营，时常见不到人影。

“好像刚刚才出门。”

“真是个麻烦的家伙。”土方一边在心里埋怨着，一边往外走。

屯营建在七条醒井，附近有个村子叫不动堂村，村北面是西本愿寺的围墙，西南可望见东寺的高塔，中间则是一大块菜圃，京中居民吃的蔬菜十有八九都产自这里。一条堀川从屯营的旁边潺潺流过。

就在这堀川一侧，村童们正在捕捉河里的小鱼小虾，冲田则蹲在河边跟孩子们谈笑。

“总司——”

大概因为阳光太刺眼了吧，冲田眯起眼睛，回头张望。

“干什么了？你这是在和小孩子们一起玩吗?”

“哪有啊。和这些孩子玩有什么劲啊。”

虽然口中这么说，但对于冲田这个奇妙的年轻人来说，与其和队里的大人闲聊，他更爱和小孩子们在一起：要么放风筝，要么教他们关东孩子们流行的踢石头，反过来村里的孩子也把他当成伙伴，教给他京都的“鼻鼻”游戏。

“我抓到小鱼了哟。”

“要用来干什么？”

“当然是吃掉。”

看上去他是打算把鱼交给新选组的厨子，煮到骨头酥烂的程度再吃。这个青年自从池田屋一役以来，身体就一直不大好。

“我想和你商量田代和加纳总三郎的事情。”

“啊，那件事啊。”冲田一边眺望着水面一边说，“这事我可管不了。我真不理解男人怎么会去追求男人。”

“那两人入队比武的最后，你判定加纳取胜。对吧？”

“好像是这样。”

“田代当时也击中了加纳的前胸，两招间隔不过分毫。但我记得田代动作应该更快一些。”

“他那一刀，扎得太浅，力道不足。说他们两个不分上下也行，但我认为加纳总三郎那一刀干净利落，且刚猛有余。基于这个原因我当时就判定他取胜了。”

“那两个人的武艺，哪个更高一些？”

“加纳总三郎。”冲田毫不迟疑地答道。土方向来清楚，冲田在鉴别武艺优劣方面，眼光远比近藤和自己高出一筹。

“是这样啊。”得到了想要的回答，他就回屯营去了。

事情有些蹊跷。土方本来不打算调查麾下队士如此隐私的问题，不过不得出让自己满意的解释，他就无法罢手。

一回房间，土方立即戴上防具，转身去了营中道场。

今天没有巡逻任务的队士正三三两两地聚在一起，或进行挥刀、劈刺的练习，或是比试切磋。土方一进门即问："加纳君在吗？"

加纳赶忙跑了过来。

"和我比试一下？"

"是，请您多多指教！"

土方习惯用咄咄逼人的气势来威慑对方，再趁对手心生恐惧的一瞬发动猛攻，最后占据压倒性的优势，取得胜利。但这招对加纳却不怎么奏效，他的刀法之精妙，大大超乎岁三的预料，总是能捕捉到土方攻击时一瞬间的空隙进行反攻，好几次都轻松地击中了他。

"到此为止。"

土方收起了竹刀，然后又从人群中叫出了田代彪藏来进行对练。

田代戴着面罩，绑着护腕，高耸着肩膀，双手擎着竹刀，不像威风凛凛的武士，倒好似一只鼹鼠。这个朴拙木讷的人，大概因为对手是土方，下手顾虑重重，没几回合就被击败了。

"田代君，不必客气！"

田代听罢，大喝一声攻过来，土方身形不动，“啪”地一下子，击中了田代的护腕——两人的实力相差太远了。

“太嫩了，真是太嫩了！你这也算是北辰一刀流的目录吗?”

岁三故意出言相讥，田代果然上当。只见他立即抖擞精神，铆足了全身的力气，再度攻了上来。这次土方先是架开对方的竹刀，趁势击中了他的面门，然后又是一回手击中了他的躯干，两招之间不给田代任何喘息之机。

“可以了!”

土方往后一跃，一边收起竹刀，一边在心里暗忖：”果然如总司所言，田代的武艺远不如加纳。”

马上，他又把加纳唤了回来，让他和田代比试。

田代双手持刀，竹刀的刀尖直指对手眼睛略靠上的地方，这种起势在剑道中被称为“青眼”。加纳总三郎也摆出同样的姿势。

突然，田代的剑尖仿佛鹡鸰鸟的尾巴一样，来回轻轻摆动，这是为了搜寻对手的弱点，是北辰一刀流独特的招数。接着他轻吐出一口气，微微抬起剑尖。加纳果然上当，他抬起竹刀往对手面上砍去，就在这时，田代早已狠狠地一刀击在他的身体上。这一回合田代赢了。

“不应该这样啊。”土方心想。

这之后田代彪藏的一招一式都变得更加得心应手，他手里的竹刀好像获得了新生，充溢着以前比武中从没见过的气魄，被舞得虎虎生风。反过来，加纳却越来越畏缩，最后一直被逼到了道场的角落，咽喉上中了一记突刺而彻底失败了。

冷眼旁观的岁三突然明白了："他们两个有了关系。"也就是说加纳总三郎已经成了田代的"女人"，他那精湛的剑术在恋人面前根本无法发挥。"原来是这么回事啊。"他虽完全无法理解众道的感情，但凭借着细心观察和敏锐的直觉，土方终于抓住了事情的真相。起码他认为这就是"真相"。

——加纳总三郎与田代已经结成了对子。

这场比武结束后没过多久，新选组内又有了这样的传言。看来除了土方，队中还另有观察入微的好事者。

三队队士，丹波国筱山藩脱藩浪人汤泽藤次郎便是其中之一。这个男人长着一张血盆大口，眼睛总是下流地瞟来瞥去，总之不是让人感觉愉快的长相。再加上这人性格暴躁，好勇斗狠，开始战斗第一个闯进敌营的肯定就是他。而在他的故乡筱山，众道也很流行。

这个汤泽，暗地里对加纳抱着一份幻想——"若能抱着总三郎听一声清晨的鸟叫，就是丢掉这条命也在所不惜。"沉湎于众道之中的人对美少年，往往比普通男人追求美女更加执著，甚至到了令人毛骨悚然的地步。

汤泽看着加纳的体态、举止日益变化，愈发肯定他已在田代彪藏的手中成为了众道的一分子，这令他嫉妒得发了狂。

“夺过来！”他心想。——一旦下了横刀夺爱的决心，他立即开始接近总三郎。已经尝过众道滋味的总三郎对他的追求并不厌恶，汤泽自认通过许多别人无法察觉的微妙暗示，加纳已经允许了他的恋情。

终于，有一个雨天，汤泽试着邀请总三郎去祇园一家名为“枫亭”的高级餐厅。

“祇园？”总三郎听罢睁大了眼睛问，“那里有什么好玩的吗？”

“哪里，听说下雨天在那里观赏枫叶最好，咱们只是去喝酒吃鱼罢了。”

“好！”

没想到总三郎居然就这样痛快地答应了。在那家餐厅最里面的房间里，汤泽紧紧抱住加纳的身体，把他按倒在榻榻米上——不，与其这么说，应该是加纳仅仅是用手象征性地推了推压在自己身上的汤泽，然后就让他得偿所愿。

“此事绝对不可以告诉田代。”汤泽严肃地说。总三郎默默地点了点头，他乌黑的刘海儿衬着光洁的额头，低眉顺目的模样，比真正的女人还要艳丽三分。

这样的幽会后来又进行了两次。第三次时，汤泽的妒意终于变成了杀意。

“啊——”他突然把总三郎紧紧搂在怀里，结果吓了少年一跳。

“我不会做什么的，不过，总三郎你真那么喜欢田代彪藏吗？”

“为何这样问？”

“因为我们已经是这样的关系了，你却没有和田代分手的打算。赶快和他断了吧。”

“断不了的。”

“是因为田代纠缠你吗？”

“倒也不是，不过……”少年的理由很是暧昧。大概他是打算同时把这两个男人控制在手里吧。此时总三郎的心，也许已经与贪得无厌的淫妇无异了。

“你到底打算如何？”在汤泽的追问下，总三郎只是露出了为难的微笑。这异样的微笑看在汤泽眼中，却有另一番含意——这笑容是对自己的侮辱。果然比起自己来，总三郎更爱那个田代。

“一定要杀了田代！”汤泽这时下定了决心。

㊂

这一天清早，向来兢兢业业、勤于队务的土方岁三难得偷闲。因而当他被监察山崎蒸叫起的时候，已经日上三竿了。

“出了什么事吗？”土方隔着纸门问坐在廊下的山崎。后者映在纸门上的影子微微晃了一下，“组内有人被暗杀了。”

“我这就起床。”土方立刻跑到井边，用粗盐仔细地擦了牙齿，又漱了口，这时脑后的钝痛还未完全消退。穿戴完毕，他回到自己房间接见了山崎。山崎打开“庆应元年九月再版京都一览图竹原好兵卫绘版”的地图，指着上面一点说：“就是这里。”那是松元大道，上东洞院，因幡药师寺的东墙下。

队士的尸体是附近居民在黎明时分发现的，他通知了当地的奉行所，消息这才由奉行所传到新选组的屯营。

“死的是谁？”

“还不清楚，我这就去现场看看。”

约莫半刻时分，山崎匆匆赶回，土方这才知道死的是汤泽藤次郎。致命伤是右肩直劈到左腹的一刀，当场毙命。看起来凶手是使刀的高手。

“凶手是谁？”

“还不知道。”

一般来说，袭击新选组成员的浪人，不是来自萨摩，就是来自土佐。不过这两个日本南部藩国的浪人，从发髻的梳法，到佩刀和服装的样式，都很有特色，一般一眼就能看出来。而事发当天其实是有目击者的。

“目击者是因幡药师寺的僧人，据说凶手并没有萨摩或土佐的口音。”

“没有？”

“难道凶手是自己人？”

“队内有谁跟汤泽结仇吗？”

“我这就去调查。”山崎说着退了出去。

可是，直到汤泽藤次郎的葬礼结束以后，山崎的调查也没有丝毫进展，时间一晃而过，转眼到了深秋。

土方岁三虽是新选组的副长，却不像其他干部一样在其他地方另置有外宅，而是吃住都在屯营。如果没有大事，近藤就回休息所过夜。屯营附近有一户用黑色木板围起来的两层小楼，盖得十分讲究。本来那是真宗兴正寺僧官的住宅，但现在却被新选组征用，成为局长的临时居所。那里还生活着一个女人，她是近藤的妾室。因为此人与故事的主题无关，所以这里暂不作介绍。

这天，土方和近藤正在这间房子里一起吃晚饭。聊天的时候近藤突然想起什么似的："对了，关于那个侍从加纳总三郎。"

"总三郎怎么了？"

"他好像跟队里的某人好上了。"

"您到现在才注意到吗？"居然连自己的侍从有了相好都不知道，土方对这么迟钝的近藤简直哭笑不得。

"土方君，你来处理一下吧。"

"处理？"

在新选组中，处理就意味着死亡。不过有必要为这样的事就杀掉加纳吗？众道是僧门和武门自古就有的习俗，并没有违背士道的准则。

"是让我杀了他？"岁三抗议道，"您不觉得太残忍了吗？近藤先生，莫非连您也迷上总三郎了？"

"土方君，你呀……"近藤显得有点困窘，"谁让你杀他了？我是说要采取点什么措施。比如让山崎君或者什么人带着他去趟青楼，在花柳之地教会他女人的好处不就行了？"

"我明白了。"

如果放在平时，无论是近藤还是土方都不会为一个普通队员如此大费周章。他们对总三郎有一份怜惜之情，所以不忍心使出惯用的雷霆手段。只不过两位当事人都未能觉察自己的这种心态。

于是土方找来山崎，跟他传达了近藤的意思。

“带他去岛原玩玩就可以了吧？”

“应该差不多吧。”

“用军资去吗？”山崎难得开起了土方的玩笑。

“这种事当然不能从经费里出。加纳家不是押小路越后屋么，渡夜资这点钱总会有的吧。至于你的部分么……”说着土方拿了包钱交给山崎。

不过有钱也是枉然，对于土方和近藤的好意加纳似乎并不领情，据山崎回来说，无论他怎么热情邀约，对方就是不肯答应。

“也罢。”土方毫不动怒，反倒笑得一脸揶揄，“总三郎或许是担心被你无缘无故地邀请去了，发生什么不测。”

“要是那样的话，我可真是冤枉。”

“算啦，他还小呢。你就当是对认生的孩子，慢慢地先和他混熟吧。”

说起来，山崎倒真是个尽忠职守的人。他把土方的话放在心上，从那以后一有机会就去接触总三郎，态度很是诚恳。而总三郎则是一见到他就远远地躲开。其实这也难怪，在美少年加纳身边围绕的人，除了相好的田代彪藏和死去的汤泽藤次郎之外，还有武田观柳斋、四方军平等人，本来已经不胜其扰了，现在连监察山崎也来追求他，这个年轻人当然会吓得浑身发抖了。不过，加纳好像并不讨厌山崎。

后来两人相处时间渐长，总三郎也终于敞开了心扉。山崎由此而意外得知了死去的藤次郎也曾经追求过总三郎。

“他也是众道中人？”

“是的。”总三郎点了点头。

“你和他结了众道之缘了吗？”

“怎么可能呢？没有这样的事。”

“你到底是和谁结下了缘分呢？”

“跟谁都没有呢。”

“哦？跟谁都没有吗？”其实山崎早就从土方那里得知了他和田代彪藏的事情。

“我喜欢的是山崎先生。”总三郎突然冒出这句话来，显然他是误解了山崎问话的用意。

后来，好几次山崎想解开这个误会。他对加纳说自己并不是喜欢众道，只是打算带少年去花柳之地见识见识，体验一下男女之情的趣味。但总三郎对这种说辞不过付之一笑，仿佛在说：“这一手没用。”

他含糊地告诉山崎：“武田先生也对我说过同样的话。”

后来因为被怀疑是萨摩的内奸，结果在鸭川钱取桥被斩杀的五队队长武田观柳斋，原来也曾以“教导男女之趣”为借口，带加纳去青楼，结果却打算在房间里占有他。

“以为我和观柳斋是一路货色，这可糟糕了。”山崎只能在心中暗暗叫苦。

终于，他坚持不住，打起了退堂鼓：“土方先生，这件事您还是找别人吧。”

“这也是为了新选组，是一件队务啊，山崎君。”

“可是——”

“你前世一定是积德了，才有这样的艳遇。”说罢土方笑了起来。这个男人不爱喝酒，也不蓄妾，又没有众道的兴趣，但好像他也能自得其乐。比如眼下，他大概就把山崎的为难当作了一种娱乐。

然而，这事态终于向着山崎最不愿意的方向发展了下去。当总三郎与他在廊下等地擦身而过的时候，脸上总会飞起一抹红霞，看来倒是真喜欢上山崎了。

“天啊！”山崎不禁仰天长叹，他已经走投无路了。

总之，加纳对他的态度一天比一天奇怪，终于这天总三郎自己来跟山崎说：“山崎监察，你能带我去岛原玩吗？”

“加纳君，我可有言在先，岛原可是跟女人玩的地方哟。”

“我知道的。”他虽然口上这么说，内心却想：不过也有观柳斋那样的人不是吗？

“那，今天晚上，咱们就去。今天你不当值吧。”

“是的。”他点了点头。

看着总三郎脖颈后雪白的皮肤，就连山崎也有些心猿意马。“不行！”他赶紧甩了甩头，提醒自己千万不能被总三郎迷惑。

妓馆方面山崎特地选了熟悉的轮违屋，那里的老板和他是老相识了。他先把妓院的老板叫来，告诉他加纳总三郎从来没有过女人的经验，拜托他尽可能找一个善解人意，手段老练的艺妓。

“那么天神就行了吧。”轮违屋老板考虑加纳不过是个普通队士，所以才这么问。

“不，请选一位太夫来。”

“太夫？”对方听了有点犯难。

山崎不禁苦笑着说：“你以为他是谁？那位可是押小路越后屋的少爷。”

“啊，原来是这样啊。”一听这话，妓院主人立即爽快地答应了，“既然是越后屋的少爷，那就请岛原第一的美女锦木太夫来吧。”风月场就是金钱的世界，比起新选组队士，还是大富商的少爷更有说服力。

“那山崎大人您怎么办？”

“我只不过是陪客，女人就不要了，给我空个房间小斟两杯吧。”

“小的明白了。”

做好了这些安排，等到晚上两人便如约出行。岛原离壬生村屯营有点远，走到半路上的时候，总三郎的木屐带突然断了。

“还能走吗？”

“嗯，勉强可以。”总三郎撕开手帕当作临时的鞋带系上，不过走起来还是很费劲。

“坚持到那边，我们就叫驾笼吧。”山崎的态度很体贴，总三郎也非常开心，索性靠在山崎的肩上，握住了他的手。

“糟糕了。”山崎在心中叫苦，只好抬头仰望起满天的繁星——“群星熠熠生辉，明天一定是个晴天。”他拼命想着这些无关紧要的事分散注意力，以忍受这份痛苦。然而他又因为可怜加纳，无法硬起心肠甩开加纳的手。不只如此，山崎自己心里也涌出了一种奇怪的感觉——

“不行！”他正在心里如此呐喊的时候，两人正好走到了本愿寺前，两顶空驾笼近在眼前。山崎赶忙把总三郎推进其中一顶，自己则逃一般地钻进了另一顶。

好不容易到了岛原，山崎摆脱了孤立无援的境地——这里有的是女帮手。趁着那些低级妓女和女仆把总三郎团团围住的机会，他立即躲进了别的房间，擦了把冷汗。

突然，山崎伸出那只被总三郎拉过的手，盯着看了一会儿，那指尖上好像还残留着一股甜甜的微妙触感。莫非我也有那种嗜好？他简直要动摇了。

“阿松，在吗？”山崎拍了拍手，叫来了熟识的女仆阿松，让她给自己拿酒来。他将土方给的钱拿出一部分交给她，吩咐道：“你听好了。今晚和锦木太夫过夜的人叫加纳总三郎，他略微有些众道的倾向，而且也没跟女人好过。第一次跟女人上床，对他来说跟切腹没什么两样，你作为介错可要在旁逐一指点、见证。”

“明白了。”阿松做了个鬼脸，转身出去了。

稍微喝了几杯酒，山崎便起身回了屯营。

次日清早，总三郎脸色铁青地回来了。他碰到山崎就像遇到了陌生人，完全不予理睬。恐怕是觉得昨天被山崎背叛了吧。

到了下午，妓院的女仆阿松赶了过来，一进门就抱怨道：“山崎先生，真是造孽啊。昨天你走了之后，我们这里鸡飞狗跳，一片混乱。”原来，那以后总三郎不停地要求见山崎，不断地闹腾，锦木太夫和其他女仆说尽了好话也不顶用，大家好不容易劝说他钻进被窝，他却自始至终都没有碰过锦木太夫一个指头。

“还真是对不起总三郎呢。我也许做了一件不好的事情。”山崎不禁起了这样的念头——话虽如此，他总不能因为觉得对不住就真的当加纳的情人啊。

结果当天晚上又出了一件事。山崎从奉行所办完公事回来的时候，太阳已经落山了。二条城护城河的水，是从西南角引来的堀川水，所以堀川也就成了二条城护城河的一部分。从西南角沿着堀川继续往南，再走十五六丁就是新选组的屯营门口。山崎横穿东西向的六角大街时换了灯笼里的蜡烛，不过一到四条的堀川边这蜡烛就灭了。这灯笼表面印有“诚”字纹样，这是新选组的标志。

山崎蹲下身重新点火，突然，他将蜡烛丢下，跳到堀川堤上一口气拔出佩刀，厉声喝道：“别找错人了！吾乃新选组的山崎！”

说罢，他背靠着柳树作为盾牌，踢开脚上的木屐，眯起眼睛，仔细观察来人。一个黑色的人影正慢慢地向他靠近。明知对方是新选组的成员，还敢孤身夜袭，想来此人倒自负得很。山崎试着踩实脚下土地，只听土块哗啦哗啦地落入了堀川，这声音令山崎做出了判断。

他身形一变，高高举起长刀，朝敌人迎面劈下。原以为定能砍到刺客，没想到被对手敏捷地躲开了。刺客又和山崎对峙了一会儿，这才拔腿向东逃去了。

山崎松了一口气，然后从容地重新点上蜡烛。这时他借着光亮发现地上有什么东西正闪闪发光——那是一把小刀。应该是对方逃跑的时候，从他的刀鞘上掉下来的，三寸二三分长，做工相当粗糙。

回到屯营，他立刻让各队的队长暗中调查谁丢失了小刀。没过多久，就查到这把小刀的主人是一队队士田代彪藏。

作为监察，山崎向土方作了汇报。当然在此之前他和加纳总三郎去岛原寻花问柳的事情，也早就从头到尾地传入了土方的耳朵。

“原来是这么回事。”土方想笑，又忍住了，“山崎你也是个可怜人啊。田代彪藏看来是觉得你把他的总三郎夺走了。他为报夺爱之恨，才想要杀你的吧。步入歧途还真是可怕啊。”恐怕是总三郎倾心于山崎，冷落了老相好田代，田代这才会对山崎怀恨在心吧。

“据说众道的嫉妒心相当厉害。更何况田代本来是将总三郎引上这条路的男人，被你横刀夺爱，他怎能咽得下这口气呢？”

“我可没有横刀夺爱。”

“我知道。”土方把小刀托在掌心看了看，刀上刻着俱利迦罗[10]的图案，看刀铭像是筑前的工匠。

“田代曾经是久留米藩的足轻吧。”

“不，身份还要低一些，他在家老的宅邸做过中间。”

“就是在中间们的房间里染上如此恶习的吧。可惜剑法不错，却是自取其亡啊。”土方把小刀扔在了榻榻米上，“在因幡药师寺前杀害汤泽的也是这个男人。”

山崎也这么判断。

土方站起身来，去把这件事汇报给近藤。土方先把事情的经过讲清，然后说：“此事虽然也有可悯之处，然而却不能放任不管。”

近藤对此只回答了一句：“杀了。”

他的打算是这样的：田代简直就是个精神错乱的狂人，要是置之不理，以后不知又要惹出多少麻烦。

“不过，土方君，处决一定要秘密进行。”

“刽子手选谁呢？”

“加纳总三郎好了。”

“这……”土方刚露出“这未免太残酷了”的表情，马上又低下头，缄口不语。因为他看见近藤嘴边挂起的一丝微笑——就连多年好友的岁三，也是初次见到他露出如此古怪的笑容。此刻近藤恐怕正在脑中幻想，让情人自相残杀那副诡异情景吧。

“就派总三郎一人去能成事吗？两人的剑法可是伯仲之间呐。”

“不，加纳一个人就够了。”

“这可不好说，搞不好反而会被杀掉。”

“那就加两个帮手吧。你和冲田君，加上你们两人总该行了吧。”

“我？”

土方惊讶地说：“怎么又突然这么谨慎了？”随后也笑了起来。

㊃

“我？你是说让我把田代兄……？”

总三郎的脸上瞬间褪尽了血色，连嘴唇都显得那么苍白。然而，不一会儿，那苍白的唇边又绽出一丝笑容：“我会尽力的。”神情很是冷酷。

“这家伙到底打算干什么呀？”土方一边在心里嘀咕，一边冷冷地看着少年，“刽子手只有你一个人。”

“是，我知道了。”他显得很镇定。

随后三人制订了周密的计划。加纳依然呆在屯营，一直等到黄昏。而他的两个助手土方和冲田却另有任务。到了亥时，两人已经来到了位于四条的鸭川河中的小岛上。他们站在一人高的蒿草丛中，等待着即将上演的杀戮。再过不久，月亮就要升起来了吧。到那时总三郎会和他的情人田代一起到这里来，因为少年会骗他说："一起去祇园吧。"这也是三人事先商量好的一部分。

鸭川是南北向的河流，以中心岛为支点东西两侧架着两座小桥，从屯营去祇园的话这里是必经之路。

"来了！"冲田说道。今天晚上，总司像是身体不舒服，连说话都有气无力。而且到刚才为止他一直默默不语，不知道为什么，这时突然对土方小声抱怨："这两个人我都讨厌。别说是看到他们的脸了，光是像这样听见他们的声音，就起鸡皮疙瘩。土方先生呢？"

土方没有作答。因为对于这次处决，他心中总有些困惑。虽然在此之前他也多次肃清过队士，但每一次都是发自他内心那特有的正义感，每一次他都能说服自己杀死那些人是理所应当的。但这次的屠杀，他不知该用哪一条准则来解释。

"来了。"冲田重复了一句。

远远地走过来两个人。

他们正要经过土方两人的藏身之处时，加纳突然停下了脚步。就在少年拔刀的时候，田代察觉不妙，猛地向后一跃，也拔出了刀来。

"总三郎，你背叛我了吗？"他的声音痛心又绝望。

加纳总三郎扬声大笑起来。大概因为知道自己背后有土方和冲田，这尖利的笑声更显得有恃无恐。

“田代兄，因幡药师寺外暗杀汤泽一事，堀川暗杀山崎监察未遂一事，都是你所为吧。现已证据确凿，在下奉命来追究你的罪行。”

“且慢！什么证据？”田代的声音里透着意外和茫然无措，这让土方不禁心中生疑：“搞不好，是我们想错了吧？”

他的脑海中瞬间涌现出另一番推理：或许在因幡药师寺外杀害汤泽藤次郎的正是加纳总三郎。那时他还爱着田代，因而憎恶侵犯自己的汤泽，所以杀了他。可之后他将爱意转移到了山崎身上，又开始讨厌起田代的纠缠不休，于是偷了他的小刀，故意落在偷袭山崎的现场。这样解释的话，倒也合情合理。然而，这终归只是猜测。

身处在这不伦之恋中的总三郎的心境，大概比土方能够料想的要复杂许多。

月亮升上东山了。

这时，田代凶神恶煞地挥着大刀扑了过来，总三郎好不容易架住他的刀锋。可是已经成年的田代臂力比少年大得多，刀锋慢慢地迫近加纳的额头了。看得出来田代使出了全身的力量。不幸的是，总三郎左脚下的沙土并不结实，他脚下一滑，身体瞬间失去了平衡，不禁惊呼失声。

“啊！”

月光下，他的面孔分外洁白，衬着花朵一般的嘴唇微微颤动，看那口型，像是在说：“饶、饶恕我吧。”

然而田代不仅没有心软，反而手上加劲压着刀锋。走投无路的总三郎似乎是梦呓一般，吐出几个词来。到底说了什么，藏在暗处的土方两人都没听清。不过即便听到了，恐怕也不懂是什么意思吧。那估计是只有田代加纳两人才懂的闺中戏语，也就是一种异类的情话。

奇怪的是，就因为这寥寥数语，田代浑身的力气仿佛一下子被抽空了。与此同时总三郎的身子一沉，给了想抽身而退的田代一刀。田代前胸负伤倒在了地上，他又像疯子一样冲了过去，连砍了两刀。

看到这里，土方和冲田默不作声地转身离开，他们穿过蒿草丛，走过河边的沙地，又过了中心岛西侧的小桥之后，冲田突然停住了。

“对了。”他像是自言自语地说，“我想起还有点事未办，得回去一趟。”

土方当然知道那是什么事情。他和总司分了手，一个人沿着鸭川堤向南走去，没走出几步，突然一种无法形容的怒火涌上了心头。

“这个怪物！”他向地上吐了口唾沫。这时堤岸下隐隐传来了一丝呻吟，土方知道那是什么，不过这声音很快就被潺潺的水声盖住，消失无踪。

“总三郎长得过于美貌了。大概是被男人们玩弄的时候，让怪物附身了吧。”土方一边想，一边将手按在佩刀和泉守兼定的鞘口上。只见刀光一闪，等他缓缓地重新将刀收回鞘内时，堤边一株幼龄的樱花树已从中间断成了两段。

大概连土方自己也不清楚，这一刀斩下的究竟是他心中的何物。

注释：

【1】额前的刘海儿。武家习惯是男子成年后即剃掉刘海儿，将后面的头发梳成髻。

【2】原文为“草鞋钱”，原指买一双草鞋的钱，后来多代指很少的一点旅费。

【3】两片栎树叶交叉图样的家纹。

【4】日本计量单位。一间六尺，约合1.818米。

【5】众道即若众道的略称。若众道这个词起源于居住在今九州南部（古称萨摩，大隅）的隼人族（hayatozoku）社会。部族所有男子10岁时要离开家庭进入“若众组”，15岁到24、25岁期间，要与一名年长的男性结成有性意味的亲密关系。负责教育的年长的男性，将帮助少年成为成年男子

和合格的战士，直到少年结婚后这种关系自动解除。日本因此将成年男子与少年男子之间的同性爱行为称之为“若众道”，或进一步略称为“众道”。这种若众道现象，在日本的僧侣与武士阶层中十分普遍地存在，江户以后更是作为町人的娱乐活动而深入一般市民阶层，比如出现了许多少年卖春的场所“阴间茶屋”。

【6】切腹人以匕首切开肚腹之后，为使其速死，结束痛苦，从切腹人背后负责砍断其首级的人即介错人。

【7】和服的一种，袖口较正式礼服小，行动方便。

【8】叠起来插在和服衣襟中的白色和纸。

【9】森兰丸（1565~1582），美浓人，森可成之子，织田信长的侍从，以美貌与勇毅见称于世。传说本能寺之变中为主君殉死。

【10】不动明王的化身之一，龙王的名字。

吹胡沙笛的武士

㊀

沿着祇园林的小路往东，经过一段缓缓的坡道，就会看到一片蔓草丛生的荒地。站在那里向下俯望，京都的街道尽在眼底。

小鹤在这儿休息了一会儿，然后继续沿着狭窄的石阶往山上走。说是“石阶”，其实不过是散落在长满灌木的陡峭山坡上的踏脚石罢了。大约又行了半丁，她来到了山间的小寺——长乐寺。

祇园妓子们歌里所唱的“红叶带雨哟，长乐寺”，就是说的这座古刹。但因为坐落在山里，平时香客并不多。小鹤每个月都在她母亲忌辰的那天来这里上香。

这一天是庆应二年正月初二。

这个时节已经没有了红叶，寺庙周围的枫树林只剩下一丛丛干枯的枝丫，任凭寒风吹袭，直插向冬日的晴空。

进香之后，小鹤刚准备下山，突然从石阶右面的树林里传来一阵她从未听过的美妙乐音，不过马上那声音就又消失了。

“是狐妖吗？”小鹤心里打起了小鼓。幸而天色还十分明亮，所以她大着胆子继续往山下走。结果那音乐又响了起来——是笛声。至于是何种笛子，她却分辨不出。倒不是她对乐器缺乏了解，实际上在京都长大的小鹤于音乐也有一定造诣，笛子对她来说并不算陌生。可这既不是横笛，也不是尺八、一节切——她拼命在记忆中寻找类似的声音——不是貊笛、神乐笛、篠笛，也不是天吹、箫、明笛。从那枫林对面隐约传来的笛声，小鹤从来没听过，那是一种完全陌生的乐器所发出的美妙乐曲。

那乐音乍听之下像是尺八，但稍微仔细分辨一下便知二者截然不同。这种笛声中还含着一些复杂的颤音，恰如夏蝉飞过河滩，用它那带着湿气的翅膀嗡嗡地扇动。那种声音似乎饱含着无限的凄凉哀婉，听着听着小鹤觉得这忧伤的音乐简直要透过皮肤渗入骨血中去了。

她吓得快步跑回长乐寺，气喘吁吁地向僧人说明了刚才发生的事。

寺里的僧人安慰她说：“那大概是宫中雅乐寮，或是本愿寺的乐工吧。因为怕打搅别人，他们经常一个人在林中练习乐曲。”

小鹤终于放下了心，离开长乐寺往山下走。不过她还是抵挡不住好奇心的诱惑，没走几步突然就调转方向，钻进了枫树林。

果然，树下坐着一个人。看上去是个武士。和时下流行的式样相反，他头上的发髻束得又粗又大，穿着棉布的羽织，小仓的袴裤——从做工到面料都很粗糙。另一方面，他腰间插的长短刀倒颇为精致，银色刀柄配蜡色刀鞘，刀鞘上的穗则是绛紫色。两条修长的腿，陷入了枯干的冬草之中，再往上瞧，只见他肤色白皙，五官的轮廓很深。

武士停止了吹奏。

“谁?”

他厉声喝道，表情很是怕人，吓得小鹤差点拔脚就逃。

发现来人是个年轻姑娘，武士大概对于自己的莽撞有些抱歉，脸色缓和了不少。小鹤松了一口气，像是为了讨好男人似的问：“您吹的这个乐器，叫什么名字?”

“这是胡沙笛。”

武士把手中的乐器递给她看。这笛子有一尺二寸长，仅仅是用脏兮兮的树皮卷了个卷儿，中间也没有什么精妙的机关，就是一根普普通通中空的长笛。

他接着解释说：“这是以前虾夷族（阿伊努人）使用的乐器。”男人的故乡是奥州的南部藩，那里至今还残存着几个虾夷族的部落。部落中有个会吹奏这种朴拙乐器的老人，武士年少时就是从他那里学会的。

“在我家乡，大家都不喜欢这玩意。”照他的说法，老家的人只要一听到这种异族的笛声，就会发现天空阴云密布，不出一会儿便风雨交加。渔人说如果听到了胡沙笛声，翌日出海便打不到鱼。会出现这样的传说大概是因为胡沙笛的音色太过幽怨的缘故吧。

“我料想京都的人未必会讨厌这笛声，不过也不敢贸然在市井里表演，只有在不当班的时候来这里吹奏。”

小鹤怯生生地问：“我说……您再吹一支曲子行不行？”

武士顿时睁大了眼睛看着她，“你喜欢这个声音？”他是用难懂的奥州方言，不过小鹤却读懂了他的表情。

“请您再让我听一次。”

“这样啊，好！”

武士叼着笛子，抬起头，望着天空，大约在考虑要吹什么曲子。他沉思良久，这才下定决心。小鹤抱着膝盖蹲在草丛中，只听那笛声时高时低，时骤时徐，高昂时直冲云霄，低回时婉转哀鸣，小鹤像是整个人都沉浸在了这笛声中，随着曲调的起伏时喜时悲，最后竟然掉下眼泪。

她抬眼望向吹笛男人的侧脸——这还是她生平第一次见到奥州人，京畿地区人的脸几乎都是又平又扁，可眼前的这个奥州人轮廓很深，眼梢唇角还残留着一些少年青涩的模样，倒有一种说不出的寂寞的味道。

从京都看来，武士的故乡正如“陆奥”之名，远在遥远的岛屿的最尽头。他这个天涯孤客，独自一人躲在皇城的深山中，吹起虾夷、北狄的谣曲以慰乡愁。看着他的身影，小鹤不禁觉得他就是从北方来到京都却迷失了道路的化外之人，困在这片陌生的土地中思念故乡，将这份孤独化作了现在回响在她耳畔的乐声。不知不觉，眼泪就又打湿了她的衣襟。

小鹤立即用袖子将脸上泪水擦干，可还是叫武士发现了。

“您哪里不舒服吗?”

武士看到她的眼泪吓了一跳，转过头仔细看了看小鹤的脸色，那神情相当地担心。

“不，没什么。”

她这时一抬头，刚才还是晴空万里，转眼却乌云密布了。荒原上的蔓草被风吹弯了腰肢，像是海面上滚起的波浪。虽然不是胡沙笛召唤来的风雨，不过山麓间还是下起了雨。两个人开始默默地往山下走。到了祇园林的时候就变成倾盆大雨了。

两个人赶紧跑进林中的一家酒家，他们被店家带进一间雅间。

推开雅间隔壁的纸扇，两人的寝具也已准备好了。小鹤才发现原来这是间出逢茶屋[1]。而她对面的武士因为来京都日子尚短，根本不知道这些，只是端坐在格子窗下默默地遥望天空。小鹤因此放下了心。

她不知道的是在对面男人的心里，早已对她暗生情愫，这份内心的悸动简直到了连男人自己都感到害怕的地步。而这个故作镇静的武士就是新选组的一员——鹿内薰。

小鹤是祇园町的梳头娘，住在建仁寺町的小巷里。

在那之后，鹿内趁夜深人静的时候溜出屯营，到出逢茶屋同她又有过两次幽会。令人意外的是，鹿内每次见面只是和小鹤聊天说话，连手都没碰一下。

和初见时的样子不同，为了博得她的好感，鹿内尽量表现得言行潇洒、谈吐诙谐。他不动声色地将故乡的风俗，南部藩乡士的生活，抚养鹿内长大的武家杂役左兵卫的事情，像说相声一样讲给她听。不同于小鹤熟知的那种京阪人精致的幽默感，鹿内的故事显得更加拙朴、刺激。

不过不管怎么说，男人这么掩人耳目地和她见面，绝不是单纯地讲述遥远故乡的一草一木，这一点小鹤心里也很清楚。

于是，他们幽会到第三次的时候，小鹤开始乐于观察起鹿内的一举一动。自初识以来，这男人有一点变得最厉害，那就是穿着。他已经脱掉了第一次见面时穿的粗布衣裳，换上了全黑的纺绸羽织。美中不足的是，大概是没时间定做，鹿内的裙裤依旧是以前那条半旧的白色小仓袴。

因此小鹤就说："我给您做一条新裙裤吧。"

鹿内听罢立即高兴得像个孩子，看着这样的他，小鹤不禁又有点伤感。

结果到了下一次幽会的时候，鹿内穿上了一条高级的仙台平[2]裙裤。

"穿着合适吗?"

鹿内站起身来，将新衣服展示给小鹤看——岂止是合适，仙台平简直是为这男人而生的。鹿内原本就生得白皙，皮肤透明得能看到下面的血管，再加上身材高大，双肩厚实，真是相貌堂堂。果然是人靠衣装，奥州武家杂役养大的孩子一穿上丝绸的衣裳，竟也有了千金之子的那种气派。

"鹿内他变了。"有了这个认知的不只是小鹤，还有他的上司——副长助勤原田左之助。左之助是伊予人，生性豪爽。因为他这种一根筋的个性，队士们都很畏惧他。不过，对待鹿内这个年轻人，原田倒总是关怀有加。他曾指着鹿内说过：“这小子可不是凡种。”——意思大概是说鹿内勇毅过人。

文久三年八月“禁门之变”以后，长州藩的势力在京都一落千丈，不但遭到诸藩的孤立，还被冠以“朝敌”的罪名。同年十二月以后，在幕府的指示下，新选组、见回组到处追杀潜伏在京都的尊攘浪人，一时间在京都掀起满城腥风血雨。不过转过年来，也就是元治元年三月，长州派的浪人又开始几人一组分批从大阪悄悄进入了京都，前后加起来大概十几个人的规模。

奉行所的探子查出浪人都住在寺町丸太町的旅馆伊吹屋，他们把这个情报通知了新选组，后者立即派了原田左之助以及他麾下的十名队员，发动对伊吹屋的袭击。

结果他们却扑了个空。虽说浪人们的确在伊吹屋投宿过，眼下却已人去楼空。原田只好带队回了屯营，一面苦笑着一面向上报告说：“叫他们逃掉了。”

鹿内却觉得这是敌人的巢穴，他们肯定还会再回来。他和队长说了自己的想法，原田虽觉得不大可能，不过还是告诉了副长土方。岁三对这个猜测很重视，他和原田一样从一开始就很欣赏鹿内的品格、作风。土方甚至还想过，只要有合适的机会就让鹿内升任助勤。

因此他对原田说："就给鹿内一个立功的机会吧。"然后就从预算中拨出一部分经费给了鹿内。

鹿内用这笔钱买了衣物，装扮成"奥州盐龟明神宫的神官平田右京"。他的随从是从会津藩官邸借来的一个仆役，也是个胆大心细之人。他假称这次来京都是为了接受吉田神道家的正式任命，因此得以顺利地在伊吹屋旅馆住下来。

结果这一住就是十四天，到了第十五天晚上，他的猜测被证实了。四个浪人又大摇大摆地回来了。鹿内向旅馆老板打听那四个人的来历，果然就是上个月曾住过的西国浪人。据说他们个个都身手不凡，相当难缠。

鹿内不敢怠慢，立即叫那个从会津官邸借来的杂役回新选组报信。而他自己则继续在伊吹屋监视。不巧，杂役前脚走，后脚那四个浪人就开始做起了出门的准备——"又要跑了吗?"鹿内心想。

这时天已经全黑了。

鹿内苦等援军不来，终于决定自己独自动手。他先检查了一下佩刀上的目钉，然后迈出房门。浪人们的房间在二楼东角，鹿内推开屋子的纸隔扇，四个人立刻警惕地回头："什么人?"

"在下乃是新选组的鹿内薰。"

话音未落，他抢先朝敌人砍了过去。这一招真是快如闪电，不偏不倚砍在对手头上，后者反射性地往前一踬，但立马就倒在了地上，成为一具死尸。

混战就此开始。

鹿内手里拿的不是长刀，他考虑到旅馆的天花板很低，所以特意准备了柄一尺九寸的短刀。此刻这把刀被他舞得虎虎生风。转眼之间，又倒下两人。

最后剩下的一人见势不妙，拉开窗户就从二楼跳到丸太町的大街上去了，鹿内随即跟着跳了下去。

先下去的敌人并没有逃走，他正等在大街上，准备趁鹿内立足未稳的时候把他干掉。出人意料的是，还在半空中的鹿内，忽地掷出了手中的短刀。浪人下意识地躲避，趁这当儿，鹿内已经稳稳地站在了地上。他拔出奥州锻冶的长二尺三寸八分的宝寿长刀，朝对方右肩砍去，可惜再次被敌人躲了过去。鹿内刀锋一转，向敌人胸口猛刺——这时才发觉刀刃尖不知何时已经断了。

“算了，你滚吧。”

鹿内往后退了一步，收了刀。对面的浪人如蒙大赦，转身逃走了。

因为有了这样的事，连土方也认可了他的军功，准备马上就升他做助勤。奇怪的是，一向对土方言听计从的近藤却不同意，他说：“再观察他一阵子吧。”理由近藤并没有说明，不过大致有两点：第一，鹿内不修边幅，当了助勤有损新选组的形象。第二，鹿内的奥州口音太重，有时候别人很难弄清他的意思。当一般队士还好，要是指挥别人则有些困难。

可是最近鹿内却变了，简直像琢磨之后的璞玉一样，变得神采奕奕。就连原田左之助也半真半假地调侃："鹿内这是怎么啦?"虽然这么问，他心中却已经有了答案——"他十有八九是有了女人了。"

要是以前，原田绝不可能觉察出这种人性当中微妙的变化。可是最近，他得到了局长近藤的允许，娶了妻子。新选组中，以近藤、土方为首的大部分人都是独身，或者是把妻子抛在故乡只身上京，像原田这样在京都成亲的人极其罕见。他夫人名叫阿雅，是佛光寺四叠半町的佛具商的女儿。成婚后他们在屯营附近的御堂前筋租了一间小屋充作临时居所。虽然现在家里只有两个人，但在阿雅的肚子里，一颗新生命的种子已经破土而出了。

在这之后又过了几天，土方找到了原田："你也察觉了吧?"

"我是说鹿内薰，虽说一直以来他的工作都算勤勉，不过最近似乎格外起劲，你知道是为什么吗?"

"那小子啊——"原田满不在乎地回答，"据说是有了女人。”

“原来如此。”和平日不同，土方的语气此时甚是轻松，“所以他才那么有干劲儿啊。看来女人这东西，使用适度的话，也不失为一剂良药。”

这天傍晚原田把副长的话告诉了鹿内，小伙子羞得满脸通红。

“到底是什么样的女人啊？”

“那个哇……”虽然又是困窘又是狼狈，但鹿内脸上却洋溢着掩饰不住的喜悦——这已经胜过了一切辩解。从这以后原田小队的人都用“药”来代称鹿内的女人，甚至还会开玩笑地问：“喂，药最近身体可还好？”

不过，这“药”的服用方法却与队士们低俗想象中的大为不同。这可以说是一种不幸，鹿内这个男人，到现在这个年纪，对于女人却还是一无所知。

在鹿内看来，碰一碰小鹤的手都是种亵渎。小鹤并不是名媛淑女，不过是个操持贱业的梳头娘。对鹿内这个来自奥州的穷乡僻壤的武士来说，王城姑娘小鹤简直是他幻想中的幻想，美梦中的美梦。他觉得只要自己露出一点粗鄙的举止，或是稍显得性急就会被这姑娘讨厌。

所以，和小鹤在一起时，他也只敢和她谈话而已。

因为不想惹心上人讨厌，鹿内把组里发下来的津贴都用来置办衣服。这是他唯一能做的，可若是长此以往，两人的关系就只能停滞不前了。

三

“南部藩主大人呐……”

这一天鹿内又在祇园林的出逢茶屋里和小鹤见面，他说起大约二百多年前，也就是庆长十九年，南部藩主参加大阪战役的逸闻。

那时候，南部藩主根据德川家康的指令，要在大阪和从江户出发的德川军队会合。当时奥州的南部家，领地南北长八十里，东西宽三十里，可以说是全日本三百诸侯中封地面积最大的。土地虽多，奈何毫无用处，不是石滩就是荒原，一年稻米产量不过二十万石。

“那里是日本的尽头。”

说这话的时候，鹿内并没有看小鹤，那眼神倒像是在眺望遥不可及的故乡。然而在这日本尽头出生长大的武士们，却曾以一百骑、二百骑一组的规模踏足过京阪地区。那是庆长十九年大阪之战时的事情了，鹿内家乡的人第一次也是最后一次见识到京畿的旖旎风光。

当时藩主南部利直大人虽然接到了江户幕府的命令，但他麾下重臣的家臣、足轻、仆从们一听说是要去千里以外的大阪打仗，立即乱了阵脚。为了逃避远征，他们不是装病，就是解甲归田——征兵彻底失败了。

“那后来怎么办了？”小鹤显得兴味盎然。对她这个京都土生土长的姑娘来说，奥州的极东端的故事简直和佛经里描述的异国趣闻一样新鲜。

“后来南部大人怎么说呢？”

“他只好雇来了虾夷族的佣兵。”

那个时候南部藩沿海的地区还残存着几个虾夷族的部落。提到虾夷族，在传说中一直有彪悍、残暴、置生死于度外的名声。所以南部家的统治者，对他们并不十分苛刻，甚至可以说是实行一种保护政策。

不过招募佣兵的时候，南部利直却并没有直截了当地说：“咱们去参加京畿的大战。”而是花言巧语许给对方种种好处。终于骗得这些虾夷人愿意穿上步兵的行头，各自编成长枪队、弓箭队、运输队，开始了向大阪的长途跋涉。

大阪冬之阵的时候，南部家带来的军队作为加贺藩前田家的右翼，在平野川西岸布阵，以堵住敌人往平野方向的去路。

“南部藩的军队的主力都是虾夷人，这件事自然要对其他藩的人保密。而且在南部藩将领的心中甚至还期待着勇猛果敢的异族人能出奇制胜呢。”

当正式战斗开始，敌我双方相互开炮，响声震天动地。南部藩的虾夷兵顿时被这从来没听过的巨大爆炸声吓得不知所措。大伙都丢下旗帜，离开阵列，四散奔逃。至于指挥他们的武士，别说是和敌人作战，光是抓逃兵就忙不过来。

“我的故乡，就是这个样子。”鹿内自嘲地笑了笑，“从这样的南部藩，只有一个人来到繁花盛放的京城。此人就是如今在你眼前的我啊。”说完他又笑了。他是想让小鹤了解自己心中的孤独吧。但是由于南部人特有的羞涩，这番心境总是无法直言，所以鹿内才把这倾诉包裹在逸闻轶事的里面，像讲奇谈小说一样讲给小鹤听。

“喜欢……”小鹤心中激荡不已。

“喜欢你。”终于毫不犹豫地说了出来，但因为不好意思，一说完就埋下了头。过了一会儿，等小鹤悄悄抬眼偷看自己喜欢的男人时，发现他只是满脸通红地坐着发呆。看着这样的他，小鹤不由得伤心起来——喜欢了，可是以后两个人又该怎么办呢?

她无意识地，一遍又一遍地用指尖蹭着身下席子的边缘。两人陷入了长时间的沉默。

小鹤只是一味地蹭着席子边儿，等待着鹿内的回答。她发现呆呆盯着自己看的鹿内，呼吸越来越急促。与男人相反，小鹤反倒平静下来。

她被推倒在草席上。

接下来鹿内的动作之激烈，好几次都让小鹤觉得自己马上就要昏过去。简直像有一匹奥州的马驹儿，在她的体内撒着欢儿地狂奔。待回过神来，自己正死命地咬着被边呢。

“小鹤……”云雨过后，鹿内喜滋滋地说，“我们成家吧。”

“啊？”小鹤问，“您是当真的？”

一个从前想都未想过的世界，突然在她眼前展开。“成家”——在无依无靠的梳头娘小鹤的耳中，这个词汇的意义一般人是无法理解的——“成家”在嘴里轻轻一念，就觉得既激动又甘美。如果要和这个男人成家的话，梳头娘的工作自然就不会干了。比起梳头来，她更愿意为眼前的爱人穿衣叠被。

“可是……”冷静下来，鹿内这才想到，自己只是普通的队员。按新选组的规定，副长助勤以上方可在屯营外宿夜。

“我想天天都能见到你。”他说。

“我也是。”

鹿内重新把小鹤抱在怀里，可是对方的心思此刻已不在欢爱上了。她现在脑子里开始涌出种种盘算：自己手里也存了一点钱，这些钱就能付两人租房的定金了吧。刚开始就当个秘密妻子，只要鹿内不当班两个人就能厮守在一起。靠男人从新选组拿回来的津贴，两个人度日也就足够了。

小鹤把这想法告诉了恋人，后者说："每个月的津贴虽说有多有少，但大致是三两。"

"那样的话虽然会有些拮据但也够了。"女人思索了一下，肯定地回答。

"啊，是吗？"男人已经高兴得忘乎所以了。

不过，从这天开始，小鹤和鹿内的生活都有了新的意义。

为了避免邻里说些闲话给男人带来麻烦，小鹤一家一家地拜访了有生意往来的茶屋、艺妓，在说明自己要歇业时，她并没有和盘托出实情。只借口说身体不好，要调养一段时间。

从七条往南那一带房子的租金便宜。小鹤就挑了盐小路附近的一处，然后把买来的旧家具搬了进去。

他们运气很好。成家后不久，因为新选组规模扩大，队员增加。鹿内也因此升了助勤，两人的生活一下子宽裕了不少。

对此上司原田也为他高兴："鹿内，这下你可快活了吧？"

④

不过升职后的鹿内，身上也发生了微妙的变化。

这种变化第一次显露端倪是在元治元年六月，新选组奇袭池田屋的时候。

那时能动员的人被分成了两队，局长近藤带着五六个人直奔三条桥旁的池田屋，副长土方带领剩下的二十几个人往木屋町上三条的餐馆“丹虎”而去。

他们是根据傍晚收到的消息，才做了这样的布置。大家都认为激进派尊攘浪人的密会地点十有八九是在丹虎，而非先前认为的池田屋。

说一点题外话，按照当时流传的说法，四国屋丹虎是土州、长州浪人的巢穴。以前土佐著名的勤王党领袖武市半平太就曾在餐馆雅间里起居，指挥手下暗杀佐幕派的要人。

鹿内属于土方队伍的成员之一。

土方把鹿内叫过来，格外和颜悦色地对他说：“鹿内，把外衣脱下来。”大概副长要特别关照他一下吧。

鹿内照办了，他脱下了羽织，从和服里褪出两条胳膊，露出内衬的锁子甲，这是组里统一配给每个人的。

“这儿破了。”原来土方早就注意到了，他指着的鹿内的右胸，那有一个铜钱大小的窟窿。要是长矛正好扎在这里，一定会被刺穿吧。

“没关系的。”

“笨蛋！”

土方亲自到仓库里挑了件新的锁子甲，交给了鹿内。

“换上它！”

鹿内非常感动——平时对队士总是异常严肃苛刻的土方，今天却对自己这么关怀备至。

土方麾下的队士三人一组，鹿内领导其中一组。晚上八点开始，分组陆续从屯营往木屋町走。三组人马准备在木屋町会所会合，然后再做突袭的准备。

“到达目的地为止，一定要秘密行事。”这是土方的命令。

因此鹿内小队连灯笼也没点，特意绕了些路，从釜座北上一直走到二条才往东转。这天晚上正值祇园祭前的小祭——“宵山”。二条大道上住的不是朝廷公卿，就是皇室御用的画师、学者，平时街上的行人就不多，太阳一落山就更没了人影。即便今天，附近虽有祭祀的典礼，但这里照样寂静无声，人迹罕见。

“真安静啊。”

摄州尼崎藩浪人平野源次郎感叹道。这句话平野是对他身后的同乡神田十内说的，一旦开了头，这两个人就像河堤决口一样，你一言我一句地聊起了天。在鹿内眼里这些西部人饶舌的程度，简直令他怀疑自己和他们不是同一种族。而且虽说是聊天，却根本没有一句有用的话，两个人就像是鼓动舌头，张合嘴巴能带来生理上的愉悦一样，依旧旁若无人地闲聊。

其实，大战之前他们两个人插科打诨的主要目的是为了缓解心中的恐惧吧。虽然现在周围一片恬静，可半刻之后，他们就要踏入生死未卜的战场了。就是鹿内自己，心中也非常害怕。

“鹿内先生，敌方有多少人?”平野又开始和鹿内搭讪。新选组行动的详情，像平野这样的普通队士是无从得知的。

“我也不太清楚，”鹿内冷漠地说。他对自己队里的这两个话多的男人没什么好感，所以就想吓唬他们一下，“有一种说法，据说是一百个人。”

不幸的是鹿内的态度过于逼真了，平野、神田两个人并没有把它当成玩笑，而是吓得张口结舌，一句话都说不出来了。

鹿内看着心神不定的两个人，心中腾起一丝优越感，他想：“自古以来京畿之人就只会耍嘴皮子，骑马弓矢之道都是外行。”不过转念又一想：“可是组里那么多人，为何非要把这两个软骨头安排在我的小队里呢?”

“可是,鹿内先生。”平野说,“近藤大人、土方大人再怎么厉害,带二十几个人也难对付一百个敌人,具体该怎么做呢?”

“会津藩藩兵会把敌人包围住。”

“就算是包围了……”

“稍微安静一下好吗?”

这时三个人已经到了富小路川越藩邸前。

他们刚走过藩邸门前,对面就走过来一群人,黑压压的一片把道路都占满了。后来才知道,这十来个人是萨摩藩激进主张尊王倒幕的武士,目前屯扎在西阵[3]净土宗净福寺,这天刚喝了酒往回走。他们受够了母藩公武合体派的稳健主义,借口京都的藩邸过于狭小,在净福寺私自设立了别营。平时起居也都在净福寺,偶尔闯进会津藩位于黑谷的官邸寻衅滋事。论思想派系的话,这些萨摩人倒是长州人的同道。

鹿内三人在这条狭窄的路上,被这些倒幕武士围了起来。

“深更半夜,不点灯笼,真是可疑啊。你们是哪个藩的武士?”

只有今天晚上,鹿内不能堂堂正正地回答:“在下是新选组。”只好支吾道,“我们不是歹人,请让我们过去吧。”

但是他紧张得舌头僵硬，奥州的口音也十分明显。

于是一个萨摩武士兴奋地叫了起来：“哦呀，这小子不是会津人吗？”

对于生活在日本最西端的萨摩人，同属东北地区的会津、南部两藩的口音，在他们的耳朵里听来都是一样的。

平野和神田吓得赶紧磕磕巴巴地解释：“不……不是的。”

“那，你们到底是哪个藩的？”

“……”他们不能说，这是土方的命令。

奇怪的是，在平时他们只要自称：“吾乃新选组的某某。”立即就觉得胸中涌起万丈的豪气，那是因为有引以为傲的“新选组”名声做支撑。现在他们不过是单枪匹马的无名小卒，这让平野害怕起来。终于他“哇”地叫出声，掉头就跑，跟在他身后的神田如法炮制。鹿内不知不觉被两个人的恐惧感染，也逃了。

他觉得背后被砍了一刀，所幸穿着铠甲，并没有受伤，只是羽织被纵向划开一道口子，约莫一尺多长。这时，一种从未体验过的恐怖如电流涌过鹿内全身，他脑中一片空白，只是没命地往前跑。萨摩人也在他身后紧追不放，从脚步声判断至少也有七八个人。有人追了上来，一边嘴里发出“嘎、嘎”的怪叫，一边挥舞着长刀砍将过来。无论是怪叫声，还是毫无技巧地大力劈砍，都是萨摩人特有的剑术，叫作“示现流”。

虽然鹿内避过了一连串砍杀，可是他两腿发软，速度也越来越慢。“小鹤！”他心里又是焦急，又是慌张，既想向天祈祷活命，又绝望得要放声大哭。总之他已经方寸大乱，几近疯狂了。不过此时只有一个念头比任何事物都强烈——不能死。死了的话，小鹤，还有那肚子里的孩子该怎么办呐？不能死！我一定要活下来！

所谓人，真是善变的动物啊。这么一想，一种新的恐惧笼罩了鹿内的全身，他觉得血液都要冻结了——鹿内薰简直变成了另外一个人——转过身狼狈地逃走，也丝毫不觉得羞耻。以前他一直将勇气和信义当作奥州武士唯一能向人夸耀的地方，但是现在，鹿内完全变了，这两项特质从他的身上彻底消失了。

当鹿内穿过高仓御池前的八幡神社，跑到姊小路时，才终于甩掉了敌人。

“必须要回木屋町。”他心里这么想着，可他那两个部下又跑到哪里去了呢？鹿内赶紧四处寻找起他们来。

他惦记着规定的集合时间，跑过一条又一条的街道，终于在寺町通押小路和上本能寺町交口的地方发现了两人——此时已经化为两具尸体了。

平野中了示现流剑道特有的一击，伤口从右肩头一直裂到胸部，死相无比凄惨。在他身旁鹿内还看见一条被砍断的胳膊——那是神田的断肢。神田本人坐在平野的对面，好像筋疲力尽的人蹲坐在那里一样，首级已经不见了。

“这可怎么办?”鹿内吓得手足无措了。

两人的尸体不能这么摆着，他敲开旁边本能寺的门，拜托寺里的人收敛队友的尸身，然后就茫然地往三条大街走，脑子里一片混沌。

等到了町会所，副长土方正端坐内室闭目养神。他头上系着锈迹斑驳的护额，爱刀和泉守兼定则横在膝上。这样的土方在鹿内的眼里，简直是催命的阎王。

“你来啦?”

说完，土方惊讶地抬起头，眼中闪过一丝疑惑——鹿内脸色苍白得活像个死人。

“你怎么了?”

“事，事情很复杂。”

土方立刻就懂了，定是发生了什么意外。但是他身边还有许多别的队士，大家都在等着奔赴战场，如果此时让鹿内说明情况势必会影响士气。

“这事过后再说。”说完岁三又把眼睛闭上了。他猜想，大概就是平野、神田两个在半路上逃跑了吧。

时间到了。

土方一跃而起，他身边的二十余名队士也跟着站了起来。

“出发！”

一行人旋风一般冲到了丹虎。

土方派人先堵住了面对鸭川的餐馆后门，然后在木屋町的南北两端设下埋伏。自己率领另外几个队士闯进丹虎的正门，可是连敌人的影子都没有看到。——还是说，他们都在三条小桥畔的池田屋？

想到这里，土方立即在丹虎的大门前重新集合起队士。因为是在半夜，为了寻找埋伏在各处的手下，也花了相当长的一段时间。同时，在另一边的近藤已经和六个手下，冲进了池田屋，正和二十余名敌人交上了手。只是，胜负还未确定。

“看起来他们还是在池田屋！”

言罢，土方借着门前写着“丹虎”二字灯笼的幽光一一审视部下的表情，每张脸上都写满了紧张。只有一个人例外，胆怯、心虚占据了鹿内的五官，只有他。

“鹿内——”岁三心头一动，不过此时已不容他多想。刻不容缓，他立即带人马转往池田屋方向去了。

此时三条小桥的池田屋，人人都杀红了眼，恨不能将敌人除之而后快。后来局长近藤在给养父周斋的信中这样写道："我辈素日便已决意不顾死生，故彼贼顽抗不过一时余耳（今两小时多）。"

战斗中间，近藤忙着屋内屋外地斩杀敌人，但只要和麾下的队士擦肩而过，总是要大声"喂！喂！"地鼓舞士气。他也碰到过鹿内几次，当然不是同一个地方。可奇怪的是，无论什么时候什么地方遇见，鹿内的身边都没有敌人。最后一次两人撞上时，他就像是故意要躲开近藤一样，无声无息地消失在了夜色中。

㊄

根据鹿内的陈述，池田屋奇袭之前，平野、神田两名队员在上本能寺町口路遇袭身亡，凶手十有八九是萨摩人。对于此事组内并未继续深究。

他本人的说法是："我们挺身与敌人作战，两个部下被杀了。虽然也伤了敌方几人，但是我心里想着要去木屋町集合，不得已才离开了战场。"这番说辞当然毫无破绽，可是鹿内终归没有自欺欺人的本事。他越来越难以忍受这种压力，终于下了决心："脱队吧！干脆一走了之！"

可是他还有小鹤。

最近鹿内也发觉了：就是因为这个女人，自己的一切都变了。在富小路川越藩邸附近碰上萨摩藩士的那次也是，要是放在以前，即便明知不敌，也一定会毫不退缩，力战至死吧。这真是着了魔了！

他有了小鹤了，成了家。小鹤的肚子里怀有了他的孩子。他做梦都没想到这些对他的影响是如此之大——彻底让一个男人从勇士变成了懦夫。

原田左之助和他的境遇一样，不过大概各人秉性不同，原田不但没有胆怯的迹象，反而骁勇更胜以往。目睹此情此景，鹿内不禁思忖："看来我这样的人一开始就不该加入新选组。"

"逃走吧！"他这么和小鹤商量。后者却露出不情愿的表情。

"那我们以后靠什么为生呢？"

生计对京都女人来说最为重要。这王城的女人，据说是"喜欢男人，却不会迷上男人"。殉情什么的，都是无稽之谈，她们甚至瞧不起为情自杀的人。这话不是什么成见或者诳语，眼前的小鹤就是活生生的例子。

"你让我和你逃走，然后去一个举目无亲的地方，重操梳头的旧业吗？"

"不，还不至于如此。"

鹿内还没考虑过，往哪里逃，怎么逃。他想的只是先逃出新选组势力所及的京阪一带。

“我可不去乡下地方。”小鹤说，“让我去京都以外的地方还不如叫我死了算了。”只要是京都的女人，在这种情况下十有八九都会如此作答。

“我的家乡也不想去吗?”

“南部藩?”女人小声念叨着。此时从祇园林出逢茶屋里听到的，关于南部藩的一切从她脑海中浮现出来。“不错，那倒是块有趣的地方。”她暗自思量，可要是定居的话，那里简直像是另一个国家，荒凉又落后。“幸亏自己没生在那里。”她庆幸地想，这种幸福感让小鹤露出了微笑。

“不去!”她毫不犹豫地说。

她黑着眼圈，挺着肚子，皮肤却依旧苍白——苍白得叫人担心。又过了几天，出了件小事，但却让鹿内彻底绝望了。新选组在池田屋事件后对现有组织进行了改编：第一，队干部的称呼变了。现在改称组长、伍长、监察、武艺师范头等等，助勤制度也废止了。不过原先的助勤，大部分都当上了干部，唯一例外的是鹿内薰，他又成了普通队士。

理由并没有明说，不过鹿内还是去问了原田。在这次建立的新编制中，原田被任命为十队的组长。直到被问起，原田才注意到，“是啊，干部里没有你的名字。”说着歪着脑袋想了想，“你呀，是不是太疼爱老婆了?”接着就笑了起来。他不是那种细致入微的人，总显得什么事都满不在乎，所以此刻鹿内的心情他完全无法体会。

但是，他多少还是有点担心，于是偷偷向土方咨询了此事。

结果对方干脆地回答：“不归我管。”

“是这样啊。”至此原田也没有其他法子了。此后他自己也忘记了鹿内这档子事。

岁三没有说谎，鹿内的降职并不是出于他的授意，而是近藤在池田屋之后便对鹿内深恶痛绝。按近藤的评价，鹿内这个人“怯懦”。在这个组织里，怯懦就意味着处死。如果按罪状对外公布，鹿内一定会被斩首。但土方和近藤不同，他对这个沉默寡言、眉清目秀的奥州武士依旧抱有好感。

“再给他一个机会吧!”他在心里这么打算。可是这番好意并没有告诉当事人鹿内，因为土方极少以笑脸示人，更不可能主动向鹿内示好。

庆应元年正月，小鹤顺利产下了一个女婴。是个长得跟鹿内一样，有一双漂亮眼睛的女孩。鹿内故乡的祖母还在，名字叫加穗，鹿内也想给自己的女儿取这个名字，小鹤却嫌太土气。她找祇园神社一个相熟的神官给女孩起了名——园。鹿内却并不中意。

庆应二年八月。

小园这孩子发育得很快，这些天已经能走路了，话也会说上两句。鹿内非常溺爱女儿。也因为有溺爱孩子的这个标签，鹿内在组内遭了不少白眼。新选组这个组织对普通人的幸福总抱有一种敌视，这敌视的理由是："拖家带口的人怎么能为国家卖命？"而且，对鹿内的轻视还有一层原因，那就是嫉妒。不，比起前面那个堂皇的理由，大家瞧不起鹿内更多是出于嫉妒。

在大伙眼里，有了妻儿的鹿内就是个平凡、穷困、卑屈的形象。这种异样的眼光大概也在不知不觉间把鹿内身上所剩无几的志气消磨殆尽了吧。

这年八月二十九日夜里。

三条大桥的桥头按照惯例是放置幕府政令公告牌的地方，但最近接连发生公告牌被人用墨汁涂黑扔到鸭川河滩上的事情。显然这是为了羞辱幕府。

被毁的公告牌上用文言写着对朝敌长州人的惩处纲要：

（前略）潜伏、漏网之徒，若有察悉，应立即上报，报信者理应重赏。凡隐匿不报者，一旦查明，以同罪论处。

公告牌被毁，奉行所只好重新竖了一块新的。但是一到夜里，新的这块又遭到了和前面同样的命运。于是再制新的，再遭毁损。如此反复了几次，奉行所一点办法都没有了，只能拜托新选组来抓住犯人。

其实无论是奉行所，还是新选组，对于犯人的身份都已有了一个大致的推测：一定是同情长州藩的人干的——不是土佐藩，就是其他赞成倒幕的浪人。按三条大桥一带住户的说法，夜里来拆公告牌的犯人大概有十几个。

“原田君，这件事就交给你们十队了。”近藤、土方对原田左之助下了令。

除了十队原有的二十几名队员，又调来原本担任组内剑术师范的池田小太郎、服部三郎兵卫、田中寅熊三人，临时配属于原田麾下协同处理此事。

“侦查的工作就偏劳桥本会助、鹿内薰两位。”

从此之后，每天晚上以十队为中心，新选组成员都会重点戒备三条大桥一带。十队内部，队员们被分成了三组。第一组，埋伏在三条小桥桥东靠北的一家烧酒店里，第二组人马埋伏在三条大桥桥东的一家茶叶店里，控制大桥的东西两侧。第三组的十人是主力部队，由原田亲自指挥，他们在先斗町待机，随时准备加入战斗。

负责在桥上盯梢的是桥本和鹿内，他俩披着破草席，化装成乞丐，坐在桥面上。

可是一晃好几个晚上过去了，什么事都没有。天一破晓，无论是三组队员还是桥本和鹿内都放下心回营休息，待太阳一落山又就再回到岗位等待敌人出现。

这么日复一日，不觉就到了九月十二日的晚上。

虽说天空还浮动着几片薄云，对于这个时节的京都来说也称得上是个晴夜了。到了十点的时候，月亮已高高地升上了中天。月光下的三条大桥上明亮得如同白昼一般。

这天夜里鹿内照旧披着草席坐在桥上，他身后不远就是保护公告牌的木栅栏，一柄短刀被他紧紧抱在怀里。月亮时不时地躲入云中，每逢这时他就抬起头，望着天空。此刻，唯有黑暗能够保护他。然而待浮云散去，月光倾泻而下，他的存在便隐藏不住了。

这时从桥南传来了人声，接着是细碎的脚步声。鹿内扭头一看，月光下能清楚地看到八九个人影，他们正摇摇晃晃地朝自己这边走了过来。

等人走近了，“什么啊，原来是个要饭的！”

一个人像是喝醉了酒，说这话的时候舌头有些不听使唤。事后才知道这八个人是住在河原町土佐藩邸大本营里的土佐藩士，分别叫泽田甚兵卫、宫川助五郎、松岛和助、藤崎吉五郎、安藤谦治、冈山祯六、中山谦六郎和早川安太郎。这些人都是典型的土佐人，粗鲁彪悍，寻衅斗殴简直是家常便饭。

“喂！要饭的，这个赏你了。”说完，“当啷”一声，一个铜钱扔在了桥板上。

敌人出现了！照理来讲，这时鹿内应该站起身，飞奔到先斗町会所向原田指挥的主力部队报信——这才是安排他化装成乞丐守在这里的目的。可是现在别说是站起来了，他的腰就像是被钉在了桥板上，一动也不动。而且这时他发觉自己居然抑制不住地发起抖来。

“小鹤。”妻子的脸浮现在眼前，不过片刻工夫又消失了。然而鹿内仿佛闻到了女儿身上的那种幼儿特有的，微甜的乳臭味。他想：“我不能死！现在站起来跑去报信的话，土佐那帮家伙一定会围过来，把我切成肉块。”

鹿内虽然如此，扮作乞丐的却还有一人——桥本会助在这一瞬间决定当个勇士。这个水户脱藩浪人，现任十队队士的男人，站起身大大方方地走了过去。他朝那帮正准备跨过栅栏取布告牌的土佐藩士说了声：“今晚的月色真好。”然后就旁若无人地走了过去。后来去先斗町会所报信的人正是他。

原田以下所有的队员都出动了。战斗一开始就非常激烈。土佐藩的八个人自不必说，他们个个都拼命想从新选组组成的天罗地网中挣脱出去，所以英勇非常。新选组里的伊藤浪之助手被砍伤，刀都掉在了地上。可没过多久，埋伏在小桥附近烧酒店和大桥东头茶叶店的人马也加入了战团。新选组这边一下子有了二十多个战力，加上月光又明亮，很容易辨认敌我，人人争着冲上去和敌人搏斗。结果是土佐藩士藤崎吉五郎被原田一刀砍死，安藤谦治虽然负伤逃走，但他看来死意已决，半路走到河原町就切腹自尽。宫川助五郎全身受创十几处，在激战之中晕厥，被俘。剩下的几个都受了重伤，他们跳下桥，沿着南北两边的河滩逃走了。新选组在这次战斗中，只有几人受了轻伤。

第二天，任京都守护职的会津侯派使者来到新选组屯营，向新选组颁发了表扬状。又给表现突出者以奖金，负伤者以慰问金。头赏原田左之助等四名队士每人二十两，其次的五名各十五两，再次的二人各七两二分，剩下的人也都拿了一千目。桥本会助获赏十五两，这是奖励他报信有功。鹿内什么都没有，像是被人遗忘了。

这件事后又过了几天，近藤对土方提起鹿内的事来，说他“不懂武士之义”。

“是这样……”土方说着低下了头。“不懂武士之义”，已经不是单纯的批评了，在新选组的纪律中这是第一大罪。与此罪相称的刑罚，不是切腹就是砍头、暗杀。

“你觉得呢?”

“这个……”土方的脑筋飞速运转了起来。他并非急着考虑如何搭救鹿内的性命，因为从被判定为“不觉悟”之人的瞬间开始，鹿内薰就不再是新选组的队员了。需要考虑的只是到底要派谁去抹杀这个无关人士为好。

土方把原田叫进了自己的房间。

“原田君，你麾下有个怯懦的家伙，放任不管就腐蚀整个队伍。”

“您指的是谁？”

原田当然知道土方的意思，不过原田自己也有妻小。他儿子阿茂，已经两岁了。也因为如此他最近才终于懂得了：再怎么样的钢铁男儿，在妻小面前也难免心软。所以如果可能的话，他希望能救鹿内一命。

“原田君，你不知道我说的人吗？”

“……”

“我本以为你这样的人一定会明白我的意思，不，不明白也没关系。从此之后十队即便有不觉悟武士道的人，新选组也不再追究了。”

“土方先生，您这么说就不合适了。”原田面露苦色地站起来，这时要是继续装作听不懂的话，那么他自己也会和鹿内一样成为“不觉悟”者。

“鹿内的事就交给我吧。”

“谢谢你愿意承担这项工作，我想原田君也清楚为什么特意请你做这件事。”

“唔。”原田赶紧出了房间，他明白让他执行鹿内的死刑，就是为了警告自己不要重蹈鹿内的覆辙。

“在新选组报效国家和在家照顾妻小，这二者如同水火，不可兼容。”言下之意就是世上普通家庭成员间的亲情，却是腐蚀新选组纪律的东西。

原田回到十队就说：“出去巡逻！桥本会助、鹿内薰两位和我一起！”

“是！”桥本立即站起了身，其实他已经从原田那里听说了此行的真正目的。随后鹿内也站起身来。

薄暮时分，三人来到祇园石阶下，原田对鹿内说：“给我上去。”

三人从祇园神社中穿过，往东拐有一条小路从蔓草丛生的荒地通往祇园林，鹿内知道这个时间段那条路上几乎不会有人经过。不一会儿三人沿着小路走到祇园林中。

“鹿内君你也是武士，今天的巡逻到底是什么用意，现在你心里也该有所觉察了才是。拔刀吧！”

鹿内吃了一惊，刚用手去抓刀柄，他的心就立即被恐怖感吞没了。在极度的恐怖中他右肩挨了原田一刀，重重地倒在了地上。不过视野虽然模糊了，意识却格外清晰。他心里想着：“所有的一切，都是从这片树林里开始的。”

“桥本君，你来送他一程。”

桥本听罢，拔出刀，刀尖朝下拎着走了过来。仰卧在地的鹿内，看着他走了过来，然后那刀尖越来越近，最后扎进了自己胸口。

于是，同样在这个树林里，一切都结束了。

注释：

【1】也写作“出合茶屋”，男女密会用的餐饮店的包间。京阪地区也叫“盆屋”，比江户的“出合茶屋”价格便宜，但是不提供饮食，颇类似今日的情人旅馆。为了掩人耳目包间都设计在二楼，供客人进出的门也有两处以上。

【2】高级丝绸裙裤的一种，丝缎以平织和斜织交错的手法织出，庄重典雅。传说是仙台伊达藩伊达纲村邀请西阵纺织名匠小松弥右卫门设计制作的，故名。

【3】京都上京区堀川以西，二条大街以北的地区。

三条滩乱刃

㊀

艺州浪人国枝大二郎加入新选组时，新选组已经从壬生屯营搬到了西本愿寺，借住在面向堀川的一片寺舍里。新队员都合宿在太鼓楼一层的大房间，所以他们可以在寺中自由走动。

这还是国枝第一次参观西本愿寺。“真是了不得啊！”他只顾埋头欣赏，不知不觉就走到了黑书院。这里已经不是新选组征用的区域了。传说黑书院是过去丰臣秀吉伏见城的一部分，修建得十分雄伟壮丽。

在国枝的家乡艺州净土真宗十分流行，村镇中信徒们互相救助，自称“真宗门徒”。而西本愿寺正是净土真宗本愿寺派的本山。大二郎自小受祖母的影响，对真宗的教义也很感兴趣。

“不愧是本山。”他一边感叹一边沿着黑书院外的甬道行走，突然发现有人躺在通往中庭的台阶上晒太阳。走近一看，是个武士，看起来已经睡着了。

他暗想：“是这个寺庙的武士吧。”可是细看又觉得不像——要不是那人身上佩刀，简直就是个庄稼汉。他的脸晒得很黑，而且布满了皱纹。头上也不剃月代，只将头发统统梳起在头顶扎了个发髻，那里还掺着不少白发。老武士头很大，塌鼻梁，一脸随遇而安的坦然。身上穿的是粗棉布衣裳。

一会儿，老人醒了。

他一看到国枝就不客气地问：“你是新选组的人吧？”

大二郎也用不输给对方的气势大声回答：“是的！”

这时他突然发现老武士的鬓角附近有一条长长的伤疤，态度也就变得略微谦恭了一点。本愿寺的家老是下间筑前守，他麾下的寺武士中大概会有几个剑术精湛的人物吧。这老人说不定就是其中之一。

“请问您是哪一门派的？”国枝问。

老人听了，语气悠然地说：“我是净土真宗。”

“我是问您的剑道师承。”

“啊，你是说剑术吗？我和少师父以及阿岁是同门。但大概是天资不高的关系，比他们都差得远。”

“少师父？”国枝心想：“坏了，该不会是……”于是他又问，“您难道不是本寺的武士，而是新选组里的大人吗？”

“啊，当然是新选组的人。”

“这可真是……”他赶紧站起来。

“没事，新来的人经常弄错。”老人安慰他说。

“真是太抱歉了！”说完大二郎落荒而逃，甚至忘了自报家门。后来他才发觉，背脊都被汗水湿透了。

新选组的一般队员都合住在一楼的大房间，没有个人寝室。有单独房间的干部很少涉足这里，唯有一个人例外，那就是一队队长冲田总司。好像是觉得自己待着太无聊似的，他反倒和一般队员们一起泡在大房间里的时候多。因为冲田性格随和，所以任谁都能和他毫无芥蒂地聊天。

“冲田大人！”大伙这么叫的时候，他总是说：“大人二字就饶了我吧。”冲田就是这样的人。虽说是新选组首屈一指的天才剑士，却不过二十二岁的年纪，比国枝还要年轻。

大二郎把关于那个午睡的老武士的事讲给冲田听了。后者像是记不起队里有这号人似的歪着脑袋想了又想，“那人大概多大年纪？”

“不知道啊，看样子六十岁上下吧。”

“不可能，就是近藤大人也才三十二三，新选组里没有六十岁左右的人。”

“可是，他自己说是新选组的人，而且剑术上和少师父、阿岁……”

老人口里的“少师父”也好“阿岁”也好，国枝根本和队里的人对不上号。不过总司却立即明白过来了。

“知道了！你说的是井上源三郎兄。不过你也太坏了。这些事情都够让你以违反队规的罪名切腹了。井上师兄可没六十哟。虽然他是比一般的队员大上许多，但今年最多四十三四。没有六十那么多啦。”

“真是对不起。”

“没事，让人一看就以为是六十岁的老头，井上大叔自己也有错嘛。”

“大叔”这个词里蕴含着一种热乎乎的骨肉亲情。

“原来那位大人是井上源三郎先生啊。”

“对，六队的队长。”

国枝吃了一惊，暗道：“那岂不是个大人物？但是……就那种土到掉渣农民似的人？”

国枝大二郎的职位决定了——局长近侍。这个职位也被称为“侍从”，战斗的时候他们是直接受命于近藤的战将，平时则处理一些局长身边的杂务。

在这个位置上他和干部接触的机会自然多了起来。那个六队队长井上源三郎也经常恭恭敬敬地进出于近藤的房间，有时候并不叫“局长”，而是亲热地一口一个“少师父”。近藤也是一样，对这个井上的态度格外客气殷勤。两个人有时聊起家乡的事情，近藤就会冒出比如“井上兄，俺好想吃故乡的纳豆啊”一类的话。

副长土方也是一样。虽然在队士眼中他是韩非子所谓的“酷吏”那样铁面无私、冷酷无情的领导者，但面对源三郎时他的态度则温和得多。

国枝暗忖：“看起来这老人在组里也有一定的势力啊。”可是他认真观察了一段时间，发现好像又并非如此。就算近藤、土方对他如何礼遇，井上自己却并不因此趾高气扬，组内的行政事务也一概不参与。甚至连话都很少说。

倒可以说他是飘然世外，不过却终究缺少一颗体悟大道、洞透红尘的禅心。总之与其说他是个隐士，倒不说是个普通的乡下老头，守着一畦园圃就心满意足了。

大二郎想：“他可真是个有意思的人。”

有时两人在走廊里遇见，国枝低头对井上郑重地行礼，后者的表现却像是站在田埂上伸伸酸疼的腰板一样，“啊，原来是你。”他似乎还记得大二郎。

然后又不紧不慢地问：“你问过我的宗派吧。”

“不，那个时候是问您的剑术属于哪个门派。不过当时我竟然没认出井上大人，真是太失礼了！”

“是这样啊。”井上微微一笑，就走了。

“真是个奇怪的人。”国枝想着也笑了起来。

新选组下设十个小队。各队的指挥官都是像冲田总司、原田左之助、藤堂平助、永仓新八、斋藤一这样的剑术高手。唯独六队是个例外，队长是四十多岁的井上。这个男人到底能不能领导一队人马参加战斗呢？对此国枝将信将疑。

局长侍从的同事里有个叫福泽圭之助的人，比大二郎阅历丰富，身为常州乡士的次子，是个慧眼独具的男人。以后还会晋升为伍长，不过，这些都是后话了。

这天国枝问起他井上的事情。

“你说井上先生的事情？”福泽闻言马上给他讲起了这其中的典故。

归根结底，新选组的权力中枢是个剑术道场。道场的流派是天然理心流，只在武州南部多摩一代的乡村流行。土方、冲田都是这一派的门人，局长近藤则是道场的主人。

“近藤大人是天然理心流的第四代掌门人。”

第三代掌门人近藤周助（退休之后改名周斋），在近藤勇十六岁时看中了他的资质品行，收他做了养子。到了二十五岁时，就将整个门派交给了他掌管。

近藤继承家业的时候，为了表示庆祝，门人们大费周章地举行了一场野战演习。不过，这也正是这种武州乡下的武道流派的特色。

演习地点就选在府中宿的明神神社东面的广场上。那是安政五年的事情。

对战双方是红、白两军。红军方面的主将是御岳堂纠，白军方面则是土方的姐夫佐藤彦五郎（日野宿大名主）。当然新掌门近藤不属于任何一方，他是两军的总帅。跟在他身边的还有担任旗本、军师、军奉行[1]、军目付[2]等职务的人，他们负责判定红白两军最后孰胜孰负。

这次活动出动了一百多人，大家都是天然理心流的门人。当时土方二十四岁，担任红军大将的旗本之一。冲田才十五岁，在近藤所在的大本营，担任鼓手。井上大叔这天也在近藤身边，他负责鸣钟。

“哦，敲钟的啊……”

这可不算是什么出人意表的轶闻趣事。听到这里国枝觉得有点失望。所谓的打仗不就是击鼓开战，鸣金收兵么。井上大叔的任务就是在演习最后敲响铜钟嘛。

“可是，”福泽话锋突然一转，“最近我和近藤大人回了一次江户，在牛入二十骑町的周斋大人那儿看见了一本旧门人名册。弘化元年那页上清楚地写着井上源三郎先生和他哥哥井上松五郎一俊先生的名字。算起来，当时近藤局长才十一岁，土方副长只有十岁，两人肯定都还没有入门，冲田先生更不必说了，搞不好还没有出生。”

“原来如此。”大二郎心想，“这样那种殷勤的态度就解释得通了。”从理论上来说井上还是近藤、土方、冲田的师兄，说不定他们入门的时候源三郎还教过他们基本招式。

可是资格虽老，剑术却停滞不前了。比他后入门的近藤当了师父的养子，土方当了助理，冲田总司更是难得一见的天才，十几岁就取得了免许皆传的资格。反观源三郎，到了不惑之年却还不过是个“目录”。

不过即便如此他依旧没有放下手中的剑，作为道场的内弟子[3]，尽职尽责地做着手中的工作。

因此当近藤等人决定响应幕府的招募参加浪士团的时候，出于对师兄的礼仪，他们也邀请了井上。

“井上兄，您也一起去京都如何？”虽然这么问了，可在当时他们都觉得源三郎肯定会加以拒绝。

“好啊。”结果他轻易就答应了。

源三郎就像个实诚的佣工一样，默默地跟着近藤一行到了京城。本来，他也就是这种性格。新选组成立后，近藤和土方让他当了助勤（干部），重整编制时又任命他为六队的指挥官。自然这些都是出于对师兄的礼遇，后者依然默默地以勤勉的工作来回报二人。

井上也参加了元治元年六月的奇袭池田屋行动，表现自是平平。事件后近藤给在养父周斋和家乡故旧的信中仔细叙述了池田屋事件的前后经过，对于源三郎竟只字未提，只写了土方、冲田、藤堂等人的情况。

不过国枝真正与这个井上共事却是从庆应元年七月才开始的。这天他被免除了局长侍从的职务，另编入源三郎任队长的第六队。

井上看到大二郎的脸像是回想起了什么，“啊，是你啊。你曾经问过我的宗派吧。”

一旦被编入这队就明白了，井上的六队其实不过是新选组的预备队。队员们都是二流以下的剑士，虽然也会定时去京城内巡逻，但若有剿灭大人物的行动，那肯定轮不到他们。这时候近藤、土方总是动用第一、第二、第三、第八、第十支队的人马，而新选组的精英分子也都被安排在这些队中。六队的任务只是留守屯营。

新选组的成员们还有一项工作，那就是在没有巡逻的时候留在组内的道场练习剑术。

昭和初年，子母泽宽氏访问了京都壬生村的八木家（壬生乡士之家，曾经借房给新选组充当宿舍）。八木为三郎当时还活着，子母氏把他讲述的新选组旧事记录了下来。现在笔者把其中一部分摘抄如下：

（前略）当时冲田总是和附近看孩子的人，还有我（为三郎）这样的孩子们在一起，玩包括捉迷藏在内的各种游戏。大伙在壬生寺里到处乱窜，有次遇到井上源三郎，冲田就半开玩笑地问："井上兄，还要练习啊?"

"既然知道就应该乖乖跟来，还问什么!"井上显得不太高兴。

那个时候井上四十多岁，平时虽然少言寡语，可对人却好得没话说。

新选组规定，无论是隶属哪个队的队士，都要接受冲田总司、永仓新八、池田小太郎、田中寅雄、新井忠雄、吉村贯一郎、斋藤一这些"剑术师范"的指导，不过这些人平时光是应付队务工作就忙得分身乏术。所以，结果坚持授课的就只有"剑术师范"下的"平师范"井上源三郎一个人，只要他不出去巡逻，必定会到道场指导队士训练。

"只有那样的人才叫人信得过。"据说近藤勇经常把这句话挂在嘴边。

源三郎这种人就像是忠厚老实的长工一样。即便是下雨天不能下地干活，他也不会闲着，而是在仓库里给主家搓麻绳——虽然能干的不多，但只要有机会就要为主家尽心卖力。不出勤就来道场报到的井上就是抱着这种心情吧。

可是，练剑和搓麻绳不同，需要的不仅仅是努力。老迈又资质平庸的他虽说是教导者，却时常被年轻的一般队士击败。每当那些浑身锐气的年轻人，用竹剑狠狠地打在他的护具上，井上就“嗬！嗬！”地叫起来。这大概是一种感叹，既表示对敌手的佩服，也痛快地承认了自己的败北。

不过，和井上交手的年轻人从来没有瞧不起这个老人，反而被他和蔼亲切的人品所感动。

为此事感到担心的只有土方，他是害怕一队之长的井上却在比武中输给普通的队员，会令他今后难以服众。

因而土方对他说：“井上兄，不巡逻的时候去道场指导训练并不是组里的硬性规定，您休息一段时间，别去道场了怎么样?”

然而这番心意却没能传达过去。“我从以前开始就一直干道场里的这些工作，没关系的。”源三郎这么回答。

国枝大二郎一直以来都避免和井上交手，他担心万一自己的武艺比那个局长的师兄强可如何是好。话虽如此，国枝自己的武艺也并非多么出众。所谓“利方得心流”是在中国地区[4]才有点名气的流派，大二郎只获得了这一派居合术的免许皆传资格。剑法方面他寄身于中西派一刀流门下，却仅仅获得四段下的证书。以一个合格的剑客而言，他还差得远。但是看着井上笨拙地挥舞着竹刀，大二郎还是觉得自己要略胜一筹。

“小宗派君!”这是队长井上给他起的绰号。不过，这种揶揄怎么看也不像是武士的做派，反而像农夫在和邻居家的年轻小伙子开玩笑。

“我最近很忙，一直没机会和你一起练习。找一天我们好好地练练吧。”

“非常感谢您。”

实际上国枝即便去了道场也总是躲着井上，结果却是队长井上一脸照顾不周的遗憾表情。

大二郎因此不禁在心里感叹：“井上先生真是个好人呐。”

因为队长能力不足，很多六队的队员心里不痛快，看井上也不顺眼。可是国枝却觉得如果是为了这个队长，就算牺牲性命也在所不惜。

从旁观者的角度一看即知，井上的问题在步法上。他前进时左脚在前，两腿之间的距离又过大。在国枝学习过的中西派一刀流中，这叫做“撞木足”，乃是剑术中的大忌。因为这样的话很难敏捷地前进、后退，手上的刀法再精妙也砍不中敌人。

话说这天，大二郎来道场一看，今天来练习的人格外少。井上穿着护具，正坐在角落里发呆。

“不好!”这个念头刚一闪过，井上就看见了他，兴高采烈地站起身走了过来。

“小宗派君，我们来出点汗吧。”

“是！”

国枝无奈地戴上了面罩、护腕、胸甲等护具。这时他们二人都不知道，这次无足轻重的比武练习会成为将来一场大混战的导火索。

两人面对面站好，各自摆出了开战的架势。源三郎先发制人，朝大二郎的面罩就是一击。后者躲避不急，被竹刀狠狠地砍了一下子。

“井上先生有一手啊。”发现到这一点的他反而高兴了起来。因为这股高兴劲，他忘乎所以地往前一蹿，结果又被井上砍中了胸甲。虽然老人脚下不太利索，这一击却也力道十足。

国枝刚反应过来“不妙”，一晃神的工夫就又挨了一记。到底是源三郎更为老练，尽管他挥舞的竹刀看起来很笨拙，但和对手比，攻势仍是凌厉。

后来，井上继续舞动着手中的家伙一刀一刀地向他袭来。可是到底体力不济，攻击的力量也逐渐不足了。大二郎觉得差不多了，正想收起刀结束比武，井上却在面罩里大叫：“不行不行，还没完！”固执地坚持攻击。在这种毫无停歇的攻击中，国枝又被击中了几下。

“赢不了……”心里这么想着，国枝只觉眼前一阵发黑，可是井上却还不肯停手。他终于来了气，不顾一切地拼命反击。这时也顾不得防御敌人的进攻了，大二郎只是一味地挥刀，朝着井上的面罩、胸甲一阵乱砍，结果竟然也击中了两三回。可是因为没有了体力，每一刀都没什么力量。井上大概也相当疲劳了，所以也仅是轻轻地用竹刀敲了几下国枝的护具作为回应。到了这种地步就已经不能说是比武了，倒好像在做剑术表演。

道场外正有人在观摩这场对打，看到此情此景竟大笑起来：“真是精彩的杂耍!”接着好像又说了句更不中听的话，不过国枝二人在屋内并没有听清。

等回到队士合宿的房间，没出去巡逻的队员们正在那里议论纷纷：“胆大包天的家伙闯进来了。”两人一问才知道，原来今天营防一时疏忽让两个浪人打扮的陌生男人从西本愿寺的那边一直溜达到了新选组的道场，他们在窗外看了一会儿，就高声嗤笑起来。

“原来新选组也不过尔尔嘛!”这是他们的原话。撂下此言，他们也不理会周遭围观的新选组队士，不慌不忙地往阿弥陀堂方向离开了。在场的队士疑心他们是干部请来的贵客，也不敢加以阻拦，结果只好眼睁睁地看着俩人离去。不过事后一打听，才知道今天根本没有客人上门。

“有心怀叵测者闯入屯营。”听到这个消息，监察部的人也紧张了起来。况且两人还对新选组的实力口出妄言，这就更不能置若罔闻了。

线索是有的：两个入侵者口音是肥后的方言。一个人大高个儿，和服上印着三星家纹，右额发际处有一道三寸长的刀疤。另外一个特征就不太明显了，只有家纹比较奇特，是两把交叉的大斧。

壬生屯营时代，这种被人在窗边偷窥，嘲讽武艺不佳的事情也发生过一次，不过那是新选组草创时期的事了。自从他们以强大的武力镇压了京中行为不轨的浪人之后，别说进入屯营，就是屯营方圆半丁内也无人敢靠近。

因此副长土方对这次的事件相当重视。而且这件事也伤害了新选组的脸面，虽说屯营是找本愿寺借的僧房，可是这跟让敌人潜入己方的居城没有两样，更何况这两个敌人还毫发无伤地来去自如。“一定要找出他们！”土方如此对监察部下了命令。

“对了，那时候在道场练习的人是谁？”本来这不是什么重要的事，不过土方总觉得应该了解事情所有的细节。

土方问的人叫吉村贯一郎，这次的“道场窗口揶揄事件”正是他全权负责。他是盛冈藩出身的浪人，武艺高超。“是井上先生和国枝大二郎两位。”说着他露齿一笑，那笑容里含着一丝若有若无的鄙夷。

土方不置可否。机敏的吉村察觉对方脸色不对，立即知道自己说错话了。想来井上源三郎和局长、副长剑术隶属一门，又是同乡，而且以前还是师兄弟的关系。他们之间的感情自然非比寻常。

“不过，那两个人是嘲笑国枝君的剑法拙劣吧。”

土方瞪了吉村一眼，他可不是好糊弄的人。“嗯，辛苦你了！下去吧。”

后者一离开，土方立即去了井上的房间，结果本人不在，应该住在旁边的冲田却在屋里。

“总司，井上兄哪里去了？”

“准是在厨房后面的井边。”

太阳已经落山，土方提着灯笼依言走到井边一看，果然有个男人蹲在那里，借着地上灯笼的微光洗衣服。这人正是井上源三郎。

“这哪儿是新选组第六队队长该干的事啊！”土方心里既这么想，脸色也就不大好看。

“井上兄，洗衣服这种小事你就交给队里的仆人吧。”

“是你啊，阿岁。”井上抬起晒得黝黑的脸，“有时我也叫他们干，不过到底还是自己洗得干净呀。”

土方知道井上有些洁癖，并且他洗衣服也很拿手。在江户的小日向柳町，大家一起住在道场的时候，岁三自己也常和井上到井边来洗衣服。

“可是，像您这样半夜在井边嘎吱嘎吱地搓洗衣服，又怎么做队员的表率呢?”

“是这样吗?”井上暗忖，“算了，又不是什么大事，而且一向聪明的阿岁也这么说，看来真是这样。以后就改改好了。”

“另外，井上兄，那件事情……”

“啊，那个啊。真是给您添麻烦了!”源三郎立即向土方道歉，倒像是新选组被人嘲笑全是他的责任一样。

“笨蛋似的……”说不出缘故地，岁三突然对师兄这种老好人的态度生起气来。

“师兄并没有什么错。可是那两个闯入者也不能置之不理。目前虽然已让监察在市内查访，可是最后出手制裁他们，我想请井上兄和国枝君两位负责。如果还需要帮手，无论多少人都行，一定给您安排。”

“这是工作吧。”源三郎点了点头，脸上的表情分明在说：这下可要认真地干一把了。

土方和这个柳町道场的老前辈之间，交流起来倒总像是存在着壁垒——说来说去意思就岔了。土方本来的打算是出于武士的情谊，所以给井上一个一雪前耻的机会。后者理解的却是阿岁交给自己一个必须认真完成的任务。

土方不禁在心中感叹："这个人呐，真够呛！"他虽并不以此为意，可是因为心意没能传达过去，难免有点焦躁。

果然从第二天开始，井上天天呆在监察们的房间监督他们的工作。一见有人进来，他就问："三星纹和钺纹的两人还没找到吗?"担任监察的山崎蒸、篠原泰之进、新井忠雄、芦谷升、尾形俊太郎、吉村贯一郎六人，无论哪个都是能独当一面的一流剑客。但是面对源三郎大家都觉得棘手。

终于，山崎不堪其扰地说："井上先生，您坐在这里催促我们也无济于事，那两个人不可能突然就冒出来，我看您还是回去等消息吧。"其实他还有一句话没说：你在这里只会碍事。

可是对井上来说，在这里监督他们找人，也是工作的一部分。一根筋的源三郎虽然为人和气，但因为是土方交付的工作，所以丝毫也不肯放松。

其实监察们早就把两个人的特征告诉了所司代和町奉行所，让他们全力调查。现在所能做的也只有等着他们发现蛛丝马迹，前来报信。

另一厢，国枝也天天在京都市内转悠。他又是惭愧又是内疚——因为他个人剑术蹩脚，却连累整个新选组被人小看了。队里其他人责备的目光，简直叫他如坐针毡。“就算赢不了，叫我见到那两个小子，也非要砍他们一刀不可！”他下定了决心。

可是想找这两个人并不容易，简直像追寻飘浮不定的白云，或是抓住一股青烟一样困难。首先不知道这两个人的身份。他们到底是浪人？还是正式的藩士？是有主君的藩士的话，又是哪个藩的哪个藩邸的武士？这些基本情况国枝都不了解。更重要的是，他甚至没见过两人的脸。线索只有家纹，还有就是口音——肥后方言。

过了三条大桥往东走，迎面路口的西面有一排民居。在这些房子中有家叫“小川亭”的旅馆，是肥后藩攘夷激进分子的巢穴。这附近也有很多肥后藩士的住宅。去年在池田屋事件中被杀害的肥后藩攘派骨干宫部鼎藏、松田重助等人，就以此为根据地在京都四处活动。这家的老板娘阿利、媳妇阿亭都是女中豪杰，池田屋事件之后，她们巧妙地把许多尊攘派浪人藏在自家的旅馆里，以躲避新选组追捕的尖刀。

因此有人告诉国枝：“要是肥后口音，那小川亭第一个可疑。”自从得了这话，他就天天去旅馆探查两回。

果不其然，八月某日的午后，正是烈日当空。小川亭门里响起一阵急促的脚步声，国枝刚凑上去，格子门就“啪”地打开了，一个高个儿武士从里面走了出来。

“啊，就是他！”

大二郎眼睛一亮，这个武士右边太阳穴上有一道明显的刀伤。紧接着从他身后又跟出个腿脚灵活，眼睛细小的男人。伤疤男穿着没有花纹的缎子羽织，看不到家纹。可是他身后这个人的家纹清楚得很——钺纹。

钺纹男回头瞥了国枝一眼，不过显然不以为意，他几步跟上前面的刀疤男，一边谈笑一边过三条大桥向西而去。大二郎和这两人擦肩而过，继续往东走，正好在俗称“弁天町”的街角，遇上新选组一个跟梢的密探，就命令他跟踪刚才那两个肥后武士。

“好嘞！可是大人，您这是要往哪儿去？”

这探子是个老手了，他倒反过来指挥国枝：“您去祇园会所稍等，我去去就回。”说完就走了。可是一直到夕阳西下，他还是没出现在约定的地方。

“这可怪了！”大二郎在心里犯疑。夜入初更他弄明白了密探一去不回的原因——他已经来不了了。尸体是在先斗町的鸭滩被发现的，町奉行所的衙役领着他来到现场。只见死者的右肩被人狠狠地砍了一刀，看来当时就断了气。想象敌人那凌厉的一招，国枝打了个哆嗦。

回了屯营，他立即把这事告诉了队长井上。对方默默地听完，就伸手整理起系着裙裤的腰带，“吱吱”把它紧了又紧。

“您这是要干什么？”

“去小川亭。”

“现在？”还没说完，井上就已经走了出去。

这时已近十点，可源三郎却像到附近的田里干农活一样轻轻松松地出了门。在他背后是隔壁的冲田，年轻人目送着他俩往屯营大门走去。

等他们出了新选组，东面的天空中，月亮已高高地挂起来了。

“一到晚上也挺冷的啊。”

井上瑟瑟缩缩地走在洒满了月光的六条大道上，以这副样子，两个人奇袭小川亭，气势上就先输了一阵。

“等情况都搞清楚了我们再行动，您看怎么样？”大二郎总觉得此行过于草率。

“我的家乡有句俗谚，‘铁匠传手艺——趁热打铁。’再说，叫他们跑掉就不好办了。”然后像是被“家乡”这两个字开启了回忆的闸门似的，源三郎开始如数家珍地给国枝谈起了故乡往事。

“据说每月的三日，狸猫都会在月光下晾皮毛。”这肯定是没根没据的传说，不过讲述者却颇有感触的样子，“就连狸猫也如此爱惜自己的皮毛呢。”

“是这样啊。”

“你说，狐狸会怎么做呢？”

“这我可不知道。”国枝不知道如何回答，狐狸是不是也每月三日，在月下梳理自己的皮毛呢？

“日野宿的神社里有狐狸的巢穴，所以那一带的狐狸都聪明过人。据说他们还经常离开日野宿到一家叫‘饭能屋’的店里买酒，从来不忘记付钱。”

“那钱难道不是树叶变的？”

“就知道你会这么说。那可是会生铜锈的，货真价实的通宝钱！”

“啊。”

“狐狸可是非常聪明的。土方副长的家里有个长工，叫‘源’，和我的名字一样。他种的山芋特别好，那一带，也就是石田村的人都叫他‘山芋阿源’，他就有这么出名。有条叫‘浅川’的河从村子当中流过，邻村的孩子们时常游过浅川到对岸阿源的地里偷山芋吃。阿源死的时候，孩子们就扛着大大的山芋叶子，从水路游来给他送葬。村民们都以为是河童，吓了一跳，只有我知道那可不是河童。”

“为什么？”

“因为我看见阿岁也在他们中间，自然那时候副长也只是个小孩子。”

不知不觉两人已经走到了松原大街，然后向东过了架在鸭川河上的三板桥，到宫川町又往北走。

“对了，对了。”井上像是突然才想起来要告诉大二郎，“冲进里屋战斗的时候，手要尽量靠前。”

“怎么说?”

“两手紧紧地捏在护手这里，切记不要从上往下劈敌人的面部，因为一旦举刀就有可能碰上屋顶、门框什么的。所以，尽量要这样……”说着源三郎给国枝做了个示范。

“也就是说尽量捏着柄的上半部?”

“对，如果有机可乘就用刀突刺，不成的话，就抽刀再刺，不要用砍的。这就是秘诀。”

“不过话虽如此，实际上干起仗来可能又是另一回事了。”井上说完就擤起了鼻子。

两人终于来到了小川亭，这家旅馆横宽四间大小，院墙是红色的，墙根处包着一圈保护用的竹块。井上把裙裤左边的裤腿往腰里一挽，回头对大二郎说：“走吧！”说完就敲响门。

㊃

话分两头，此刻正睡在小川亭二楼的肥后藩士菅野平兵卫，正是国枝白天看见的那个太阳穴上有刀疤的男人。不一会儿，老板娘的儿媳妇阿亭来到他房门外，叫醒了他："官府的人来了!"

"不出所料。今天白天那个探子跟了我好久……"菅野倒并不慌张。

"一共来了多少人?"

"我只是透过门缝往外瞅了两眼，太黑了看不大清楚。不过，似乎只有两个人影。"

"两个?"

菅野想了想，他转头朝向正在把刀插在腰带上的同藩藩士宇土俊藏："你先回藩邸，叫人赶快来帮忙。我负责断后，虽说门口只有两个人，或许实际上并非如此。我想埋伏在周围的怎么也有十个。"

宇土俊藏听话地点了点头。他从楼下的后门悄悄地钻了出去，然后跳到鸭川的河滩上，飞一样地跑远了。紧接着菅野也跳了下来。

这时，井上和国枝两个人已经跟着老板娘到了二楼。

“地板还是温的！”井上对老板娘阿利说。当时阿利已经患了痛风，所以生意上算是退居幕后，但是应付官差这种事她还是要亲自出马。

“怎么是温的呢？是您的错觉吧。”阿利尖声笑了起来，她不愧是果敢刚毅的京都女子，立刻找出了种种借口。果然连源三郎自己也开始疑心是不是搞错了。

“你这么一说倒也……”

“不，井上先生您看，这里有个后门！看样子是通往鸭川的。”

这时，鸭川的河滩上还有一个人在等着他们俩——肥后藩士菅野平兵卫贴着小川亭的石墙，藏身在阴影里，他手里拿着出鞘的长刀，丝毫没有逃走的打算。因为去年，在池田屋之变中被新选组斩杀的宫部鼎藏是他的妹夫，也是同门师弟。当听到宫部死讯的时候，他简直怒不可遏。后来，又邀至交好友宇土俊藏一起上京，决心拼着一死也要向幕府复仇。

来到京都之后他们先是混在香客中，进了西本愿寺，然后故意装作迷了路，闯进了新选组的屯营。而后在道场附近盘桓了一会儿，又狠狠揶揄井上和国枝以及新选组一番，这才大摇大摆地离去。

其实事先他就和肥后藩邸志同道合之士商量过了，大家已经定下了复仇的计划。今夜派宇土俊藏回去报信，就是打算趁这个机会一举将计划付诸行动。

菅野平兵卫在江户拜在北辰一刀流门下，取得了免许皆传的资格。宇土俊藏与菅野师出同门，资格是大目录。今夜，菅野这个胆色非凡的男人竟要自己一个人拖住新选组的人马等待友军的增援。

“夫人，不好意思……”井上走到后门边，对老板娘说，“我们想从这里下到下面的河滩上去。”

“真辛苦官人们了。”

“所以，请给我们准备梯子，还有五个灯笼。”

老板娘无奈地答应了。

“您要五个灯笼干什么？”明明只有两个人而已，国枝觉得奇怪。他揣测这大叔心中莫非有什么奇谋不成，可是井上源三郎并不像会要手段的人啊。结果井上把阿利拿来的灯笼全都绑在梯子两侧。然后把梯子缓缓从石墙放下去，最后架在河滩上。梯子走到那里，光就照到那里，这下石墙下面也看得见了。

“原来是这个打算。了不起的智慧啊！”大二郎在心里赞叹。

其实与其说是智慧，倒不如说是老队士的经验更恰当。

“怎么样？”井上不急不躁地问。

“小宗派君，你往下面看看，有没有可疑的人影。”

“好像没有。”

“那我先走。”井上说完，两手抓着梯子，笨拙地爬了下去。

㊄

冲田总司等井上出去后，立即穿戴整齐，走到土方的寝室门外。

此刻土方早已经就寝，青年隔着纸门说了声“我是冲田”，就不客气地拉开门膝行进去。他用手里的蜡烛点亮了土方床头的灯笼。岁三不看便罢，一看之下不由得瞪大了蒙眬的睡眼——这年轻人头上绑着铁护额，身上披着铠甲，一副战备的装扮。

“大半夜的，你怎么这副打扮？”

“又不是我喜欢这样的，都是你不好！”

“我？”

“就是井上兄的那事！因为你的说法不好，那个人当了真，已经去送死了。”

“送死？”

“没错！就在刚才井上兄带着国枝大二郎，往肥后藩士的巢穴小川亭去了。就他们两个奇袭敌人的大本营，不是送死又是什么?”

“的确，阿源兄的话，应付不来这种事情。”

“明知道是螳臂当车，可还是去了，他就是这种人呐。一定是觉得给新选组抹了黑，才决计去袭击敌营的吧。”

“真是个笨蛋!”

土方赶紧起床，匆匆穿好衣服。他清楚，虽然这位井上源三郎师兄不过是代他和近藤、冲田处理些杂务，没有什么雄才。但是如果让他有个三长两短，那他们也就无颜见家乡的父老了。

土方岁三和井上不但是同门，井上的哥哥松五郎、叔父源五兵卫又是土方家的远亲。后两位也是天然理心流的门人，有“免许皆传”的资格。而且他们在一行人离开江户的时候，一再嘱咐较年轻的近藤、土方要照顾好师兄源三郎。

“总司，你先带人过去，我和近藤先生马上就到。”

冲田立即带领一队人马出发了。

土方行动了起来，他叫上局长侍从福泽圭之助，两人一块往堀川七条街南走去。那里是近藤的休息所。这所房子本是兴正寺住持的别馆，建筑得风流雅致，充满了公卿家的趣味。

福泽心想:“可真是大费周章啊。”他并不是指建筑，而是这次新选组的行动。不就是一个资质凡庸的干部么？哪儿值得副长土方这么心急火燎地半夜出门？

对于新选组来说，队士的性命轻逾鸿毛。至今为止，许多年轻有为的人才要么被他们勒令切腹，要么斩首，或者暗杀掉了。这样的新选组为了区区一个井上，何至如此劳师动众呢？

“这就是新选组的本质。”福泽心想。组内执牛耳者都是天然理流的同门兼武州多摩的同乡，具体说来，即近藤、土方、冲田，还有眼下的这个井上。井上虽然没什么实权，但凡涉及组内机要，却只有他们这四人有权得知。比如暗杀第一代局长芹泽鸭，让近藤取而代之的计划，参与者就只有土方、冲田、井上三个人。连和近藤一起从江户到京都来的藤堂平助、斋藤一都被排除在外了。祖籍常州的福泽早就看明白了，新选组是以强烈的乡党意识、门派观念为思想内核运作起来的。

近藤大概已经收到了消息，因此一走进客厅就神色慌张地问：“井上兄真的去了？”他脸色铁青，与平时简直判若两人。

“先派谁去了？”

“冲田小队。”

“不行，赶快把斋藤、原田的队伍也叫起来，大家全力支援！”

“快去！”土方说着瞪了福泽一眼，后者这才如梦初醒，立刻跑回屯营去报信。

不一会儿屯营里就乱成了一团——刚刚才睡下的队员们又被叫了起来，他们听说要准备战斗，急得在走廊里跑来跑去。有的还在穿戴盔甲、有的已经手执短矛从宽廊跳进了院子。终于他们在伍长的带领下，以小部队的形式有条不紊地跑出了屯营大门，可谁也不清楚此行的目的为何。

有人大喊：“去哪儿？到底是去哪儿？”

大家都觉得肯定是出了大事。就算是三队队长斋藤一、十队队长原田左之助也不知道他们此次的紧急出动，仅仅是为了支援井上源三郎和他队下的一个新队员。

原田于是作了如下回答：“我们要去奇袭‘小川亭’，就在大和大路下三条，敌人应该是肥后藩的人。”

“近藤、土方两位大人也出动了！”

斋藤这么说是为了鼓舞士气。自从池田屋事件以来，还没有过局长、副长同时出现在前线指挥的情况。既然这两人都亲自上阵了，事态定然万分紧急。

只有监察部的人觉得事情没那么单纯，如果小川亭里真的有什么需要剿灭的大人物，他们不可能没听到一点风声。

“这件事奇怪呀，山崎君。”说这话的是吉村贯一郎。聪明的山崎也发现了，这支讨伐的队伍里少了两个关键人：近藤、土方。

“吉村君，看见近藤先生了吗？”

“听说带领冲田君的一队，先往战场去了。”

“这次的对手的确是肥后人吧？”

“肥后……”吉村突然想起来土方交给他的那项调查任务，惊出了一身凉汗。那个调查他一直没有进展，别是副长从其他渠道知道了什么消息，把监察部放在一边，自己发起的这次行动吧。

“山崎君，总之，我们也快过去吧！”

两人来到马厩，给马上好鞍，翻身一跃，向着漆黑的京都街市奔驰而去。

新选组三队人马奔来的时候，小川亭这边，井上正攀在系满灯笼的梯子上准备下到河滩去。梯子底下菅野平兵卫正屏气凝神地栖身在阴影里，等井上下到一半，他突然冲出来把梯子从墙上推开。

“啊！”还在石墙上的国枝吓得大叫。

源三郎从五间多高的梯子上摔下，重重地砸在了河滩的沙砾上，哼都没哼一声。

石墙下一个人影闪了过去。

井上一边站起身一边拔刀。敌人姿态潇洒，举着长刀一步一步向他逼近，嘴里还发出轻松的吆喝声。源三郎的武艺和对方简直有天壤之别。

见此情景国枝毫不犹豫地从墙上跳了下来。那石墙有一丈来高，落下时他右脚踩在一块石头上，脚跟的骨头好像被震裂了似的，一时竟站不起身来。可是菅野的刀已经砍了过来，大二郎只觉得耳边“嗡”的一声风响，他都不知道自己是怎么躲开了敌人的利刃。

他顾不上右脚的伤痛，跌跌撞撞地只想逃命。可才刚走了十步，脚下一绊，又摔在沙地上。原来有个人躺倒在那里——正是队长井上源三郎。

“我的腿好像是断啦。”井上说。

万幸敌人没有再追来。两个人也聚在了一处，背靠着背警戒敌人的突袭。可惜灯笼的光亮照不到这里，四周一片漆黑。

但是两人的噩梦并未就此结束，没过一会儿，从鸭川下游、三条大桥上、河滩上大和大路一带传来许多人的脚步声。国枝绝望了，他决心在这里作最后一搏。至于井上队长，不能让他死在敌人的手里，所以国枝打算自己亲手刺死他。他把刀拿在胸前微微靠右，这个起势叫作“八双”。然后用右脚踩了踩脚下的沙土，尽量将它踏实。不过，肥后藩士菅野平兵卫也并未走远，他正高举着剑，小心地向两人靠近。

突然，他们头顶上的小川亭里响起了一阵喧哗，听声音大概是有一伙人砸开店门硬闯了进来。菅野吃了一惊，心想：莫非是藩邸的增援到了。在他看向小川亭的瞬间，国枝的剑就砍了过来。菅野连忙举刀一挡，然后调转刀尖，正面劈向国枝。后者也赶紧用刀一架，可是对方的刀很长，刀尖在大二郎的额头上划了个一寸左右的口子。就像被人拍了一下脑门似的，顷刻间血就从伤口中喷了出来，顺着他的眼窝、脸颊、鼻沟往下淌。

“我被砍中了呀。”国枝有了这个觉悟，反而觉得死也不过如此，索性一味不要命地猛攻。受伤之后，他手上的刀反而用得更灵活自如了。等脑子略微冷静一点，回过神来，敌人早没有了踪影。精神一放松，国枝只觉得一阵天旋地转，然后就倒在河滩上失去了意识。

这时候，从大条大街的桥东，冲田队的队员正一个一个从河堤上跳下来，往这边跑来。相对的，肥后藩的增援也翻过鸭川下游细长的河堤，来到了三条河滩。至于国枝头顶上的小川亭，原田左之助带领着第十队，已经从正门闯了进去又从后门出来，站在井上两人刚站过的石墙上了。

冲田的第一队似乎和肥后藩的增援部队在黑暗的河堤擦身而过，待双方察觉了这一点，都回头去寻找敌人。所以两方真正相遇展开战斗的地方是比小川亭后门还要下游一点的地方。

“足下是哪一藩的武士？吾等新选组是也。”在一片伸手不见五指的漆黑中，冲田高声报上了新选组的名号。其实他刚出声，队员里就有一个急性子的人，率先砍倒了一个敌人。等了一会儿，对方并未吱声。他们是怕给自己的母藩惹来是非吧。而且今天晚上在三条滩的这些武士，虽说都住在肥后藩邸，其实却以各藩的脱藩浪士居多。

鲜血“噼啪、噼啪”地滴在沙地上，腥气立即在空气中弥漫开来。原来是冲田队的一个队员，在黑暗中被肥后方面的人杀了。可是漆黑一团的情况下，实在很难分清敌我。

冲田一边吹起哨子把队员召集来身边，一边费力地数着敌方的人影。

“十一个人。”

数清之后，他命令自己的部下不要动，然后一个人冲向了敌人。总司的想法是一个人杀过去不会误伤同袍，这样反而容易。敌人开始往鸭川下游方向撤退了，使其退却的并非冲田，而是赶过来的原田队伍，他们和国枝一样是从小川亭的后门下来的。

肥后军边撤退边时不时地停下来斩杀周围的新选组队士。原田手下有个叫佐原银藏的盛冈藩脱藩浪人，全身中了二十余刀，当场毙命。

“截住他们！截住！”原田不断地咆哮。

因为害怕被包围，敌人一齐往下游方向逃跑。结果肥后方面的一人碰上了原田舞得虎虎生风的长刀，手臂立即就被砍掉了。

“撤退、快撤退！”菅野几乎是在嘶喊了，下令的同时自己已经率先逃了。

“别追！那伙人看样子真是肥后藩的藩士，杀了他们也麻烦。”原田阻止战意高昂了的队士们。这时冲田队的人也把骨折了的井上源三郎和国枝大二郎抬上了门板做的担架。在回屯营的路上，国枝终于苏醒过来，头上伤口的出血此时也止住了。

这天晚上新选组队员共计死亡三人，重伤三人，轻伤五人。而且，死者中的一人，重伤的三人都是被自己人误伤的。在黑暗中进行战斗，总免不了出现这样的事。

破晓时分，大伙都回到了屯营。

本愿寺太鼓楼前的河沟上架着一座石桥，局长侍从福泽正站在那里迎接大战归来的队士们。先进营门的是已经成为尸首的死者，还有负伤的人，在这行列最后的是井上与国枝。因为他们两个是被门板抬过来的，福泽不知道二人是生是死，就提着灯笼凑了近来。

“是福泽君吗？”令他惊奇的是，井上认出了他，还元气十足向他打招呼。跟在后面的国枝则睁着大眼，望着天上的星星。

他暗忖道：“死了三个人。”近藤、土方为了救回天然理心流的同门牺牲了另外三条队士的生命。井上还活着。他不由得认为这三个人的死太不值得了。

可是不过数年之后，井上源三郎也死了。

明治元年，也就是戊辰年的一月三日。井上在鸟羽伏见战役中被火枪击中身亡。当时，新选组的总指挥是土方岁三。一见井上仆倒，他立即冒着枪林弹雨去给师兄包扎止血。最后源三郎死在了土方的怀里。往生时神态十分安详，仿佛毫无痛楚。

注释：

【1】直接受命于最高将领，负责评判军功、检查敌将首级、撰写战争记录等事务性工作的人。

【2】直接授命于最高将领，担任监察工作的人。

【3】住宿在师父家，一边学习技艺一边帮助师父做一些

家务、杂役的弟子。

【4】日本地域名称，指冈山、广岛、山口、鸟取、岛根等五县所辖的地区。

海仙寺党异闻

一

在冲田总司负责的第一队中，有个伍长叫中仓主膳，原本是甲州的浪人。

“你说主膳?”

在新选组里只要提起中仓的名字，大家就恨得咬牙切齿。其实他的人品还不到被人唾弃的程度，只是他为人极度自私。但凡有利可图，就寸步不让；如果与己无关，哪怕是举手之劳也不愿为之。倒也真应了“相由心生”那句老话，他那副尊容也和性格一样，给人一种吝啬、刻薄的印象。所以，在新选组里很不受欢迎。

不过，好像再怎么令人讨厌的家伙也会有同情他的人。每当有人说主膳的坏话，就有人出面辩护：“我觉得他肯定不是个坏人。”这个“异类”叫做长坂小十郎，他与中仓同藩，是巨麻郡的乡士。

实际上，中仓既不会欠账不还，也不说朋友的坏话，从头到脚都没有给别人添麻烦的地方。可是在这个亡命之徒组成的杀戮集团中，“不给人添麻烦”可不是什么了不得的美德。应该说比起这点儿优点，主膳那种彻头彻尾的利己主义，无所顾忌的功利心，还有冷冰冰的眼神都更容易招人反感。

“他不是坏人!”就连说这种话的长坂也并非真心觉得中仓为人不错。只是因为他们同是甲州出身，出于乡党之情，他才在人前袒护这个男人。而且说是同乡，他们却连酒都没一起去喝过。可以说一点私交都没有。

庆应二年正月月底，新选组局长近藤因为公事，要去广岛出差。他离开以后，队内的大小事务就落到了副长土方手上。土方当然不会错过这个机会，一送走近藤，他就立即召集所有的干部宣布：“局长不在期间，请大家更要谨守队规。我把话说在前面，哪怕是微末小事，也不得与规定相违。”大家都知道土方是个言出必行的人，所以尽管近藤不在，组内依旧秩序井然。

结果中仓偏偏在这个时候出事，只能说他的运气不好。这天傍晚，花昌町七条堀川不动堂村的新选组门前倒下了一个浑身是血的男人。不是别人，正是主膳。

“你这是怎么啦?”听见动静，几个留守的队员立即跑了过来。

“医生，医生，快去叫……”中仓大声喊着。

人们用担架把他抬进了房里，又派人去喊大夫。治疗过程中，主膳仍不住地大喊：“疼呀、疼！”同袍们都替他感到丢人。

“什么？中仓君？”土方接到山崎蒸的报告，脸上没有半点吃惊的样子，队员受伤甚至被杀在这儿都不算什么新鲜事。

“伤得怎么样？”土方冷漠地问。

“看情况能保住一条命。”

“我是问他伤在哪里。”

“右肩到脊背被砍了道五六寸的口子，不过并不深。”

“是背伤？”

山崎点了点头。

土方的脸立即沉了下来——逃跑时受的背伤是武士的耻辱。

据中仓说，他从八条坊门大街回屯营的路上，走到盐小路的土桥附近，被人从背后袭击。因为夜里没有月光，四周实在太黑，因此事前一点都没有察觉。

“那，他把刺客杀了吗？”

“追是追了，只是没追上。”

土方心想“这肯定是谎话”，一丝了然的笑容爬上了他嘴角。

中仓要是有追杀刺客的勇气，回到屯营后就不会为了那么点轻伤就闹得鸡飞狗跳。那个人肯定是一受伤就吓得方寸大乱，连滚带爬才逃得一条小命。

“这下子要切腹了。”新选组里人人都这样认为。组内规定，在市井中与人私斗且负伤，就必须杀死敌人。如果让敌人逃跑，犯规的组员则必切腹谢罪。不过规定虽是这样，但依照具体情况，也有逃过一死的人。

“山崎君，为了慎重起见，请你好好调查一下。”

但是还没等山崎展开调查，新选组队员之间就传出了一个对于中仓很不利的流言——“中仓其实是在情妇家里受的伤!”

中仓有个情妇，虽然起了个可爱的名字叫“小夜”，身份却是个漂泊不定的比丘尼。主膳在七条坊门大街以南给她租了一间农家小屋，作为两人的临时居所。这倒不能说违反队规，伍长级别以上者在屯营外租房作为“休息所”，这是得到组里默认的。

后来调查得知的实情是这样的：那天正好是中仓去七条坊门大街的日子。他刚拉开后院的篱笆门，小夜就赶紧迎了出来，进屋以后，主膳舒服地盘膝坐下，身后就是壁柜。

这里笔者插一句题外话。长坂曾经在中仓的休息所见过小夜一次。据说她出生在美浓加纳城，姓氏并不清楚。成为比丘尼之前，她在备后国福山驿站上的旅馆里干过陪酒女，兼操皮肉生意，来了京都以后才当了尼姑。因为是尼姑，所以一直披着齐肩的头发[1]。

小夜皮肤微黑，身材娇小，眼神妩媚，说话的声音也好听，是那种很讨男人喜欢的女子。除此以外，她还颇有点辩才。

主膳坐下，低头看着自己的膝头，忽然觉得有点不对劲。饭菜已经摆在桌上了：煮熟的鱼一条，酒壶一个，酒杯一对。

“今天怎么这么麻利？真是未卜先知啊。”

为了掩饰心虚，小夜笑了笑。

“我想着您差不多要到了，就准备上了……快，拿筷子尝尝。”

“嗯。”

因怕鱼肉散了，中仓小心翼翼地用筷子夹住鱼身，翻了个个儿——半边的鱼肉已被吃光了，鱼骨都露了出来。

“喂！”中仓一把抓住了小夜的右手。

“你弄疼我了，干什么呀！”

“干什么？我倒要问问你！最近就觉得你行动可疑。如果要解释的话，就趁现在赶紧给我说清楚！”

“你别瞎猜，成天想些有的没的，这菜是街角的植木屋送来的。”

“胡说八道！”

中仓扑向小夜，后者却灵巧地躲开了。

就在这时，只听“哇”的一声惨叫。受害人不是尼姑，倒是中仓。他张着大嘴，脸朝下缓缓地下滑，终于“砰”的一声，黝黑的脑门碰在了地板上。

这时看清楚了，他的背上被人砍了一刀，血汩汩地涌了出来。与此同时壁柜里钻出一个武士，拿着还淌血的佩刀，跨过主膳对小夜说：“这家伙就要死了，我们赶快走吧。”

再说受伤倒地的中仓，此时他只觉得胸口透不过气来，像压了千斤重的巨石，眼前也是一片漆黑。“要死了！”想到这儿，他立即拼了命地大喊：“大夫！大夫！”

他的叫声惊动了左邻右舍，房东家里的人，附近长屋里住着的匠人们都赶了过来。其实他们都知道小夜有了别的情人，也知道两人时常私会。所以今天发生这种事，早在众人的预料之中。

不过因为中仓是新选组的人，大家都不愿卷入是非，只在私下里议论这件事。后来新选组监察部的探子听说了这个情况，立即报告了上级。监察部的干部亲自到这里了解情况，没费什么力气就让心直口快的京都人一五一十地把情况说了个清楚。

原来那个小夜新结识的情人是水户藩的藩士，现在驻屯在本国寺。把众人描述的特征拼凑起来，犯人的面容也大致了解了七八分。不过对于新选组来说，他们真正关心的可不是那个逃走的奸夫，而是如何处理胆小卑怯有辱新选组之名的中仓。

“让他切腹！”在组内这样的呼声很高。

本来中仓就是个不结善缘的人，这个时候自然没有人肯施以援手。不过，仔细想来主膳并没有做坏事，反而是恶行的受害者。但是在新选组这个杀手集团里，世间的道德、律法一概行不通。

中仓主膳的罪过在于他违反了武士道。武士道就是男人之道。所谓男人，就一定要铁骨铮铮、义勇向前。这是统御着新选组——这个浪人集团的最高伦理，是队伍的最高法律。近藤和土方也一直是如此践行的。

正如局中法度里所写的：“诸事不得有违武士道。”

几天之后，土方好像突然想起了这事，又找来监察山崎道：“山崎君，中仓最近的情况如何？”

“伤好得差不多了。”

“那就好。”他沉吟了一下，“能坐起来了吗？”

“不，还不行。”

“嗯，坐不起来也无妨。”

“那我去叫医生来给他看看?”

“不用了，只要他体力一恢复，就得把这件事了断一下。”

“切腹吗?”

“斩首。”

斩首在当时被认为是一种有损武士尊严的刑罚，土方这样的决定意味着中仓作为一个武士的礼遇已被剥夺。

十天之后，长坂被叫到了副长土方的房间。

土方对他说：“今天下午，中仓主膳就要被斩首了。”

“啊?”

不过令他吃惊的还在后面，“刽子手的工作就拜托你了。”

长坂虽然是新选组的一员，却从来没杀过人。他一入队就分配在了会计部（这个部门和监察部一样，直属于副长土方岁三。除了像“蛤御门之变”这种全体动员的战斗外，他们从不涉足战场，所以平时不必像一般队员那样每天到市镇里巡逻）。

长坂和中仓一样都是甲州人，不同的是他很受同僚喜爱。他身高五尺七寸，体格壮硕，脸上长了几粒麻点。眉毛稀疏，两眼之间的距离很宽——真是一副有趣的相貌。有人甚至因此开玩笑说："看到这副尊容，小孩子都会吓得患上脾疳吧。"还有人给他起外号，叫"看厨房的"，理由是说他长得像家家户户供在厨房里的"三宝荒神"。长坂在朋辈之间人缘很好，其中一个重要的原因就是对着他这张滑稽脸，实在没人恨得起来。

长坂一加入新选组就当了会计，因为他老实正直，很快被拔擢为伍长。不过他倒不是那种欺下媚上的人，当了伍长之后也不会在新人或部下面前耀武扬威。会计的首要工作是管理组内的经费，发放队员津贴，向商人采买所需物资。因为会计部的办公室就安排在大厨房的旁边，所以说他是"看厨房的"，也有这一层意思。

土方在让长坂小十郎担任刽子手之前，曾向兼任队内剑术师范的冲田咨询过他的身手。

"我找你来是想问问长坂小十郎的事。"

"啊，您是说三宝荒神啊。"像冲田这样的年轻人，一听说小十郎的名字就笑了起来，这也算是长坂的一项特长吧。

"他武艺怎么样？"

"我可不知道。"

“你至少看过他在道场练习的情况吧。”

“真的没有。他从来不进道场来，天天只管守着灶台。”

“不过……”土方想了想。所有人在加入新选组的时候都会上报自己师从的武道门派以及师父的姓名，长坂的话……“他不是擅长居合术么？而且他是甲州长坂家的人，水月流居合术的宗师不就是出自那个家门？”

“啊，对了。”听土方这么一说，冲田倒像是突然想起了什么。

“虽不是亲眼见的，可我听说过这么一件事……”

队内有一名从加贺来的脱藩浪人，叫做田中寅雄，也是组内的剑术师范。因为会计部的人对日常的剑术训练一点都不上心，令他很是恼火。这天，他专程把会计部的人全都叫到道场，打算好好教训一番。

“各位，你们不是新选组的一员吗？”

说着他就把会计一个个地叫出来与自己对打。说是练习，但因为田中操练得异常认真，实际上也有些惩罚的意味。轮到小十郎的时候，田中想起了他的出身，就问：“长坂君，你的特长是居合术吧。”

小十郎像是有点不好意思，摸了摸头，“不，我还差得远。只怕使出来，倒让你见笑了。”

“不用客气，请让我们见识见识吧。”

田中的话看似是请求，实际上是想让对方出丑。他本人是心形刀流的高手，另外还学过宝山流居合术。对付区区一个“看厨房的”，简直是轻而易举。

小十郎无奈地站了出来，不过他并没有穿护具，也没有拿练习用的竹刀。他看似不经意地挑了把木刀，直接蹲跪在道场中央[2]。这副满不在乎的举动倒把田中吓了一跳。

“不用竹刀，却用木刀？”

“用竹刀分不出胜负，劳烦田中先生和我做一样的准备吧。”

木刀和真刀大小轻重相当，也有刃，除了材质不同，其他方面都无甚差别。所以拿木刀比试，万一输了的话，十有八九小命就没了。

“算了。”田中露出了苦笑，从此他再也没找过小十郎练习。长坂也再没踏入过道场。因此他的武艺到底如何，新选组里没有一个人知道。

“真是个怪人。”

土方思忖了一下，还是坚持己见，让他担任这次处刑的刽子手。

不过，接受了这项任务的长坂心里可犯了愁。“这下坏事了。”他心想。他并不情愿手刃中仓，可只要身在新选组一日，就不能违背副长土方的命令。

不过，论起来长坂原本就是被逼无奈才加入新选组的。这话要说起来那就长了：京都郊区的室町有个名叫泽瑞庵的西医，和长坂同藩也是同村出身。小十郎从甲州上京就是为了投奔此人。本来他是希望通过泽瑞庵的介绍，能够投到大阪的绪方洪庵门下学习西医。

那时候，长坂只有二十二岁。到达京都时，盘缠都用尽了，钱包里只剩下几个铜板。不过他并不犯愁，他想只要找到了泽瑞庵，再做一段时间的学徒就能赚到钱了。

然而当他来到室町泽瑞庵的家里，发现那里已经换了主人。原来泽瑞庵已经在一个月之前去世，全家人都回了夫人在丹波龟山的娘家了。长坂的希望可以说是完全落空了。

京都的甲州人很少。小十郎身无分文，又投学无门，只能住在旅馆里清水度日。就在快要山穷水尽的时候他终于想起来有个叫做中仓主膳的同乡，听说加入了京都的新选组，就试着登门去找他借钱。

后者见到他，表现得十分热情："啊，你就是长坂家的……"

可是谈到借钱，主膳就顾左右而言他，而且不断游说长坂也一起加入新选组。他说这样一来既可以得到一笔安家费，又能在屯营免费吃住，况且一提起长坂家，人人都知道那是水月流居合术的名门。

"这个……"

长坂的确是武道世家的四子，水月流居合术是他家传的武艺，小十郎的父亲也曾对他耳提面命，只是他本人的兴趣并不在居合术上。是以用武艺安身立命有违他的理想。主膳得知这一点又问："那你会不会算账啊？"

何止是会。他为了贴补家用，从十六岁开始，就到村官手下去当会计，一干就是三年。

"那正好。我们这里有个会计，叫河野甚三郎，出了点事，最近死了（切腹）。所以会计部还少一个人。"

结果在中仓的举荐下，长坂当天就得到了聘用。从那之后，他虽然成为了新选组的一员，却并不把自己当成这个杀手集团的一分子。就像当初为了维持生计到比自己家门第低[3]的村长手下工作一样，他也只当新选组是一时赚钱的营生。所以他尽可能地不暴露自己的武艺。

然而今天下午他就要当刽子手了，"这太糟糕了！"小十郎心想。暴露了武艺不说，他还必须杀死自己的同乡不可。

到了行刑的时刻。

中仓被两个杂役押着，坐在一领草席上。这两个杂役是新选组专门负责看管犯人、收殓尸体等事宜的人。只见主膳已被五花大绑，头上却没有戴眼罩。不知道是重伤未愈，还是惶恐不安，他的脸色蜡黄。不过神态却比人们预想的镇静许多。他一声不响地坐在那里，目不斜视，直到小十郎出声和他打招呼才注意到身边站着的这个刽子手。

“啊，原来是你。”中仓说完，露出一个异常亲切的笑容，刑场之上还能见到同乡大概让他觉得很高兴吧。随后他嘱咐长坂：“要是家乡的人问起来，你就说我是切腹自杀，切莫提起斩首的事。”

“我知道了。”

中仓又说：“还有，我一直都没告诉你，在京都还有一个甲州老乡，名叫利助，出生在教来石。在四条寺町开着一家发梳店，是个热心肠，我得到过他很多帮助。现在我把他让给你啦。”他这口气倒像是在交代遗产如何分配似的。

“快点吧，长坂君!”

监察吉村贯一郎向长坂使了个眼神，提醒他不要再和罪犯交谈——已经是时候了。刹那间，只见刀光一闪，主膳的头就和身子分了家。首级正好落在他前面事先挖好的浅坑里。主膳肯定还没发现长坂动手，就已经断了气吧，看他掉下来的首级，好像还想交代些什么似的半张着嘴。

“这滋味可真不好受。”

自从杀了中仓，小十郎连续好几天都显得神情恍惚。这期间他抽了个空，到四条寺町的利助的发梳店去了一趟。他把中仓死时的情形，害死他的女人小夜的事，自己家乡的事，连同自己本来到京都来是想当医生的这个志向，统统告诉了利助。

最令听众利助吃惊的当然还是中仓的身故。这份惊讶中，有几分是因为他借过一笔钱给中仓，显然那钱是再也还不回来了。不过这事他一点都没向眼前的长坂提起。利助经商多年，自然知道有些话是绝对不能说的。

“可是真没有想到，您也是甲州出身的大人。已故的中仓大人从来没有和我提过您。”

因为那是个吝啬的男人。就算是这么个老乡，主膳也打算自己一个人独占。不过这是性格上的缺憾，倒不是因为他故意刻薄别人。况且中仓已经死了，在他死后想起这些举动，长坂又觉得像是不愿意把糖果分人的小孩子似的，也有那么一点可爱之处。不过，也只有长坂这样的人才能够这么想吧。

“中仓只是运气不好，他自己并没有做错。”

坐在利助店里的长坂，罕见地说了很多话。回到新选组之后，他依旧不能保持沉默，依旧谈论着关于中仓的话题，而且以同情论居多。

于是就有人替他担心，提醒道：“长坂君，你以后还是少谈中仓的事吧。要是被上面听到了，你也完了。”

可是并不是所有的人都抱着这种好心。一个恶意的谣言也开始在组内流传着："长坂好像对中仓的处置非常不满。"可是这个恶意的对象并不是长坂，而是已死的主膳。长坂只是因为袒护主膳，结果被那些讨厌主膳的人迁怒了。

因此小十郎为中仓辩护多少，他身上所背负的转移自死者的仇恨就有多少。然而，这也可以说是中仓的一项遗产吧。

不久之后，又出现了一个新的传闻："长坂替同乡打抱不平，正在寻找那个奸夫，准备替主膳报仇。"

这真是天大的误会。长坂本人从没这么想过。相反，他倒是想借中仓亡故这个由头，尽早离开新选组，回到他一直向往的那条道路上去——成为一名医师。可是要脱离新选组简直是难逾登天。局中法度写得清清楚楚："不得退出新选组。"

"长坂君，最近过得怎么样？"

土方和颜悦色地和长坂打招呼。其实，组里任何传言都瞒不过这个大部分时间都不苟言笑的副长。

"你就不要再当会计了。我中意你的人品，不过最惊讶的还是你的武艺，有这么好的身手还当会计的话就太可惜啦。”

“不，是您谬赞了，我这种水平……”长坂显得很困窘，土方以为这种推辞的举动是谦逊的表现，更加觉得自己的眼光没有错。

“听说你想为死去的中仓报仇，那么与其当个会计，不如编入战斗队伍，每天可以去市内巡逻，对你的复仇计划不是更有利吗？”

第二天，长坂调任第一队伍长的公告就贴在了营门边。冲田指挥的第一队下的伍长职位，是因为中仓的死才空缺下来的。所以要说继承亡者的遗产，这大概也算一项吧。

“真是无聊，谁说要给他报仇啊！”长坂这么想着，愤愤不平地在一队过了几天，但他很快发觉上司冲田竟然是一个比看起来更加温和的年轻人。因此渐渐地，他竟也适应了这个新环境。其实本来长坂就是随遇而安的脾气，再加上虽然不清楚为什么，冲田总格外地照顾他。

身为领导的总司时常亲切地叮嘱他：“长坂先生，有什么不方便尽管说。”这种礼遇绝对不能说是不愉快的事情。

后来，长坂渐渐地明白了其中的理由。死去的中仓为了给自己身上贴金，似乎在第一队里大事宣传过小十郎的出身。他说长坂家在甲州是数一数二的名门。他们的先祖是武田信玄的家臣长坂钓闲斋。战国末期，随着武田家的灭亡，钓闲斋的子孙也解甲归田成为了当地的乡士。他们的家纹至今还是“武田菱”，只是略有变形，把四边形变成了圆形。他家也从藩中领一点俸禄，直到小十郎少年时都是如此。

本来这些只是中仓的一面之辞，但大伙和小十郎接触的时间长了，反觉得他的人品就是中仓那些话的最好证明。

“不愧是武田帐下的武家后人。”第一队人人都这么想。在他们的脑海中，已经浮现出在那遥远的年代，长坂家的先祖快马健儿的英姿。本来甲州并没有什么沃土良田，也没有出过著名的文人骚客，他们引以为傲的只有富士山和武田勇士的传说而已。

中仓生前吹嘘长坂家的家世，实际上是想说：“我们可是甲斐国武田信玄的武者。”他是想以这种方式使那些讨厌自己的人转变态度吧。

想到这里，长坂不愧是长坂，立即用他特有的那种善意看待这件事情：“说不定，中仓也是个诙谐的人，只不过大伙还没发现这点。”

一晃到了三月，这天长坂又被叫进副长土方的房间。

“我是长坂。”他说着一拉纸门，吃了一惊——里面早就坐满了一屋子队员。监察部的人全都到齐了，从负责人篠原泰之进，到下面的山崎蒸、吉村贯一郎、尾形俊太郎、新井忠雄、芦谷升。

土方看起来心情非常不错。

“啊，长坂君，这次找你来，是为了那个你四处寻找的水户浪人的事。”

“啊？”要是土方不提，他本来已经把这茬忘了。

“多亏了监察部的各位，他们为此花了很大的力气。虽然还没有确定住处，不过我们调查了在本国寺的水户藩藩邸，知道了那个奸夫的名字。是个从士[4]，名叫赤座智俊。从这姓氏上看，他大概是从僧兵中被提拔上来的人，现在是京都警卫大人的部下。”

赤座虽是僧兵出身，据说却有神道无念流“免许皆传”的资格。然而在捉奸的现场，心慌意乱、手足失措也是人之常情，但他竟连中仓有没有断气都没确定，就仓皇跑出了屋子。想来其人的武艺也未必十分高明。

“听说这个赤座在案发后，立即脱藩了。水户方面说他已经不在藩邸里了。可实际情况是否如此就不得而知了。搞不好他目前还是藏身在本国寺。”

土方说完了自己的看法，接下来满屋的监察也开始你一言我一语地替长坂分析起了敌情，提了一些讨敌的建议。最后岁三递给小十郎一张赤座的画像，鼓励他说：“复仇可要干得漂漂亮亮！”

深感压力的长坂又去找了利助，把这件事情的原委仔仔细细地都向他介绍了一遍。不，与其说是介绍，不如说是发牢骚。

“这可真是意想不到的灾祸。”利助安慰他说。

“没错，真是灾难。故去的中仓对我来说，既不是仇敌，也不是恩人，说起来除了同乡以外没有一点交情。人只要活着就真是什么事情都会碰上。他一死就让我陷入了这种麻烦的境地。”

“那我也帮您找找这画像上的武士吧。好在您还认识那个叫小夜的女人，不能说是全无头绪。”

“不，请别放在心上。只是我心中憋得慌，就想找人谈谈，您就当我发了一通牢骚，听过就算了吧。”

可是，没几天，就有一个新的消息传来。情报的来源并非利助，而是新选组的监察部。

据说赤座智俊已经从水户藩邸里搬了出来，正在某个私人开设的剑术道场当助教。然而那道场也有很多水户藩士进出，所以很难找到杀赤座的机会。

长坂到那里一看，那里根本不是平民区的道场。地点是一座叫“海仙寺”的寺院，而所谓的“道场”不过是租借寺

内的僧房。这个道场是最近才开张的，从租房子到眼下不过十几天。再仔细一查事情就更清楚了：水户藩一群人开设这个道场的目的，就是给被新选组追捕的赤座提供一个栖身之所。

据监察山崎的调查得知，本来水户的藩政权就是风雨飘摇，这几年来更是纷争不断。最近藩士中又出现了一派激进的尊攘势力，他们借口本国寺的藩邸太小而搬出来在海仙寺另立山头。

“他们有多少人?”

“不清楚，不过总有十几个人吧。这群人和萨摩、土佐藩来往频繁。水户藩管他们叫‘海仙寺党’。赤座每日深居简出，专心在寺里教授剑术。”

“长坂君，这么看来，杀他就太难了。”冲田作了结论。虽说可以翻过海仙寺的围墙突袭，一口气直捣黄龙。可是这么一来，新选组名义上的领导——会津藩就会和水户藩之间产生矛盾。

小十郎一边听冲田这么说一边在心里盘算：“可是，那个小夜又去了哪里呢？她一个女人不能也住在海仙寺。那么，只有赤座去找小夜幽会的时候，才会是一个人喽。”

想到这里，他又去找了利助，把目前为止调查得知的情况都告诉了他，然后说：“总之当务之急是找到小夜。只要知道了她的住处一切就好办了。”

“果真是这样啊。”利助点了点头，“不过，长坂老爷，您真打算杀了赤座吗？”

小十郎用手支着脑门：“我是骑虎难下了。周围的人都嚷嚷着让我去给中仓报仇，监察的人又调查了这么久，好不容易才理出点头绪。这关头要说不去了，一定会被当做胆小鬼的。”

在新选组一旦被贴上“怯懦者”的标签，那等待他的就只有死了。

“要不，我逃走吧。”

“那就赶快逃吧。您要是愿意的话，衣物、路费都由我利助来筹措，您不用担心。”

“可是，能不能顺利地逃走啊。”长坂清楚至今为止的几个脱队的组员，每一个都失败了，换句话说他们都被新选组除掉了。

“我是这么想的，利助兄。比起逃跑来，还是杀掉这个奸夫比较容易。给中仓报仇，我的对手只有赤座智俊，要是脱队逃跑，那整个新选组都是我的敌人了。”

“原来如此。”利助神色复杂地笑了笑。

后来，长坂起身告辞，店主利助一直把他送到前院。

长坂不经意地指着地上的箱子问道：“这里面全是梳

子吗？”

利助连忙回答：“不，不全是，最近京都的商人啊……”结果从他的嘴里听说了一个有点意外的情报：如今京都的情况与以往大为不同。现在京都简直成了第二个江户，各藩纷纷在这里设立藩邸，藩邸里又常驻着许多武士。这样从家具到日用杂货，京都藩邸各种商品的需求量一下子猛增。所以各藩的御用商人所销售的商品种类也增加了。举个比较极端但却很能代表目前情况的例子：出入因州藩邸的点心商，最近甚至兼营武器买卖。

“这个倒有趣，利助你的生意做得真是滴水不漏啊。”

长坂嘻嘻笑着走出了院门。

利助见他走远了，赶紧来到后屋，穿过中院的游廊，来到后面的一间独立的小屋。

“小夜，他走啦！”利助隔着障子门喊道，屋里传来一阵窸窸窣窣的响声，一个男人出声问道：“那小子回去了？”这男人不是别人，正是长坂要找的赤座智俊。

“我能进来吗？”利助问道。

“等会儿，让我收拾一下。”

屋里有一阵像是衣料摩挲的声音，利助的脑中浮现出这二人云雨的样子。不一会儿，屋里的动静没有了。利助这才拉开门走了进去。

这间小屋正是他租给他们这对情人的。

赤座是翻后院墙进来的。利助的后院墙，其实就是海仙寺的寺墙，他这家店等于是建在海仙寺旁边。因为他的店铺与寺院朝向的街道不同，不熟悉京都地理的人肯定不会想到这两家是邻居。

“喂，小夜!”对方是自己的房客，利助却连“小姐”都不加，直呼其名，这当然也是有缘故的。这个女人以前在发梳店当过店员。当初她一身尼姑的打扮，饿昏在店铺门口，利助救了她，还让她在店里工作。可是就算如此，小夜却依旧是一头短发，除此以外，她干活也马虎大意。利助说了许多次，她却置若罔闻，搞得利助很是头疼。

然而，即便如此小夜也没有被解雇，那是因为她与店主利助已经结下了一两次露水姻缘。正在这个时候，来店里做客的中仓主膳见到了小夜，就对利助说:“把你的女人让给我行吗?”所以利助就乐得做了顺水人情。

后来利助得悉小夜还有一个情人，那就是和中仓一样常到店里来的水户藩士赤座智俊。小夜当了中仓的妾室以后，他们两个还是时常幽会。可是他没打算将这些告诉中仓。首先，这是别人的私事，况且他和中仓的交情也没好到能谈论这种话的地步。再则赤座还有利用价值，利助希望通过他向水户藩邸兜售商品。所以在主膳出了那场祸事之后，他还是答应了赤座让小夜住在他店后小屋里的要求。对发梳商人利助来说，最要紧的只有自己的生意。

“赤座老爷，我这里也不安全了。那个长坂小十郎，虽然是那样的性格，生性也温吞迟钝，可是万一出什么事的话，就是小老儿我也不可能会安然无恙。”

“你的意思是让我们赶紧滚？”

“现在风声正紧，等过了这阵子……”

“说到底你还是怕新选组了吧？”

“哪里，我只想把长坂糊弄过去。”

“意思是说我在这儿碍手碍脚了？你别忘了，当初中仓活着的时候，经常到你这里来聊天，他说的话你又告诉给我。那些话里有很多萨摩人中意的情报呢。你说如果我投书给新选组，告诉他们你利助是萨摩的密探，那会怎么样呢？”

“你……”利助吓得脸色苍白，浑身乱颤。

本来他和新选组无冤无仇，之所以在他们和赤座之间袒护后者，完全是为能成为水户藩邸的供应商，一切都是为了生意。这些他也告诉过赤座，奈何他现在翻脸不认人了。

“您这么做可就太过分啦。”

“那你就继续让我们住在这里嘛。”

赤座抬起他那张圆脸，看着利助笑了。

他的脸又白又胖，活像市松人偶，完全是一副不知人间疾苦的少爷面孔。其实，这人本质也不是十分恶劣，他虽撂下狠话，却也只是恐吓房东，好像并不打算这么干。

这么说的证据是利助也松了口气，半开玩笑半认真地向赤座行了个大礼，说：“真是败给您了。”说完，自己也笑了。

“小夜，你看，我说得怎么样？”

赤座一见房东认输，立即向情人炫耀起来。无奈小夜却根本不屑一顾。“两个人都傻乎乎的”这句话写在她的脸上。她看问题的眼光似乎比两个男人更为深远。

她劝情郎说：“我们找个没人的地方，神不知鬼不觉地把长坂给干掉怎么样？”

“神不知鬼不觉地？”

“没错。”小夜点了点头。

“可是能做到么？京都这么个繁华的地方，到处都是人。万一最后做得不够干净。到时候一定会引发水户、会津两藩之间的大纷争的。”

“没事，保准不叫一个人知道。”

“不会吧？难道你是想色诱他，然后再伺机下手？”

“京都啊……”小夜说，“现在全国的武士都往这里跑，和这些男人比起来女人可就少得多了。能够交上个姑娘，对他们来说简直是久旱逢甘霖。所以要对付那个三宝荒神，只需如此如此……”

小夜的嘴唇一张一合，把自己的妙计告诉了赤座。

㈤

“你是替谁跑腿啊？”长坂看着手中的信，觉得十分可疑。

送信的使者是在屯营附近玩耍的一个孩子，据他讲有个女人叫他把信交给长坂小十郎。

他把信打开一看，寄信人竟然是小夜。这就更让人起疑了。上面说，中仓出了那件事并不是出自小夜的本心，目前她已经被水户藩的一位武士给控制住了。看起来是封求救信。

长坂把信拿给冲田看。自然，即便是冲田也料想不到这封信背后隐藏着阴谋。

“她说有事和我商量，搞不好小夜真正的意中人是死去的中仓。”

“这真是想不到。”冲田被信打动了。这个才二十岁出头的年轻人，对于女人这种生物的复杂性还一无所知，心中免不了抱有种种美好的想象。

“你还是去看看的好。也许还能借此探听一下赤座的动静。”

见面的地方在祇园蔓草地旁的“吉幸”。

这天傍晚小十郎赴了约。当然，是一个人去的。

他刚出门三十分钟左右，冲田无意间和土方提起了这件事。

“什么？”

让土方惊讶的并不是这件事情本身，他没想到的是无论是冲田还是长坂，居然如此就轻信了别人。

“总司，你脑子还正常吗？”土方斥责他说。

后者有点不服气，于是就把小夜的信拿给岁三看。字写得并不好，不过一看就是女人的笔迹。信中详细写了中仓被砍伤前后的情形，小夜自己的心境，还有目前的困境。在信的最后，她写道：“请您看在故去老爷的面上一定要来。妾身希望能仰仗您一臂之力。此心天地可表。”

“怎么样？”

“你是个傻瓜！她如果真像信中所写的那么贞烈，怎么会把男人叫到祇园蔓草地旁的吉幸去？”

“那是什么地方啊？”

“幽会的旅馆！”

那里是京都店铺里的学徒或是寺庙里的侍童偷偷和女人相会的地方。

“你们两个，从队长到部下，都是不长脑子的大傻瓜！”

“那又怎么样？难道知道那是什么地方的人就聪明，不知道的人就傻？”

“你别跟我耍嘴皮子。”土方抬了抬下巴，那意思是让冲田去接应长坂。

不过，土方想错了，长坂并没有他想象的那么天真。他那天穿着黑木棉的羽织，白色的小仓袴裤，脚踩一双高齿木屐。可是在衣服里面，还有一层甲胄。这甲胄非常严实，连护手的部分都是铁的，所以非常沉。为了避人耳目，长坂一直把两手插在袖子里。

“这里是吉幸么？”站在旅馆门口，小十郎问拉开格子门前来迎客的女仆。这女孩子早从小夜那里听说了长坂的相貌，所以一看就知道他是什么人。

“已经等着您了。”

不过长坂并不着急进门，而是给了女仆几个钱，对她说：“我总觉得后面有人跟踪我，劳驾你去周围看看，跟着我的有几个人。”

这女孩子倒不以为怪，想必在这种旅馆，上门的客人身后有“尾巴”也是常事。她很痛快地出了门，穿过小路，装作有事要办的样子，趁机查看了一遍祇园林。在彻底转过一圈之后，她才回到吉幸门口对长坂说：“有三个人。”

“是武士吗？”

“是的。”

长坂进了门，小夜正等在那里。

“呀！”他站着和女人打了声招呼。然后朝四周看了看，确认里间屋的纸门是开着的，里面空无一人。他这才坐了下来。

“您有什么事情，请说吧。”

“您看起来相当谨慎啊。隔扇背后可没有藏着人。”

“哪里，我都知道。”

小夜举起了酒壶作势斟酒。小十郎也应付着，不过却是没有碰唇就把杯子放在了桌上。

到这里，女人也有点紧张了。不过她像是对自己的演技颇有自信，还是开始对小十郎讲起了自从中仓死后自己的遭遇。

“砍伤中仓的是个水户人，这些我都知道，不过，你知道他的名字吗？”

小夜果然报出了一个假名。她说自己被这个男人胁迫，遭遇了许多可怕的事情，现在终于逃出来了，一个人住在深草一带。

“这样啊……”

长坂边附和着边继续往下听。小夜声泪俱下，讲得十分动情。要不是已经知道她说的是谎话，小十郎觉得自己一定会相信她这番说辞。

“可是，眼下你靠什么为生呢？”

“替人念咒、祈福。”女人泪眼蒙眬地注视着长坂。

“对了，你以前是个尼姑啊。自从中仓死后，我也接二连三地遇上怪事。能不能请你也为我做一回法事？”

“那自然没有问题。”

“那这个法事，具体要如何做呢？”

“这个啊……”小夜歪着头陷入了思索，刚才正襟危坐时紧紧地靠在一起的膝盖，现在也分开了。

“在这里可不行。”

“那是自然的喽，这里别说法器，连个法坛都没有。”

“干脆……”小夜抬起眼睛望着长坂，面露喜色，“您看今晚怎么样？正好寺町有个真言宗的寺院，叫海仙寺。寺里的人和我是故交，借用他们的佛堂应该不难。您在这里稍等片刻，我先叫人给那边捎个信。”

不等男人回答，小夜就急急忙忙地下了楼。其实按照他们的计划，本来是打算在长满蔓草的那片荒地上结果了长坂，但她现在似乎是打算将计就计，把男人诱到海仙寺再动手。在海仙寺的话，更加隐蔽，肯定不会有人知道。

没一会儿，小夜回来了。

“那，我们这就去吧。”她说着，拍了下武士的肩膀，随即吓得腿脚发软——长坂的身子硬邦邦的，衣服里还穿着一层铠甲。

“被你发现了？那就没法子了。”小十郎这么笑着对她说的时候，女人已经吃了一击，瘫软在地了。为了慎重起见，长坂还是用绳子将她捆住，又拿布堵住了她的嘴。

“就这么点智慧，还想学别人要阴谋诡计？”他这么想着离开了吉幸，马不停蹄地赶到了寺町的海仙寺。这是为了赶在女人的同谋回来之前先发制人。

寺庙的大门虽然关着，一旁的角门却没有加锁。他进去一看，果然走运，看样子那些水户的海仙寺党都还没回来。长坂走进僧房里面的待客室，为了接下来的战斗，检查了一下长刀上的目钉，然后找了一个阴暗的角落蹲下身子，静静地等待他的猎物。

没过多久，从游廊传来一阵脚步声，听声音至少有五个人正朝这里走来。他们一边走一边兴高采烈地说着什么。这时有人道：“太黑了，谁把灯点上吧。”

他的那盏灯离小十郎藏身的地方不过三尺，眼下他正右膝着地，半跪在支和服的架子后面。人群里走出个男人，从怀里掏出火折子，点燃了引火棒，正要抬头把引火棒往灯芯上送。可是灯还没点亮，他的头和身子就先分了家，“砰”

地掉在地板上。

“啊——”点灯人身后的武士吓得大叫起来。小十郎一刀砍在他的腿上，后者应声倒地——又解决了一个。他把刀重新收入鞘中，握着刀柄，恢复了半跪的姿势。面对隐身在黑暗当中悄无声息的敌人，海仙寺党这边眨眼间就只剩下三个人。面对这一激变他们早已吓得魂飞魄散，只能呆呆地站在原地，一动也不敢动。

赤座就在这三人之中。

“赤座!”

长坂出声叫他，想逼他拔刀。趁对手拔刀的空隙斩杀对手是居合术最基本的做法。可是赤座也想到了这一点，他贴着墙慢慢地往前蹭，为的是让敌人不容易下手——用长刀挥下来，搞不好就会砍到墙，要么就会碰上门框、屋顶。

这时另外两个人已经拔出了刀。小十郎不为所动，像是没有对那两个不相干的人出手的意思。可是他们其中一个像是给自己壮胆似的，使劲全身的力气大吼一声，举刀向长坂劈来。赤座等的就是这一刻，他打算趁长坂拔刀迎战的时候展开偷袭。

所谓的居合术，是在拔剑的瞬间就确定了胜负的必杀技。所以很多人哪怕是居合术的高手，在剑术方面却不过是二三流的水平。赤座因此笃定自己的偷袭肯定能成功。

再说长坂，就在水户人的刀砍到他头上的同时，只见刀光一闪。眨眼之间敌人就倒在地上，双脚一蹬，脖子上喷出鲜血。可是在这之前，赤座的刀已经到了。但是，赤座的长刀并没能如愿以偿地砍下来，小十郎用自己包着盔甲的左手架住这一击，同时右手扔了自己的佩刀，拽出腰间的短刀，朝着赤座就是一下，后者当即断了气。笔者形容得极其繁琐，其实这一连串的变化都是在瞬间发生的。快得甚至分不清长坂到底是先挡开敌人的刀，还是先用短刀刺向赤座的。总之，他给中仓报了仇。

本来应该还剩下一个水户武士，不过他早已逃了个无影无踪。长坂放下了心。他蹲在地上，捡回长刀，想按居合术的规矩，端端正正地收入鞘内。这时才发现自己浑身抖个不停，简直连刀柄都握不住了。

“真是的。”

长坂看了看身边赤座的尸体，对着他的脖子砍下去，“嘎”的一声，竟砍在了脑门上。他连忙再砍，又碰到了尸体的下巴。小十郎只好把太刀当镰刀使，把刀刃架在赤座的脖子上，像割稻草一样，斩断了仇人的脖子。然后他又把赤座的羽织拽过来，裹在首级上，准备回屯营。可是他膝盖哆嗦个不停，连路都走不稳了。

他寻思着：“逃走的那个人说不定在门口埋伏着呢。”于是就翻过院墙，准备从邻家逃走。这一翻可出了岔子，对面正是发梳店利助的后院呢。他店里的人听到院子里发出响声，又见到浑身是血的小十郎，都吓得要死。长坂呢，虽看着这院子眼熟，可直到利助本人都出来了，他还是不敢相信眼前的事实。

这天夜里，当长坂把赤座的脑袋摆在土方面前时，土方真是吃了一惊。

“长坂君，这事你务必守口如瓶。”随后，土方给了长坂三十两遣散金，又嘱咐他赶紧离开。赤座的首级他也不收，都交给小十郎处理。对于这个副长来说，长坂小十郎身手再怎么厉害，他也万万想不到，这人竟会闯进水户藩租用的海仙寺连杀对方藩士四人。

事后，土方向冲田说：“总司，我这次的恶作剧有点过分了。因为长坂无论长相、性格都憨得可爱。我才半是捉弄半是玩笑地催促他报仇，却没想弄到这个地步啊。”

结果江户藩本国寺藩邸那么赫赫扬扬一群武士，也就是所谓的“水户藩海仙寺党徒”，竟然在一夜之间灰飞烟灭。真是不能不称之为飞来横祸。在那场无妄之灾中丧命的人，包括了赤座智俊、关辰之助、海俊猪太郎，以及担任御横目足轻[5]的水谷重次。

长坂离开新选组后直接去了长崎学习西洋医术，他此次心愿得偿，多亏了土方给的路费和遣散费。回想起来，这笔钱也不能不说是中仓留给他的遗产。

明治维新后，长坂在东京麻布区笄町买下了一所房子，那儿本是旧幕府海军官员的宅邸。他在那里开了一家诊所，名字也从长坂小十郎改成了广泽一丰。比起前者，后者的名字在当时更广为人知。因为无论是什么身份的患者，他都予以细心照顾，大家也都十分爱戴这位医生。

注释：

【1】日本的尼姑并不剃头而只是将头发剪短。

【2】居合术与一般剑道比赛不同，在居合比赛时，双方都是以蹲跪姿势开始的。

【3】当时各村的村长一般只是豪农、乡绅，没有武士身份；但长坂家以前是武田家的武士，后来也享受乡士的待遇，因此才说前者的门第比后者低。

【4】武士的随从。

【5】御横目，负责检举本藩武士的不轨行为。足轻则是武士的最低级别。

冲田总司之恋

㊀

“文久”改元“元治”的这年三月，土方发现总司咳嗽得格外厉害。

这一年京都的气候十分异常，已经到了仁和寺迟开的樱花凋谢的时节，早晨却又下了一层霜。

土方想把自己的忧虑告诉近藤，后者听了漫不经心地问：“你倒说说看，他是怎么个咳法的?”

“这么说吧。好比你捉蝴蝶的时候，合起手小心翼翼地把蝴蝶猛地扣在手心里，就会感觉它的翅膀搔痒似的奋力忽闪、挣扎。总司的咳嗽就像这个。”

“蝴蝶?”

“这不是打个比方么。”

“我可听不懂你的话。”

近藤并没有敏锐地理解到这种“通感”性的比喻，说得更直白一点，他缺乏想象力。正是得益于想象力的匮乏，他才能从乐观的角度设想自己和别人的未来。与他相反，副长土方虽然同样是乡下剑客出身，心思却比近藤细腻许多，应该说是过于细腻了——他不但将这种心思用于创作几首蹩脚的俳句，还爱从别人的只言片语中揣摩对方未宣于口的真意。不仅如此，他看待事物和人的方法也比近藤悲观许多，岁三心中的未来往往是朝向灰暗的方向前行。这次，他又犯了这个毛病。

“搞不好，近藤兄，那家伙得的是肺痨啊。”

“胡说八道！要说咳嗽，我也有啊。”

“那种咳嗽和你的不一样。”

“你想得太多了。总司从小就爱咳嗽。”

结果土方的这番担忧自然是没受到近藤的重视。他根本想象不出，那个活泼开朗的总司会得痨病。不过为了以防万一，“有好医生的话，你还是叫他去看一看。”

近藤也好土方也罢，其实都将冲田当做弟弟一样疼爱。他们二人都是老幺，没有血脉相连的弟弟。因此多亏了冲田，他们才能一尝爱护幼弟的感觉。

这一年，冲田总司二十一岁，近藤勇三十一岁，土方岁三三十岁。再加上井上源三郎，他们四人都是天然理心流掌门近藤周助（周斋）的弟子。所以彼此其实是师兄弟的关系。

嘉永二年，近藤勇成为了周助的养子，时年十六岁。虽说近藤勇当时已经被内定为下一代掌门人，但他却不能算是其他三人的师父，说到底大家都还是周斋的弟子。

这四人被一种叫“友情”的纽带紧紧联系在一起，这种纽带在其他新选组同袍身上是见不到的，带着武州多摩农村的乡土气息。这就是所谓的“乡党意识”吧。

笔者在此说些题外话，在幕末“友情”这个词还不存在，它是明治维新之后才传入的道德概念。江户时代的人际关系以纵向为主，也就是主从、上下，所以忠孝观就是男子全部的道德。但是“友情”却也是存在的。上州、武州的年轻人尤其注重这种友谊，不过“友情”、“友爱”这种词汇并不存在，情深义厚的年轻人互相结为“义兄弟”。所以这同门的四人也以义兄弟之礼交往。

若论年龄，冲田应是末弟，但他九岁就入门了。土方岁三少年时候学过不少其他流派的剑术，二十岁出头才拜周助为师。所以按入门先后算，总司反而是师兄。

新选组成立的时候，近藤为了抬高冲田的出身，对外宣称他是奥州白河藩的浪人。其实，这说法也不完全是捏造的。冲田本人虽没入过白河藩的士籍，他父亲却的确是白河的武士。冲田出生前后，他父亲当了浪人，举家搬到日野宿名主佐藤彦五郎家的附近。这个佐藤家，也就是土方岁三姐姐的婆家。

也许是某种巧合，佐藤这家人也是数代前从奥州移居到武州日野来的，因此他们很是照顾同是祖籍奥州的冲田一家。在佐藤的推荐下，冲田的父亲好像当过一阵子书法教师。不过冲田尚幼时，他父亲就去世了。在此之前，冲田的母亲也已亡故。据说两人都死于肺痨。

总司由姐姐阿光抚养长大，九岁时就入了柳町道场，当了周斋的内弟子。

阿光招赘了一个女婿，就是冲田林太郎。据说她是日野宿一带有名的美人。总司刚懂事时，婿养子林太郎就继承了冲田家。

阿光夫妇俩为人沉稳、恬静，很受附近百姓的爱戴。本地农户都亲热地称他们是“浪人大人那家”。这大概得益于冲田家还有着白河藩士的遗风，并没沾染上日野一带污浊的市侩气，所以才受人敬爱吧。

阿光的夫婿林太郎来自担任八王子千人同心（下级幕臣）[1]的井上松五郎家，那也是井上源三郎的本家。由此可见，这四人之间的关系的确是错综复杂。

总之，新选组的权力核心——近藤、土方、冲田、井上四人不仅都出生在日野一带，更是以各种形式结成了或远或近的亲族关系。所以他们结为武州式的“义兄弟”也是理所当然的事。

近藤一行从江户出发远赴京都时，阿光亲自来到道场，双手合十，恳求近藤和土方："总司的事就拜托二位了。"对于这个姐姐来说，一想到让这个满脸稚气未脱的弟弟独自离家远赴京城，就担心得不得了。所以她把幼弟拉到二人跟前，嘱咐他说："总司，你要把少师父当作父亲，把土方先生当作兄长，尊敬他们，凡事听他们的吩咐。"

"行啦，我晓得。"总司难为情地搔着头。

倒是近藤、土方二人郑重其事地答应了阿光："我们待他一定比亲弟弟还亲，事无巨细，悉心指导。请你放心。"

假如以他们的师父近藤周助看到了这幅情景，一定会觉得好笑。别说他们指导总司，要论剑术的话，近藤、土方的造诣远远不如这个刚过二十的年轻人。总司天赋异禀，生来就具有万里挑一的剑术才华。如果他有意的话，完全可以自创一派，在江户开设道场招收门徒。可是相对的，这个奥州浪人的遗子，来到人世的时候虽然带来了剑道的天赋，却似乎遗落了物质欲求。总司从生到死，可说是一直都清心寡欲淡泊名利。

关于少年总司，还有一则轶闻。

土方的长兄为次郎从小双目失明，在将家业让给了弟弟喜六继承之后，他自号"石翠"，急不可耐地过起了隐居的生活。他在三味线上有相当的造诣，有时会走门串户地传授净琉璃[2]，有时会痴迷于创作俳句，有时则会流连于青楼。人们都管他叫“盲大尽”，他反而很高兴，俨然已经是化外之人了。

冲田从很小的时候起就受到这个“石翠”的喜爱。他曾说过：“总司那孩子，我一听见他的声音，心就变得沉静起来。”

心变得沉静，为次郎这么说并不是因为总司的声音低沉、浑厚。其实正相反，他的声音像羽毛枕头一样柔软，像珍珠一般圆润，简直是开朗得过了头。从他的话里听不到一丝人类天性中含有的邪恶，可以说太过无欲无求了。为次郎以自己盲人特有的第六感捕捉到了这一点，所以才有了上面那番话。

——然而，这个总司，到了京都才不过一年，就咳得叫人担心。这让土方很放心不下。

“总司，你是傻瓜吗？生病为什么不看医生？”

“我不是肺痨啦。土方兄别说晦气的话。”

土方后来又劝过他好几次，但后者只是笑，一点就医的意思都没有。近藤也说了他两三回，但也只得到“我近期就去”的回答，并不真的去找医生。

最后的结果是，过了一段时间，近藤和土方都淡忘了此事。这并非是他们无情，而是这两个人都是百病不生、铮铮铁骨的男子汉，让他们操心别人的病痛，苦口婆心地规劝对方服软，未免有点强人所难了。要是阿光在这里的话，大概会又哭又闹地把冲田拉到医生家里去吧。

㊁

元治元年六月五日，也就是新选组闯入攘夷志士聚会的池田屋的那个夜晚，冲田总司的病情突然恶化了。

当晚，在土方率领另一队人马杀到以前，只有近藤、冲田、永仓、藤堂和近藤周平（据说是板仓侯的私生子，当时已成为近藤的养子，时年十七岁）五人，在玄关、二楼、院子里与数倍于己方的敌人周旋。虽然是以寡敌众，但大伙都毫无惧色，浴血奋战。

这几人当中近藤的养子周平还不能独当一面，没打几下就把手中的短矛折断了，只好撤出屋外。藤堂在砍伤了二三个人之后，自己的额头上也挨了一下，昏了过去。所以说在激战之初，真正能有效消灭敌人的，只有二楼的近藤、永仓，还有一楼的冲田总司一个人而已。

冲田常以“平青眼”起势。这是种颇有难度的姿势，要求刀尖比一般的“青眼”微微往下，持剑的手则微向右倾。

以这个动作将刀按向敌人武器的瞬间，转动刀锋，顺势挥砍下去。笔者的叙述不免显得冗长，实际上这一连串的动作不过电光火石间的工夫。如果有人目睹这番情景，肯定不觉得是冲田砍向敌人，反而会认为是敌人自己迎向青年刀锋的。这就是总司剑术的出神入化之处。

因为玄关和屋顶的距离远，可以劈，也可以砍；在走廊中则须用突刺，以免刀碰上天花板、门框什么的。冲田的突刺也是精妙。在壬生屯营的道场，遍数新选组的高手也无人化解得了这招。

做法是从青眼开始，将刀“嗖”地横在左侧，然后“砰”地往前踏上一步，同时双臂像松开的弹弓一样往前突刺，刀就直奔对方而去。传说冲田的突刺分为三段。即使对方架开了第一击，却还不算完，紧接着还有一击。瞬间收刀，再刺。三击一气呵成，快得令人眼花缭乱。池田屋的各藩浪士，就是毙命在这项神技之下的。

旅馆内的激战持续了两个小时。

冲田追着往里间逃窜的敌人，从宽廊上跃入漆黑的中庭。因为看不清楚脚下，他一不小心被某具尸体绊倒在地。不过，马上又爬了起来。就在此刻，忽然有种从未有过的恶寒向他袭来，顿时两腿发软。有什么热乎乎的东西，正从气管的深处往上涌。他把刀插在泥地里支撑着身体，剧烈地咳嗽起来。

“要死了！”让他生出这种念头的根据，到底是久经战场的剑客对杀气的直觉呢，还是对自己急剧恶化的健康有所察觉呢，这就不得而知了。

黑暗之中，仇恨的剑锋像是要撕裂暗夜一般，猛砍了过来。但在刀尖到达之前，敌人挥刀时产生的疾风，率先从冲田的颊边掠过，吹动了几根发丝。冲田立即向后一跃，把刀压在胸部以下——放低的刀是为了更好的防守。此时，他已经头晕目眩，眼冒金星了。

来者是原来长州尊攘派领袖之一，吉田稔磨。这天晚上聚会的组织者正是此人。吉田的肩膀之前就挨了一刀，刀口还挺深，他半边身子的衣服都被血浸透了。看起来他已经有丧命于此的觉悟了。正是因为有了这种准备，稔磨一心想多杀几个敌人，因此才寻到院中来。前文已提过，他是吉田松荫的胞弟，堪称松荫门下的佼佼者，这么说不仅仅因为他的才学，更是因为他身上有着长州武士那种典型的勇毅性格。

如果这里有灯的话，那稔磨此时的面容一定如同地狱中的恶鬼了。可惜，他的对手是冲田。

其实，吉田当时也不过才二十四岁。他在冲向对手的同时，高高地挥刀向下斩落。冲田无意识地举刀相格，随着他一抬胳膊，喉头的血再度上涌。太不走运了，在这个当口，冲田又出现了大咯血。

不能呼吸了。

唇边散发着带铁锈味儿的腥气。年轻人用尽仅剩的气力，使出了一招“无想剑”。当刀锋落下时恰好砍在吉田的右肩上。稔磨当即毙命。随后冲田大口大口地吐着血，也倒在地上失去了意识。

此后数日，冲田都在队里卧床休息。他隐瞒了吐血的事情，有人问起他身上那些血迹，也只是说：“那是敌人溅上的。”

夜袭池田屋过后，天刚一亮，队里就来了好几个外科医生。他们自然是会津藩派来的，为受了刀伤的队员包扎，治疗。还处于昏迷状态的总司，前襟上都是血，身上却没有外伤。医生们犯了疑惑，给他把脉之后，小声地交换了意见：“这位应该是由内科医生负责。”结果没作任何处理，只是叫冲田服了退烧药，然后就都回去了。他们一定谁都不曾想到，总司得的是肺痨。

第二天，会津藩处理与幕府相关事务的官员外岛机兵卫前来慰问伤者，临走时，他低声对近藤说：“近藤君，有点事请过来一下。”

二人进到别室，外岛才悄声道：“冲田君该不会得了痨病了吧。”

在那个时代，痨病几乎就意味着死亡，被认为是不治之症。一旦染上此病，患者甚至会被家人忌讳、厌恶。人情练达的外岛机兵卫顾虑到近藤身为新选组领导者的不便之处，才特意这么秘密地和他商议：“不怕一万，只怕万一。京都就有医生擅长治疗这种病。”外岛又提议，他可以会津藩的名义先和那位医生打个招呼，那样新选组的冲田应该就会得到较好的照顾。

“那么就有劳您了。”

“好的，我知道了。这没什么的。”

为了照料众多的伤员，屯营里忙得炸开了锅。再者，近藤也好外岛也罢，没有人知道冲田曾有过大咯血，更不知道他的病情已经恶化到如此地步。是以池田屋之变后的几天，近藤和土方都为善后处理忙得团团转，也没有余裕察觉出冲田的病情危重。

冲田独自躺在床上。过了整整十天，他感觉有所好转，霍地起身，尝试着在营内走动一阵。然后对伙伴说：“我出去一下”，就精神奕奕地出了门。

“你要去哪儿？”这话谁都没问。冲田是那么朝气蓬勃的一个青年，还有谁会担心他呢？然而，他既出了屯营，脚下就不再那么轻快了，双腿显得很沉重。

他慢腾腾地蹭到四条大街路口，拐道向右。街道对面，远远地可以望见东山，东山上的天空中，飘着一朵好似山峰那么大的云彩。天气很热，冲田迎着烈日走在四条大街上。有时路过神社，他就到神社院子里的树荫底下休息一会儿；路过茶店，他就坐下来歇歇脚喘口气。

到了与南北向的乌丸大街交叉的路口。坐落在十字路口东角的是芸州广岛藩的藩邸，水口藩的藩邸与它比邻而居。

这时总司暗忖："外岛机兵卫大人说的是过了水口屋敷再往东走，有黑色木板院墙的那一家吧。"

他是来看医生的。如果和近藤、土方说了，只会害他们担心。冲田可不想那样，所以谁都没告诉。

医生名叫半井玄节，听外岛机兵卫说，他虽然只是个平民医生，却通过哪个大寺住持获得了"法眼"[3]的僧位。

"这可如何是好呢？"

冲田在门前踌躇起来。他从小就很怕见陌生人，到现在也没能克服这个毛病。之所以一直不来看医生，和这也有关系。

黑木板的院墙底部围着一圈保护用的竹篱，从墙边伸出来青叶枫浓密的嫩叶。肥嫩丰厚，半透明的绿叶，在阳光下闪闪发光，总司觉得自己的心也被这绿色浸润了。从小在武州长大的他，自从来了京都，就深深地爱上了王都繁盛的草木。少年时，姐姐阿光教过他唐诗。记得有那么一首，赞叹五月都城新叶的浓荫。听那首诗的时候，少年不自觉地用手遮住双眼，那诗中的情景立即浮现了出来，鲜明得几乎要刺疼双眼。

突然，从他背后传来了一声娇音。

回头看时，有一位姑娘站在那里，旁边还带着个仆妇。

“您有什么事吗?”姑娘问道。她一定是看出他没有勇气叫门了吧。看她的穿着打扮，应该是半井的家人，刚刚才从外头回来。

“不，没、没什么!”

冲田慌慌张张地朝祇园方向快步走开了，走了不过二十来步又停住脚。他转过身，回望刚才站过的门口。姑娘也还没进门，她同样望着青年，神情带着一丝疑惑。因为撞上了姑娘的视线，冲田赶紧低下头，深施一礼。

姑娘明白了是怎么回事，可能是觉得这人有趣又可爱吧，她“扑哧”一笑，不过又马上敛住了表情，向青年武士点了点头。那意思是说：“您快请进来吧。”

冲田赶紧跑了回来。他懊恼于自己刚才幼稚的举动，心思也全在这懊恼上，竟一言不发抢在姑娘前面进了大门。等进了门他才意识到自己的失礼，赶紧对因为惊愕呆立在原地的姑娘说：“我是来看病的。”

姑娘微微一笑，点了点头。这年轻女子长了一张细长脸，下巴尖削，嘴唇的形状也十分娇美。

“请恕我冒昧，能请大夫帮我看看么。会津藩的外岛机兵卫大人应该已经和先生提过我的事了吧。在下冲田。啊，对了，名字是总司。”

说到“名字是总司”时，冲田笑了，那笑容好像阳光从云彩的缝隙间倾泻而下，照亮了少年稚气未脱的脸庞。阿悠心想：“真是个孩子气的人。”她望着来客又点了点头。

这姑娘名叫阿悠，是半井大夫的第二个孩子。她哥哥被起了个奇怪的名字叫矿太郎，听说目前人在大阪，在绪方洪庵门下学习西医知识。

冲田被请进了门诊室。不一会儿，半井玄节从里屋走了出来。最近医生都不用剃光头了，所以玄节也蓄着头发。他大约五十来岁，目光炯炯有神，乍一看不像医生。如果给他腰带上插两把刀，说是大藩中首屈一指的家臣也很让人信服。

“我从外岛大人那里听说了您的事，您是会津藩的家臣吧。”

不是的，虽然和会津藩有点关系，但我只不过是挂名在会津藩主松平容保麾下，驻扎在壬生村的新选组的一名浪人——冲田想这么解释，但又觉得难于启齿。外岛之所以对玄节隐瞒冲田的真实身份，大概也是考虑到新选组在京都委实不受欢迎的缘故吧。

“什么，吐了血?”问诊时听说这种情况，玄节吃了一惊，追问道：“在什么地方、什么情况下引发的咯血?”

冲田有点迫窘。

“是在道场。”

“哦。”

“在练习的时候。”

“原来如此，是在练剑的时候啊。”

“是的。”

实话是不能说的。难不成对大夫说，自己是在池田屋像砍萝卜一样砍人，最后在杀长州尊攘派大魁首吉田稔磨的时候才吐了血吧。

“我年轻的时候，也练过剑。”

半井玄节生于因州鸟取藩的一个藩士家庭，后来才到京都做了累世行医的半井家的养子。要说少年时练剑那肯定是指还在鸟取的时候。

“那可不成啊。尤其是你这种体质的人，戴着满是灰尘，一股霉味儿的面罩，在昏暗的道场里练剑，对健康尤其不利。看你的样子资质大约也属平常，不如就放弃练剑吧。”

“是。”

“药我会开给你。不过，最紧要的是，你得在通风良好、避光的地方好好卧床休息。如果能遵守这一条，我给你药。不然也是白搭。如何?”

“没问题。”冲田微微一笑。心说能做到就奇怪了，不过他还是道：“我会好好躺着的。”

玄节在心里盘算着：“这个小伙子可真不错。”他的女儿最近也到了适婚的年龄，以前玄节从来不留意这些事，可因为家里有一个待嫁的姑娘，最近也开始留心起身边的青年。譬如现在，他就正用类似于女人挑选和服的眼神打量着冲田。可是，如果突然就打听对方的家世、出身可就太莽撞了。还需要更委婉，含蓄一些。

打定了主意，玄节说：“奥州会津藩是怎样一个地方呀?”

“那个我也不太清楚啊。”

“啊，这么说你是常驻江户的定府的家臣喽。不过，就算在江户长大，出身到底还是会津人，你说话其实还有些奥州口音哟。”

这话没错。青年本以为自己讲得一口流利的江户方言，但实际上他还是继承了故去双亲的奥州口音。其实冲田和父母相处的时间极其短暂，尽管如此，他们的声音却在他幼小的记忆中打下了深深的烙印。

辞别时，因为没能再见到那姑娘，冲田觉得有一点失落。失落的同时，又有一丝微妙的踏实——这正是青年对于与异性相处之道远未娴熟之故。

㊂

“总司那家伙，最近行动很可疑。”

入秋后的一天，土方向近藤报告了这个情况。

每隔五天冲田会独自离开屯营，沿着四条大街朝东去。途中遇到队里的人，也只是露出招牌式的微笑，并不说明自己要去哪里，去做些什么。

“难道说……”近藤闻言也有些担心，他想起了临行前阿光的拜托。

“不会在祇园、二条新地什么的烟花之地，结识了坏女人吧。”

“可他出门总是白天。”

“妓院里的‘昼游客’，不就是白天去的人么。”

“可是，近藤兄，那家伙好像不会亲近女人，简直像讨厌她们似的。在江户的时候就是这样。”

“阿岁，你也真是。平时那么聪明的人，一涉及到总司的事，再机灵的头脑也糊涂起来。总司是个男人，既然生为男人，哪有讨厌女人的道理？如果真有那种怪物的话，我见一个杀一个。总司只不过是害怕女人，还是孩子嘛。”

“近藤兄，你也一样呀，提起总司来也犯糊涂了吧。那家伙都二十有一了。怎么是孩子?”

“哈哈，没错。时间过得可真快呀。”近藤说着，不好意思似的摸了摸鼻头。

这两人觉得，阿光当初所说的“一切就交给两位了”，这话中交给他们的任务就是“那个事”，即让总司通晓男女相悦之事，然后娶妻生子。阿光要是知道了这二人的想法，定会觉得所托非人，以至伤心流泪吧。

转眼到了十月中旬。京都是一个有条不紊地按照节令运转着的王都。比如，东山的群峰，会随着季节变换不同的颜色。另外，因为神社、佛寺一年之中会举办各种活动，所以大街小巷中熙熙攘攘的行人衣衫打扮和手中的器具也都带有鲜明的季节性。

这天午后，土方见冲田又要出门，便叫住了他，“总司，等会儿。你这是去哪儿?”

冲田的神色好像在说：真不走运。不过这年轻人很擅长撒些无伤大雅的谎。

“去赏红叶。”

“哦，哪里的红叶?”

“清水寺。”其实年轻人讲的一部分是真的。

土方听了，故意说："我也一起去。"然后，不怀好意地观察眼前人脸上的表情。果然对方没想到土方会使这一招，有些狼狈。

果然，想去的可不是什么清水寺。——岁三暗忖。"怎么？我们快去吧。"

冲田无可奈何，只好带着土方出了屯营大门。

从京都的八坂塔登上三年坂，一下子变得树荫蔽日，令人通体生凉。三年坂走到头，再往那松林茂密处攀登，就是清水坂了。清水坂走到一半，一直沉默着的土方突然出声道："喂！你这真是要去清水寺不成？"

"是真的。"总司淡淡地回答。

"你不要瞒着我。"土方边走边说，"我可是肩负阿光的嘱托啊。倘若你有个万一，我非切腹谢罪不可，你可明白？京都的妓女都是嘴上说得好听，骨子里却邪恶得很。"

"是这样啊。"冲田轻轻呼了口气，面无表情地答应。

再拾级而上，迎面就是朱漆的仁王门。往高处还有一段石阶，一直走上去，屹立着八根立柱的西门。当初建筑时，极尽奢华之能，可惜经过数百年风吹雨打，光景已然憔悴了许多。

随后，二人登上了著名的清水寺舞台。舞台下方是一壁断崖。放眼看去，只见满山谷的枫叶层层叠叠。只是现在观赏红叶还为时尚早，树叶仍是青翠欲滴。

朝西望去，天高地阔，西山群峰尽在眼下，真不愧是“皇城的屋顶上瓦浪”。

“这可真叫人吃惊!”土方大声赞叹，很少能从他口中听到这种率真的感叹。

土方俳号“丰玉”，在故乡也罢，来到京都也罢，其实他一直都悄悄地做些俳句。冲田是少数的知情者之一。

“虽说在江户也总听人感叹清水如何如何，到了京都后，这还是头一次来。还得多谢你的谎话啊。”

“我可没撒谎。”冲田皱起漂亮的眉毛，不高兴地反驳。因为土方怎么都不认可自己的辩白，他大概觉得有点郁闷。

“我知道，我知道。不过你的清水呀，是脂粉气更浓重的所在才对。”

“什么?”冲田一边暗暗吃惊，一边面露喜色，他从土方的揶揄中得知自己生病的事还没暴露。

“我们到山谷里去吧。”

二人踏着结满厚厚青苔的石阶，一步步下到那片枫海之中。在林中走了一会儿，土方就在冲田不着痕迹的诱导下，来到了音羽瀑布的正前面。

“这里就是那座以水流动听而闻名的音羽瀑布吧。不过，声音真的很美么?”

虽然叫瀑布，却没有倾泻直下的磅礴气势。只见枫枝掩映的岩石孔隙里流出银线一样的三股潺潺细流，细声细气地落到下面石砌的池中。

“声音真的很动听。”

“长见识了呀。因为这瀑布太有名了。所以我在关东的时候，脑中想象的音羽瀑布，是那种水声轰鸣白沫四溅的样子呢。”

“的确是符合土方兄个性的想象。”说完，冲田“噗嗤”一下笑出声来。

“这话什么意思？”

“没有，没什么别的意思。不过，我听说，讲究茶道的京都人为了烹茶，特地来这音羽瀑布汲水。他们说，这里的水宁静柔和。所以，瀑布并非只有轰轰烈烈的才好呀。”

“你这么说倒也有道理。”

瀑布前有家“道旁茶屋”[4]，小屋前挂着深蓝色的门帘，露天放着的条凳铺着绯色毛毡。冲田状似不经意地走进去，坐了下来，土方也跟着坐在一侧。他可不知道冲田的计划。这时茶屋的女招待走了过来，她穿着伊予产的十字纹棉布和服，为了干活方便，袖子用红色的带子系在腋下。围裙也是带子一样的红色。土方一眼看去，确是个非常美丽的少女。

看样子，女孩和冲田是相当熟络的样子：“今天还是吃年糕吗？”她亲热地问道。

“果然！那小子看上的就是这个女人吧。”土方一边在心里嘀咕，一边睁大眼睛仔细打量着少女——一点细节都不肯放过。

把姑娘从头到脚查看了一遍，他稍微觉得安心了些。毕竟，京都音羽瀑布道边茶棚的婢女，比起最近在江户颇受欢迎的，寺院、神社附近的“水茶屋”[5]里的女人，显得更安全无害。

“果然是总司会喜欢的女人，分明还是个黄毛丫头嘛。”土方的心放晴了。

“怎么，总司，你每次跑到这里来，都只是吃年糕吗？”

“嗯。”

“真是古怪的家伙。说起来，最近好像也不喝酒了，难道是因为喜欢上了年糕了？”

“酒？”那是半井玄节让他戒了，想到这里冲田的眼神黯淡下来。不过，这只是瞬间的事情，很快他就用快活的表情解释道：“喝是喝，但我本来就不怎么喜欢酒。”

“所以干脆就滴酒不沾了？”土方歪着头想了想，突然像是想起了什么，“总司，最近你的头还疼不疼？”

“不疼啊。”

“没觉得发烧吗？”

“没有啦。”

“胡说！看你咳成那样。”

“那个是老毛病了。我本来就是痰多的体质，到了京都以后，又有点水土不服。”

“是这样啊。”

随后二人都陷入了沉默。

忽然间，太阳从云后转了出来。阳光透过茂密的枫叶，落在土方脚下——是一块圆乎乎的光斑。土方见此情景，突然诗兴大发。

“这时候应该写上一首才是。”他急忙从腰间取下笔筒，从里面拿出小本子和毛笔。冲田默不作声，只是往四下里张望，过了一会儿，他低下头——两颊腾起一抹红晕。

有五六个穿着白衣的比丘尼从茶店门口走过，冲田这才松了一口气，再度抬起眼往外望去。女尼们朝瀑布边走了过去，不过那里早已立了一位姑娘。那姑娘弯下腰，一手提着衣袂，一手用水舀往桶中舀泉水。从衣袖中露出的手腕雪白，好似凝着一层霜雪。在姑娘的旁边，还伴着一个年老的仆妇。

自然，主仆二人都没发觉坐在茶店里方凳上的冲田。

这话就要从冲田第二次拜访半井玄的时候说起了。那次他在玄关遇上了正要出门的阿悠。姑娘手里提着个木桶，桶上的黑漆锃亮。

“啊，您好。”总司见了赶紧躬身一礼。

姑娘也略欠了欠身，接着便往院门口走，走到一半，突然又在门边的灌木丛边停下了脚步，她回过头道：“前不久我从父亲那里听说了您的病情。您每天都有好好地卧床休息吧？”

不愧是医生的女儿，连问候的话都像个大夫。不，与其说是问候，倒更像是为了和青年武士说几句话，才故意找了这么个话题。

“嗯。”

冲田突然注意到姑娘手里的桶，疑惑地盯着它看了起来。姑娘见武士这副神情，又看了一眼手里的木桶，解释道：“每月八日、十八日、二十八日都要用这个烹茶。”后来因为仆妇的催促，她只好匆匆地离去了。

“我想打听个事……”冲田好奇心大起，趁半井玄节看诊的时候问：“在京都，烹茶都是用木桶的吗？”

“木桶？”玄节吃了一惊，“你从哪儿听说的啊？”

“没什么，只是看见令爱拿着木桶……”冲田把刚才的事情说给玄节听，后者闻言哈哈大笑。说起来，这还是他头一次见这位医生露出笑容。

“我跟你说，是这么回事……”玄节解释了一番，冲田这才恍然大悟。

原来在京都有逢八之日去音羽瀑布汲水烹茶的风俗。冲田听了，心中立即涌现出种种打算。——如此说来，按照京都人的生活习惯，想必连打水的时刻都是固定的。于是，到了下一个逢八的日子，冲田去了音羽瀑布碰运气。果然，阿悠如期而至。

不过，冲田没在泉水旁和她相会，而是坐在现在这个茶屋里，远远地望着姑娘汲水的倩影。而且，还不是正大光明地凝望，只是偷偷摸摸地从暗处窥视。当然，眼下他干的还是同样的事情。

一旁的土方舔着笔尖，专心致志地想他的俳句。忽然得了一首，脸上立即露出了笑容，他转过脸来对总司说：“有了！”

可是对方却状若未闻，依旧痴痴地望着瀑布方向。

“总司！”

“啊？”冲田慌忙回过头来，一脸严肃，“你那诗，怎么说？”

“你说什么呀。我看你最近神色很是奇怪。刚才那眼神，是一般人看未出阁女子的眼神吗？”

“啊……这个啊……”冲田害了臊，赶紧揉了揉眼睛。

任土方是如何阴鸷、乖僻的人，这时也忍不住哈哈大笑。

“啊哈哈，再揉也没用啊！”

难得冲田直到现在还有这份赤子心肠，土方笑的就是这个吧。然而，这时却发生了一件意外的事情。

土方的笑声惊动了阿悠，姑娘回过头来，发现了土方身边的冲田，脸上闪过一丝惊讶。

“原来您也来了。”

姑娘站在瀑布边潮湿的石板上，离土方二人所坐的地方不过五间左右。因此，虽然声音细声细气的，这边听得却很清楚。

阿悠和身边的仆妇说：“正好，我们也休息一下吧。”于是，主仆二人也走进了茶屋。这一来，冲田慌得连手脚都不知道该怎么放了。

土方若无其事地转开了视线。这会儿他要是偷偷摸摸地在冲田耳边问：“这女孩子是谁?”也未免太不稳重了，也不符合武士的身份。所以他只好默默地坐着。

为了遮挡烈日，茶屋的窗户上挂着苇帘，屋里显得有些阴暗。不过因为这姑娘的光临，就好像荒野上盛开了一朵鲜花，房间里一下子充满了生气。

姑娘悄悄对仆妇说：“吴要一份阿馍[6]。”仆妇听罢就这么和店里的女侍应点了餐。

同时土方虽然坐了有一阵子，却还什么都没点。他肚子不饿，不大想吃年糕；又不好酒，所以也犯不着特地要酒来喝。听见姑娘的话，他也依样画葫芦地道：“给我也来一份阿馍。”

那女孩子听了，“扑哧”一声笑了。姑娘也和女仆相视一眼，拼命绷紧嘴，强忍着不笑出来。她们的举动搞得土方摸不着头脑。不一会，一盘“阿馍”摆在了土方跟前。

“什么呀，这不就是年糕吗？”土方有些恼怒，他并不知道，“阿馍”是关西方面小孩子和女性的说法，其实就是年糕。

“没错啊，是年糕啊。”土方在一旁听女孩儿这么说了，只好认命地吃起“阿馍”来了。

趁这个工夫，姑娘亲切地问起了冲田的病情：“冲田大人，您走这么远，到这清水寺来，不要紧吗？家父不是说请您多卧床休息么？”

“这可怪了。”土方一边嚼着年糕，一边寻思，“冲田这小子，莫非在自己和近藤都不知道的地方，过着另一种生活？”

“那个啊……”青年的脸“腾”地又红了起来，“我想偶尔可以出来散散心……”

“平时都好好地休息么？”

“是的，我一直都尽量休息。”

土方在旁听了，不禁为之咋舌，他在心中暗笑：“这不是睁眼说瞎话嘛。昨天你不是还和我一同巡逻，去了祇园车道，斩了三个在栉屋太兵卫那里敲诈攘夷军费的浪人吗？”

姑娘听了冲田的回答倒显得挺高兴：“那就没关系了。只要其他时间都好好休息了，您就时不时地来音羽瀑布散散心吧。”

“对，时不时地……”冲田犹豫了半晌，终于鼓起勇气对姑娘告白，“每到逢八之日的这个时候，我就会来。”

“……”阿悠不说话了。姑娘是个聪明人，一听就明白了青年的心意。之后就是令人难堪的沉默了。从在后面的土方看来，姑娘雪白的后脖颈，也爬上了害羞的红潮。老仆妇第一个站起了身来，跟着姑娘也起身对着冲田默默地深鞠一躬。然后她像是刚发现青年身边还坐着个土方，所以也朝他深施一礼。当然这只是顺道，姑娘真正告别的对象只有一个。

冲田和土方沿着清水坂下山时，太阳已经西斜。两人估摸着不等回壬生天就该黑了。于是，土方找石阶旁的小茶摊借了一盏提灯，作为抵押，他把自己的印盒留在了店里。

“老爹，这灯笼，下个逢八的日子还给你。”

“您是说逢八的日子吗?”

“不，不是我来还，是我旁边这个年轻人。对吧，总司?你这个家伙每到逢八之日，就会跑到清水来排忧解闷。”土方促狭地笑了起来，“其他的日子嘛，据说整天都躺着休养。”说完他们又上了路。

一边下山，土方一边在脑中把最近的情况联系了起来，那拼图已经和真相相去不远了。

“你最近都有在看医生吧?”

“对。”

“真的是肺痨么?”

“不是!”冲田突然抬头看着岁三，断然否认。他的面孔在暮色中显得有些模糊。是不想让同伴为自己的病担心吧。不，更重要的是，他怕土方他们会把这当成一件大事写信通知姐姐阿光。那身在遥远的日野的姐姐，倘若知道了，不知会急成什么样。

“我只是太疲劳了，再加上风邪入体，感冒才迟迟不愈，没什么大不了的。”

“真是那样就好。”

虽然本人这么说了，土方却并不相信。如果仅仅是感冒，怎会那样三天两头地跑去看医生?他暗忖：“难道果然是肺痨?”

“你什么都不和我说，这可不行。”

“我没有瞒着你的事情啊。”

“这么说，你看上刚才那姑娘了？”

“不，不是……那种事情……”

“那种事情是哪种？”

“那么好的姑娘，会喜欢我这样的人吗？”

“总司，我问的可不是这些啊。”

走过清水坂的中段，土方若有所思地抬起眼睛，朝下望去——整个王城尽收眼底。虽然这里还挺明亮，或许是城中黑得比较早，家家户户都已经点起了灯。这万家灯火好像天上的星光，又像大海上的渔火。

“总司，你看这就是‘灯影杂星光’啊，京都秋暮的景致之美，是只有活着的人才能领略的——哦，对了，我们也把提灯点上吧。”

“好！”

冲田抱着怀里的灯笼蹲下身子，腾出两只手来，打算用燧石点燃小木棍，再用它引燃了灯笼里的蜡烛。火苗“噗”的一声冒了出来，一会儿提灯也亮了。这期间，土方一直低头注视着他，半天才缓缓道：“那个姑娘，你娶了她也好。是个好姑娘，和你很般配。我替你去和她父亲谈谈吧。”

“这可不行！”总司生气地站起来，也不理会土方，自己径直走了。

冲田并没告诉过姑娘，自己是新选组的一员。自然，阿悠的父亲半井玄节也还不知道这事，他一直以为冲田是会津藩士。

青年对这一点非常苦恼，“这可怎么说得出口？”

他并不是为自己身为新选组的一员感到自卑。但这个敏感的年轻人知道，京都人是抱着什么样的心情、以什么样的眼神来看待新选组的。

京都城里的人，本就对幕府的官员、差役没什么好感。毕竟自桓武天皇在这里建都以来，京都作为王城已有了千年的历史。提到民心向背的话，这里的老百姓更同情尊王攘夷的先锋长州人。长州藩发觉这一点之后就有意识地在京都收买人心，一年前还在祇园投下了大笔金钱。反观新选组，虽然他们在“守护皇城”的旗帜下千里迢迢从江户来到京都，却在最近的池田屋之变中暴露出本来的面目——幕府的爪牙。起码本地百姓是这么想的。结果是京都稍微自诩侠义的人都会拼着性命帮助长州以及其他藩的尊攘浪人，或把他们藏匿于自己家中、店里，或助他们逃出京都以躲避新选组的屠戮。

总司对此是一筹莫展，他想：“就算只对玄节先生说，先生也是会害怕的吧。所以更不能让阿悠小姐知道自己的身份。”

他的这番顾虑土方不知道，近藤更不知道。即便对他们说了，也不会得到认同。因为对于这二人来说，他们活在天地间的全部意义就只有“新选组”而已，可谓是为其生，为其死，为其歌哭、颠蹙。冲田这番不愿暴露身份的心情，他们是不会理解的。

㊃

“是吗？”土方说冲田秘密前往的地方是医生家，这令近藤大感意外，“你一说我才想起来。会津藩的外岛机兵卫大人确实跟我说过要给他介绍个医生。原来，总司已经背着我们去看过病了啊。”

“那小子一定是不想让我们担心。”

“那结果呢？不是痨病吧？”

“这就不知道了。总司那家伙因为不想告诉阿光，就连我们都瞒着。对啦，除此以外，还有件好事。”

土方就如此这般，这般如此地，把音羽瀑布边发生的事，详详细细地告诉了近藤，“我们再看看事情的发展，如果进行得顺利，你去和对方说说看如何？”其实只不过见了姑娘一面，土方就下这种决定，不免让人觉得轻率。可是土方也有土方的考虑，应该说他这种考虑是只有同乡的四人才能明白的。

急于谈婚论嫁的原因在于冲田的家世。冲田是亡父晚年才得到的小儿子，而且也是家里唯一的儿子。原本他对弄璋之喜已然不抱期待，所以才让林太郎作了自己的婿养子。

总司的父亲临终之时，曾嘱咐阿光："等总司长大了，就是冲田家的当家了。还是让他当这家的家督，守护祖先的墓地比较妥当。"

当然，这是过去的继承法。冲田家是浪人之家，遗产既没有禄位也没有田产，那么嫡子能继承的就只有祖先的牌位了。因此父亲在给这唯一的儿子起名时，叫他"宗次郎"。"宗"，是"宗家"的宗；顾虑到自己还有一个入赘的女婿，所以不用"太郎"，而是在"宗"之后加上"次郎"。这一个"宗"字，寄托着亡父的愿望。其实不用父亲说，阿光也会替他完成这一期望的。

虽然说得这么郑重其事，具体操办起来却非常简单。不过是等总司长大，成了家之后，阿光把佛堂里的牌位传给他而已。

宗次郎到了成人的年纪，剃掉额发，行过元服之礼，就从姐姐那里听说了这件事。他觉得这么做对不起姐夫林太郎，所以坚决不同意。

“这可不行！”他说。

冲田家的继承人明明已经有姐夫林太郎了。又不是什么历史悠久的名门望族，也没有必要一定要叫宗次郎继承家业。这个细心的年轻人考虑到阿光和林太郎，不知何时开始，不再用父亲给起的“宗次郎”，而改名为“总司”。（冲田总司生平研究学者、住在大牟田市诹访町的医师森满喜子氏曾专门去过麻布专称寺的冲田家的祖坟，查看了冲田总司的墓碑，碑上的名字仍是冲田宗次郎。）

这些内情近藤、土方都知道得很清楚。也是因为如此，当他们发现冲田对阿悠有思慕之情时，都很认真地对待，盼望他能早日成亲。如果单以新选组的局长、副长对一介队士的关怀的角度来看，的确是多管闲事。但是想到当初阿光的托付，他们就觉得有义务这么做。

而且从年龄上说，虽然有点早，不过按照那时的风俗，冲田这种年龄讨个老婆，反倒比土方那样三十出头还没有老婆的人正常许多。而且最重要的是，倘若总司能娶了那姑娘，再生下孩子，冲田家就后继有人了。

“行，我到那医生家去一趟。”

近藤是个行动派，心里有事就坐不住。他立即翻起了黄历，原来翌日就是大安日，宜嫁娶。于是日子就定在了第二天，主意一定，近藤也就安心睡去。

㈤

第二天清早，半井家里犹如小型台风过境——也不知道葫芦里卖的什么药，壬生的新选组局长近藤勇这天竟然亲自登门，说是要拜见当家人玄节先生。

其实，半井玄节还兼任西本愿寺住持的侍医，因为这缘故他才能获得“法眼”这一医家最高的荣誉官位。近藤上门时，他正准备去西本愿寺值班。

“总之，先请进来，听听他说什么。”

作为一位医生，玄节还是颇具胆识。他有自信，就算是壬生浪士组的局长亲自出马，无论他提出什么为难的要求，自己都能对付过去。至于这要求，玄节心里也已经有底，十有八九是关于西本愿寺的。

当时，在西本愿寺内掌握实权的僧人，很多是长州出身；而且，自本愿寺迁到京都以来，就和朝廷保持着密切的关系。说是尊王派，更准确地说是激进的尊王派，西本愿寺也容易与长州藩的主张发生共鸣。

因为以上种种原因，西本愿寺窝藏长州浪人的嫌疑就很大，新选组还曾派人闯进寺中搜查过。（顺带提一笔，尽管西本愿寺如此，东本愿寺却属佐幕派。当初，德川家康为了削弱本愿寺的势力，在掌权初期就将本愿寺一分为二，成立了东本愿寺这一分支。自那时起，东本愿寺就和幕府有着千丝万缕的关系。幕末时代，京都成为政局的中心后，东本愿寺俨然成为王城中佐幕派的根据地。幕末政治斗争益发激化，京都城里的东本愿寺门徒甚至哼起“跟着天皇走呢，还是跟着本愿寺走”的歌曲。所以维新之后，东本愿寺不得不向朝廷上缴大量的资产，日子变得很不好过。）

“反正是来找麻烦的。”玄节这么想着，进了客厅。

结果，大大出乎玄节意料。大名鼎鼎的近藤态度异常谦虚、恳切，甚至还面带笑容。因为他简直殷勤客气得过了头，玄节反而不安起来，他可没料到会是这样。

“请您抬起头来，不用那么客气，近藤大人。”终于，他恢复了法眼应有的宽厚随和。

不过近藤与京都人不同，不会在进入正题前先来一番冗长的寒暄。身为一名剑客，又是关东人，他在低头行礼的时候，就已经把下面要说的话，一句一句都想好了。

于是，致意完毕，近藤便滔滔不绝地说明了来意。其实近藤这个人，别看平时一副木讷寡言的模样，到了需要他发挥的时候，反而能说会道起来。只听他措辞庄重，辞藻华丽，声音也铿锵有力，实在很有演讲的才能。

土方则与之相反，在正式场合常常是默默无语，毫不起眼的角色。但一到朋友们私底下聊天、座谈的时候，就摇身一变，成了一个谈吐诙谐、妙语连珠的人物。

总之，近藤这个枕刀卧甲的武人，这时却像个说客似的口若悬河，实在很不可思议。

然而，对玄节而言，从近藤的嘴里吐出的每一句话，都无异于晴天霹雳。最后，他听说自己的患者冲田总司就是新选组队士。玄节再也无法维持平时那种从容大度的态度，差点就要拍案而起——光是有这么个患者，就足够在本愿寺那边引来诸多麻烦。可是更糟糕的还在后头，眼前这个梳着粗髻的关东武士，正要以他的雄辩之才、谦恭之辞，为自己的手下来求婚。还打算抢走他的女儿吗？

“那个，小女……”

玄节开了口，却还没想好下面要说什么，为了掩饰窘态，他掏出怀纸，放在嘴唇上方，假装在擦汗。对方的态度看似并不强硬，但总要想个合适的理由拒绝才行。

——如果扯个谎，说女儿已经定亲了，也许就能搪塞过去。然而，近藤正直勾勾地盯着自己的眼睛。那目光，好像要看穿人心似的。可不能露出破绽啊。

玄节只得沉默。

这时，主客之间，气氛不觉已变得凝重。

近藤仍以剑客特有的眼光注视着玄节。那种眼神似乎是在贪婪地捕捉对方表情的每一丝细微变化，随时准备抄起手边的家伙对付敌人突如其来的杀招似的。其实这是近藤的习惯，即使在这场与剑无缘的会谈之中，他的眼神还是那么犀利。

“您意下如何?”

近藤轻声问道。那语气，如果用剑术做个比喻。就像看穿了敌人的出招方向，一举化解对手攻势，使“青眼”丧失效力。其实对方会怎么答复，近藤此刻已经知道了。不过为了以防万一，他还想再确认一遍。毕竟撤兵也要等到铜钟敲响之后。

“那个，阿悠那孩子……”玄节终于开了口，“老朽就这么一个女儿，还不想叫她出嫁。而且如果要嫁人的话，女婿也想选一个同样是医家的青年。您尽可以耻笑我这个老人，既无知又没有远见。”

“我明白了。”为了不显得尴尬，近藤又象征性地闲扯了几句，这才起身告辞，离开了半井家。回到屯营，近藤把方才的情形告诉了土方，然后又把当事人总司叫进了自己的房间。

这件事对冲田而言，简直是猝不及防。虽说近藤、土方都是出于一番好意，但这本来是他的私事，然后却脱离了他的掌控，向前跑出了十町二十町之远，目下又回到了自己这里。冲田一想到自己这两位同乡前辈，不知对半井大夫和阿悠姑娘说了些什么，就害臊得不得了。

“再没脸去半井家了……”这个念头一闪过，他立刻惊出一身冷汗，湿透了衣衫。比起羞耻感来，一想到“自己和阿悠的事怕是完了”，更让他觉得眼前一阵发黑。

“总司，这桩婚事你还是放弃吧。”近藤用一副媒人的神色规劝道。

冲田暗忖：“这误会可太大了。”

“半井那个人，是西本愿寺的侍医。有句谚语叫‘瓜田不纳履，李下不正冠’你知道意思么？身为一个新选组的干部，在那种人家进进出出，队里不知会传出什么样的谣言，作怎么样的恶意揣测。这就像爱上了敌人的闺女，是不被允许的。你还是像个武士一样，痛快地放弃那个女孩子吧。”

“不是你们想的那样！”冲田睁大双眼，激动地分辩着。

“别解释啦。”近藤用微笑截住了总司的话头，“也不是铁石心肠的人，当然也有七情六欲，你现在的心情完全可以理解。”

“不，不是这样的！我只想能远远地看着她就好了，只有这一点想法……只有……”青年人胸中的千头万绪，却无论如何都无法织就言语。

近藤依旧面带微笑，一边慈爱地看着幼弟一样的冲田，一边不断地点头，他在心里说："你的事情，你姐姐都交给我们啦，所以……"

冲田只觉得意犹未尽，就像乐人脑海中的乐谱因为没有乐器而无法演奏，只能沉默着，让自己都不知是何意味的眼泪，打湿了脸颊。因为害怕叫近藤看见自己的眼泪，他逃也似的跑出了房间，一直跑到宽廊边，一跃又跳进了院子。

这天傍晚，冲田一个人去了音羽瀑布。

瀑布旁的茶馆早已打烊。太阳也下了山。

冲田呆呆地站在瀑布旁边。他就是等上一夜，那思念的人也不会出现了吧。因为今天，并不是逢八的日子。尽管如此，他还是默默地蹲在泉边。瀑布飞溅的水花把肩头的衣服都打湿了。

这时，从佛堂那边传来晚课的诵经声，悬崖上的"奥院"也亮起了灯火。冲田仍然蹲在泉下，不时举起手，用手掌感受那潺潺溪流从山崖上流下的触感，温柔而坚定。那个姑娘，也曾做过同样的动作。

一盏提灯靠了过来，原来是巡山的僧人悄无声息地停在了冲田身旁。

"您辛苦了。"僧人问候一句，又继续往前走。

有些信徒，会专门在夜间到这灵泉边祈祷。僧人大概以为，这青年也是他们之中的一员吧。

注释：

【1】江户幕府的基层警察机构。驻地在武藏国八王子（今八王子市），成员多是乡士，负责甲州口（甲斐国与武藏国之间的关卡）的警备和治安维持的工作。

【2】日本传统曲艺，一边弹三味线一边说唱的故事。

【3】僧官制度中僧侣的等级之一。864年制定，从低到高是法桥上人、法眼和尚、法印大和尚。日本中世、近世时期也将这个荣誉官位授予画工、医生、连歌诗人等。

【4】在路旁、神社内、观光地经营的茶馆，客人一般是游人、信徒，提供的也多是粗茶和简单的和式快餐。

【5】江户时代建在路边，神社、寺院附近，供来往游人饮茶休息的场所。江户上野山下、浅草寺等地的水茶屋因雇用的女招待都很美貌，因此十分有名。

【6】Amo，是关西地区的方言，一般是小孩子、女性的用语，指带馅的年糕。

枪乃宝藏院流

一

"这次，有个大人物要过来。"近藤兴高采烈地告诉斋藤。

那正是文久三年的四月，京都的樱花已经开始凋谢。新选组在京都壬生村刚刚成立不久，近藤和芹泽两派加起来才不过十六七人。此时他们已经正式隶属于担任京都守护职的会津藩主松平容保，因为有了这个身份，两人就分头在京阪一带招募队士。

斋藤一前不久从京都到大阪，又从大阪到播州，四处走访每家道场劝人入队。今日才刚回屯营。

"是什么样的人啊?"

"是个宝藏院枪法的高手，在大阪开了间道场，很有声望。据说以他那精湛的武艺，谋得千石[1]家禄都不在话下。况且人又有学问。真乃慷慨侠义之士。"

"这人您已经见过了?"

“那倒没有。”

“可真令人期待啊。”斋藤感到由衷的高兴。

斋藤一这个人物至今为止已经多次出现在拙作中了。

在剑术方面，他虽不像冲田总司那样天赋异禀，但对于真刀真枪的搏杀也颇有心得。可以说，在新选组内算得上的高手，只有土方、冲田、永仓、藤堂、斋藤，再加上很久以后才随伊东甲子太郎加入的服部武雄。

据传说，斋藤一是播州明石藩的浪人，不过他家世世代代都服务于明石藩在江户的定府。所以虽然他的剑道流派和近藤等人不同，但很早就出入于近藤派聚集的，位于江户近郊小石川小日向柳町的道场。这一点，永仓新八、藤堂平助、原田左之助等人也是一样的情况。

在近藤借幕府组建浪士团的机会上京的时候，他也趁机毛遂自荐：“我也一起去！”于是成为了后来新选组近藤派的重要人物。可是在当时，斋藤一的身份还是一名藩士，出发之前必须去江户藩邸、母藩办理种种手续。因为这样的耽搁，他到达京都的时间比近藤他们晚了许多。

从近藤的角度来看，他如果是一军主帅，那直接隶属在自己帐下的大将是同门的土方、冲田、井上源三郎，之下则是永仓、藤堂，还有这位斋藤一。

因此在新选组初具规模之后，斋藤立即当上了组内的干部（助勤）。然而世事变化无常，维新后他化名“山口五郎”，在今天东京教育大学的前身，东京高等师范学校当了一名剑术教员。

近藤告诉他这事之后没过几天，斋藤又去了一次大阪。事情处理完后就投在船宿“京屋”，为的是与人合乘渡船从八轩家逆流而上，沿着淀川回京都去。那是京屋与新选组第一次结缘，往后它会与新选组结下更紧密的合作关系，几乎成为他们御用的船宿。不过，这些都是后话了。

薄暮时分，斋藤登上一艘能载三十石左右大米的小木船。

当时和现在不同，淀川的水流量很大。船要逆流而上，势必要让纤夫在岸上拉纤。

这艘船的船舱是用草席搭成，里面的空间很小。草席下面像剧场似的，以木条隔开，分成出一小块一小块的空间。要租用这一小块地方，价格是天保钱[2]一枚。而且这天保钱买来的席位也仅够一人盘腿而坐，要是想在船舱里躺下来，则必须花上三倍的价钱。

斋藤知道了以上情况，这天早晨就在京屋预订了三人份的座席。因为一旦渡船满员，就是出再多的钱，也弄不到侧躺下身的地方。船刚准备从八轩家出发的时候，船上又上来了五个武士。所幸的是，甲板上刚好还有五人能坐下的空位。这五人上来以后，船立即离了岸。

斋藤披着租来的被子，眯缝着眼打量着新上来的武士。他们五人之中的最年长的武士，从穿着打扮到身上的佩刀都十分讲究。不过他却给船老板出了个难题："船老板，我们和船宿说好了，要给我们船舱里的位置。"

"这可不成啊，老爷。"船主断然拒绝了。想当然尔。要订船舱里的位置就要提前在船宿预约，上了船才和船主交涉是违反规矩的。

"您也能看出来，这舱里已经满了。无论您怎么说，我也不能把舱里的客人扔进河里不是？"

"不知礼数的家伙！"

"在船上本来就不讲礼数！"

斋藤心中暗叹："没想到这个船老板还颇有点骨气。"他觉得好奇，仔细打量起那武士。后者没有剃月代，所有的头发都梳在头顶上，系了个粗粗的发髻。皮肤略黑，颧骨高高耸起，并不算是什么贵相。

他旁边还跟着一个少年，年纪也就是刚元服[3]的样子，刘海儿已经换成了月代。少年和武士一样穿着印有十六瓣菊家纹的羽织，搞不好是武士的儿子。不过二人一点也不像。"儿子"皮肤洁白，下颌很尖，双眼皮，面容十分秀美。剩下三个人看打扮像是浪人。他们对年长武士的态度恭敬，好像是他的门人。五人都是关西口音，行动很是恣意散漫。

“门人”中的一个拿着一杆长枪，这倒令斋藤有点吃惊。一般情况下，不允许浪人拿着这种凶器东游西逛——搞不好是个教授枪法的师父？他这个念头一动，突然就想起了近藤和他说过的人。为首的那个，莫非就是近藤口中的谷三十郎？

他心里既存了这个猜测，再看那武士的时候就觉得他果然伟岸高大，仪表堂堂，一身的铮铮铁骨。“果然，像是个人物啊。”斋藤暗想。

他继续侧耳听着甲板上的动静，原来谷三十郎向船老板要求的不是五个人的舱内席，而是仅仅满足他和儿子的需求。船主受不住吵闹，终于妥协了。他来到舱里问有没有客人愿意把自己的横卧的地方让出来，而所谓“横卧的客人”只有斋藤和另外一个看起来颇有家资的町人。

“俺可不干。”町人说完就背过身，不理不睬。

斋藤坐起了身，“让他睡我这儿吧。”船老板听罢如获至宝，过意不去地连声道谢。不过三十郎大概是生性傲慢吧，对给自己让座的斋藤连头都没低一低，就遑论致谢了。大概他觉得自己求的人是船老板，而不是这个让席的乘客，斋藤让席也是看在船老板的面子上，所以根本没必要同他道谢。

两个人擦肩而过的时候，船身突然一晃，斋藤蹭了谷三十郎一下。

“对不起。”斋藤道歉道。

“啊。”虽然谷好像答应了一声，但仍是头也不回。船舱很昏暗，所以这人连看着对方寒暄几句的打算都没有，径直走了。斋藤在心中揣测：他这种目中无人的态度是因为自己武艺高超呢，还是斋藤一身浪人打扮未入他法眼。谷三十郎心中既已认定自己是京都守护松平中将的麾下，那对一介浪人不假辞色也是理所应当的了。

等到了伏见寺田屋的码头，为了避免谷三十郎一行人发觉自己的身份，斋藤赶在他们前面上了岸，一溜烟跑回了壬生村的屯营。可是这天那五个人并未来新选组报到。斋藤倒不在意，估计他们是先要在京都观光一下吧。

“我来介绍一下。”

那时新选组还处于草创时期，成员很少，所以大家都聚集在近藤的房间里，竟也不显得十分拥挤。

“这位谷先生是使枪的高手，各位以后要多多向先生请教。”近藤说完，又把新选组各队士的名字，还有他们的出生地，所习武艺的流派一一介绍给谷。

谷似乎没有发觉斋藤就是那天晚上给他让座的浪人。证据是近藤在介绍斋藤的时候，谷一脸泰然自若。倒是他的儿子和门人好像回忆起了什么，神情有点不自在。

对于那个“儿子”，斋藤觉得有些奇怪。在船上见到，他衣服上的十六瓣菊的家纹，不知何时变成了“九曜巴”[4]。衣着也精致多了，现在儿子穿的是黑色纺绸的羽织和仙台平的裙裤。这些都是到了京都以后，为了来新选组才换上的吧。“可谷的家纹应该是十六瓣菊啊。”斋藤在心中暗自不解。

这时近藤突然发现谷说话中带着中国一带的口音，就问他缘故。

“哈哈，不愧是近藤先生，您说得没错。其实我祖籍是备中国的松山，祖上代代都是板仓家的家臣。因为某些缘故，到了我父亲这一代成了浪人。后来一直住在大阪，所以为了方便，我一直自称是大阪人。”

“原来如此，板仓家的武士之门啊……”近藤好像因此更中意谷三十郎了。

“板仓家?”斋藤和局长近藤的想法却是两样。板仓家在德川幕府的谱代大名中很是出名，而且他们的家纹不正是那“儿子”衣服上的“九曜巴”吗?

可是对于这个“儿子”，谷却只介绍说：“这是我的养子，乔太郎重政。”

斋藤后来才知道，把这个谷三十郎介绍进新选组的人是原田左之助。他和斋藤一样，是从江户近藤道场时代就在一起的同志。原田是伊予国的脱藩浪人，于是斋藤就把自己心中的疑惑和他说了。

“你说那个小子?”

“我知道得也不是很清楚啊。”他看起来是真不知情。原田自从脱藩之后（话虽这么说，他在藩的时候其实也不过就是个武士的杂役）到在江户遇到近藤诸人为止，大概有半年的工夫。在这半年之间他曾到过大阪，半玩票性质地在谷的道场里修炼武艺。

“那时候我可没见过那小子啊。”

谷三十郎立即就当上了助勤，有了一小队部下。另一方面，他还每天在道场里传授枪法，而学生自然是组中的一般队士。不仅如此，谷每天大清早就起床，总要先站在中庭呼呼地耍一阵长枪。他天天这么肌肉隆起，青筋突出地练习一番果然出了成效。

“谷先生真是日本第一的使枪高手。”持这种主张的崇拜者与日俱增。虽说他这种行动不免有哗众取宠的嫌疑，可武艺不俗却是事实。

近藤也对他愈发另眼相看，据说许多组内的机要事务都找他商量，三十郎也因此恃宠而骄，行事作风愈加傲慢无礼起来。

“诸位，剑是很有用。不过真到了战斗中还得靠枪。大家都得练习枪法，不练到中人以上的程度，冲锋陷阵的时候可要吃亏了。”

“可是先生，那就不用练剑法了吗?”

“要是武艺精进到了一定的境界，使刀使剑都是无妨。不信的话你们拿上竹刀到场子里去，我示范给你们看。”

谷以前在大阪开的那间武馆位于松屋町上，他教授枪术，他的兄长万太郎负责传授门人剑术。因为这个缘故，谷对剑法总不会一窍不通。他和刚入门的一般队士相对而立，显出比武的阵势。不过，谷却把竹刀舞得密不透风，将敌人的进攻都“砰、砰”地挡了回去。

“砍得着的话，你就给我一下试试?”谷这么说着，把竹刀举到头上，像是耍杂技似的，上下翻动竹刀，打得对手只有招架之力。

“真是有一套。”看到这幅场面，斋藤一心中也很叹服。连冲田、永仓那样的高手，看到他和队士的对打，也觉得三十郎身手了得。近藤甚至说：“不说枪，就凭那剑法，他也能出人头地了。”

文久三年八月十八日的政变当夜，新选组负责镇守仙洞御所。那时谷三十郎执着长枪站在队伍前面，威风凛凛。路过御所前的人，都不禁啧啧称奇。所以三十郎的名字在其他藩中也有了威望。

这之后不久，原本掌握新选组大权的芹泽鸭遭暗杀身亡。之前新见锦也被迫自裁。所以近藤就成为了新选组唯一的领袖。谷三十郎也因此更加地目中无人起来。

本来新选组不过是一群志同道合之士结成的组织，而近藤也只是众人共推的盟主。但三十郎对这时候的近藤，已经像家臣对主君一样毕恭毕敬了。不过媚上欺下的他待斋藤却格外疏远。

冲田曾好奇地问过斋藤："你知道这里面有什么缘故么?"后者揣测大概这"缘故"是谷从自己的门人抑或养子(他们目前都是新选组的一般队士)那里听说，淀川渡船上为他们让席的人正是斋藤。不过他只是笑了笑，并没有把这些告诉冲田。

如果特意旧事重提，告诉三十郎"那个让席的人是我"，也不过是多了一则逸闻趣事，没什么要紧的。但斋藤只装作不知情，什么都不肯说。一方面因为他觉得由自己主动捅破的话，显得品行不端，像是故意令人难堪似的。更重要的是，他根本就不想和那个男人有什么瓜葛，就更别说是聊天了。

三十郎大概也很讨厌这种尴尬的气氛。

有一天在道场，他对斋藤一说：“和我比试比试吧？鄙人的枪对您的剑。”看起来他是想以己之长攻彼之短，用自己高超的武艺打破两人之间的隔阂。不，毋宁说是想通过这个办法让对手屈服。

“这个就不必了，我一定会输的。”斋藤笑着谢绝，并不接受挑战。

一晃就到了第二年，即元治元年，当时正值暮春时节。谷三十郎对待斋藤的态度一下子就变了。自然，对其他队员也不例外，本来就为人傲慢的谷，在这年春天格外趾高气扬，俨然一副新选组二当家的嘴脸。

所以对这种变化感受最明显的正是新选组的二号人物，副长土方岁三。岁三虽然比谷年轻，但因为是副长，他一直像对待上司一样，恭敬地叫岁三一声“土方先生”。那年春末，三十郎却突然把自己放在了和土方一样的位置上，对他也不使用敬称了。

土方不禁心生疑惑，“这到底是怎么回事呢？”

对于这种变化，有一个线索：这时期谷对近藤也比以前亲热得多。

“那小子还真不知道分寸。”土方一边苦笑一边向冲田抱怨。不过，听众就仅止于冲田了。

“以后呢，土方兄，还会有更叫你想不到的事情。”

比起土方，冲田了解的情报似乎更多。

“你指什么？”

“这我可不能说。”

冲田不是那种私下说自己同僚闲话的人，土方深知这一点，所以就没追问下去。

但他也没有放弃，而是叫来了山崎。

“我去给您查查看。”山崎打听了一下最近在队员中风传的流言，不过这些并没能帮他得出结论。

“这可真是怪了。”连他也犯难了。

然而谜底很快就被近藤亲自揭晓了。他把助勤以上的干部都叫进自己的房间。大伙进屋之后，却看见近藤身边还坐着两个人——谷三十郎、儿子乔太郎。而且一介普通队士的乔太郎竟然坐在近藤身边，那是土方都无法企及的仅次于近藤的上座。而他的养父则又坐在他的身边。

这个养子乔太郎虽然也是新选组的一员，却并无出众的武艺，学问更是不值一提，气概胆色方面也没有可取之处。要说长处，那就是当近藤的侍童，多少有点处理杂务、端茶倒水的才能。

“麻烦大家特意过来，真对不住。”近藤一脸喜色地开口，“这次让大家来不是为了组里的事情，而是我个人的一点私事想告诉大家。这件事，是关于我身边的这位谷乔太郎。”说到这儿，他特意停下来，看了乔太郎一眼。

“在下决定认乔太郎为养子。今后请各位把他当作在下的儿子，多多照顾。啊，对了对了，最重要的反而忘了。他的名字以后就改为‘周平’了。”

起这个名字里的“周”是来自近藤的养父，现居江户，已经退休了的近藤周助（退休后改名周斋）。对于近藤来说，这位老人不但是自己的养父，更是剑道上的师父。可是，关于收养子一事，连他的心腹土方都没听说过，此时也和众人一样惊得目瞪口呆。

在场的众人中，最冷静沉着的恐怕就是三十郎了，近藤的话一结束，他等于就成了局长养子的前任父亲，和近藤一下子成了亲戚。“请大家多多关照。”他这么说完，向大家略施一礼，连他低头的动作中都带着一股狐假虎威的傲气。

“原来是为了这个原因啊。”斋藤一下子豁然开朗，当然他马上又觉得这件事实在无关痛痒。

不久，关于这场“养子风波”的内情，就以传言的形式散播开了。

“那位，据说是板仓侯爷的体胤。”所谓“体胤”其实就是私生子。

据说是贵人私生子的，新选组还有一个，那就是北辰一刀流的高手藤堂平助。人们都说他是伊势津藩主藤堂侯爷的子懿，他自己也相信这种说法。所谓诸侯流落在民间的私生子，在传说为父亲的藩主死后，如果没有凭证，即便报出自己的出身，藩国也不会认可。

“据说，那位大人和母亲有过一段。”这话，藤堂也说过。

斋藤本来从不相信这种“贵人遗子”的传说。在江户的贫民区，有很多手艺人、消防员一类的人都自称是“贵胄”。只要是弃儿长大成人，他的邻居，或者自己本人都很容易编造出这种故事。至于那个周平，到底是不是真的呢？

从更换家纹那件事来看，搞不好倒真是板仓家的遗子。他一定是在旅行中穿着养父三十郎的旧衣，一到京都就把自己原本的衣服换上了吧。这么想来，倒是合情合理。不过，他的出身究竟如何，倒也不是什么大事。

在斋藤看来，这次“养子风波”中举动最奇怪的还是近藤。他这样的剑术高手为什么要挑选一个明显资质平庸的孩子当养子，还准备叫他继承家业，当天然理心流第五代的宗主呢？

武道之家的继承人，很多都是养子。因为无论当代的掌门人武艺如何了得，也不能保证他的儿子能有同样的资质。所以为了延续家门的声誉，挑选武艺超群的门人继承流派的例子反而比较多。

天然理心流也是一样。这一剑术流派的创始人是远州人近藤内藏助长裕。而第二代掌门人是近藤三助。从三助以来，天然理心流宗主的传承一直是以收养子的形式进行。到了周助这一代，也收了养子近藤勇，让他继承了道场。天然理心流代代的掌门都是这样，靠实力而非血缘，赢得前代的青睐成为继承人。正因为这样，虽然只是流行于武州农村的乡下剑法，声望却并未下滑。

不过，到了第四代近藤勇执掌天然心理流的时代，情况发生了很大变化。在禁门政变（长州势力被逐出京都政界）之后，近藤再也不是区区一名乡下无名道场的主人了。虽然依旧是浪人，却在二条城有了一席之地，俨然一副幕府直属部队长官的气派。

他已经不是那个南多摩郡的农民的儿子了。想必按他的想法，自己的血统也就罢了，但为了天然心理流以后的发展，当自己养子的人武艺倒还是其次，首要的是高贵的出身。

再说一些题外话。近藤早已成婚了。他的妻子阿常还住在故乡，他们育有一女，名叫阿玉。将来他是不是还打算叫这个周平娶自己的女儿，这就不得而知了。

总而言之，这个被宝藏院流枪术师范谷三十郎带来的男孩，身上所贴的“板仓侯体胤”的标签，把近藤给迷住了。他像发现了什么稀世珍宝一样，恳求三十郎：“谷兄，把你的儿子让给我吧。”

可是谷总是装模作样地拒绝：“这可使不得，这个养子是非常重要的大人交给我照顾的。”

按照他的说法，有一天，一个旧日主君板仓侯的心腹登门拜访，并带来了一个少年。心腹说这男孩是板仓侯的孩子，但不是现任的备中国松山五万石板仓侯爷，而是他前任隆光院大人的遗子。当年隆光院为了参觐将军，在赴江户的途中，和一个中国地区的平民女子产生了恋情。后来女子的家人托关系找到松山藩，要求准许孩子认祖归宗，因为这种事情太多，家老大人并没有理睬。可是女子家人来陈情的事情泄露了出去，藩国内外传得沸沸扬扬，也不能就此弃之不理。就因为这种两难的情况，事情一直拖着，连当事人隆光院去世也无定论。甚至临死他都不知自己还有这么个儿子。更难办的是，女子家人手里也没有能证明男孩身份的信物。

“所幸的是，您怎么说也是和已故主君交情匪浅的人，就把这位公子交给您养育成人吧。让他学习武艺，通晓学问，成为一个武士。等他长大以后，我一定努力想办法让他恢复真正的身份。”

“不过，现在让他恢复姓氏可不行。这样就好像他一直在谋求板仓家的地位一样，我以后的工作就不好进行了。所以目下只好让公子先当您的养子，您看怎么样？”那心腹说了这么一番话就把少年留下了，可是他本人不久也去世了。当时他们两个人的口头约定并没有第三个人可以证明，所以这孩子要想变成板仓家的少爷，可以说已经不可能了。

“这么说，乔太郎是板仓家的嫡系，备中松山板仓家的公子喽？”近藤看中的无疑就是这一点。

说起板仓家，本系加上旁系共有六支。其中三家是诸侯，三家是旗本。任诸侯的三家封地分别是上野安中的三万石、备中庭濑的两万石、备中松山的五万四千石。自然，松山板仓家是六支中的嫡系。

“出身真是高贵啊。”斋藤想当时局长一定会这么情不自禁地赞叹吧。一定是这样没错。这种对贵族血统深入骨髓的渴求，才促使他让这么一个武艺毫无可取之处的孩子当继承人。而且事先他也没和在江户隐居的养父周斋商量。好像是因为太高兴了，以至于完全忘记要和老人商量一下了。事后，他才给养父写了这么一封信：

前日，小儿从板仓周防守大人家臣处领回一子，收为养子。时值多事之秋，正思生死不计，一心奉公，是已做如上决定。小犬已取名周平。此节本应事先禀告父亲大人尊前，奈何事有缓急，只得从权处置。望父亲大人见谅为幸。

信中所谓的“板仓周防守大人家臣”指的就是谷三十郎。其实三十郎的父亲虽然是松山藩的武士，可他本人已经是一个浪人之身，这中间的玄机，以近藤那个时代的文言是很难表达清楚的。所以这封信，可以说是用简洁的词汇，歪曲了一些事实。

自此之后，谷三十郎就成了近藤的心腹。这当然不是近藤主动示好，而是他的亲戚谷三十郎单方面努力的结果。他的这种动力一方面来自于自身的权力欲，另一方面也有姻亲的义务感——新选组已不是别人的组织，将来它必定会成为和自己有过父子之缘的乔太郎的东西，所以不能不管。

他一去近藤的房间，必定要打一些队士的小报告，说他们哪里哪里违反了队规。不，在谷自己看来，倒不如说是和亲戚闲谈的时候，不知不觉说漏了嘴。

“谷有告密的毛病，可要小心。”队士们这么相互提醒，对他都心有忌惮。

所以，至今为止都是土方整理之后再向近藤报告的情报，这下全都直接通过三十郎进了局长的耳朵。有一天近藤甚至反过来告诉土方等人应该怎么处理队士的失误。

“我每天都疲于应付各方的要求，在诸势力之间周旋。队里的实际工作如果诸位无法切实地肩负起来，做好监督之职，我可就不好办了。”最后他还一反常态地发了这么一番牢骚。

“谷那家伙可真是麻烦。”这时候土方和冲田诉苦，“怎么什么都向近藤先生说呢。”

“那谁知道。”冲田其实并不在意这种事，不过他还是发表了自己的看法，“他成了局长的亲戚后才变成这样。大概是觉得队里的事情就是自己的家事，所以一有点什么，就担心地去和近藤先生说吧。”

“你的话我也明白。”突然，土方想起了什么，“我刚才的抱怨总司你可别对别人提起啊。”

“真是的，我当然不会说。”

“算了，他人倒也不坏。”

最后土方用平静的语气结束了这场对话。冲田却吓了一跳：他没想到连土方这样的人，都会为了谷是近藤的外戚而对他格外容忍。青年不禁叹息：“世间的人，都这么不可捉摸啊。”

慢慢地，新选组的队士们对谷的态度，竟比以前对土方更加戒慎恐惧。甚至有人已经打算投入他的门下，成为三十郎的心腹。如果讨得谷三十郎的欢心，那也一定会获得近藤的青睐，搞不好还能晋升至伍长——这就是那些投机家的打算。自打周平当了局长的养子，要求向三十郎学习枪法的一般队士就与日俱增。他们都觉得学枪法是接近谷的一条捷径。

“谷副长吗？”斋藤一心里对此却很不以为然。

有一天，斋藤正在道场监督队员们练武，碰巧冲田、永仓、藤堂这些新选组的干部们也穿戴上护具，在道场活动筋骨。突然有人从背后唤住他，斋藤一回头，只看到一个戴了面罩的家伙，直到认出胸甲上的家纹才知道那是土方。

岁三指了指对面的谷三十郎，“怎么样？用你的剑和他的枪比试比试？”因为戴着面罩，土方的声音比平时听来低沉。

“对付长枪我可不行。”

“不，以你的实力肯定能赢。突袭敌人的手腕，这样的话，剑也能压倒长枪。”说完，土方也不等他回答，立即又走到三十郎那边，不知道说了些什么。

最后他对大家说：“诸位，请坐下。下面请谷先生和斋藤君比试一场，给我们做个示范。”斋藤虽然年轻，却是新选组中最有名的剑客。所以大伙听土方这么说，都兴味盎然地坐下，等着比武开始。

斋藤快步走到道场的中央。

冲田担任两人的裁判。

总司特意问斋藤：“斋藤兄，这次比武是三局两胜呢？还是一局定胜负？”这是冲田的好意，因为在剑和其他兵器比武的时候，如果没有经验，就是再高明的剑客，也无法发挥出二十分之一的实力。

“一击定输赢就可以。”可惜这番好意没有被接受，斋藤似乎已经有了落败的心理准备。

土方也在道场中间落了座，他倒是笃定斋藤一定能获胜。这个副长一定是想借斋藤的剑打掉谷三十郎的嚣张气焰吧。

谷三十郎一会儿压腿，一会儿活动腰身，然后又舞了几下长枪，大概是在热身。因为知道对手是斋藤，他心中也一定对胜负有了自己的预测。反观他的对手，却依然一动不动地站着，不作任何准备。

其实他的心里，一直在拼命回忆以前听别人说过的战斗心得，还有自己亲眼目睹的剑客与持长枪敌人的战斗。以前斋藤的师父也告诉过他：“和持长矛的敌人作战也有诀窍的。”这诀窍就是“半身入身”。即开始时，持剑微微向着敌人的斜前方，避开正面。一旦敌人用长枪朝自己直刺，剑就顺势往回砍，在空中划一个半圆击中对方的长枪。枪不如剑灵活，敌人要使出第二招花费的时间也更长。趁此时机应该立刻用剑向前突刺，将其一击毙命。

“总之胜负的关键就在于速度，一分一毫都耽误不得。”斋藤记得师父最后这么说。

这时冲田高声宣布道：“一局定胜负。”

话音刚落，谷三十郎的枪就招呼了过来。只听“砰”的一声，斋藤顺利地拨开了对手的武器，转而向三十郎持枪的手猛击。不过谷也不是易与之辈。三间长的大枪在他手里竟仿佛是孙悟空的如意棒，能任意伸缩似的。看似要刺出去的枪，一下子又撤了回来，避开了斋藤的凶刃。他长枪运用之妙，假如叫外行人看到，比如剑客，一定会以为是他的枪自己缩短了一尺吧。

第一回合结束，两人谁都没占到便宜。斋藤只好也重新调整姿势，将剑高举过顶，准备进行新一轮的攻击。“谷持枪的手好像要往后撤。”这念头刚一冒头，斋藤的刀就往前凑了过去，身体也随之往前“砰”地迈了一步。他以为谷撤枪是为下面的攻击做准备，所以准备先发制人，趁对方蓄势未发就举刀劈过去，这种举动正说明了他缺乏经验。其实三十郎等的就是他这种反应，这时他脸上的表情也好像在说：“慢慢来，等的就是你。”

五寸

一尺

二尺

斋藤一小步一小步地举刀逼近了谷三十郎。

三十郎的枪也慢慢伸了出来，他的枪尖简直就是指挥斋藤前进的旌旗。

就在这时，斋藤终于察觉了不妙："不好，重心太高了。"他心里暗自懊恼："怎么连我也毛躁起来了。"因为专心追逐敌人的枪尖，他自己的攻势已经在不知不觉中变了形。跟使用长枪的敌人对决的时候，剑客需要不断变化自己的动作。他虽然心知肚明，但却为时已晚。可是尽管如此，在旁人的眼中，斋藤的一举一动仍可称得上机敏灵活。

事后，土方谈起当时斋藤的表现，连声赞叹他的剑法出神入化。

谷三十郎枪法着实精妙，进退之间游刃有余，这些大家都看在眼里。可尽管如此，离他如愿刺中斋藤似乎总有那么一段距离。反过来说，如果他稍有疏忽，叫对手逮到破绽，那么接下来斋藤就可以很轻松地反击制胜。这一点众人也是有目共睹。

谷深深地喘了一口大气。斋藤也好像相当疲劳了。两个人此刻等的只是决定胜负的最后一击。

然而，裁判冲田十分聪明，"到此为止！"然后他大声宣布了比武结果："平手。"

对这个结果，谷并不服气。后来他到处宣称是自己赢了，甚至对大家说他已经要刺最后一枪了。每次斋藤听到这种议论，都会毫不介意地承认："那场比武的确是我输了。没有必要为这个争论不休。"

斋藤的回答自然也传进了三十郎的耳朵，从此之后，他对斋藤也就愈发地不客气了。

有一天，两人在走廊里不期而遇。谷三十郎傲慢地和斋藤搭话："斋藤君，听说你在外面有女人了？"

这倒也是事实。斋藤最近和本国寺前水茶屋家的女儿谈起了恋爱，他们两个时不时地在壬生村后边的农家小屋里幽会。姑娘名叫阿妙。这还是他的初恋。

"近藤先生非常替你担心。"

"那还真是不敢当。不过身为男人，有了交往的女人，也是理所当然的吧。"

"请你说话当心。我要是把这话告诉近藤先生，对你相当不利吧？"

"请便！"斋藤说罢，自己也气得不得了。

虽然他有了个恋人，可二人发乎情止乎礼，并没有任何越轨的行为。比起为了权势，不惜卖子求荣的某人，不知要高尚多少倍。他不禁想："新选组也不是容易待的地方啊。"

果不其然，打那以后，谷一有机会就以各种各样的理由在近藤面前告斋藤的状。

土方因而提醒斋藤："你已经成了谷三十郎的眼中钉肉中刺啦。"

所幸谷虽然天天诉说斋藤的恶行，近藤却并不相信。他甚至反过来为斋藤说好话，告诉他斋藤是一个多么高尚的人："那家伙的剑，没有一点多余的东西，洗练到了极致。像他那样朴实无华的剑术，实在是世间少有。他能使出这种剑，正因其品格也同剑一样纯粹，毫无杂质。"

后来土方也把近藤态度告诉了当事者斋藤。后者却满脸的无所谓。他觉得组内的这种钩心斗角，实在无聊得可以。

于是，不知不觉之间，日子也就过去了。

没过几天，新选组就迎来了"池田屋事件"。至今为止，本书已经多次谈及那场在元治元年盛夏夜里发生的恶斗了。后来近藤在私信中将其称为"皇城动乱"。

当时的战术是：新选组全体成员一分为二，由近藤、土方各率领一队。土方部队最初的目标是木屋町上三条的四国屋。所以一开始就到达池田屋的只有近藤和几个少数的队士。而且在发动对池田屋的奇袭前，还要分出人手去把守住池田屋的前门、后门（排水道）以截断敌人的退路。当时谷三十郎的岗位就是前门，这个位置可以发挥出长枪的最大威力，所以安排他守着前门，谁都没有异议。

最后真正攻入池田屋的只有近藤为首的五个剑术高手。后来近藤给养父的信中写道："小儿将寡军，御前后之门，乃攻其内。当是时也，惟不肖、冲田、永仓、藤堂、小犬周平，五人耳。"

这里的"小犬周平"是其中唯一一个武艺平平之人。但按照自古以来的惯例，大将冲锋陷阵，任其副将的必是其长子。比如当初赤穗四十七浪士为主复仇，闯入吉良宅邸时，大将是前家老大石内藏助良雄，副将则是他的长子主税。现在，周平所处的即当初主税的位置。

近藤就是出于这种考虑才把周平带在身边，他觉得若是自己在场想必周平也会因此舍生忘死，奋勇作战吧。这天晚上他用的家伙是短矛。

夜里将近十点，旅馆池田屋的大门已经关上了。不过，监察山崎蒸数日以来一直潜伏在池田屋里。他这时正悄悄地将角门的门闩卸下，把一行人引入旅馆内。

近藤勇冲在最前面："老板，我们有公事在身，打扰了！"话音未落，老板总兵卫就走了出来，双方刚一照面，他就拔刀上了二楼。永仓新八从后屋的楼梯上了楼，他们在楼上斩杀了土佐浪人北添佶磨等一干敌将。

负责一楼的人只有冲田总司。藤堂平助则卸下了大门的门闩，敞开大门，好让后援人马一拥而入。直到此时，所有人都按照事先的计划行动，事情进行得很顺利。

唯独有一个人，呆呆地站在玄关无事可做，这就是“小犬周平”。和他形成鲜明对比的是，旅馆内部正经历着一场腥风血雨。周平正端着短矛来回转悠，他眼前出现了一条漏网之鱼——一个从战团中逃出来的武士，二话不说举刀就向他劈来。穷寇之勇武，真如烈火燎原，势不可挡。尽管是敌人，事后近藤也称他们“个个都有万夫不当之勇”。

眼见这样的敌人向自己冲来，周平吓得“哇”的一声，赶紧横举起短矛。那副狼狈样，也分不清他是要挡住敌人的攻击呢，还是被吓得要交出武器投降。只听“咔嚓”一声，他的矛给人家砍成了两截。按理说这时候他应该立即拔剑应战，可是少年到底没有那样的勇气。他一溜烟地跑出了大门——那里埋伏着新选组的其他同僚。

话分两头。大门这边的人正苦苦等着逃出旅馆的敌人，果不其然，这时从大门冲出来一条人影。大家正要上前迎敌，却发现出来的是自己人——“小犬周平”。负责前门阵地的队长原田左之助气得不行，他大声怒吼：“来者何人?”

“近藤周平。”少年只说了这么一句，就缩在屋檐底下再也不肯出战了。少顷，土方带领的大队人马从四国屋赶来了，因为援军的到来，前门一时之间陷入了混乱。大伙忙得自顾不暇也就把周平给忘了。

斋藤一也是援军中的一员。他一赶到池田屋，就像一阵旋风似的冲了进去，楼上楼下地左劈右砍，如入无人之境。光是楼梯就上下了五六回，最后斩杀两人，重伤三人。这期间，斋藤一度经过走廊，突然墙上挂着的灯笼掉了下来，廊内陷入一片漆黑。

猛然间，一柄短矛向他刺来。斋藤用剑“啪”地挡开，刚想向前再补上一刀，对方却转身跑开了。看那个背影，他认出了暗杀者的身份——谷三十郎。然而斋藤并不在意，只是转身专心对付其他敌人去了。黑暗之中不辨敌我，谷也是短矛出手才发现那是自己人吧。夜间作战，这类事可说是家常便饭。然而，谷却连句“对不起，我认错人了”这类话都吝于说出口。和在淀川渡船上的态度一模一样。

“唉，他就是那么个人。”那个傲慢的男人一定是觉得道歉太伤面子了。同样是为了面子，池田屋战斗后，大家撤回了屯营。只有他逢人就吹嘘自己的“丰功伟绩”，手舞足蹈地比画是怎么刺中敌人的，倒好像整场战斗全是他一个人的功劳似的。

最后连近藤都受不了了，皱着眉头阻止他：“别再说啦，谷君。”

如果说是谷单纯地希望能够出人头地的话，他的行为有太多难以解释之处。要说他是个阴谋家，处心积虑地谋夺组内大权，又未免过于幼稚无谋。总之斋藤觉得谷三十郎这种性格的人，将来一定会给大家添不少麻烦。这是不是关西人共有的毛病呢？从小在江户长大的他却不敢断言。“总之，这人不好办吧。”他这么想着，就以看好戏的心态，在一边冷眼旁观谷的表演。

实际上谷说这些大话也不是毫无作用。池田屋的战斗发生在晚上，又是在那么一所小二层楼里展开的混战，所以谁到底干了些什么，事后很难说清。在这种情况下，懂得邀功的人就会占便宜。三十郎回来绘声绘色地讲述了自己如何奋勇杀敌，他身上又沾满了敌人的鲜血，所以任谁看来他都是那次行动中的大功臣。

然而，奇怪的是，后来事情的发展渐渐脱离了他的预期。谷三十郎的人望就像燃尽的蜡烛一般，熄灭了。

不过大家态度的转变还需要一个过程，至少队士们对待三十郎表面上还像以前一样恭敬。可渐渐地他们不再一口一个“谷先生”了，在道场向他学枪法的人也少了很多。

“这到底是怎么回事啊？”

连斋藤也一头雾水。刚开始他以为是土方暗地里做了什么手脚，不过实际情况却并非如此。过了好一阵子，他才弄明白，普通队士们对组内的风向最为敏感，就像大船将倾时最先骚动起来的是甲板下的老鼠，对谷三十郎来说，失去了一般队员的尊敬，正是他悲剧的先兆。

近藤从那天的池田屋事变之后便开始疏远起周平，本来周平在新选组中就无职位，现在则是和普通队士无异。因为近藤不能允许干部中最怯懦者是自己的养子。而且他也不让周平进出自己的私宅了。对周平简直就如同对一个新选组的普通成员，不，比普通队员都不如，近藤甚至都不和他主动说话了。

与其说这是因为近藤的薄情，倒不如讲他是深恨自己的轻率——急急忙忙就让这么不成器的人当了自己的养子和继承人。他对周平的冷遇，大抵都出于这种懊恼之心。虽然不至于斩断父子之缘，但近藤也不再把这位“板仓侯的遗子”看作自己的继承人了。可以说周平被抛弃了。

同时，对周平的前任养父谷三十郎，近藤的态度也不像以前那样亲热了。他迁怒于三十郎，心想：“塞给我这么个没胆的小子。”可是这股怒火又很难启齿——然而越是无法为外人道，近藤就越是郁闷、懊恼，这些最后都成了憎恨谷的理由。

而且本来他就偏爱关东的武士，在给养父的书信中，就有“武士唯关东出身者可用”这类的字句。近藤并不喜欢关西的武士。后来在给身在故乡的佐藤彦五郎（土方的姐夫）的信中，他也写道：“大阪之剑客，难堪大任。”

特意在给故乡亲友的信里写上不该启用大阪武士，那么他所憎恨的这个大阪人是谁呢？显然不是一直跟在近藤、土方身边，转战京都、甲州、函馆，为新选组尽心竭力的山崎蒸。要是大阪出身的一般队员，也不值得写在家书中。那么干部之中，大阪人就只有宝藏院流的枪术名手谷三十郎了。可见近藤对他已经彻底失望了。

“可见，世事难料。”知道了这些内情的斋藤不禁如此叹息。他一直以来都置身事外，冷眼旁观组内大大小小的纷争，乍看起来，倒似个愚者，只知囫囵度日。但通过把养子献给局长近藤，谷三十郎固然获得了不可一世的权力，可一夕之间又成了过眼烟云。“月满则亏，水满则溢。”在斋藤看来，谷的例子不正说明什么事都不可过分么。

不久，又发生了一件事。

普通队员中有一个陆中浪人叫田内知，为人机敏，在新选组也算个人才。有一天他去和情妇幽会，竟然发现自己的情人和水户藩士有偷情的嫌疑。他正在质问女人的当口，还躲在屋里的男人就给了他一刀。田内腿上中刀，立即倒在了地上，就趁这个机会两人都跑了。

经过调查，新选组的判断是：田内武士道不觉悟。等待他的就只有切腹了。

这个判决对田内来说并不意外。屯所中庭的白砂广场上，已经做好了切腹仪式的准备。田内在草席上坐下，镇静自若地揉着自己的肚皮。倒不是因为他天生勇气过人，而是既然作为武士，就应该漂亮地切开肚皮自杀，做不到这一点的人，都会被认为没有做武士的资格。这种想法，在当时是极普遍的。

监督者是斋藤一。介错人是七队队长谷三十郎。他用白色的带子把裙裤肥大的裤管掀起来，两角都绑在腰上，倒也显得威风凛凛。

按照仪式的流程，介错人要向切腹者报上姓名。“我是谷三十郎。”他说话的时候还是一如既往地傲慢，田内倒也不介意。他向介错人谷、监督官斋藤，以及近藤、土方一一行礼致意。最后把短刃刺进了自己的左腹——从少年时，他就学习过切腹的规矩了。本来这之后匕首应该往右拉，让肚子上的伤口形成“一”字，可是田内已经没有体力这么做了。据说还有一种更为惨烈的情况，切腹人需要在胸口略下的地方再刺一刀，从那里一直拉到肚脐，形成“十字切”。然而能做到最后的人几乎没有，介错者一般看匕首刺进切腹人的肚子就会下刀砍掉首级，解除行刑人的痛苦。

谷三十郎也是一样，既然田内已经力尽，他就应该下刀了。可是他仍然高举长刀，眼看着田内在身下受苦，他一定想："既然是武士就要坚持到最后"吧。可是切腹者却坚持不住了，他哀求着三十郎："谷先生，可以了，快一点……"

三十郎慌了手脚，猛地一挥刀，刀刃却失去了准头，落在了受刑者的头上。田内倒在了地上。"谷先生，看准点！"他大声惨叫着。可是第一刀失误的他已经失去了理智，下手越发不知轻重。第二刀砍中了下颌，刀被弹了回来。田内已经浑身是血了。第三刀砍中了肩膀，第四刀划花了脸，这时候也不知道哪儿来的力气，田内突然站起来，他满脸都是血，像只没头苍蝇一样四处乱撞。谷呢，为了阻止他，一边吆喝一边拿出短刀挥舞着——现场登时乱成一团。

为了避免这种情况出现，介错一般都有两个人，正使失败的时候，副手马上上来补刀解除切腹人的痛苦。田内的不幸就在于介错者只有谷一个。

谷舞着短刀追赶田内，结果又在田内的胳膊、手腕、脸上砍了好几刀。这真是旷古未有的切腹。坐在宽廊上目睹这番情景的近藤、土方都不禁为之鼻酸，好容易才维持住严肃的神情。斋藤本来只是监督官，但事到如今再也看不下去了。他走过去，手起刀落，田内的首级滚落在地上——他终于解脱了。

“谷先生，请拿起来吧。”

“啊？”

“请您将那个首级拾起来。”

切腹的最后一步就是介错人捡起被他斩断的首级，右手提着切腹人的头发，左手隔着怀纸托着首级下端，跪下右膝，高举起来请监督者检看。可是三十郎已经被这一连串的事情吓傻了，忘得一干二净。

“够了！到此为止！”这声音是从宽廊上传来的，话音未落，近藤就已经拂袖而去。

“斋藤君，你欺人太甚！”

切腹事件后又过了几天，谷三十郎突然凶相毕露地对斋藤发难。后者却是丈二和尚摸不着头脑，只是呆呆地望着他，说不出话来。

“我负责介错的那天，你站在旁边，我刚要落刀你突然怪叫了一声吧。害得我第一刀就没砍中。”

“我可不记得做过这种事啊。”

“是男人的话，就堂堂正正地承认吧！你这么做太卑鄙了！”

“卑鄙……”

这时天正下着雨，斋藤望着飘落进中庭的雨丝，心想：“这男人可别是疯了吧。”然而，为了以防万一他还是握住了刀柄。

“谷先生您不会是要和我决斗吧？”

谷并没有这个打算，和以前一样，他依然企图借助近藤的权威恐吓对方：“这些情况我要告诉近藤大人。对你这种小人的行为总会有个处置的。至于我们俩的恩怨，以后再说！”

其实介错失败之后，谷的声望就一落千丈。他能想到的挽救方法大概也就只有这个了吧——一切都是监督官斋藤的错。

于是，这天晚上，土方把斋藤叫到了自己的房间。

“斋藤君，那个谷三十郎的事情。”

斋藤早就看穿了这点：土方是个控制欲很强的人，不能容忍有近藤以外的人挑战他的权威，所以对于这个突然冒出来的近藤周平的前养父，他其实比谁都讨厌。

“你听说了吗？”

“什么？”

“关于那次介错，他到处造谣说那是你的责任。”

“这不是无稽之谈么。”

“可是，无辜的你却被人说成无耻之徒。作为一名武士可不能一笑了之。”

关于此事，土方言尽于此，然后他们聊了几句无关痛痒的闲话。

又过了几日，依旧是个梅雨天。斋藤从祇园神社二楼的红楼门里，望着脚下烟雨笼罩着的城镇。他想：“这场雨可不小。”

天上的云彩越积越厚，太阳显得黯然无光，叫人几乎疑心已经到了夜里。路上看不到一个人影，随着黄昏临近，雨下得越发密了。他来这里是为了等着谷三十郎。

这一天是庆应二年四月一日。

“说起来，谷那家伙也真是个怪人。”他忆起第一次遇见三十郎的情景，那还是在八轩家的三十石船的船舱里的事。从那时开始，重新回想一遍的话，“倒也不是特别坏的人啊。”他得出了这样的结论。

不过在众人之中，谷到底不是斋藤喜欢的类型。虽然多少有些谋略与野心，然而这些反而成了招致灾祸的根苗。

“他要是当初没加入新选组就好了。”

突然，斋藤的头往右一转，那儿是八轩茶屋的门口——果如所料，目标出现了。谷被一个艺妓送了出来。两人都举着雨伞，艺妓一边笑着一边缠着他要求着什么，过了好一会儿两人才分开。一见谷离开，女人立即迎着风把伞合上，右手一提下襟，干脆地回了店里。

“就是那个女人吧。”斋藤从山崎蒸那儿听说过她的事。据说三十郎对她很是着迷，连着三天都去找她。不过令人同情的不是痴情的谷三十郎，倒是被追求的艺妓——她好像并不情愿作谷的情人。

“谷就是这么个人啊。”

斋藤撑开伞，出了二楼的楼门，慢慢地下了石阶。

“谷先生！”与这声呼唤同时掷出的还有斋藤手中的短矛。

“跟我一战吧。”

“这是干什么啊？”谷三十郎边说边捡起地上的短矛，用犀利的目光盯着斋藤。

“是土方叫你来的？”

“土方先生怎么想和我没关系。我嘛，是为了自己的私事，想和您较量一番，这才一直在这里等您。”

“你这家伙！”

谷三十郎一把甩开手中的伞，紧紧握住手中的短矛。

斋藤左手持伞，慢慢朝谷三十郎走去，等离得近了，才“砰”地把伞扔在地上。

谷三十郎大概是那种事到临头就会方寸大乱的人。他也没有看清斋藤扔的是伞，还以为敌方已经长剑出手呢，不假思索地挥矛刺向斋藤左手。趁敌人招式用老，斋藤举刀挥砍，在碰见矛身的瞬间逆转刀锋袭向三十郎的手腕。谷赶紧撤回长矛，可惜已是回天乏术。

斋藤再一击就结果了他的性命。

至于近藤的养子周平，此后依然平安无事地待在新选组里，或者说众人已经任他自生自灭了。在鸟羽伏见的战斗中，他混在乱军之中消失了踪影。据说后来去了东京。不过，关于这之后的事情就无人知晓了。

注释：

【1】石，体积单位。主要用来衡量稻米、谷物的体积。一石相当于十斗，约180公升。

【2】又名当百钱。天保六年（1835年）后开始铸造发行，一枚天保钱能相当于一百文钱的价值。不过在民间实际上只被当做80文钱来使用。

【3】古男子成年开始戴冠的仪式。江户时除贵族外，均省略了戴冠，而只是剃掉刘海儿（前发）。

【4】中间一颗大珠，周围围绕八颗小珠的家纹。

弥兵卫的奋迅

㊀

“怎么捡回来这么个怪模怪样的家伙。”副长土方抱怨道。

然而，近藤却想让这个“怪人”加入新选组。理由是这人的武艺高超，而且“听说他性格也不错。参谋伊东君（甲子太郎）和我说十分希望队里有这样的人。所以阿岁，这件事你就答应我吧”。

伊东虽然是参谋，但组中的地位却可以与土方比肩。况且最近他刚刚从江户带着许多自己的朋友、门人入队。近藤对他也十分信赖。

就是这个伊东，有一天带着几个队士顺着六角大街往西巡逻，突然发现胜仙院鼠突不动尊的佛像前面，两个武士正在争执着什么。

“快住手！”伊东拔出剑，刚准备阻止二人动手，其中一个武士已经舞起大刀朝对方猛劈过去，“这下记住教训了吧!”他说。

这个人就是后来土方所说的“怪模怪样的家伙”，大名叫富山弥兵卫。

伊东根本不用问对方的藩名，一看他那剃得宽宽的月代就知道对方是萨摩藩士。而且看他的刀法也印证了这个判断，那正是萨摩藩特有的示现流。刚才还争吵不休的两人，其中一个已经变成了死尸。在弥兵卫猛烈的一击之下，对方的脑袋变成了两半。

凶手的模样并不显眼，表情也很呆滞，体态微胖，看举止风度，倒更像乡下的农民。伊东猜想这个人的出身肯定不是名门贵胄，大概是所谓的“乡士”。在萨摩、土佐等藩中，除正式的藩士之外还有个“乡士”阶层。他们虽然有武士的身份，却不从藩里领取俸米，而是靠经营祖辈传下来的一点耕地过活。和一般农民的区别只在于不用缴纳租赋。

检查了一下武士的尸体，从他怀里找到了一张名片——艺州藩士佐仓某某。

“是私斗吧?”才子伊东说话的时候总是文质彬彬的。

“是的。”大概是因为迟钝，他的语气很平静。

虽然他对伊东有问必答，可是此人本身不善言辞，口音又重，搞得伊东几乎听不懂他在说什么。总之这两人是在路上碰到，意外起了纠纷。富山不小心踩了佐仓某某的脚，虽然道了歉，不过弥兵卫性格木讷内向，这在对方眼里就成了傲慢、毫无反省之意的证据。于是艺州武士拉着他要决斗，弥兵卫不得已挥刀自卫，对方竟然就死了。

伊东问这些并不是想调查事情经过。新选组的任务，第一是斩杀扰乱京都治安的诸藩浪人，第二是蛤御门事变以后捕杀业已成为“朝敌”的长州人。像弥兵卫、佐仓这样记录在册的藩士之间发生纷争，一般都是交给他们的母藩去处理。

“奉行所和艺州藩那里我们会出具书面报告。可是，富山先生，你如此的行事，恐怕会在两藩之间引起不小的纷争啊。”

此时太阳已经下山，暮色笼罩了皇城。

“我已经准备好切腹谢罪了。”富山倒显得满不在乎。

“可是啊……”伊东巧妙地规劝道，“正值多事之秋，失去像您这样年轻有为的人才，实在是国家的损失。您既然都有了不惜一死的觉悟，还不如现在就脱藩，加入到我们新选组里来。您看怎么样？”

其实，真正令伊东感兴趣的只是“萨摩藩士”这个头衔。虽说他加入了幕府的爪牙——新选组，但其本身一直以来的理想却是尊王倒幕。按伊东的说法，他是要在新选组的内部，舞动三寸不烂之舌，劝说近藤改弦易张，最后让新选组也成为勤王倒幕的义军。

长州势力被逐出京都之后，萨摩藩取而代之，俨然一副尊攘派盟主的气势。伊东倒十分想和萨摩搭上关系，可是他本人出生在常州志津久，后来在江户学文习武，熟人里倒没有一个来自萨摩。

“此人倒是奇货可居。”他心里既有了这个盘算，自然就希望拉弥兵卫入伙新选组。

这一年正好是庆应元年。

去年夏天，萨摩和会津联手把长州藩的军队赶出了京都。从这次事件看来，萨摩表面上与佐幕派的先锋会津藩协同一致，共同进退。实际上，他们勤王倒幕的主张虽不像长州那么极端，但也再不打算屈从于幕府的权威。其实他们才是对幕府最大的威胁，假如情势有利，萨摩藩肯定会第一个向将军举起叛旗。

幕府方面也很忌惮萨摩藩。自古以来萨摩地区民风彪悍，又拥有日本最多的藩兵。前任藩主岛津齐彬以建立一支洋式军队为目标，进行了种种内政、军事改革。使得藩内财政大大扩充。

萨摩藩内的风气也与他藩不同。人人都唯藩主之命是从，从上至下，有条不紊地各司其职。这种中央集权下的集体主义精神与长州人那种极端冒进、却又爱独立行动的个人英雄主义形成了鲜明对比。伊东甲子太郎因此料定，假若天下发生大事，那么这推动者不会是长州，必定是萨摩，正所谓“喑呜则山岳崩颓，叱咤则风云变色”。

当初长州在京都的势力达到鼎盛时，诸藩之间都谣传说：“长州藩主这是要拥立天子，好让自己登上将军之位。”就连萨摩藩的西乡吉之助（隆盛）也对这种说法深信不疑，他给故乡好友的信中写道：“长州不灭，吾藩必危。”结果同样倾向勤王的两藩成了不共戴天的仇敌。

作为应对之法，萨摩藩以狡诈（在长州看来是这样）的政治手段同本来立场截然相反的佐幕派魁首会津藩携手，共同炮制了“禁门事变”，使得长州藩一下子成为千夫所指的“朝敌”，被赶回了老家。最后，不得不借助萨摩撑腰的幕府。从此也被在京诸藩轻视。而那些残余下来的倒幕激进分子又逐渐聚集到了另一人周围，那就是住在萨摩藩京都藩邸，掌握藩外交大权的大久保一藏（利通）。

萨摩藩是个没点燃的火药桶。

幕府和会津藩的想法一致：“千万别过于刺激他们，以免狗急跳墙。”所以，隶属于会津的新选组对萨摩藩士也是极力回避。

眼下的局势就是这样。伊东是个聪明人，他的预见是：“不管怎么说，萨摩这头睡狮总不会一直沉睡下去。早晚有一天他会站起来咆哮的、怒吼的。”这样的话越早投向萨摩阵营就越有利，最好是借他们的力量把新选组夺到自己手里。所以眼前这个富山弥兵卫，有必要卖个人情给他。

第二天，伊东去了位于锦小路的萨摩藩邸，要求面会大久保一藏。不过后者不方便出面，只是让中村半次郎（桐野利秋）出来应付。中村本也是乡士出身，现在在藩邸负责接待从他藩来此游说的浪士，做一些公关工作。

自从文久二年“寺田屋事件”[1]发生以来，萨摩藩的方针就是尽量不和其他藩的藩士、浪人私下接触。这一点也和长州的做法大相径庭。长州人在京都飞扬跋扈之时，他们的藩邸简直成了“梁山泊”，只要愿意投靠，他们通通来者不拒。

半次郎人长得一副豪爽的样子，可说话行事却相当小心谨慎。

伊东说明来意后，他露出了吃惊的表情：“富山弥兵卫？敝藩可没有这个人啊。”

甲子太郎大概是料到了对方会有这种反应，所以明知他在说谎也并不戳破。

“是这样啊。不过他自己报名说是贵藩的藩士。真假姑且不论，请您先听听我的建议。”他口若悬河地讲起了昨天发生的事，“昨夜的那场战斗，我从始至终看得清清楚楚。

傲慢无礼的是那位艺州藩的武士，富山君什么错都没有。日后如果两藩因此产生矛盾，我愿意作为目击者，为萨摩藩佐证。”

这件事，中村其实已经得到了西乡、大久保的授意——“就装作什么都不知道。”昨夜富山回来报告了此事，然后就要切腹。西乡阻止了他，并且作了脱藩的判决。也就是说富山现在根本不是萨摩藩的人。他日萨摩藩一旦起事，艺州藩（浅野家四十二万六千石）也是一大助力。因此他们正在努力促成两藩的合作协议，这种时候不能因为富山一个人破坏彼此的关系。

所幸富山弥兵卫是大隅乡士，因为是次子的缘故不能继承家业，于是就在鹿儿岛城某高级武士手下当了一个家臣。对于藩国来说他并不是直属的武士，只是一介陪臣，武士的名簿上没有他的名字，追究起来也不会有任何证据。

当时还是上层武士的西乡用很熟稔的语气对陪臣富山说：“弥兵卫，你行事勇武，真不愧是萨摩的武士。可是切腹的话，你杀死艺州藩士这件事就泄露出去了。所以还是跑吧，先躲藏一段时间，等到时机成熟我一定再去叫你。”

西乡这样的贵人，竟然对自己这么亲切地说话，富山觉得十分感动：“我的命以后就是西乡大人的了。虽说不值一提，但只要您需要，我富山赴汤蹈火，在所不辞。”留下这话，他拿了西乡给的一点路费就逃离了藩邸。

“总之我们这里没有这个人，您还是请回吧！”

“既然如此，如果我们找到这位勇士，招募他加入新选组，贵藩也不会有异议吧。”

“当然不会有异议。”

伊东走了之后，中村将伊东的来意报告给大久保一藏，后者听后考虑了一下。

“弥兵卫去新选组么？”他对这件事很感兴趣，“这样的话，不如把这个意思告诉弥兵卫，叫他趁机去作内间。”

“内间”这个名词出自《孙子·用间篇》：“故用间有五：有因间，有内间，有反间，有死间，有生间。”所谓的内间即打入敌人内部，伺机探查敌情的人。

说实话，在大久保的眼里，一个区区百人的新选组根本不成气候。不过早晚会成为死对头的会津藩的底细，以及京都守护职松平容保的动向，都是他们急需知道的。因此如果能以新选组为突破口，搜集到以上两种情报那就再好不过了。

于是，大久保命令道：“半次郎兄，你去把这个意思告诉弥兵卫。”

㊁

大久保的计谋自然不出伊东的预料，可是十日之后他依旧若无其事地将富山引荐给近藤。

“是萨摩人？”

就连近藤，在听了伊东的请求之后也皱起了眉头。这不是眼睁睁地把一个奸细收入组中么？

“我也知道您的顾虑。可是富山眼下是再也回不了母藩了，而且对于抛弃了自己的萨摩满心仇恨。如果他加入进来，我们不就能通过他侦察萨摩的动向吗？万一，我说万一，这小子心怀叵测，意图不轨，在下一定立刻杀了他。”

“那我可就把他交给伊东兄你了。”

富山刚加入便被拔擢为伍长，他被重用的理由是因为近藤看中了他的剑法。

“近藤兄也真是爱找事。”对此土方只得暗自腹诽。

他早就打定主意绝不和伊东一派的人物主动搭讪，对富山也不例外。土方所做的仅仅是在远处监视着弥兵卫的一举一动。

他发现这个富山竟十分受大家喜爱。

首先新选组自成立以来从没有过萨摩籍贯的队士，富山在这里可以说是类似珍禽一般的存在。第二他性格老实憨厚，内向又不爱说话，也很难令人讨厌。还有一点，富山的方言口音太重，几乎没有人能听懂他在说什么。

“简直是来了个中国人嘛。”大伙都这么说。结果，“可爱的”富山简直成了新选组的吉祥物。

哪怕大伙都这么拿他开玩笑，弥兵卫也不急不恼，只是咧嘴傻笑，胖乎乎的脸上像开了一朵花似的。因为这种沉稳的态度，喜欢他的人更多了。

后来又出了一则笑话：“他和毛内说话，只能靠传纸条呢!”

毛内有之助（监物）出生在本州最北边的津轻藩，为人耿直真诚，也有些学问，非常崇拜伊东甲子太郎。美中不足的是他的口音，很多时候大伙根本不知道他说的是什么。新选组名义上是隶属于会津，所以会津藩负责对幕府事务的官员经常过来走动。毛内在组里是“文学师范头”，会津藩的官员来拜访的时候，他时不时地被要求出来陪客，这是因为考虑到会津和津轻同属于本州东北的奥州。结果即便是和会津人说话，对方也只能听懂个一鳞半爪。这个情况是大伙始料未及的：“两边都是奥州人，所以以为能听懂他那口方言呢，看来还是不行啊。”

会津人都不行，更何况富山是来自日本西南端的萨摩藩呢。他们两个凑在一块儿肯定是鸡同鸭讲，不写成文言，肯定是沟通不了。

可是无论众人怎么嘲弄，富山也不以自己的乡音为意，这点更是赢得了大伙的好感。“弥兵卫那家伙不错！”虽然没来多久，他却已经和众人打成一片了。

唯独土方还是有点不放心：“那家伙又不是傻瓜。小心总是没有错的。”他虽这么提醒自己，但也被富山的纯朴迷惑住了，不知不觉中放松了警惕。

有一次在道场，他穿戴上护具，正要去指导队员的训练，忽然在角落里发现了穿着练功服的富山。岁三早就听说过弥兵卫是如何在胜仙院鼠突不动尊像前一刀就让艺州武士毙命的，可是却从未亲眼见过他的真功夫。

“富山君，你也去戴上护具！”于是，土方想亲自试试他的身手。

“……”对方好像做了一番解释，并没按岁三的命令行事。但具体说了什么，根本没人听得懂。

没想到的是在一旁替土方翻译的竟然是津轻人毛内。原来他们两个因为经常“笔谈”所以熟络很多，结果毛内竟成了新选组第一个能听懂富山萨摩话的人。“他说不知道怎么穿戴护具。”

“不会？”

土方一想也是。穿着护具用竹刀练习是最近兴起的方法。在萨摩人中间流行的示现流剑术历史悠久，练习时不用竹刀而用木刀。而且就算是木刀，方式也与其他古剑术不同，自成一格。

“毛内，你帮他穿。”

“是。”

毛内手脚麻利地给富山穿戴整齐，又递给他一把竹刀。

“那么，请您斧正。”说着富山走到场内，在土方对面站定。

“放马过来吧！”

话音未落，竹刀就猛地劈了过来。土方赶紧也挥刀格挡，“啪”的一声，被震得虎口发麻——如此猛烈的攻击他还是生平第一次遇到。“就是这一招把那个艺州藩士的脑袋砍成两半的吧。”他不禁为之咋舌。

可是富山的刀虽然来势汹汹，路术上却很单纯，没什么技巧——不是从头往下迎面劈来，就是斜砍敌人的肩膀。于是岁三躲开他的袭击，试着回砍了几刀。弥兵卫竟像木雕的人偶，毫不抵抗地挨了好几下。

“不是装的吧？”他生了疑心，可仔细观察下来，富山的剑法倒真一点防备都没有。

“土方先生，我认输啦。”

“再来！”

只见萨摩人被土方的剑尖逼得重心越来越往下，最后竟然一屁股坐在了地板上。

“求求您了，还是饶了我吧！”

因为他哀求的表情过于滑稽，连向来严肃的岁三都大笑了起来。

这个富山在第二天早晨，买回来二三十根木头，每根都是直径一寸，高约三间的规格。他把这些木棍一根一根地插在道场旁的空地上，搞得像片小树林的样子。土方从道场的宽廊上下来，见到的就是这幅光景。

“富山君，你可真是个怪人。”

见来人是土方，他立即笑嘻嘻地鞠了一躬。

“这是在搞什么？”

问了之后才知道，原来这是示现流剑术的一种修炼方法。

土方瞬间就洞悉了萨摩人心中的想法：竹刀虽然使得不好，但请您看看我怎么使这个吧。这心思，简直比小孩子还单纯嘛。

富山手里拿了一根四寸左右的木棒。突然“哇呀呀”一声怪叫，跳进了木桩丛中。只见他脚下生风地在木桩间来回穿梭，手中的木棒也左劈右砍。其迅猛程度不亚于使用太刀。

“这就是萨摩藩的示现流啊！”土方为这种剽悍凌厉的武艺所震撼，许久都说不出话来。

这是一种彻头彻尾的实战主义刀法。就是土方学着富山的样子也如此操练一番，恐怕也使不出那么有威力的挥刀。

不过这还没完，他又不知道从哪找来一个造型古怪的架子，然后把二十几根五分粗的木枝扎成一捆架在上面。只见弥兵卫手持木刀，“呀”的一声，抡圆了胳膊朝柴捆砍了下去，一下又是一下。木棒像雨点一样落了下去。

土方看了技痒，忍不住跳下院子对他说：“让我也试试。”富山就把木棒交给了他。

可一旦换成了土方，“砰”的一声棒子就被柴捆弹了回来，他只觉得手心又麻又疼。不死心地又狠敲了几下，无论是力道还是迅捷程度都与弥兵卫相差悬殊。

“哎呀，真是甘拜下风了。”

富山把柴捆扛走以后，礼貌地回答：“没有的事。您只不过是还不熟练罢了。”说完，心无城府地露出了笑容。

“萨摩人都是这样的吗？”土方暗自赞叹，自此之后对这个萨摩人他又多了几分好感和尊敬。至少他不觉得弥兵卫是奸细了——这样的男人怎么干得了密探的活呢？

㈢

然而有一个人却和土方的看法不同，他认为富山天生就是当奸细的材料。这个人就是萨摩藩的大久保一藏。

富山每个月会化装成行脚商，悄悄溜到石药师大街寺町东口，从一间已经停业的商铺后门钻进去。这间房子是大久保租下的。每月弥兵卫就在这里详细地向他报告从新选组了解到的关于会津藩的政治情态、人物，还有各种传闻。这时候他就不再是那个木讷内向的萨摩人了，而是一个对情报高度敏感的间谍。

“没有什么人怀疑你吗？”

“没有。”富山胖乎乎的圆脸上露出了亲切的笑容。

这时大久保清楚地意识到：只有这种乍看像是傻瓜的人才能成为优秀的探子。

“你要是暴露了，可别就急着切腹。一切以逃走为上。”

“不，若到那时就和他们力战至死。新选组里能胜过我的高手也不过四五个。”他平静地答道。

有一件事忘记说了，富山弥兵卫这人虽说年轻，牙齿却不好，满口都是蛀牙。只要一疼，他就会用钳子伸进嘴里一下子给拔了。

也不知道是第几个月，这天他又来到大久保租的房子，后者惊讶地发现他的牙几乎全没了。

“你又把牙拔掉了？”大久保皱起了眉头。

弥兵卫却满不在乎地笑了笑：“是的。”看着他这张笑脸，大久保再次确定了自己的观点：“他真是个天生的细作。”用自己的手把牙齿连根拔起，这可不是一般人能做到的。他现在的嘴唇已经瘪得像七八十岁的老翁了。

当富山把自己硕果仅存的两颗门牙也拔了之后，连土方都惊呆了。

“富山君，你这是怎么了？”

他不答反笑，一咧嘴就露出两副光秃秃的牙床。看到这副滑稽的嘴脸，连土方都大笑起来。——这下弥兵卫更成了队员们玩笑的对象了。

然而关于拔牙这件事，土方的看法却与大久保截然相反——“长着这么一副有特色的容貌，怎么会是奸细呢？”

“你这样还能吃东西吗？”

“不，反而，这个……”弥兵卫说不下去了，他回头向毛内求助，毛内替他回答道：“没有了那两颗牙，牙床就变硬了，这样反而更容易吃饭。”

“你可真是个有趣的人。”

然而，当他用这副样子照例去找大久保的时候，后者却产生了另一番感想。“富山君，你是不是不想活了。”大概他已将生死置之度外了吧。既然随时都可以赴死，那牙齿又算得了什么呢？弥兵卫一定是这么想的吧。

这话把富山惊得一哆嗦。“原来如此啊。正像大久保所说，自己心底已经做出了判断——大限将至。既然知道活不了几年，所以牙什么的，只要一疼就毫不吝惜地拔掉了。”

这天正好西乡也来了，见到富山他非常严肃地规劝道：“你可要好好保重身体啊。”

西乡和大久保不同，他并没有后者那样强烈的法家思想。一直指导西乡立身处世的是一种儒教的人生观。所以在牙齿这件事情上，西乡的看法是：“身体发肤，受之父母；不敢毁伤，孝之始也。”不知道西乡自己有没有意识到，他对这个细作说了许多远超出其学识，晦涩难懂的话。

“总之，不能不珍惜身体啊。”他反复强调了好几遍。

转过年来，伊东终于向近藤提出了离开新选组带着自己一派人马另立山头的打算。

在这前后，富山也做了许多工作，可土方和近藤都没能觉察到。

此前伊东也曾要求过弥兵卫帮他联络大久保：“请您一

定让他拨冗和在下见上一面。”可是富山向大久保转达这种要求，后者却并没马上答应。

“已经加入了新选组的人，和鄙人没什么可谈的。”这是他的答复，况且在他心里也颇瞧不起伊东其人：“他是想背叛新选组才来找门路的吧。”在对伊东投诚的事情上，西乡也持同样的观点。

这两个人最近正和公卿岩仓具视密谋，准备发动一场惊天动地的大变革。而且，得益于土佐浪人坂本龙马[2]的居中协调，萨摩和长州这两个不共戴天的世仇已结成秘密同盟——历史正走在十字路口。所以，在他们这些具有大格局世界观的人眼中，光是从新选组成天以杀人为乐这一点看来，就足以证明双方泾渭分明了。

“接待的事情都交给中村半次郎了，所以有什么话请他去和中村说。”

听到回音的伊东虽觉有点失望，但却并不死心，又三番两次地拿给弥兵卫一些表白尊王之志的诗稿，让他转交大久保：“伊东微诚之浅薄，未垂察谅，乃以拙作，略白丹心。”

结果大久保只是瞥了一眼，“给半次郎处理。”之后便再不理会了。

在这期间倒幕的时机日益成熟。大久保、西乡都下了最后的决心，准备在京都举兵。最近他们频频给母藩萨摩送信，催促他们调集大军上京勤王。然而在母藩中，藩主的生父岛津久光还抱持着“公武合体”[3]的观点，希望能采用更温和的手段。除久光以外，藩内的重臣、权贵也倾向于与幕府妥协。所以尽管倒幕派的骨干小松带刀为发兵上京的事四处奔走游说，但事情还是迟迟没有进展。

最后连一向沉稳的大久保终于也焦灼了起来。事情发展到现在，已经是箭在弦上。最糟的情况（实际上最后就是这样）就只有集合目前萨摩藩分驻在锦小路、今出路、冈崎的藩兵，不等母藩策应，自行起事一途了。

等得心焦的人自然不只大久保一个，与萨摩结盟的长州人、艺州藩家老辻将曹、土州的重臣板垣退助也都频频前来问讯。可这三藩其实也帮不上什么大忙。长州军全驻扎在本藩；艺州、土州藩内对是否要武力倒幕都还没有定论。

“要不，像以前长州那样，也组织一支勤王的浪人团？”在这种情况下大久保萌发了这个想法。其实京都目下就有浪人组织。土佐志士中冈慎太郎率领的“陆援队”先驻于京都白河村百万遍（今京都大学本校附近）。同是土佐人的坂本龙马，也组织了一支舰队，现停泊于长崎港，必要时他们大可以从海上进行支援。但大久保还是觉得不放心，他希望组建一个萨摩背景的浪士部队。

“这件事就让那个伊东甲子太郎来做。”因为有了这个打算，他终于同意和对方见面。

时光荏苒，一晃就到了庆应元年的岁尾。大久保突然找来弥兵卫："富山君，叫伊东来见我吧。"他这时已经是下了破釜沉舟的决心，为了起事成功，别说是新选组的伊东，就是杀父仇人也愿意与之合作。

萨摩人身上都有一种现实主义的特质，这点和英国人很类似。他们既不像水户人那样执著于远大的理想，也不像长州人那样爱作思想、观念之争。只要情况需要，他们愿意和任何人合作。支持这个观点的一个论据是：就在一年多以前，元治元年，他们和水火不容的佐幕魁首会津藩携手，把与自己一样，同持倒幕主张的长州势力从京都连根拔起。这一次他们又和长州联合，企图讨伐以会津藩为先锋的德川幕府一派。

萨摩人因为拥有这种随机应变、审时度势的长处，应该说是日本人中最擅于政治权谋的。至少可以说，幕末萨摩藩将现实主义的外交策略应用得出神入化。

于是，第二年正月初二，伊东偷偷溜进了大久保指定的餐厅"一力"。这家餐厅就在祇园的花见小路。为了这次会面，伊东还特意乔装打扮了一番：他头上戴着大檐的缎面棉帽，上披黑色无纹皱绸羽织，下面穿着仙台平的裙裤。腰上插着的两把刀都是蜡色刀鞘，护手用镂空的菊花金镶嵌。这副打扮怎么看都像是一方雄藩的高官，眼下正负责留守京城。

再加上伊东是个美男子，皮肤白皙，神采俊秀。他脸蛋瘦长，双眸漆黑，嘴唇的形状也透着一股贵气。要说这人在新选组中是和土方岁三比肩的，刽子手们的头目，任谁都不会相信。

伊东到了“一力”门口自称：“敝姓铃木。”伙计就知道他是大久保的客人，立即把他请入了内室。

大久保已经盘腿坐在屋里等他了。他身材高大、魁梧，额头像岩石一样高高隆起，深陷的眼窝、棱角分明的高鼻梁也给人一种精悍的印象。他极其随意地穿着萨摩产的白底碎花棉布短褂、高裆裙裤。腰上也没插着刀，长短两把刀都还放在房间的刀架上。大久保一动不动地坐着，神情严肃。

他看见伊东进来才露出一丝笑容：“幸会幸会。”他请伊东落座，“新年伊始就劳您前来，真是对不住。”他用雄鹰一样锐利的眼神盯着甲子太郎，嘴里却开了一个萨摩人特有的玩笑。

“这个餐厅是我的这位负责经营。”说着他竖起自己的小手指，表示是自己的情人，“叫阿悠。本来她央求我，今天一定要亲自出来接待您，可是被我否决了。”

“这是为何？”伊东还没发现这是个玩笑，不明就里地反问道。

“说起来惭愧，我听说伊东先生眉目清秀，是位美男子。阿悠要是见了您，一定会见异思迁，所以说什么我都不叫她出来。”

但是伊东并没有笑，两人随即开始讲起了正事。

大久保单刀直入地问：“您能为我们脱离新选组么？”

这时女招待送来了两人的酒菜，等她退下之后，伊东开口道：“我正有此意。”

“那，什么时候？以怎样的理由？”大久保和西乡那样的热血汉子不同，他需要听取对方详尽的计划安排才能放心。于是伊东就把自己的方案原原本本地交代了一番。

“好！那经费方面就交给我们萨摩来筹措吧。”

然后两个人就轻松地喝起酒来。可从始至终无论伊东怎么刺探关于萨摩的藩情，大久保都不肯透露半句。这也是萨摩人的一个特色。因为担心喝醉之后说漏重要的情报，所以萨摩人在酒席上都绝口不提正事。暗地里筹谋、行动，才是这个藩传统的外交风格。

“富山弥兵卫多亏您关照了。”大久保突然提到了富山。

“哪里哪里，那位好汉不需要我的关照，是个难得的人才。”

“是您谬赞了。那小子只有一个本事——随时随地都能轻易地切开肚皮自杀。我们萨摩人认为只有做到了这一点才叫武士，所以人人都是在这种教育下长大的。就拿鼠突不动尊前的那件事为例，弥兵卫一回到藩邸就准备切腹，可是有人阻止了他。”这人就是大久保自己，“要是其他藩的藩士在切腹前有人对他说‘留得青山在不愁没柴烧’，那反而会更积极地表示情愿自杀吧，因为怕被当做贪生怕死之徒。可是富山立即就遵从命令打消了切腹的念头。切腹就像回趟家一样，不是什么大事，随时随地都可以办到，这种漠然面对生死的态度是只有萨摩武士才有的。”

㊃

“上了富山那小子的当了！”土方岁三也是这段时间才察觉的。

本来他以为富山只会说萨摩方言，是个头脑简单的男人。可是有一天晚上，他没拿灯笼，借着满天的星光沿着堀川往花昌町的屯营走，忽然在花昌町小桥的东头发现了一盏灯光，灯笼边还有两个人影。岁三以为是形迹可疑的浪人，就躲在柳树后观察那两人的动静。

仔细一看才发现是毛内和富山两个。

“吓我一跳，原来是津轻和萨摩那两个。”他刚把心放下，一阵风吹过，隐约传来了两人的对话。对话的内容平淡无奇，只是谈论各自故乡的风物。令人惊讶的是富山咬字很清楚，起码是备前[4]人的程度，不再是一口不知所云的萨摩乡音。

听他那流利的程度，绝不是最近才学会的。

“那口浓重的萨摩腔原来都是装的。”一瞬间土方又恢复了以前那种多疑的脾气和凡事都爱往险恶方向考虑的思考方式。他就是这种人：一旦开始怀疑某人，对方的弱点，言辞的表里，乃至内心深处的想法，都能洞察得一清二楚。

后来的几天他留心观察富山的举动，越发觉得可疑。不，或许还不到“可疑”的程度。只是在走廊里他和伊东派的队员擦肩而过时，富山脸上的表情总让土方觉得他们之间有什么自己不知道的事。

他马上找来了监察山崎蒸，命令他做一番调查。

调查的结果果然有古怪。首先富山不过是个伍长，以他的津贴不可能常常出入祇园里“立花”这种档次的高级茶屋。其次，和他一起去的人大多是篠原、加纳、服部等伊东派的人。

“这些家伙是打算背叛么?”

他的怀疑在庆应二年九月二十六日这天被证实了。伊东在这天对近藤表示：“鄙人想在新选组之外帮助诸公，以成大业。”以这样的名目甲子太郎正式公开了退出新选组的打算。

土方暗想：“离开我们，然后就投靠萨摩吧。”而中间牵线搭桥的，不是别人，肯定是富山。

近藤、土方对已经脱队的伊东处置只有一个——杀死他。问题是富山要怎么处理。

“近藤兄，萨摩人到底是萨摩人，怎么也不会成为我们的同伴。”岁三虽这么说，但近藤脑海里还残留着那个木讷迟钝的弥兵卫的形象。

“不至于吧。那家伙不像是会耍阴谋诡计的样子啊，而且和伊东一起脱离的人当中并没有弥兵卫。”

“这就是伊东的聪明之处。他要是说出富山弥兵卫的名字，不就等于明白地告诉我们他是投靠萨摩去的吗?”

“真是这样吗?”近藤呆呆地想了一会儿。他很喜欢弥兵卫这个萨摩人——不善言辞、勇敢坚强、不畏生死，这些都是他认为武士应该具备的品质。

“你呀，就是太容易相信人了。”

“阿岁，你不是也很中意富山吗?”

“刚开始是这样。可是却发现原本当猫一样疼爱的家伙却是只老虎呀。近藤兄，萨摩人最后还是会回到萨摩人的集体中去的。那地方和咱们藩迥然相异，所谓‘铅之与丹，异类殊色'，语言风俗也相差甚远。虽然富山一度脱藩成为浪人，但是在战国时代，被解职的罪人在故国有难的时候也是允许他们披甲上阵，戴罪立功的。萨摩藩至今还残留着不少战国时代的习惯，所以富山也在等着这样的机会吧。让伊东一派通通从新选组脱离出去，不就是富山回藩的第一步么？”

“这件事就交给阿岁你了。”土方得令，马上就回自己的房间去了。

“要派谁当这个刽子手呢？”他突然想到了一个人。那是去年刚刚加入，目前隶属第五队的上州浪人平野一马。身份虽说只是个普通队员，可是身手不错，剑术出自著名的神道无念流。

打定了主意，他就叫人找来此人。平野整个脸都透着一股戾气，再加上往上吊的三角眼，与其说他是人，不如说更近于豺狼。这个剽悍凶狠、武艺不俗的男人之所以至今都没被拔擢为伍长，是因为他与其他人相处不和睦的缘故。

平野来了以后，土方告诉他队里有个叛徒，然后掏出一张怀纸交给他，上面写着“富山弥兵卫”这个名字，又说：“这件事就交给你办了。有你这样的身手自然能办得很漂亮。事成之后就是大功一件，到时候就会任命你当监察。”

在新选组里“监察”比“伍长”还高一个级别。平野的表情变了，在他心底一定激荡着强烈的企图吧。不过他并没让自己看起来太高兴。

土方说："拜托了。"

他只回答了一声"是"就走出了房间。

从这天开始，只要富山一外出，平野也肯定会从宿舍里消失。

十月二十日。傍晚，他一个人顺着七条大街朝东走，太阳低垂在东本愿寺南的中居町上方，路上提着灯笼的行人也渐渐地多了起来。不一会儿，月亮出来了。月光皎洁，就是不拿灯笼行在路上也不觉得不便。

本来在前面慢吞吞地走着的富山，这时突然停下，在路边蹲下身子。不一会儿，男人点着了一个骑马时用的小灯笼，把它系在了腰上。他一走起来，灯笼就晃来晃去，这就成了平野最好的跟踪目标。

眼看走到了七条的游行寺。这是时宗——兴起于室町时代一家小宗派的分寺。这间寺有个奇怪的地方：后门对着七条大道，前门却开在七条大道后面的小路上。至于其中的理由，仔细观察一下周围的情况也就清楚了。游行寺的东边有个焚尸场，京都中部南部的人死了都要在这里焚化。

如今七条大街一带繁华热闹，民居商铺鳞次栉比。可在当时这一带都是荒郊野地，人们嫌焚尸场不吉利都不愿住在附近，所以这周围既没有民房也没有农田。游行寺管理的这个火葬场就建在一片荒草之中。

这时从那儿飘起一股青烟，平野闻到一股奇怪的味道，心里也泛起一种说不清的不快感。他心想：“富山也是个好运的家伙，能死在焚尸场的旁边。”

因为打算迎向富山的正面发动突袭，平野从南边绕了一圈准备跑到他的前面去。过了火葬场，又急走了几步。“埋伏在哪儿好呢？”他这么想着，就蹲在了路旁。

果然，富山走过来了。他走路的姿势左摇右晃，显得颇为滑稽。不过平野可没有看他取乐的心思。

草丛中，秋虫哀鸣阵阵。

平野想起了土方事前的提醒：“萨摩藩示现流的第一刀一定要躲开。躲开以后，下面的攻击用任何剑法都能轻松对付。”他准备依计而行。

“我从草丛突然蹿出，先杀他个措手不及。”平野在心中打算。

少时，富山那矮胖的身影已经看得清清楚楚了，平野的刀已微微出鞘。

十五间

十间

七间

六间

最后两人几乎能互相感觉到对方的呼吸。

“是时候了！”平野在这么想的同时腾地起身，此刻他的眼睛到对方的鼻尖不过三间。平野敢这么做，一是他早就胸有成竹，二是他本就是个勇气非凡的人。

然而弥兵卫并未被突然冒出来的敌人吓住，反倒像是为了挫败对方的锐气似的气定神闲地问：“什么人?”

平野绷紧的神经不知道是受了什么触动居然一下子泄了劲，胆怯也乘虚而入。就在他犹豫的一瞬，富山已经拔出刀，随着“呀”的一声吆喝，大刀自上而下朝他劈来。

随着利刃的落下，弥兵卫往前迈了一步。他迈了这步后依然活着，但在他身后，平野一马已经死了。脑袋开了花，仰面朝天地躺在地上，伸长胳膊像是要抓住皎洁的秋月一样。

从此以后新选组的屯营里，再没人见过萨摩脱藩浪士伍长富山弥兵卫——那个长相滑稽，举动逗趣的男人。

富山当日投奔到了今出川附近的萨摩藩邸，他们在那儿借用了公卿近卫家的房舍。这时西乡正好也来了。

“啊，这不是弥兵卫君嘛。”西乡还记得他。

可是关于自己刚刚才杀了一个新选组成员的事，富山只字未提。倒也不是出于什么特殊的理由，只是找不到合适的机会罢了。他拜托西乡给他找一处暂时的藏身之所。

“没问题。”西乡痛快地答应了，可第二天就没了踪影。大概是忙于起兵的准备去了。他这一走富山却犯难了：伊东在新选组还不知道他已经暴露，并且逃了出来。

“至少得告诉他我在这里。”主意一定富山就剃光了头发，又把头皮晒黑，看上去就是个形容不怎么体面的大和尚。总之，他和以前的面貌大为不同了。

富山又从妙心寺拿到了一套僧服，这才放心大胆地在大白天去了花昌町的屯营。

他不是一个人去的，而是夹在二三十个僧人中间。本来弥兵卫刚到京都的时候，在妙心寺学习过禅理，因此认识了一个法名容海的年轻行脚僧。他请求容海让他混在托钵求布施的行脚僧行列里。所以这些僧侣中，只有弥兵卫一个是假和尚。其余都是货真价实的禅僧，连托钵的姿势都与众不同。

富山对容海也不说谎话：“其实我是为了从新选组前经过。”

“我明白了。”后者痛快地改变了化缘的路线。

一提到新选组，很多人都不敢接近他们的屯营。可是新选组的残暴，对这些临济宗本山妙心寺的行脚僧却不起作用。

他们的队伍果然走向了花昌町的营门前。门口站着两个卫兵，还有二三个队员正准备通过大门。这时妙心寺僧侣的队伍走了过来，弥兵卫在经过门口时停下了脚步。他用手掀了掀头上戴的斗笠，露出大半张脸来，冲里面喊话："吾乃妙心寺行脚僧，法名清潭。富山弥兵卫大人让我来贵处传话：他犯了过失，今后不再回新选组了。富山大人现住在今出川的萨摩藩邸。"

"……"

门口的普通队员听罢急忙看向僧人，结果不由得大吃一惊：这个传话人不就是富山弥兵卫本人吗？他们惊得呆在原地，都忘记要出门办事了。

事后土方非常懊恼，心有不甘。

近藤安慰他说："我们总不能冲进萨摩藩邸杀人啊。"

其他地方都好说，就算是同为德川家的三个亲藩：纪州、尾州、水户，新选组也敢率兵过去要求他们交出犯人。只有这个萨摩藩不行。第一，新选组的母藩会津藩对萨摩采取退让的姿态，极力避免刺激对方。第二，萨摩在京都坐拥二千藩兵，大炮、洋枪无数。甚至连幕府都不放在眼里。他们假称"为攘夷做准备"，每天在衣笠山的山脚下操练新式军队，简直就是临战状态。因此就是新选组也不敢触其逆鳞。

萨摩藩无论对幕府也好，对新选组也好，都有一种类似治外法权的特权，处于不受任何律令法规约束的地位上。

不久之后伊东也带着自己的人马从新选组分离了出来。他们以“孝明天皇御陵卫士”的名目驻扎在东山山麓的高台寺月真院。

后来在十一月十八日的月明之夜，伊东甲子太郎遭新选组暗杀，尸体被丢弃在油小路。为了夺回伊东的尸体，当晚，伊东派的同志赶往现场，与新选组的大队人马展开了一场恶斗。当时的情况笔者已在“油小路的死斗”一节中叙述过了。

这次战斗中，以毛内为首的很多伊东派同志都战死了。逃出敌人包围的只有富山、篠原等人，他们逃到今出川的萨摩藩邸，在那儿躲过了新选组的追杀。昔日跟随伊东从新选组中脱离的同志，到那时候只剩下四人，他们是：富山弥兵卫、铃木三树三郎、加纳鹏雄还有篠原泰之进。

这些人后来都作为萨摩军参加了鸟羽伏见战役，战后随部队转战各地。那时候官军兵分三路，在山阴、北陆、东海各道剿灭佐幕残党。弥兵卫当时在北陆镇抚总督的麾下，作为先遣部队的一员进入越后。

越后的海边有一个叫出云崎的小镇，人口约有五千左右。此地面临大海，背靠丘陵，因此是北陆驿道上重要的交通枢纽。这里距柏崎六里，离新泻十五里，是幕府的直辖领地。为了统治这块每年产米六万石的土地，幕府在这里设立了代官所。

这里也有“朝敌”。水户藩中反萨长派的武士成立了“柳组”，他们在首领朝比奈左卫门的带领下，千里迢迢从水户来到这里驻扎，与长冈藩的正规部队遥相呼应，个个斗志昂扬。

于是先遣队中的参谋黑田了介（萨摩藩士，后来的黑田隆盛）叫来富山：“请你去探查一下情况。”这次也是一样，让弥兵卫去做探子的工作。因为他身份卑微的关系，所以也只能干这类工作。当然，富山并没有任何的不满，他脸上的神情就像是去为亲戚贺喜一样。弥兵卫乔装打扮了一番，这次化装成个江湖人，自称“美浓国侠客水野弥太郎”。

可是到了出云崎镇入口的关卡，柳组逐一盘查来往人员，富山露了馅，当即被绑了起来。

柳组他们的临时指挥部设在一家叫“大崎屋”的旅馆里。弥兵卫在这里受到了拷问，酷刑之惨烈难以用笔墨形容：鞭笞、胸口压巨石、倒挂、两手的手指一根根地被切掉。可是即便如此，弥兵卫也毫不松口。敌人终于一无所获。

虽然富山也能不使用方言，讲出一些水户人也能听懂的官话。但是无论怎么严刑拷打，他一开口，用的就是纯正的萨摩话。最后柳组的人都开始对这个钢铁汉子心生敬意。可佩服归佩服，弥兵卫还是免不了身首异处的下场。不过当时天色已晚。

“先关一晚上，明天再说。”他们留下一个人看守，就各自回房就寝。就在那天晚上富山竟趁看守打瞌睡的工夫逃出了旅馆，躲到出云崎镇后面的山里去了。

他逃出不久水户人就发现了，他们出动了一百多人，又叫了当地人带路，满山搜索富山的踪影。这期间有好几次险些被发现，不过弥兵卫都顺利地甩开追兵，往山林更深处逃去。然而他之前的伤势实在太严重了，走到一个叫“草水村”的地方，终于筋疲力尽，再也撑不住，在路上睡着了。

不久有五个水户兵追到那里，将他前后围住，举枪欲刺。这时弥兵卫突然睁开眼睛，一个鲤鱼打挺，躲过水户人的矛头，又顺手抽出了敌人腰间的大刀。

手中有了兵刃，他先自报家门：“吾乃萨摩藩士富山弥兵卫。”然后就与六人展开了激烈的搏斗。也就是眨眼的工夫，一个水户人就被他砍倒在田埂上。趁这个机会，富山沿着上山砍柴人踩出的小路，继续往山中跑。他不断地向上攀爬，爬到途中，路却中断了。

“这可没法子了。”富山只好折回来。

这一次水户兵也吸取了前次的教训，不再用长矛了。富山的左边是条小河，河上没有桥。他想要是跳进河里应该能游到对岸，于是纵身一跃。可是他起跳的力量不够，没跳进水里，却陷入了岸边的泥沼。两脚扑哧一下扎进烂泥里拔不出来，这下子他是插翅难逃了。

水户兵一个接一个地跳了下来，他们个个手持长矛，往弥兵卫身上乱戳一气。富山最后死的时候身中五十余下，浑身上下满是淤泥和鲜血，几乎不成人形了。

目睹他奋勇作战的英姿，就连水户兵都大受感动。弥兵卫被枭首之后，他的首级悬挂在出云崎的镇口。首级旁本来应该揭示犯人罪行的木牌上面写着："萨州藩贼。可为后世诸士之龟鉴。真乃大丈夫也。"

不久之后，萨摩的增援队乘军舰赶来，西乡隆盛看到了弥兵卫的首级，立即掉下了热泪："弥兵卫君，你死了却连牙都没有。"

如果撰写日本间谍史的话，像富山弥兵卫这样的铁骨硬汉，一定会记载在"义烈传"中，笔者完全可以确定这一点。

注释：

【1】1862年（文久二年）萨摩藩尊王攘夷派藩士有马

新七等人在京都伏见船宿寺田屋密会，计划杀害亲幕府的关白九条尚忠以及幕府官员，京都所司代酒井忠义。当时萨摩藩藩主的亲生父亲岛津久光属于公武合体派，不想与幕府彻底决裂，因此派遣家臣袭击寺田屋，诛杀有马新七等人。史称寺田屋事件。

【2】幕末志士，名直柔。土佐藩乡士。曾加入土佐勤王党。后入江户师从胜海舟，学习航海术，在长崎设立商社（后发展为海援队）。与西乡、小松、木户等人联络，促成了萨长的联合。在京都近江屋中与中冈慎太郎一起被幕府见回组杀害。

【3】幕府末期试图与朝廷的传统权威相结合，改组和加强行将崩溃的幕藩体制的政治运动。公，指朝廷；武，指幕府或强藩。公武合体运动，有以幕府为中心的，也有以强藩为中心的。萨摩藩的岛津久光主张迫令幕府尊奉敕使，进行幕政改革，使强藩加入幕府政权的统治。

【4】今日本冈山县南部地区。

四斤山炮

一

庆应二年，按照新选组的年谱，是他们搬到花昌町新屯营的第二年。这年正月中旬，有个人大大咧咧地闯进来，抓住一个队士就问：“新八在不在呀？”

“哪个新八？”

“永仓新八。”

听罢，队士不由得紧张起来——永仓是组内的干部。

“足下是哪一位？”

“教那家伙用刀的人。”

“敢问您的尊姓大名？”

“出羽国浪人，大林兵库。”

他再次端详眼前这个自称大林的人：此人年纪三十七八，从衣服上沾满的尘土来看，大概是刚到京都。红彤彤的一张大脸，中等身材，两腿很短，还腆着肚腩。这队士暗忖：“傲慢无理的男人。不过倒不像是坏人。”当然也更不像个武士。所以，他觉得很为难：这人到底是不是那种上门滋事的无赖呢？这可真不好判断。

说起永仓新八，自打新选组成立以来他就是近藤的盟友，一直担任新选组第二队的队长，在队里的干部中也是举足轻重的人物。这人要真是永仓的“老前辈”，可就不能怠慢了。

“请您留步，在下去看看永仓大人是否在营。请您暂且在这里稍候。”

“大林兵库？”永仓歪着脑袋想了想，记忆里的确没有关于这个人的印象。不过，不管怎么样，永仓还是先让人把他请到玄关附近的休息室，一会儿再叫到自己房间里来。

“呦，是我来了。”一进门，大林就堆满了笑容，用一种简直要搂住人说悄悄话的亲热劲和永仓打招呼，可后者还是没想起来此人是谁。

大林却好像对永仓的少年时代了如指掌，还没落座就问：“我们在三味线堀时候的事，你还记得吗？”

的确，永仓新八出身松前藩定府的武士之家，在江户三味线堀的一间长屋里长大。邻居中有个叫山泽忠兵卫的人，取得了神道无念流免许皆传的资格，就在这里开了一间小道场。永仓也曾经在这个道场里学习过一段时间剑术。

“我就是那个山泽的弟弟啊！”大林说。

咦，山泽师父有弟弟吗？永仓努力地回想，记忆却有些模糊。虽说师父是山泽忠兵卫，不过永仓入门不久他就病死了，道场也关门了。永仓跟着同门的田崎三左卫门学习，才获得了免许皆传的资格。他思忖着：山泽老师应该是独身，那么说不定有一个弟弟吧。毕竟当时他还小，关于山泽道场的记忆也模糊不清，当然师父的遗族后来如何就更是无从知晓。按大林兵库的说法，他当时作为哥哥的助手，教导刚入门的少年。

“要是你把我给忘了，我可很为难呐。”

“是这样啊。”不知不觉，永仓的语气也变得柔和了。

大林说他后来给旗本当跑腿，个中滋味一言难尽。后来终于回到了故乡出羽藩府内地区[1]，当了某神社住持的养子，改姓大林。

永仓思忖：“这倒有可能，师父山泽也的确是庄内地区的乡士出身。”

“我在庄内乡下开过道场。”

“是么。”

“可是，你也知道，我是个太过血气方刚的人，可以说是愣头青吧。”

“嗯。”

“在这天下一片攘夷之声的当口，在乡下地方闷居，蹉跎岁月，绝非我所愿。现在就是拿刀架在脖子上，我也呆不住了。好不容易到了江户，也结识了各种各样的攘夷志士。不过在江户，太平盛世的余温还未冷却，从上到下，四民之心也还没有个定见。故而我想要当个堂堂的男子汉，还是要来京都。这时，忽然又听到了你的大名，这才前来投奔。”

令永仓感到诧异的是，这人说话丝毫没有故乡出羽的口音，操的是一口纯熟的江户方言。不过他并未在意——新八这个年轻人就不是多疑的类型，而且，他也缺乏这方面的敏感。所以到此为止，永仓完全相信了大林的话，而对方要拜托他的无外是要求加入新选组。

大林有个毛病：请托的时候，他不说“这事就拜托您了”，而是说“这事就交给你了”。即便是求人，也显得态度傲慢，从不低头。

“只要是我力所能及，一定尽力帮你说项。”

“好。”兵库点了点头。

于是，永仓就去找土方商量，把大林的事情全权委托给了后者。永仓新八这个人从新选组结成以来一直是近藤的盟友，不过他却毫不参与局中的行政。随着队内“政治清洗”的展开，新选组的元老一个接一个遭到土方的肃清。可以说正是永仓这种不愿介入权力核心的个性，才使他保住了性命。

这一天，近藤找到他："永仓君，关于你启蒙恩师的事情。"

"恩师？"新八暗想，"兵库是这么和近藤他们说的吗？我的恩师？"

"我们决定让他入队了。因为是足下的恩师，因此不能等闲待之，打算授予伍长的资格。不过暂时先让他担任局长直属的一般队士的工作，您看如何？"

"好。"

他这种暧昧的回答令近藤感觉挺意外。

"那人好像是个了不得的人物。还懂洋式练军法，据说庄内藩当初也再三地请他出山。"

"原来如此。"新八暗想，"这事虽是第一次听说，不过也说不定是真的。"

几天后，这个情报得到了部分证实。起因是新选组里有一门火炮，大林看罢火炮训练，对火药的配制提出了异议："发射用的火药应该是硝石一百二十目[2]，硫黄十目、木炭二十二目。而且队里用的木炭不好，赤黑色的木炭比全黑的木炭威力大。尽可能要用赤樱木的炭，烧炭用的木材也应该选用幼枝，树龄六年以上的就不能用了。"

近藤听了这番议论大吃一惊，立即命兵库重新配制火药。为了与以往用的火药做对比，他命人把炮拉到伏见巨椋池边，进行试射。用新火药试射了五发炮弹，果然射程增加了五间。

“真了不起。”

近藤对大林的本事顿时佩服得五体投地，也没和土方商量，当场任命兵库为队内的炮术师范头。在场众人中只有一人对这个任命愤愤不平，那就是原来的炮术师范头阿部十郎。

尽管阿部的身份是一般队士，资格却比大林老得多。他入新选组之初并不懂炮术，只是被命令研究这项技能。说“研究”也许有点夸张，不过新选组驻屯京都期间，他都往来于屯所和会津藩位于黑谷的大本营之间，向大炮奉行林权助学习火炮的操作。

以下都是题外话了。林权助当时六十岁出头，后在戊辰战役中战死。其子亦名林权助，曾在明治、大正年间任外交官，最后升至驻英公使，又转任宫内省式部长官，受勋男爵。笔者曾拜访过会津藩世袭加注一职的井深家，井深家在当时与林家是会津若松城下的邻居，这些事情就是听他的后人讲述的。现在索尼公司的井深大，他的曾祖父就是当时若松城下的井深茂左卫门。

书归正传，如果仅仅是多个炮术师范头倒还罢了。问题是虽说职位相同，兵库的身份却是伍长，而阿部不过是普通队士。大林因此立即对他摆出了一副上司的嘴脸。

土方提醒近藤：“近藤兄，负责大炮的阿部十郎最近好像很沮丧。”

“人事安排的确是个复杂的事，我做得有点太轻率了。”

“我不是在责怪您，现在大林把射程提高了多少？”

“五间。”

仅仅为了五间的差距就让兵库一步登天当了阿部的上司，这也难怪他觉得沮丧了。新选组的人事一向是土方岁三一手掌握，因为他在安排任职方面，小心到了过分的地步。哦，不，应该说他在小心的同时，动辄还会掺杂一些狡黠的伎俩。总之，以近藤迟钝的头脑是搞不了人事工作的，土方是在暗示这一点。

大林兵库呢，俨然已经把自己看作是大炮奉行了。虽然与阿部都是“炮术师范头”，他却常常居高临下地指挥后者：“阿部君，大炮必须每天进行检查。”他还总到火药配制所检查，一会儿说配制方法不对，一会儿说炮膛里有灰尘，对同僚大加斥责。

阿部本来就是个稳重温和的年轻人，没有当面反驳兵库的勇气，自然吃不少暗亏。何况兵库还有别的依仗：他自称是新选组第二队队长永仓新八的师父。阿部想，比起自己来，大林一定更为近藤、土方所信赖。

新选组的这门火炮，是在江川坦庵，伊豆中村（韮山附近）的铸炮所铸造的，是幕府使用的一种典型野战炮，安装有轮子，便于搬运。炮身由青铜浇铸，炮弹需要从炮口装填。炮弹的材料是生铁，与三百年前战国时代使用的不同，内部塞满了火药。因此也叫作榴弹炮。如果拿它与幕府新军引进的法国式四斤山炮相比，虽然略逊一筹——它的有效射程少三成——不过也足以粉碎七百米开外的敌军了。

阿部原本只是个剑客，对火炮丝毫没有兴趣，但在会津藩林权助的细心指导之下，他也掌握了操纵火炮的一般技巧。莫说是往炮弹内装填火药，就连炮身仰角与炮程的计算他都驾轻就熟。和近藤不同，正因为他在炮术方面是内行，才能直觉地发现兵库的可疑。

一日，在火药配制所，阿部正在用炭炉烤着一个素陶的细口长颈瓶。兵库进来一看，大发雷霆："你在这儿温酒，出了事怎么办？"而后者一言不发，只默默继续着手里的工作。

其实瓶中装的并不是酒，而是硝石与硫酸铁的混合粉末。瓶子的瓶口上还扣着个牛角状的东西，牛角的尖端连在另一个瓶子上。整套仪器外面都涂了厚厚一层黏土，以防液体外漏。其实，阿部是在制作硝酸。他本想开口解释，但最后还是什么都没说。

㊁

这一年的秋天，新选组中任监察的山崎蒸向土方报告：“大林兵库这人在一般队士中风评不好。”其实，倒也说不上什么具体的言行引人厌恶，按山崎的说法就是：“大林恃宠而骄，傲慢无礼。”

“宠？谁的宠？”

“比方说，土方先生您的。”

“我？”土方大为惊讶。对大林这个人，从问对方“请问尊姓大名”开始，土方就很讨厌他。首先，他虽说是靠永仓的推荐，不过二话不说让他加入，给予伍长身份，又擢升他当炮术师范头的人都是局长近藤。其次，他直属于局长领导，平时也和近藤接触得最多。无论怎么想，土方都觉得队士们没道理觉得自己对大林青眼有加。

不过，土方转念一想，又觉得这种想法也情有可原：大林作为局长近卫，最近常常来和土方商量公事，像是近藤二条城[3]登城时的仪仗问题等等，和其他伍长相比，大林出入副长室的次数确实更为频繁。

山崎解释说：“大家都很害怕他。”他的意思是，大林频频与局长、副长接触，大家都怕他是为了进谁的谗言。

“这下伤脑筋了。”土方暗忖。他和近藤都过高地估计了兵库的火炮技术。他二人虽在刀剑方面堪称行家，不过对西式火炮却一窍不通。土方和近藤的想法是：阿部十郎的技术是在会津藩火炮奉行的指导下速成的，但是兵库可不一样。

“让永仓君提醒他一下。不过啊，山崎君……”土方低下头，看着放在火钵上取暖的手，陷入了沉默。过了一会儿，他像是突然想到了什么，抬起头来问：“山崎君！”土方的眼神中有一丝惊慌。

“在！”

“大林兵库这个人，到底是什么来头？”当然，什么出羽浪士、神道无念流免许皆传、擅长炮术、永仓新八的师父，这些情况都已经知道了。但是除此以外，关于这个人的经历却一无所知。比如他的炮术，到底是在哪儿学来的？

“你替我去调查一下。”和山崎交代完，土方立即去找永仓。后者这时正独自坐在房里，擦着手里的刀。土方把兵库风评不佳的事情告诉了永仓——如果不受一般队士的爱戴，那就很难做队内的领导了。

“大林？”二队队长永仓像是很久没听过这个名字似的——他自己也有许多工作要忙，“土方兄，您向我抱怨也没法子。你看，当初他参加新选组的时候，我就有言在先，把他的事情全拜托给您和近藤局长。对吧？”

“永仓君，这话就不对了。因为他是您的授业恩师，看在您的面子上，才让他入队的，不是么?”

岂料对方听罢摇了摇头，淘气地说：“我可是一点都不记得那个男人。他自称是山泽老师的弟弟，又一个劲儿地说曾经教过我。我就想也许是有这么回事?可是关于这个人的其他事情，我一概不知哇。”

“真像新八你会说的话。”向来不苟言笑的土方，此时岩石般的脸上也露出了一丝笑容，“不过，他该不会是奸细吧?”他对这点总是很敏感，因为自新选组结成以来，不知道有多少奸细混入了组内。

“这个嘛……”永仓擦好刀，收了起来，“我可不清楚。这是监察部的职责吧。”

“还用你说!”言毕土方脸色难看地回到自己的房间去了。

话分两头，再说奉命而去的监察山崎蒸。他在庄内藩位于京都的办事处和留守居役见了面，并且向他咨询：“庄内鹤冈城下町，有没有一位开道场的大林兵库?”对方摇了摇头。出于慎重起见，山崎又询问了最近才从庄内藩的家乡到京都来的藩士们，得知鹤冈城下町居民不过千余户，道场更是寥寥无几，假若大林兵库真的经营过其中一家，没有道理无人知晓。但是的确没人听说过在鹤冈城下町有姓大林的人开设过道场。

山崎顺便还调查了山泽忠兵卫，即永仓新八最初的剑道师父的情况。关于此人，倒是从藩士们那里了解到了不少情况：尽管山泽在江户声称自己为庄内藩的在乡武士，不过真实的情况却是，他出身于城外一个叫斋藤河原的地方，身份就是一般百姓，他家在村中世代担任保长。因为他并不是武士，姓名不在士籍，有没有弟弟也无从查起。当然，这些情报并不是山崎最想知道的。

“大林兵库说他是当了庄内藩某寺社家的养子，贵藩内有哪家寺社是姓大林的吗?”

“没有。”

问到这里山崎就回去了。

到了土方那儿，他耸了耸肩，对副长作了如下的回报：“此事越是调查，越是可疑。”土方意识到应该告诉近藤，他若有所思地往后者的房间走去，不想半路上碰见了大林兵库。土方试着和他提起几件庄内藩的事，兵库立即眼露喜色：“土方大人您也清楚庄内藩的情况?”然后便热心地介绍起故乡的风土人情来了。这么看来，他的确相当了解庄内藩。

“论起我的出身，的确是鹤冈城外一个叫斋藤河原的地方的农家。在全国三百诸侯的土地之中，像斋藤河原那样的地方比比皆是，酒井家表面上石高十四万石，实际上每年的收成却有四十万石。不知是否因藩国富庶，百姓生活安逸之故，藩内风气靡颓，文武俱废。一旦天下有变，必然会错失先机吧。”

“哦……”土方暗忖：这些他倒是知道。

“土方大人您何时去的庄内藩呢?”

“不，我没去过。实际上，前几天我偶然遇到了庄内藩的某人，告诉他本队也有同藩的大林君在。出身虽是百姓之家，却当了寺社家的养子因而改姓的大林。结果对方却说不认识你，领内也没有姓大林的寺社家。”

“应该是没有吧。”大林豪爽地笑了起来，眼神却有些闪烁。“大林家原籍并不在庄内，而是美作苫田的一族。其中有个叫久马的人，我成为他的养子而继承了家姓。说起美作大林一族，现在虽然有的当村长，有的是神社住持，有的则降为平民，可要是战国那会儿也是一方豪族，乃作州一百五十六世家之一。”

话到这里还是说不通。

“这么说你是作州人喽?”

“不，我出生在庄内藩，所以是出羽浪人。大林只是在成为养子后才继承的家姓。”

道理固然如此，可还是有可疑之处。然而近藤已经被说服了，他转而问了个天真的问题："教您炮术的老师是哪位?"

"没有，可说我是自学的。"大林这才来了劲头，"在哥哥的同门中，有个人擅长炮术，我从他那里学了点皮毛。"

闻听此言，土方立即用锐利的眼光打量起他："那位叫什么名字?"

"安野。"

"什么?"

"那人叫安野均。"

这名字应该听说过，但土方一时却想不起来到底是谁。如果是炮术师，他理应是知道的。新选组的副长此刻暗暗告诫自己：对这男人可不能大意。

让土方提起警惕的还有一件事。某日近藤挂了一个新印盒，一边高兴地说"你瞧瞧这东西"，一边把它从腰上摘下来送给土方："怎么样？不错吧。"印盒是象牙制的，上面雕有能剧中猩猩[4]一角的肖像。土方又接过近藤递过来的放大镜，仔细欣赏猩猩的表情，那蓬松的毛发、能剧服装的细节——无不栩栩如生，真是巧夺天工。这东西就是戴在大旗本、大名的身上也毫不逊色。

"这是从哪儿来的?"

“大林送的。”他笑着说。原来这本是大林的东西，他戴着印盒来见近藤的时候，近藤曾赞赏过此物，“多精致的东西。”他说。无论是精细的雕工，还是盖子闭合后，看不出接缝的密合技术都能证明其身价不凡。

大林听罢，立即表示“那就送给您吧”而将它献给了近藤。

近藤这个人对用具相当讲究，所以非常高兴。作为回礼，他送了一把陀罗尼胜国的短刀给兵库。土方思忖：“这人可真会乘时邀宠。”和局长近藤套交情的人，往例里没有一个好的。武田观柳斋、谷三十郎、与大林同名的酒井兵库都是借着局长的宠幸，在队内结党营私。对土方来说，这些人简直和腐蚀新选组的秩序与团结的害虫没有两样。故而，为了维持新选组的安泰，他们的结局便是寻到个由头就被处死。至于死刑的“理由”，有的是战斗中贪生怕死，有的则是私通萨长（萨摩藩和长州藩)。“只是，大林兵库这个人会不会也是如此呢?”想到这里，他又派山崎去继续了解情况，结果，果然露出了马脚。

大林到处向队员展示那柄陀罗尼胜国的短刀：“这可是近藤大人赏赐的。”他炫耀道。这可不是天真的孩童向同伴炫耀新玩具，而是冒失地想以此来抬高自己的地位。

“这人只要别是奸细就行了。”土方的反应倒意外地宽容。原因是兵库有炮术的一技之长，在剑客、枪术高手云集的新选组中，他乃是鹤立鸡群的宝贵人才。

㊂

屯营大厅的东边有根柱子，往里是队内干部的房间，再深处就是近藤和土方办公的地方。阿部十郎是一般队员，所以柱子的那头对他来说还是从未涉足过的世界。自然，近藤、土方对他来说也是在云端之上、高不可攀的存在。新选组还在壬生村的时候，租住在乡士的窄小的房子里，干部与一般队员之间，还没有这么大的心理距离，如今却是今非昔比了。首先是建筑，花昌町屯所是仿照大名官邸建造的，为了向洛中住民彰显新选组的声势而建得豪华壮丽，其内部的结构则更是泾渭分明，这样一般队员与局长、副长之间，物理上的距离也非常遥远。再加上阿部十郎是壬生时代之后加入新选组的，与组内最高的两位领导没有什么交集，就算是想诉苦也没有途径。

不过因为负责火炮，所以身为一般队员的阿部却有机会进出会津藩的藩所。只有面对会津藩的炮术师父林权助，他才能一吐对新选组的不满。

“你说在巨椋池边进行了试射？”权助不由得追问起事情

的前因后果，阿部十郎也就把大林兵库怎么调制的新火药，怎么将射程延长了五间多，一股脑儿地告诉了他。

“那家伙什么都不懂。”权助斥责。使用强力的火药，的确会增加一点射程。“简直是乱来。这样配火药，会毁坏炮身。”大炮的炮身是青铜浇铸（铜八锡二），延展性不强。配置的火药要正好适合大炮才行，火力小了炮弹落得近，火力大了又会炸裂炮身。

“可是并没有裂开啊。”

权助左思右想：“不过……没听说过叫大林兵库的炮术家。”他接着说，“新选组里混进来不少可疑的人呐，这个大林兵库也是假名吧。他的师父是谁？”

“不太清楚，监察山崎说是叫一个安野均的人。”

“什么？”他当然知道这个人。安野均，水户藩出身的乡士，他并非专业的炮术师，本来是个剑术高手。剑道和大林兵库一样，属于神道无念流。然而虽说是同一流派，却是斋藤弥九郎门下的弟子。

斋藤弥九郎不但剑法了得，还是个思想家。早先的时候，洋学家江川太郎左卫门向他学习剑道，结果反倒是当师父的弥九郎对江川的洋式炮术产生了兴趣，他不但自己学，还让其他弟子也一起学习。安野均就是这些弟子中的一人，遗憾的是，几年前这个安野就死了。

“原来如此。”回去以后阿部就把这些又告诉了山崎，后者又把这番话告诉了土方。

“他不会和长州有瓜葛吧？”土方这么说也有其道理。当时因为敬慕斋藤弥九郎的思想，不少长州的激进藩士都聚集在他的神道无念流道场。这些人中最有名的是桂小五郎，除此以外，还有高杉晋作[5]、品川弥二郎、山尾庸三。他们都是从这一门走出的铮铮义士。

“可是……”山崎答道，“大林虽然和他们同一门派，师父却是死去的哥哥山泽忠兵卫，与斋藤一门大概无关。只是从跟随斋藤的弟子安野均学习炮术这一点来看，多多少少与长州的人有点儿间接的关系。”

“好吧。”土方开始觉得这个人不是奸细了，“大约就是个爱吹牛逞能的家伙。”话虽这么说，大林的武艺可不是嘴把式。还是最近的事情，让大伙明白了这一点。

大林兵库很少下道场，那天却稀罕地和普通队员一起参加了训练。土方看了看：他腰上有劲，动作沉稳，一定是积累了相当的剑术经验的人。

随后他笑着对新八说：“永仓，他能有这种功夫，真不愧是你这个高手的师父。”

后者不以为然地说：“不，不能这么说。只是和其他人比起来还算不错。”

“你这是偏心袒护吧。”

“怎么会……你看这么个满脸麻子，纸扎老虎似的男人，谁会袒护他呀？”

即使是土方，也噗嗤地笑了出来：“你这么说可太过分啦。”

他想了想，又说：“不过，也就和阿部旗鼓相当吧。”

“负责炮术的那个？”

“对。”

于是，大炮室两个同僚间的对决就此决定了。负责裁判的是和冲田、永仓地位一样的三队队长兼队内剑术师范头的斋藤一。

阿部十郎所学的剑法属于家传的铁人十手流，这个流派历史悠久却并不太为世人所知，而且竹刀比武也非他的长项。然而阿部还是在心中暗暗给自己打气，“拼了！”他想，说不定下定决心孤注一掷反而能扭转乾坤。

结果真的比试起来，还没等喘口气的工夫，阿部就感觉大林像一阵风似的朝自己扑来，都没等他反应过来，就被对手一剑击在天灵盖上。阿部只觉得天旋地转，眼冒金星，鼻腔里一股焦臭，四肢也动弹不得。刚才的雄心壮志早已消失得无影无踪，阿部心中此刻只剩下胆怯。

“中面！”斋藤一喊着，举起了手臂。

即便是切磋，一旦心怀畏惧，便再无取胜之机，这便是剑术。此刻，兵库嘎啦嘎啦地挥舞着竹刀，像雨点一样频频往阿部身上招呼。“什么玩意儿!”后者尽管依旧嘴硬，但对于迎面而来的刀，却只有招架之力。大林却越战越勇，在面甲的后面得意地笑着，大叫：“打你的笼手！笼手!”说着就朝阿部的小臂上砍过来。

中了!

“奇怪，我这是怎么了?”十郎心里疑惑，身体上的动作也慢了下来。

“注意哟，这一次可是脸啦，脸!”大林兵库一边恫吓，一边把竹刀在空中一翻，正中阿部的面甲。后者这次甚至一动不动。

“下面是胸甲啦!”

兵库的剑也和这个男人的性格一样，尽管是虚张声势，不过一旦尝到甜头就会发挥出超乎实力之上的力量。阿部则处在下风，本来他所学的剑法就不适合用竹刀决一胜负，更何况还有兵库令人厌恶的吆喝。“妈的!”他这么暗自咒骂的时候气势就已经委靡了。不，说委靡不恰当。他是太急于获胜了，求胜的欲念使他肩膀僵硬，全身的气血好像凝固在肩膀上，说什么都舞不动竹刀。

只见大林气定神闲地举起竹刀，用尽全力地打向对手右边胸甲。正当裁判斋藤要举手宣判时，阿部突然扔掉武器，冲向兵库就要揍他。后者用竹刀抵住他的右肩，脚下使绊子，一下就给他撂倒了。阿部狠狠地摔在道场的地板上，过了好半天，他才爬了起来。“大林，咱们用炮术决胜负！”他大喊道。

听了这话，全场哄堂大笑——不愧是负责大炮的人，连打架输了后说的话也这么有趣。然而，这笑声听在阿部的耳中却不啻于嘲讽，他的命运在这一刻发生了改变。阿部想：他不光是输给了兵库一个人，更重要的是输给了其背后所代表的新选组的权威，整个队伍都看不起我了。这样的话，不如脱队吧！

说来也凑巧。正在这时，队内的参谋伊东甲子太郎拉出尊王攘夷论的大旗，从新选组脱离自立门户。跟随他的不光是在江户时就与他在一起的门人和同志，还有与尊王论发生共鸣的人，以及发觉时局不妙对新选组前途产生质疑的人。阿部的动机倒与他们不同，他只是找到伊东的朋友篠原泰之进恳求说：“请各位也带我一起走吧。”

“好！”对方以久留米藩人特有的豪爽，干脆地答应了，然后他才问起阿部脱队的理由。

“我讨厌新选组。”他说。本来这就不是个能说会道的男人。不过篠原这方却很高兴，他想阿部所掌握的技术或许有一天能派上用场。

庆应三年三月十日，伊东派离开新选组，进入五条桥边的长圆寺。在伊东的奔走和萨摩藩的安排下，他们以孝明帝御陵卫士的名目，驻屯在东山山麓的高台寺山内月真院。这期间，阿部又开始来往于屯所和萨摩藩邸之间学习英语。

听到这个消息土方感觉很意外，“阿部十郎什么时候和伊东勾上了？”他问监察山崎。可是，山崎说他也没想到。“不过，倒有点可惜了。”从此以后，土方再也没有提过此人，而近藤也同样。他说：“管大炮还有大林君在。”于是大林兵库带着五个队员每天专事大炮操纵的训练。

这期间大林捏造的出身和经历也搞清楚了。起因是某一天松前藩藩邸的随员前来拜访新八，他们是江户时就在一起的老朋友，不由得就讲起以前的事情来了。突然永仓想起来，这个朋友少年时候也在山泽道场学习过，便问：“你知道山泽师父有没有个弟弟？”

“弟弟？没有啊。”

“是这样的，有个叫大林兵库的人说是山泽老师的弟弟，当初在道场教过我们。”

“这可奇了！”无巧不成书，这时大林正从大炮室出来，从永仓的房间刚好能望见他，“就是那人。”

客人伸着脖子看了一眼，立即大笑起来。

“永仓，那不是忠七那小子吗？”

山泽道场是把长屋的一面隔墙拆掉，把两间并作一间使用的，即便如此还是很狭小。这间道场的隔壁有家作坊，这家儿子对家传的手艺不感兴趣，却喜欢到隔壁道场舞刀弄棍。后来，他在十八九岁的时候就取得了“目录”的资格。

“你这么一说……”永仓这时也回忆了起来。

对方咯咯地笑着说：“那时的忠七，就变成你眼前的大林兵库啦。”

“是这样……”新八陷入了沉思，心里倒没有特别的不痛快——忠七以大林之名来投奔他时，没有认出他的自己也有责任。如果当初就揭穿他说“你不是忠七么”，那现在他就不会这么倨傲不逊了吧。“虽说我没仔细调查就轻信了他，不过这小子也真是个人物。”

据来客所说，为了报告山泽师父的死讯忠七去了庄内藩，“后来的事情就不知道了。不过那家伙挺伶俐的，大概四处流浪的时候学会了炮术了吧。”

“说到那个道场的隔壁……”二队队长的记忆从一片时间的雾霭中逐渐清晰起来：隔壁的确有个脾气挺倔的老手艺

人，忠七就是他的儿子吧。

“那父亲具体是干什么的？”

“做象牙印盒的。”

啊！原来如此。虽然咬着下唇，拼命克制自己，永仓到底还是大笑了出来。难怪他会拥有这么一个和“大林兵库”这个威风凛凛的名字相称的高级印盒。托这个印盒的福，新人兵库就拥有了压倒其他队士的资本。后来他又将此物献给近藤，进而获得局长的回礼——一把陀罗尼胜国的短刀，这样他就更有在别人面前耀武扬威的本钱了。

再顺藤摸瓜地调查下去，这个送给近藤的印盒，本来是道场隔壁那个干瘦老人接富商的订货，在家制作出来的。恐怕是忠七离开家时偷偷拿了出来。而目下，这个印盒正在近藤勇的腰上摇摇晃晃呢。听到这些，新八又笑了起来：“忠七这家伙真有一套。”不过即便现在知道了他是忠七，从新八的立场来看，却仍是自己的同门师兄，所以他并没把大林的秘密告诉新选组的其他人。永仓就是这样的人，他并未意识到正是这个“大林兵库”的存在才把阿部十郎推向了伊东一边。

这之后的庆应三年十一月十八日，新选组的年谱记录得非常清楚，这一天他们暗杀了伊东甲子太郎，又将他弃尸油小路，然后与来给伊东收尸的篠原泰之进一党展开巷战。这段故事前面已经讲过了。

在伊东横死的那天拂晓，阿部对大家说："我们去抓只野猪，你们等着吃吧！"然后就和内海二郎两人拿着火枪出了月真院屯所的大门，往山崎森林的深处去了。他们奔波了一日却一无所获，转天十九日才回到屯所。一听说伊东和大部分伙伴的死讯，他立即跑到油小路现场，不过为时已晚。阿部无处可去，只好投奔了萨摩藩的藩邸。

萨摩藩和长州藩不同，过去并不轻易收留走投无路的浪人。但目前既然已经暗地里决定了与幕府开战，他们转而厚待起投靠的人来了。萨摩藩负责浪人管理的是中村半次郎（即后来的桐野利秋），凡投靠了萨摩的伊东派残部都归他辖制，如：篠原泰之进、铃木三树三郎、内海二郎、富山弥兵卫、加纳道之助、佐原太郎。他们住在萨摩藩邸内学习新式步枪的用法和一些简单的西洋战术。当时局势已经发生了巨大变化。

伊东被杀之后过了二十天左右，十二月九日朝廷发布了王政复古的号令。十二日末代将军德川庆喜直属的军队，以及亲幕的会津、桑名、藤堂所辖的军队都撤出京都进入了大阪城。新选组也是同样，作为庆喜的护卫部队应该同往大阪，不过出于战略上的考虑被命令移防伏见奉行所。然后又过了十几天，天下迎来了新的一年。

这时表面上住在大阪的幕府军以“强诉”的名目，要求朝廷追究还滞留京都的萨长两藩的罪责，实际上却开始往京都调兵遣将。萨长则在京都市街的南部排兵布阵，其中的先头阵地就设在伏见御香宫。这样中村半次郎麾下的阿部十郎等伊东派残部也驻扎在此地。

这个根据《延喜式》[6]的规定建筑而成的古老神社，护佑着伏见一带的信众。御香宫这个名字还有这么一段渊源：上古的时候这里涌出一股清泉，香气四溢。病者饮之，不药自愈。故而建起神社，香火不绝。德川时期神社掌握的土地已有相当的规模，神社的砖墙围起数丁步大小的地方，其中树木葱郁茂密，作为临时的碉堡再适合不过。而且他们南边幕府军队的先头阵地——伏见奉行所不过两间高的土墙，御香宫的南墙到奉行所的北墙也只有二十米，一旦两军开战，这里立即就会成为战场。伏见奉行所里除了新选组的二百五十人外，还有会津与幕府直属军，他们都是接受法式操练的新军，大概有千余人。

御香宫阵地上用的这种样式的火炮，阿部还是第一次见，他兴致勃勃地摸着炮身问：“这个可怎么用？”萨摩藩的炮手就热情地给他讲解起来。

“这叫四斤山炮。”从炮口往里看去，可以看到像海中的漩涡一样，一条一条的螺旋膛线。他得知发射的时候，这些膛线引导炮弹在炮身内旋转，这样做不光能提高命中率，还能增加射程。

萨军在文久三年就经历过萨英战争，自知自己使用的火炮性能低劣。当时萨摩藩沿岸装备着八十七门大小火炮，这些火炮和新选组使用的一样，都是炮膛内壁光滑的滑膛式青铜炮，炮弹也只有圆弹和烧弹两种，但却堪称全国火力最强的诸侯。因此一旦遇上装备着阿姆斯特朗炮的英国舰队，就立即变成了军事博物馆里的陈列品了。正是因为有过这样惨痛的经验，萨军目下使用的武器都已经换成最新式的了。

“这是萨摩自己造的。”萨摩兵自豪地对阿部说。这当然不是萨摩的发明，只是依照法国的四斤山炮做的仿制品。不过看在新选组出身的阿部眼里，可就是相当新鲜的玩意儿了。

以新选组的大炮为例，要轰炸较远的目标就必须抬高炮口的仰角——话虽这么讲，实际操作起来却不容易。首先要把大炮倾斜地放好，然后还要调节火药的强弱，远的地方就用强药，近的目标就用弱药。两项配合好，才能击中目标。这么一来不但操作麻烦，也非常耽误时间。

但是萨摩的大炮装有控制炮口上下的标尺，根据刻度就能精确地调整仰角。“真好啊。”阿部打心里佩服这种设计的巧思。中村半兵卫觉察到他对大炮有超出常人的兴趣，就去咨询泰之进，篠原告诉他阿部曾是新选组的大炮负责人。

“原来如此。以前我只知道新选组是一群专事厮杀的浪人，原来他们也有大炮啊。”于是阿部就被调去了大炮阵地。

像伏见萨摩军炮兵阵地这样占据如此有利地形的例子，在战争史中极为少见。御香宫东侧有个小山包（云龙寺高地），松荫浓密。萨摩军的火炮就架在这个小山丘上，站在这里往下俯视，幕府军的前哨——伏见奉行所尽收眼底。攻击起来简直是百发百中。反之假如幕府军要用火炮回击，则会因为松荫遮庇很难命中目标。

阿部真是吃惊不小：这些萨摩人到底是从什么时候，又是从何处掌握了这么多新奇的知识？前年，按照日本的历法是庆应二年，欧洲爆发了普奥战争。普鲁士迅速更新武器，丢掉了现在新选组使用的那种滑膛炮，全部换上了膛线炮，而且六成的大炮都是后装填式，结果普方因此在战争中获得了压倒性的胜利。

据说，萨军第二炮队队长大山弥助[7]（即后来的大山严元帅）曾对他人慨叹道：“时代要变了。”不过直到开战后弥助才作为紧急支援被派到这个阵地，从这一点看来，说这番话的应该另有其人。

总之，九个月前还待在格斗部队新选组中的阿部十郎，如今无论从武器上还是思想上，都与过去大相径庭，他觉得自己简直像出了国。不，倒并不是萨摩军队过于现代，而是新选组落伍了。以后阿部就会知道幕府军中也有接受法式训练使用最新装备的新式炮兵队。但不幸的是，他们并未被安排在最前线，而是待在了后方的大阪城。只有四门与萨摩藩一样的新式炮运到了鸟羽方面，而且在开战的瞬间其中两门就遭到萨摩炮兵的破坏，成了一堆废铁。

言归正传，其实让阿部惦记的敌人只有一个，那就是大林兵库。他从萨摩兵手里借来了英国造的望远镜，观察着伏见奉行所里的一举一动。透过镜头，连旧日同僚的脸都看得一清二楚，大炮的配置自然也不在话下。奉行所东侧有会津藩的旧式炮三门，院子里又有一门。当他看到那架闪着青黑色光芒的炮身，阿部认出了自己曾反复擦拭过的新选组大炮。不过大炮旁并没人看守。“这是怎么回事呢？”他在心中自问，怎么都觉得对方太大意了。

转过天，也就是庆应四年（明治元年）正月三日，下午四点，两军正式开战。鸟羽方面是萨摩军先启战端，随后伏见方面，驻扎在伏见奉行所的幕府军也开了火，两军立即就展开了激烈的射击战。

占据了制高点的萨摩军炮弹几乎是弹无虚发。新选组的队员拿着长刀，发动了好几波突袭，结果每次都在离奉行所不过数十米的地方就溃不成军。土方命令大林向萨摩军的炮兵阵地发炮。虽然后者不停地呵斥队士，但装弹、填药都不能顺利完成。从云龙寺阵地居高临下，用望远镜看到他这副狼狈样，阿部心想：真是个笨蛋。

兵库那像剥掉一层皮似的红润脸庞，已经化为土色。好不容易在炮尾的发火孔点着了火，轰隆一声，炮口窜出火苗，同时滚滚的浓烟迅速被吹向炮尾。“竟然成了！”阿部暗忖，只见发射出的炮弹越过云龙寺高地，落到了阵地后面。“火药太强了哦。”十郎幸灾乐祸地想。

不一会兵库又把大炮调到原来的位置，重新装填。发射！这次看来还是火药太强，炮弹落在后方的毛利桥大街，腾起了一股白烟。“真是个笨蛋！”连作为旁观者的阿部都不耐烦起来了。

兵库不知道应该根据目标的距离配置火力不一的弹药。在奉行所里，土方看到每发炮弹都射在了敌人后方，不禁大怒：“兵库，给我看准了打，好歹命中一发！”然后咬着牙，心中暗想：“他果然是个绣花枕头，纸扎的老虎。”大炮射出第四发之后，土方说：“别打了！”他打算叫大林也拿刀去突袭敌方阵地算了。

“再让我打一发!”对方这个时候依然竭力辩解。

话分两头，这时阿部十郎也开始了四斤山炮的瞄准工作。实际上，他们的团队已经高效地运作了起来：一人负责将装药囊放入炮口，一人用木棒猛地把它塞进炮尾的药室。然后装弹员把炮弹填入炮口，再用木棒摅紧，最后瞄准员阿部十郎负责调整好大炮的射向与射程。一切准备就绪，他走到炮尾对射手说：“交给你了。”射手立即点燃药室。霎时间，“咣”的一声，大炮两侧的空气发生震动的同时，一贯目[8]的炮弹飞了出去，大炮也因后坐力向后一退。从这小山包上看得清清楚楚，炮弹正好落在新选组火炮的旁边。兵库被气流掀翻，撞上了院墙，动弹不得。“用大炮决出胜负了吧!”十郎暗想。

大林在伏见负伤后随着退却的幕府军队撤退到大阪，后来就再没有过他的消息了。永仓新八在幕府崩溃后回到了松前藩，在北海道的小樽度过了余生，一直活到大正四年。阿部十郎在鸟羽伏见战役之后与篠原等伊东派残部一起，奉戴滋野井侍从[9]为首领，组建了赤报队。他们在江州路一带出没，不久即被调至京都，更名为“御亲兵”。作为其中的一名将领，阿部也一同驻屯在寺町本满寺。

注释：

【1】山形县西北部。

【2】重量单位，即“文目”或写作“匁”，相当于一两银子六十分之一的重量。

【3】位于京都的德川家的城郭，江户时代是京都的警备中心，也是将军上京时的驻跸场所。

【4】能剧角色之一。是栖息在中国浔阳江的一种灵兽，庇佑了一个叫高风的孝子，还与他饮酒、跳舞。

【5】高杉晋作（1839~1867），幕末志士，名春风，字畅夫，号东行，异名谷梅之助。长州藩士。和久坂玄瑞一起被称为吉田松荫门下的双璧。受藩命曾赴中国上海考察，回国后成为尊王攘夷的急先锋。归藩后组织奇兵队，与英法美荷四国舰队于下关对战，战败，亡命筑前。不久归藩，将藩论导向倒幕。1866年击败了征长的幕府军队（第二次长州征伐）。1867年4月14日因结核病去世，享年29岁。

【6】平安时代初期用以解释当时律令的细则的总称，其中规定了各种仪式的规格、建筑的形制等等，以汉文写成，共50卷，927年写成，967年开始施行。

【7】大山弥助（1842~1916），即大山严。明治军人。萨摩藩出身，西乡隆盛的堂弟。幼名弥助。历任陆军大将、元帅、陆相、参谋总长。西南战争时任别动第一旅团长。甲午

中日战争时任第2军司令官，日俄战争任满洲军总司令官。后卸下军职，聘为元老，内大臣。

【8】即一贯，约合3.75公斤。

【9】侍从是官职名，此人其实名为滋野井公寿，是朝廷的公卿，天皇的近臣。

菊一文字

㊀

位于京都的“松本路堀川下”还有一个别名——花桥町，大致就是本国寺东北围墙边一带的街市。堀川从寺院的院墙边潺潺流过。

冲田总司在此处遭遇了杀手。

他从四条乌丸东的医生半井玄节那里拿了药，走上归途的时候已然是夕阳西下了。正是“吹面不寒杨柳风”的早春时节，为了早点回屯营，冲田在十字路口叫了一顶驾笼，不过没走几町路，他就觉得不舒服起来。

“停下。”他给了驾笼钱，改为步行。兴许是在驾笼中摇晃得不舒服吧，散了会儿步感觉就好多了。这时，明月已经升上他背后的东山了。

总司突然想顺路去道伯那儿看看。道伯是他的老相识，在京都经营着一家叫播磨屋的刀具店。自然，打太阳一落山，刀具店就关门。所以总司敲了敲大门上的小偏门，说：

“我是冲田。”他这么一叫门，店里的伙计就立即给他开了门。在这个店里，从已经退休的老店主道伯到现在的店主与兵卫，还有掌柜、大师傅、小伙计都很喜欢他。

“那把刀怎么样了？”

冲田这么一问，道伯和与兵卫都显得有点不安，“那个呀……”他们说，“还没好，不过，明天或是后天一定送到贵府上，您看这样如何？”

“没问题。我只是正好经过这附近，所以顺带来看看，并不是来催你们。”反而是冲田显得有点窘迫——就是因为有这样的品行，连町人们都很敬慕他。

伙计从店里端出了煎茶和点心来招待冲田。不过，他怕夜里睡不着，结果只吃了点心。

冲田和道伯闲聊了几句，后来道伯不知是出于什么样的心思，从里屋拿出了一把金属柄的长刀。刀鞘是蜡色鞘，锷部装饰着破扇状的金象嵌[1]，制作工艺十分精湛。

“这是从丹波那边一个神社里流出来的。装饰是我们后加的，请您看看与刀的风格是否协调。”道伯接着说，“虽不清楚江户怎么样，在京都的话，就是开一辈子的刀具店，这样的好刀也碰不到两三把。”

这刀好像不是寄放在店里进行保养，而是要出卖的商品。大约是因为道伯得手了这样的东西感觉非常高兴，因此也想让冲田一起鉴赏吧。

“怎么样，您拿在手上试试看?”

“不用了吧。”冲田露出了苦笑。他没有欣赏古玩的爱好，就算有这种爱好，万一拿在手上，喜欢上了，也会进退维谷——冲田没有钱。但道伯却一再劝他，总司也不好再坚持了。

“那么……”他接过刀，猛地拔刀出鞘——炫目的光芒充满了视野。刀身很窄，弧度颇大，刃铭是烧幅的大字："一文字丁字"，暗纹则是八重樱的花瓣，片片都雕刻得栩栩如生，好像还带着露水一般。

“这刀铭的来历您知道吗?”

“不，不清楚。”冲田嘴里这么说，实际却并非如此。如此出名的宝刀，就是不谙此道的人也明白个大概。他暗忖："这不是菊一文字则宗么。"

如果真是则宗的话，光是看看就可说是一种难得的眼福了。在镰仓时代具有代表性的古刀中，最有名的是被称为“足利重代之宝刀”的“二铭则宗”(京都爱宕神社藏、国宝)。

这个“则宗”乃是备前国福冈的刀匠，属于所谓“福冈一文字派”。和后鸟羽天皇御用锻冶所出品的刀具一样，则宗的刀也被允许雕刻菊花纹章，所以又俗称“菊一文字”。

以上这些，冲田还是清楚的。

“这就是菊一文字么？”他揣摩着。刀的重量也正好趁手，将它握在手里，传递到掌心的分量恰到好处。这刀简直就像是为了被冲田所用，才被制造出来似的。

“这是菊一文字则宗。”道伯说。

“是这样呀。”可冲田的语气中却无感动的成分。他拿起自己的佩刀，一面说“我会再来拜访的”一面站了起来。

道伯吃了一惊，连忙追着冲田走到门口：“这刀不合您的心意吗？”

“不是不喜欢，只是并不是我这样身份的人能买得起的。”

“让您过目并不是打算将此刀卖给您，只是想在您原本的佩刀磨好之前，暂且使用这一把。”

“啊？”冲田的脸立即变得通红。他兴奋得喉咙发干，浑身颤抖起来。

“那就暂借一下。”冲田把刚刚别在腰上的佩刀交给道伯，换上了菊一文字，又问道：“道伯先生，我想向您请教下这刀的价值。”

听冲田这么问，道伯微微一笑。其实，那时候刀价高涨，尤其是古刀中的上品更是有价无市。

“说实话，筑前黑田藩的重臣曾出价一百两，我都没有卖。”

“那要多少两呢？”

“哪里，价格就不提了。既然借给了您，就请您保留到用腻为止吧。”

冲田露出一丝困惑的神情，他就这样走出了门，这一刻，月亮已经升得很高了。

不多久，冲田走到了开头提到过的花桥町。他右边就是堀川，堀川对面是沿河而建的本国寺本山的围墙，在夜幕中微微闪着银光，向南延伸而去。向左边望去，则是一片庶民人家的棚屋。突然，从那屋檐下的阴影中，什么东西“呼”地一动，冲田连忙向后一跃，将刀柄紧紧地握在了手里。他这可是个随时准备取人性命的架势。

“会不会是足下认错人了？”为了避免误会，冲田高声问道，然而在这个年轻人的声音中，并未见有任何慌乱的成分。

对方是三个人。其中一个正高举长刀，慢慢地向冲田逼近——从其姿态看来也算是高手了。

“这可糟糕了。”冲田思忖。

尽管迄今为止他已经历过数不清的战斗，不过，现在的他却只觉事情棘手，像那些伫立于十字路口，准备向人开口问路的人一样，只管呆呆地站着。

“冲田总司房良，幼，师于天然理心流近藤周助，习剑。技出其类。年十有二，使战于奥州白河河部藩指南番，克之。（东京都立川市羽衣町三一六，冲田胜氏所藏冲田家文书）”

十二岁的少年打败专业剑客，这样的事例恐怕是古今难见的吧。而且，像总司这样拥有丰富实战经验的剑客，大概也是旷世罕见的。还有一个地方堪称，那就是冲田身上完全没有那种偏执性格——尽管对于一心修炼武艺的人来说这是在所难免。

“总司是个拥有赤子之心的人。”副长土方岁三经常这样说。

而正是这个拥有赤子之心的人，一边喃喃着“不好办了”，一边呆立在花桥町路口，真的不知所措了。

眼前这个举刀向冲田逼近的男人叫户泽鹫郎。他本是水户藩脱藩浪人，后参与了筑波起兵，目前他调转旗帜，寄身于洛北白河村的陆援队本部（土佐藩别动队）。当然，冲田对这些情况一无所知。

以神道无念流名声大噪的户泽鹫郎与新选组初期的局

长——也是水户藩脱藩浪人的芹泽鸭，师出同门。因为这个缘故，在芹泽招募党羽的时候，经常表示："应该邀请鹫郎来的。"在新选组成立之初，属于水户派（芹泽派）的组员们则好像都知道户泽鹫郎这个人，乃至有了一种"如果有他帮忙，强如得到百人助力"的心情。

提起户泽鹫郎的名字，近藤也应该知道。当近藤还在江户鳞次栉比的民屋中，开设一间小道场的时候，这个户泽便已海内扬名了。

站在户泽后背的是一个久留米藩脱藩浪人，姓仁户部。目前只剩他一人没拔刀，倒像是观察户泽如何行动似的，抱着胳膊，静静地站着。

还有个五短身材的男人，点着前额头和后脑勺儿都突出，像个榔头般的脑袋，时不时发出几声老头子似的干咳。他一边说"户泽，住手！"一边走了出来。冲田借着月色，这才看清了对方的面貌：这人早早谢顶的头上顶着一个小髻，还长着个大得有点异常的鼻子。

"鹫郎，住手，杀此人也无益。"不停咳嗽的男人又说了一遍。冲田因此得知了那刺客的名字。

"那，之后怎么样了？"后来土方这么问。虽然已是春天了，他却还抱着个手炉。

"跑掉了。"

“对方？”

“是我啦。”

土方不说话了。因为冲田之前已经把菊一文字的来历讲了一遍，所以即便不问，土方也已经知道他逃跑的理由了。

“总司你真是个严于律己的人啊。道伯既然把东西借给武士，就应该做好在打斗中刀身折断，或是刀刃损坏的心理准备了。你想着‘正好看看这刀到底有多快’试着砍几刀，不是挺好的吗？”

“那个呀。”冲田把刀拔了出来，“您看，这刀是给人一旦出鞘就要见血的感觉吗？近藤师父的虎彻，土方大人您的兼定，都是出众的名刀，但怎么看，都有要把人剔骨削肉而食的凶相。可是这则宗呢，不知道为何我就是觉得，它身上是见不到戾气的。”

“我看看。”土方一下子把自己的和泉守兼定拔了出来，将它与菊一文字则宗并排放在一起。果不其然，虽说同样是刀，二者的气质却迥然相异。倘若说则宗是君子隐士，兼定则像是个紧咬牙关转战沙场的乡下武士。如果这里再放上近藤的虎彻，大概则宗的气质就会更明显地表现出来。

正好这时近藤走了进来，“干什么呢？”——这么问是因为他看到两把刀并排放在榻榻米上。

“近藤师父，请把虎彻也放在这里比比看吧。”

“啊，好。”近藤对冲田一向非常疼爱，几乎有求必应，所以经冲田一说他便毫不犹豫地把刀也拔了出来，放在一边。

在刀具之中，虎彻属于刀身厚重、弧度较小的一种，和则宗对比之下，果然带着一种莫名的激情与傲骨，好像是技术精湛的刽子手。总之，虽然虎彻也有虎彻的风采，不过如果对手是镰仓时代的古刀菊一文字，那就望尘莫及了。关键是那种神韵缥缈的气派，是兼定、虎彻都没有的。

“总司，这刀身太窄了。”窄刀身在当时并不时髦，厚重而锋利的刀才是幕末的流行款式，“你这是从哪儿买的?”

“不，这可是借来的东西。”于是，土方就把冲田在播磨屋道伯店里的事情和近藤说了。

“要是他喜欢的话，阿岁就用队费给他买吧。总司佩刀的锋利与否可是关系到新选组的强弱。”

“可是，难得有了这么把好刀……”随后，土方又把冲田在花桥町路口遇到刺客的事情说给近藤，后者听罢大笑起来。

“真是个长不大的家伙。”近藤如此评价冲田的行为，这是因为按他的想法，有一种孩子是总不舍得穿新买来的木屐，总司的心理恐怕就是这种孩子心思吧。

“好像还不是因为这个。”土方不以为然，比起近藤来，倒是他更能了解总司这个年轻人的内心。

“那个人的确是冲田总司。”拍着自己的膝头，这么高声大喊的人，乃是白河村陆援队本部的户泽鹫郎。至今为止他在那个路口已经杀了好几个新选组的成员了。户泽为此相当自豪，而且杀人的时候他必定会带上几个人给自己作见证，所以并不是凭空吹牛。“他就那么毫不惊慌地跑了。”这也是事实，因为有久留米藩脱藩浪人，姓仁户部的某人当场目击。

“说起新选组一队队长冲田总司来，可是京都一带的高手，然而未见一招，就望风而逃了。”

户泽鹫郎是陆援队剑术师范。这个尊攘派浪士团，因为受控于土佐藩，自然本藩出身的人很多，而水户出身的人却只有香川敬三（维新后子爵）等寥寥几个。所以作为少数的水户派浪人们，很容易有故意壮大己方声势的倾向。香川也经常这么做，可是到了户泽鹫郎这儿，却严重到简直让人觉得他已经走火入魔的程度。

“各位有勇气斩杀新选组吗?”他这么招呼完，就趁着夜色，跑到新选组成员经常出没的堀川一带，一见到新选组的队员，不但必须出手砍人，还一定要将其杀死。

户泽惯用的做法：和猎物擦肩而过的瞬间，突然拔刀，回身向对方迎面一劈。其实这不过是虚招，趁敌人大吃一惊的当口，户泽回刀，再从右肩膀向左往敌人身上斜砍一刀——这才是真正的杀招。平心而论，户泽这一手干得还是很巧妙。

那天是不巧碰上了冲田，这一手才没有奏效。不过，让冲田总司这样的高手不战而逃，也是个了不起的功勋。无怪乎户泽会如此洋洋得意。

周围的人也都附和说："真是见面不如闻名呐，没有传说中那么厉害嘛。"

这时只有那个秃顶、鼻子异常大的人，没有理会这个话题。他照例无精打采地坐在房间一角，时不时发出几声咳嗽，一会儿又拔拔鼻毛。片刻之后，他像是要截住户泽打算继续下去的炫耀一般，"嗯哼"一声，清了清嗓子，这才开口："危险呐、危险呐。"

"我这不是瞧不起足下的本事。"眼看户泽要出言反驳，他又接着说："本来剑道，就和围棋、象棋、摔跤不同，没有所谓的绝对强者。用竹刀比武不就是这样么。远近驰名的强手，也经常会被身手还不如他的人击败，因为但凡比武都是要靠天时地利的。就连剑豪宫本武藏，三十岁以后也不参加比武了，因他已明白了胜负之路的残酷。户泽君，武艺可不是靠一次比试就那么简单地分出高下的。"

“老前辈。”户泽的头往厨房的方向扭了扭，“灶里的灰应该还很暖和，您抱只猫什么的，过去打个盹怎么样？”

“好吧。”结果，被称作“老前辈”的大鼻子男人听话地去厨房了。

这个老人是羽前国在乡的武士，诗文造诣很高。武艺方面，本来师从心贯流，但是他下了很大的工夫自创了一门名叫“无关流”的流派。老人的名字是清原十左卫门。他和前几年横死的清川八郎是同乡，因为这个缘故在清川的邀请下来到京都。清川过去一直称他“熟虾夷先生”，这大概是老人的雅号。

尽管清原十左卫门是应清川之邀上京的，他却并不参与尊攘志士的活动，而是在高仓竹屋町租了间房子，过着开设私塾传授国学的平静生活。将雅号取作“熟虾夷”，这正是国学学者的做法，因为清原的故乡羽前国正是古代虾夷人的居住地。

陆援队成立的时候，身为队长的土佐藩武士中冈慎太郎特别指示，对待清原十左卫门，要以宾客之礼相待。因说是“连清川都敬畏的人物”，所以队员上下都在表面上对他予以尊重，譬如清晨必定请安之类的。不过大家都在背地里议论这人不过是个无用的废物，对其很是轻视。实际上，他在陆援队比炉灰里的猫还没用，所谓让熟虾夷先生来当陆援队的高参，不过是托他写过一次“陆援队本部”的招牌，挂在陆援队位于白河的官邸门前。

队里也有道场，这位熟虾夷先生几乎一整天都呆在那儿，独自练习。近些年来，队内修炼刀法，已经不再是传授各流派的独特招数了，而是让队员戴上护具相互用竹刀进行实战演练。不过这个老人却一次都没参与过竹刀实战。

担任武艺指导的户泽鹫郎等人，偶尔也会对他说：“您来指导我们一下吧。”他却回答说：“在下连怎么戴护具都不知道。不习惯的事情可干不来呀。”

正因为如此，就是陆援队的同志，也没有机会见识熟虾夷先生那据说相当精湛的武艺。

花开两朵，各表一枝。这些日子，在新选组的屯营，土方几乎天天都要被急招到监察部的办公室。这是因为，最近真乃多事之秋，新选组的队员们在市内一个接一个地被砍杀。所有的死者都是脸孔被划伤，致命伤则是从右肩膀起斜向左的一刀。

“总之，下手的都是同一个人。所幸，昨天晚上冲田在花桥町十字路口遭袭时，听到了刺客三人之一的名字是户泽鹫郎。给密探们打打气，能否早日抓住这人，这可关系着新选组的尊严。”

于是一方面监察部立即将“户泽鹫郎”的名字通告各所司代、奉行所，另一面也叫密探们牢记这个名字。又通知市内各旅馆，称户泽是“闯入抢劫的嫌疑犯”，让店主多加留意。

京都的旅馆经营者在安政大狱[2]的时候，帮助奉行所打探消息，出了不少力。可是后来京中慢慢流行起一种同情长州藩的风气，故而旅馆业者与幕府的合作就变得少了。不过话虽如此，也有倾向幕府的旅馆。这样的旅馆大概几条街内就有一家，店主常偷偷地向幕府密探通风报信。这虽然是题外话，不过当时的东本愿寺是佐幕色彩浓厚的寺院，而旅馆的主人很多也都是东本愿寺的信徒。

西三本木有一家叫“床安”的旅店，这里的主人有天偷偷跟密探说：“要说户泽鹫郎大人的话，应该是那个陆援队白河本部的人。”他之所以知道这些，乃是因为陆援队的队员从白河本部出来，要过加茂川上的荒神桥的时候，总到这个“床安”来歇脚。

说起户泽，因为他的两鬓都用剃刀剃得发青，很是引人注目。床安的人早就暗地里议论过这人大概是个使刀的好手，据说对他曾颇为敬服。店主随后又介绍了他的特征：腰上的家伙是一柄朱鞘的长刀。身高五尺五寸左右，脸很长，下巴简直耷拉到喉结附近。

土方听说了这个情况，就问冲田是否和他那天遇到的人特征一致。

“这可说不上来。”冲田回答。

“为什么？”

“我又没有像土方您一样的猫眼，在黑夜里根本看不清对方的脸。再说，也根本没有看清对方容貌的功夫——一溜烟地我就逃跑啦。”他一面学着逃跑的样子，一面开玩笑似的说。土方被逗得忍俊不禁，不过又立即收敛了笑容。

陆援队，倒是个问题。这个队虽说并非土佐藩建制中的一部，不过薪俸供给却都是出自土佐藩，建队思想也比母藩更加激烈。换句话说，他们是勤王派的新选组。

因此土方征求近藤的意见：“要讨伐他们么？”如果倾新选组之力，那么讨灭陆援队可说是易如反掌。可是近藤的回答却是：“阿岁，别胡说。”

近藤这么说是出于他的政治考量。如果新选组与陆援队之间挑起事端，那么幕府的立场将变得更为艰难。虽然都属于“勤王诸藩”，不过激烈主张讨幕的只有长州一藩。萨摩藩自家康公以来，一直是对幕府阳奉阴违，的确没有什么忠诚度可言，可是萨摩与长州交恶，一直被长州方面称作“萨贼”的萨摩藩在权衡利弊之后反倒与佐幕先锋会津关系不错。故而，一旦涉及萨摩藩士，新选组便不会触及。

“勤王诸藩”中最奇怪的当属土佐。掌握藩政大权的“老公”山内容堂，从年轻时起就是个持勤王主义政见的人，不过他却有一番与众不同的理论，导致他最后成为了极端的幕府拥护论者。山内的立场称得上是“积极保守主义”，即主张皇室和朝廷的神圣性不可侵犯，而正因为这种神圣性，才更应该保持朝廷高高在上的姿态，天皇不亲自掌握政权，而把这些俗务都让与幕府将军，这是从源赖朝时代就开始的惯例。自然，土佐藩的行动，也基于这种理论。

然而，在土佐藩的下级武士当中，却也有许多反容堂的过激派。他们一面要承受来自母藩的弹压，一面又要对抗幕府的追讨，却仍然坚持活动。假如把新选组迄今为止所斩杀的“浮浪人”按出身藩国作个统计，那么名列榜首的一定是土佐和长州两藩。

基于土佐藩的这种复杂状况，幕府也是尽量采取不刺激对方的政策。就算近藤等人，目前也时不时地与土佐藩参政后藤象二郎在祇园的高级餐厅“天蚕”举行餐会，大家推杯换盏，增进情谊。

“所以说陆援队是碰不得的。”

但是土方也有自己的道理：“近藤兄，步步退让，处处宽容的结果就是使得幕府遭遇灭顶之灾。先是治安混乱，然后就是诸藩国不听号令，最后他们甚至要凌驾于幕府之上，令我等俯首称臣。我虽不清楚江户、大阪的做法如何，但要想维持眼前京都的安定，却是不得不如此行动。再说，陆援队的队员又不是土佐的武士，不过是一群脱藩浪人而已？”

“他们位于白河的大本营却是土佐藩的别府啊。”

在德川幕府的体制中，各藩大名在江户的“藩邸”是不受幕府管辖的。按今天的话讲，相当于各国的大使馆、领事馆，拥有驻外法权，所驻国的警察是无权进入的。陆援队使用的白河的房屋虽然是新修的，但依然属于“藩邸”。

“要是歼灭陆援队，则无异于同土佐开战。所谓‘千尺丝纶直下垂，一波才动万波随。’一旦同土佐藩开启战端，天下诸侯便会一分为二，到时候就是源平两军红白合战的重演啦。”

“近藤兄，你也变得能说善道了嘛。”

近藤勇刚刚来京的时候也颇困苦。他先是杀死了新选组的前任局长芹泽鸭，又将其余党一一除掉。后来池田屋一役，斩杀长、土二藩倒幕浪人二十余人。以此为借口，长州藩大举西上（蛤御门之变），拉开京都战争的序幕。最后虽以幕府之力镇压，不过战火中烧毁民房两万七百五十三间，仓库一千两百零七个，公卿宅邸、寺社房屋十八处，这是自应仁之乱后，京都地区最严重的兵灾。

然而，经过了这些大风大浪的近藤勇，眼前却说出“对土佐藩不要太苛刻”这样的话。

“阿岁，现在已经不是元治元年时候的天下大势了。新选组不能像以前一样，恣意而行。”

在这期间，土方派了一个仆人去找道伯，将他从播磨屋请到新选组的屯营。他这是打算给冲田买下那把菊一文字则宗。如果是大名家，叫商人上门来购买物品，惯例是不会还价的，依报价成交。新选组直属幕府，也相当于诸侯家门，土方也就打算遵照这个惯例。

“报上价格！”一见面，土方立刻问起了刀的价钱。

反观道伯，却是一脸不痛快。看来这个退休老人对于这把刀的处理，还有自己的打算。

“让我随便说吗？”

“好。”

“那么，就给我一万两。”

道伯说完，抬头瞥了一眼对方的表情——土方勃然变色。虽说武门中人不讨价还价，可一万两的巨款新选组是不可能承受的。不，比起这一万两的数目，更让土方怒火万丈的是，这个小小的京都商人竟敢小瞧新选组。

“道伯！”土方的怒斥甫一出口就被老人打断了。

道伯举起手晃了晃，“请您先听……”

“什么？”

“听您听听老朽的解释。”

“说！”

“老朽买下那把刀，并不是因为觉得奇货可居，而是被刀的品质吸引，不觉心醉神迷。令我如此痴迷之物的价格，拿算盘算的话，怎么也要黄金一万两，不过真有人出价一万两，老朽也是不卖的。老朽因为仰慕冲田大人的为人，因此希望能让大人将他拿在手里使用，如果大人说它称手，老朽情愿拱手相让。所幸此刀蒙大人的错爱，提出购买，实在诚惶诚恐，那么老朽在此就郑重地把它送给冲田大人。”

“这样啊。”

土方松了口气，定了定心神。然后立即叫队员传话，让冲田过来一下。其实，为了遵守半井玄节的医嘱，冲田一直躺在自己房间的榻榻米上假寐。

“这就去。”一听说土方找自己，他立即起身往土方的房间走去——实际上不过就是临着一张纸隔扇的隔壁。所以两人的谈话，冲田已经听得清清楚楚了。

“其实呀，总司……”土方见到他，就把刚才的事说了一遍。冲田也像是第一次听说这事一样，露出天真无邪的笑容。因为他想，如果自己抢先说“已经听说了”的话，一定会令两人都很扫兴吧。

“不过呐，道伯。”说着，土方就把冲田由于过分爱护菊一文字，结果在花桥町不战而逃的事情讲给老人听。

“这都不像冲田大人了。”道伯脸上浮现出仿佛是消融冰雪之后春日暖阳般的微笑。其实道伯的真正想法与此相反，他是想说，能有如此这般的想法与行为，除了冲田不会再有第二个人了。不愧是冲田。不过老人并未明言，他接着说：“被这种程度的刀吓到，说明冲田大人到底还是修行不足。与您天才的剑术相比，则宗不过是下下品。请您就把它当作把竹刀，不要吝惜，尽情使用吧。”

冲田高兴地说：“不，这样就很好。”

“想着这是借来的东西，才害怕弄坏。要是自己的东西，也就无碍了。”虽他这么说，可那以后却依旧使用那把已经磨砺好，长约二尺四寸的相州无铭。菊一文字则宗却被束之高阁。

对此近藤评价：“总司真是个傻蛋。”遍览德川时代，怕是没有一个剑客会像近藤这样，在刀剑上奉行如此彻底的实用主义了吧。近藤在给同乡佐藤彦五郎的信中，从自己实战的经验出发，曾就刀具的使用，做过一番评论：“不应该用制作粗糙的刀。但是，无论何种宝刀，一到战场上都难免损坏。长刀折断的时候，方知道短刃略长的好处。荒木又右卫门[3]，在伊贺键屋路口为复仇进行决斗的时候，本来是用刀接住了敌人的攻击，可不巧，他那把二尺八寸五分长的大刀伊贺守金道给折断了。这之前，我在荒木家仔细鉴赏过此刀，的确是把旷世名刃。可即便如此，还是给折了。话说回来，又右卫门长刀虽断，却还带着一把二尺二寸五分的短刃，幸亏如此，他方能继续战斗。这就是个好例子。土方君等人也明白这些，因此他除了佩带二尺八寸的和泉守兼定外，还带一把比一般匕首略长的堀川国广，有一尺九寸五分。”

正因为近藤在兵器上过分地讲究，他才会不厌其烦地劝说总司带上菊一文字。他说：“要是打斗时兵刃折断，可就只有一死啦。当作装饰插在腰上，不也能以防万一么。”

冲田对此，总是口头答应，行动却依然如故。最后，连他自己都觉得自己是个奇怪的家伙了。本来，他是个对什么事都不怎么执著的人，只一件：不愿意用菊一文字则宗来杀人。甚至他自己也不明白，为何会冒出这种想法。不过，他总觉得应该是和自己的病有某种联系。

知道自己有肺病后，冲田就做好“要死了”的心理准备。在当时，肺病就等于死，这是连三岁孩童都知道的事情。

明治元年三月间，新选组撤退江户的前夕，近藤最后一次到冲田的病床前看望他时，他已经病情危笃了。

“总司那家伙，为什么能那么开朗呢。没有人能这么年轻就看破生死啊。”过后近藤说了如上感言。他的意思与其说是佩服冲田的洒脱，不如说是为这份洒脱难过。特地对他说一些劝慰的话是没用的，天资呀、生命呀，都有耗尽的时刻，正因为冲田是个聪明人，所以已经觉察到了死亡向自己迫近的脚步。不，不对。他是尽可能地忽略这些事情。但是，在他那不愿察觉的心之一隅，却萌发出一个意想不到的想法来。

“则宗他已经七百岁了哦。”有一天，冲田突然这么脱口而出。

就是说菊一文字则宗这把刀，被制作出来以后，经过了七百年，保存至今，这可是件不寻常的事。在这漫长得难以置信的岁月中，则宗曾多少度往返于沙场——当然，所谓刀，其功能即是如此，不过在这期间，它竟没有折断，亦无损坏，也没有被战火吞没，则宗真可谓是奇迹般的生还者。七百年了，它的主人不知换过几度，他们都是一个结局——一个又一个则宗的所有者，他们死了，归于尘土，只留下则宗。冲田不禁觉得，这是天不绝则宗，令其存世的。

“七百岁了。”总司忽然对着它祈祝道，“在我之后，你也要好好活下去啊。”

据说，他越接近死亡，笑脸就越是白皙透明。因为有了这样的心境，冲田才和“则宗七百岁”产生了共鸣，而这份感动自然是不为近藤、土方等人所了解的。

㊃

然而，冲田的想法终于也发生了改变。这一天，他见到了日野助次郎的遗体。日野的遗体被人运到屯营的时候，他正躺在自己的房间里。

“日野君吗?”

听闻这个消息，冲田立即起身，拉开房门，从宽廊跳下。遗体被放在门板上，摆在院子里。尸体是从加茂川中找到的，大概是凶手下手以后把他踢进了河里，整个都被水浸透了。他鼻子周围有些擦伤，不过，致命的却是右肩膀起斜向左切的刀伤。这么看来，下手的人就不言自明了。

日野助次郎隶属总司的第一队，是队里年龄最长者。他是石州出身的浪人，为人不善言辞，总是默默地为冲田服务。为了给冲田取药，日野时不时地就要到四条的半井玄节医生处走一趟。

“总司!”土方盯着冲田，仿佛要用眼神刺穿对方一样，毫不客气地说，“要是那次你在花桥町路口，杀掉那个户泽鹫郎，今日他就不必死了。”

土方虽然绝不是那种受队员爱戴的宽厚领导，不过以这样的眼神，这样的口气对冲田说话，倒是头一次。

“他的死，全都因为你那不必要的吝惜之心。”

“……”

总司用他那形状修长的眼睛凝视了土方一会儿，又低下了头。

“您说得没错。”他咬着指甲。不知不觉，小手指已被他咬破，血流了下来。

“一定得杀了户泽。”他在心里暗暗下了决心，“而且要用菊一文字则宗。”不给日野复仇的话，冲田觉得自己一定会于心不安。

之后，每天冲田都去监察部听密探们的汇报。简直像日报一样，每天都有户泽外出情况的报告。

“山崎君，让我干掉这家伙。”他提前提醒监察的注意。

山崎呢，唯报之以微笑，其他的什么都没说。关于户泽的处置，土方已经下了命令。

有一个每天出入新选组叫利吉的人，他是奉行所御用的包打听，总司给他钱，拜托他说：“以后关于户泽的事情，别告诉监察，先通知我好吗？”利吉听罢却并不以为怪。他知道冲田于新选组，远不是一队队长那么简单，因此回答道：“包在我身上了。”

几天以后有这样的情报传入利吉的耳里：听“床安”旅馆老板说，明日破晓，户泽有事去大阪。同行人数不详。

于是，这天半夜冲田就带着利吉一个人悄悄地出了屯营。沿着寺町大街往北，出了荒神口，公卿坊城家宅邸旁边的清荒神牌坊下有一家茶馆。

虽感到抱歉，冲田还是敲开茶馆的门，让人端出汤泡饭，两人好好地休整了一下。不过半刻工夫，他们便出了茶馆，继续赶路。南边是一片庶民的房屋，北侧则是贵族的宅邸，沿着正亲町三条家等贵胄的院墙往东，便是荒神桥的所在。等过了桥，眼前出现的是白河村的田圃。到了这里，去陆援队就只剩下一条直道了。

计划是黎明动身的户泽，无论是走水路——顺高濑川而下往伏见去，还是走陆路，都一定会经过冲田眼前这条道路。在它的南边是一片萝卜田，一直延伸到护圣院的林木边上。北边则是水田。冲田在一块石头上坐下，背后的青松耸入云霄。

“利吉，我们穿上吧。”说着二人披上早已准备好的蓑衣，戴上了斗笠。这是怕夜里的露水沾湿衣服。

总司的腰上，正别着菊一文字则宗。

话分两头，再说户泽一伙。因为预先说过一大早就要出门，所以陆援队的大门两侧都挂着灯笼。送他出门的队员说："送您到伏见吧。"户泽用筷子比划出个十字，拒绝了队员的好意。

他解释说："我乘高濑舟由木屋町到伏见。在伏见有土佐藩的藩船接应，再走淀川十三里水路，是一趟很轻松的旅行。不用这么兴师动众地来送行。"

这次户泽一行四人前赴大阪，是为了受领武器。前不久，土佐藩从荷兰，经由长崎港进口了一批前装滑膛枪，现已从长崎运到了大阪。其中三十挺，是准备用来武装陆援队的。

不知何时，熟虾夷先生也起身，提着灯笼，来到了门口。

"老前辈，您有什么事情吗?"

"在下平日里，皆尸位素餐，但在这样的时候，至少希望能把您送到木屋町。"这个老人大概有什么预感吧。

"没有必要。"户泽顽固地拒绝了。和他同行的人都感到很奇怪，平常就算提出要将他送至码头，户泽也会欣然接受。

老人"嗯，嗯"答应着，但仍满不在乎地跟在户泽一行人的后面。不，不如说是要是不送的话，以这男人的秉性，搞不好听话地不去送行反而会惹他不高兴。

还有一个不知道能不能称得上是“偶然”的传说。这天黎明，户泽也不知怎么的，一边吃饭一边得意洋洋地谈起了斩杀日野助次郎的事。

“就像前些天晚上杀掉的那家伙一样。在座的诸君，你们也该尝尝斩杀活人的滋味。这才是提高刀法的窍门。在道场里学来的剑术不过是记在脑袋里的理论，比如：防止对方拔刀的时候立即砍过来，自己刀一定要高举过顶。不过到了实战现场，就该任性而为，不为条框束缚才对。”

他兴致勃勃地继续介绍：“只要一口气地砍下去、再砍下去，如此反复，一会儿工夫你的对手就变成死尸了。”同行的另外三人，都在陆援队道场受过户泽的剑术指导，因此他们都热心地倾听。

“户泽君，适可而止吧。”熟虾夷先生照例阴沉沉地咳嗽着，“战法也要看对象，没有不变之理。”

另一方面，仰面躺着的利吉，眼前是一片繁星璀璨的山城的天空。他怀里像揣了个兔子似的，心怦怦地乱跳。不过，与他近在咫尺的冲田，倚着路边的石头，身子几乎埋在蓑衣里，又把斗笠遮在脸上，正发出细细的鼾声。

“这位可真是了不得哇。”利吉暗忖。

不消多时，叡山上的星辰消失了，东方的天空露出一抹鱼肚白。这时，五个行路人提着灯笼，从对面走过来。

“喂，大人!”

“嗯。”

冲田慢腾腾地站起身，摘下斗笠，脱掉蓑衣，交给利吉说：“你回去吧。”

“这就回去了，行么?”

“反正留在这儿也帮不上忙。”

“那……我告辞了。”话音未落，利吉撒腿就向西而去了。

转眼之间，提着灯笼的五人就已经近在眼前了。

“借问”，冲田高声问道：“对面可是户泽鹫郎大人?”

“什么人?”

“新选组的冲田总司。”

听罢，户泽立即疾走过来，拔出了刀。不，准确地说，是他拔刀离鞘的瞬间，就被一刀砍中了天灵盖。户泽还是保持着往前跑的姿势，只不过头上的斗笠被劈成了两半，往前一个趔趄，倒在地上，立刻就断气了。

冲田持着刀，环视另外几人，最后他的眼光落在之中最年长者的身上——那是熟虾夷先生。

“要杀的人已经死了，我这就准备回去了。各位想要阻止我吗?”

这个老人直到明治维新后的十多年间，一直从事兵库县文官的工作。由此可知确实没有插手过这件事情。可以说，冲田总司的菊一文字则宗只使用过一次，名刀之刃也只被血玷污过一回。

“总司，幼名总（宗、惣）次郎、春政，后改为房芳。文久三年新选组成立，时仅二十岁。任新选组副长助勤笔头一番队组长。勇毅非常。然，惜乎！天不假年。庆应四年戊辰[4]五月三十，少壮而病夭焉。”[5]

按照总司姐姐阿光的后人，冲田胜芳的说法，菊一文字则宗供奉在某神社中。至于神社的名字、地点，因为胜芳是听亡父冲田要（阿光的孙子）说的，具体情况也不清楚。

总司最后的日子是在江户千驮谷池桥后边，一家叫“植木屋”的旅馆里度过的。只有则宗始终都陪在他的枕边。总司离世后，植木屋的老板一直保存着菊一文字，直到把它交给闻讯从庄内[6]赶来的姐姐阿光。

那之后阿光一家一直居住在立川，因此如果要布施给神社的话，从地理上讲应该是东京都下的神社才对。

注释：

【1】描金，贴金工艺。

【2】幕府从1858年（安政五年）开始的镇压尊王攘夷派的行动。这一年幕府中的实权者，大老井伊直弼，对在通商条约的缔结问题以及将军的后嗣问题上与自己意见不合的尊王攘夷派，进行了大清洗。许多公卿、大名、志士卷入其中，著名者如梅田云浜、吉田松荫、赖三树三郎、桥本左内。

【3】江湖初期的剑客。伊贺国荒木村人，据传剑法师从柳生十兵卫。1643年11月7日与妻弟渡边数马一起，在伊贺上野锁店路口杀死仇人河合又五郎，为父亲报了仇。他的复仇故事后来经过改编进入歌舞伎、讲谈（评书）广为流传。

【4】明治元年——作者注。

【5】冲田家文书——作者注。

【6】山形县西北部。

译后记

2000年的时候，日本《朝日新闻》做过一次“这一千年中你最喜欢的作家”的问卷调查，在读者邮回的20569张选票中，夏目漱石获3516票名列第一，而第二、三名分别是紫式部和司马辽太郎。由此可见，在日本历史小说家司马辽太郎是多么地受到欢迎。

司马氏的作品不但拥有大量的爱读者，从文学史的角度来看，它们在战后文学中也占据着重要地位。上世纪60年代末，日本的经济从复苏期进入了高速发展期，随着民众生活水平和文化素质的提高，日本文学也日益走向通俗化、大众化。甚至此前一直与通俗文学泾渭分明的纯文学内部也发生了变质——不同于传统的私小说[1]，折射社会现实的“中间小说”诞生了。司马氏的历史小说就属于这一类，而另一个典型则是我国读者也十分熟悉的井上靖。

假如以作者的写作意图和其尊重历史中客观事实的意识孰强孰弱为标准，那么日本的历史文学或可分为两类。一类就如森鸥外的《涩江抽斋》，井上靖的《苍狼》、《风涛》，小说中作者的好恶与写作意图隐藏得如此之深，乃至读者们都难以察觉了。因为这类文学非常之重视历史本身，所以森鸥外甚至不令人称之为“历史小说”，而叫作“史传”。

另外还有一类，如芥川龙之介的《戏作三昧》、《鼠小僧次郎吉》，其实是借用历史人物的衣装来剖析现代人的集团组织、心理和思维方式。其原因除了更能引起读者的兴趣之外，正如芥川自己所说的：“骂古人比起谩骂今人来显然没有障碍。”[2]

至于司马氏的小说显然属于后一类。在这本《新选组血风录》中，不仅有幕末特有的时代风物；佐幕、倒幕志士或喜或悲的传奇故事，而且凝结着作者本人对历史事件、历史人物，乃至永恒人性的思考。

迄今为止，出现过许多描绘新选组兴衰的文艺作品，但像司马辽太郎这样一针见血地指出其实质的作品，译者还没有见过：“这个新选组的权力中枢就是个剑术道场……是以强烈的乡党意识、门派观念为思想内核运作起来的。（《三条滩乱刃》）”

在本书的另一章《吹胡沙笛的武士》里，作者探讨了人的性格与际遇之间的关系。主人公鹿内薰本是一个英勇无畏从不把生死放在心上的标准的武士，可当他有了家庭，一想到自己死后妻子和女儿都将失去依靠，在战场就情不自禁地贪生怕死起来，最后成了个懦夫。可同样是有家庭的原田，却在孩子出世后，更加奋勇杀敌。作者以细腻的笔触写出了在同样际遇下，不同性格的人做出的不同选择，以及他们人生的两种截然相反的结局。

《海仙寺党异闻》的故事中，作者指出连日常生活中最普通的是非、伦理，在战斗部队，或者说杀戮组织中都会发生扭曲。中仓主膳是一个受害者，他在自己家里被人暗算受伤。结果却因为敌人逃走、未把他杀死，主膳因此必须切腹谢罪。“中仓主膳的罪过在于他违反了武士道。武士道就是男人之道。所谓男人，就一定要铁骨铮铮、义勇向前。这是统御着新选组——这个浪人集团的最高伦理，是队伍的最高法律。”

武士道，近代以来多少国人提起这个词，总免不了羡艳、赞叹之情。可作为杀戮者、恃强凌弱者之道的“武士道”其背后又隐藏着多少残酷，非人性的东西。司马氏以其犀利的目光看到了这一点，在《长州的奸细》一章中他借主人公之口为武士感慨道：“真是像虫子一样无足轻重。”

从上述译者随便选取的几点可以看出，司马辽太郎撰写历史小说的写作意图决不仅仅局限于抒历史兴亡之叹。他的小说有一种强烈的现实感，在给读者故事趣味层面的享受之外，还常常会引人思考一些切近的、自身的问题。这也是司马文学区别于其他趣味本位的时代小说的地方。

正如各位所知的，“司马辽太郎”是“远远比不上司马迁的男人”之意。热爱《史记》的作者一定程度上也是以“究天人之际，通古今之变，成一家之言”作为自己写作的目标吧。

因此译者是以一种古刹朝圣，名山探宝的心情来翻译这本小说集的，但愿能尽量如实地反映作者的写作风格。但是由于中日两国人民在历史文化、生活习惯上的差异，原文中不少专有名词恐怕我国读者难以理解。所以虽然有见笑于大方之家之虞，译者还是进行了转译，或是以章注的形式做了简要的说明。尽管如此，由于译者的能力所限，本书一定还有不少不妥之处以及不好理解的地方，请各位读者批评指正，以匡不逮。这绝不是门面话，而是译者真心实意的希望。

在本书的翻译过程中，许多朋友都给予了我无私的帮助。首先要感谢重庆出版社的编辑肖飒小姐，正因为有了她，司马辽太郎的这本小说才能以这样的形式和大家见面。我在几个月的翻译过程中，同她学到了许多东西，受益良多，在此特别地提出感谢。此外还有阿东老师，如果没有她的支持和鼓励，我最后一定很难完成。在专业词汇的翻译上，上海的Kaye君也不辞辛劳，热心地帮我翻找资料解决疑难。她对日本文学译介工作的认真和热忱，一直鞭策着我努力向前，借此机会，我想向她表达我最高的敬意。

译者

2009年10月

于日本 金泽

注释：

【1】私小说兴起于大正时代，对它的解释有两种观点：其一，以第一人称叙述的小说可称私小说；其二，凡脱离时代风潮和社会生活而孤立地描写个人琐事和心理活动的小说都应称为私小说。久米正雄的《私小说和心境小说》、宇野浩二的《私小说之我见》等文章认为私小说是日本的纯文学。

【2】芥川龙之介著、文良译：《罗生门》，内蒙古人民出版社2001年版，第362页。